W0332705

Gallmeister

LES ÉGARÉS

DU MÊME AUTEUR

Les Douze Tribus d'Hattie, 2014; totem n°55

Ayana Mathis

LES ÉGARÉS

Roman

Traduit de l'américain
par François Happe

Gallmeister

FICTION

Titre original: THE UNSETTLED

Copyright © 2023 by Ayana Mathis
First published in the United States by Alfred A. Knopf, a division of Penguin Random House LLC, New York
All rights reserved

© Éditions Gallmeister, 2024, pour la traduction française

ISBN 978-2-35178-211-8
ISSN 1956-0982

Photo de l'auteur © Elena Seibert
Illustration de couverture © Emma Ewbank
Conception graphique : Aurélie Bert

À ma mère

Qui peut dormir quand elle
– à des centaines de kilomètres, je sens ce vaste souffle
éventer ses ponts agités.
Cicatrice après cicatrice
toutes les chaînes
cliquetent une fois.
Nous voilà parties, mère, sur l'océan vide de navires.
Ayez pitié de nous, pitié de l'océan, nous voilà parties.

ANNE CARSON, *Les chaînes du sommeil*

Jusqu'à quand durera ton voyage, et quand reviendras-tu ?

NÉHÉMIE, 2:6

PROLOGUE

Toussaint Wright arriva dans Ephraim Avenue avec un sac à dos sur l'épaule et une entaille sanglante sur la joue. Il avait treize ans. Deux ans plus tôt, un incendie avait ravagé le 248 d'Ephraim Avenue où il vivait. Le feu avait détruit pratiquement tout ce qu'il aimait. Il ne restait rien, à part quelques poutres dans la carcasse calcinée de la maison et un vieux chêne roussi juste devant, sur le trottoir.

Depuis, Toussaint était passé par un bon nombre de foyers – des centres d'hébergement, des familles d'accueil, le presbytère d'une femme pasteur qu'il connaissait – mais il finissait toujours par s'enfuir. Il resta un long moment dans Ephraim Avenue, regardant les feuilles jaunies tomber du chêne. La descente de gouttière du 248 se détacha et se plia dans un grincement aigu de métal qui fit s'envoler une nuée de moineaux dans la nuit. Cela faisait deux jours que Toussaint n'avait rien mangé. Il avait couru presque tout le long du chemin, s'arrêtant pour reprendre son souffle derrière des voitures garées ou bien dans des ruelles. Son cœur battait trop vite ; son sang circulait comme de l'eau dans ses veines. Portant la main à son entaille sur la joue, il sentit quelque chose de dur qui y était planté. Un petit morceau de verre.

Auparavant, dans un autre quartier de la ville, des garçons qui traînaient dans le même coin que Toussaint lui avaient posé quelques questions : Pourquoi t'es toujours tout seul et pourquoi tu dis jamais rien ? T'as pas de maman ? Ou une grand-mère, ou quelque chose ? Les réponses à ces questions étaient insupportables. Parfois, le chagrin l'envahissait comme un engourdissement complet, des orteils jusqu'au cou, et il ne pouvait plus avaler sa salive. D'autres fois, c'était une bouffée de rage qui montait le long de sa colonne vertébrale. En réponse aux questions des garçons, il avait ramassé une brique. Il avait ramassé une brique et il l'avait balancée dans la vitrine d'un magasin abandonné, au coin de la rue. Il s'était enfui.

Dans Ephraim Avenue, il tapa du pied pour se réchauffer. Ses tennis firent un bruit sourd sur l'asphalte. Le bruit résonna dans l'air froid et vide, alors il recommença, plus fort cette fois. La rue était entièrement obscure, comme si la nuit, dans cet endroit, était plus noire que partout ailleurs. Il arracha un panneau de contreplaqué qui était cloué à l'entrée du 248. Il y laissa tout ce qui lui restait d'énergie. Se glissant dans l'ouverture ainsi faite, il pénétra dans la maison.

— Ohé, ohé, ohé ! cria-t-il, juste pour entendre sa voix résonner dans le couloir.

Toussaint s'installa dans le coin le plus à l'abri avec une couverture, un sandwich qu'il avait dérobé à un clochard ivre mort, et une liasse de lettres de sa mère, qui lui écrivait chaque semaine depuis la prison de Holmesburg, bien que l'idée de lui rendre visite lui fût insupportable. Il avait des lettres de sa grand-mère aussi. Son nom, c'était Dutchess. Elle vivait dans un endroit appelé Bonaparte, dans l'Alabama. C'était là qu'il allait. Cette fois-ci, il y allait vraiment. Toussaint sombra dans un sommeil agité de soubresauts et de frissons, et il rêva qu'il jetait de nouveau la brique dans la vitrine. Des filaments de verre, pris dans la lumière du lampadaire, étincelaient en tombant. La pluie d'éclats de verre scintillait comme des cheveux d'ange.

1985

PHILADELPHIE

CHERRY STREET

La pluie de cheveux d'ange s'abattit sur Ava Carson, qui se tenait devant le centre d'accueil pour les sans-abri de Cherry Street, serrant fermement la poignée de ses deux valises. Ava poussa un cri et laissa tomber ses valises. Les fermoirs cédèrent sous le choc et les deux valises s'ouvrirent d'un seul coup, déversant leurs entrailles comme un melon jeté du haut d'un immeuble. Les visions ne sont pas la réalité, en tout cas, elles ne le sont pas encore, mais elles n'en sont pas moins terrifiantes.

— Toussaint ! appela-t-elle.

Il était juste derrière elle, exactement là où il s'était trouvé, avant que la vision ne survienne : un petit garçon de dix ans, pas très grand pour son âge, les deux mains entourant la poignée de sa propre valise. Ils étaient là, en cette fin de matinée du mois d'août, la mère et son fils avec leurs trois valises et un sac-poubelle noir bourré d'autres objets leur appartenant.

— Qu'est-ce que tu faisais dans cette rue ? Pourquoi tu as… ? (Ava s'interrompit. Elle s'aperçut qu'elle était en train de hurler.) Non, poursuivit-elle. Rien.

Elle n'avait jamais entendu parler d'Ephraim Avenue. Une hallucination. Le genre de choses qui arrivent quand cela fait des jours que vous n'avez pas dormi et que vous êtes tellement épuisée que vous ne voyez plus que du noir sur les côtés, à la place de votre vision périphérique.

Ava se mit à genoux et commença à ratisser ses affaires sur le trottoir : un pyjama et son haut en soie avec une cravate au col, et deux belles jupes qu'elle avait réussi à emporter, la bonne paire de chaussures Buster Brown de Toussaint, qu'il mettait pour aller à l'école, et son gant pailleté de Michael Jackson, quelques bandes dessinées *Avengers*. Elle les fourra dans sa valise aussi rapidement qu'elle put, seulement, ça ne rentrait plus dedans comme avant.

— M'man ! Faut les plier. M'man, ça tombe encore.

Des pas rapides s'approchèrent d'eux. Une paire de chaussures à lacets, tout éraflées, s'arrêta à côté de l'une des valises. La tête d'une femme apparut dans son champ de vision.

— Vous voulez un coup de main, miss ?

Ava secoua la tête.

— Laissez-moi vous aider.

Deux mains s'abaissèrent au-dessus des affaires d'Ava, paumes crevassées, phalanges grisâtres, de la terre sous les ongles.

— Non ! dit Ava. Je veux dire, ça va aller.

— Mmmph, fit la femme.

En partant, elle marcha sur un pantalon.

À l'intérieur du centre de Cherry Street, ça sentait la sueur, la nourriture de fast-food périmée et les cheveux.

La salle d'attente était grande comme le DMV*, avec des rangées de sièges en plastique boulonnés au sol. L'homme à l'accueil ne cessa pas d'appeler Ava et Toussaint à son guichet, ne leur posant qu'une seule question chaque fois. Noms ? Très bien, allez vous asseoir. Pièces d'identité ? OK. Prenez un siège. L'endroit était sinistre, mais affairé. Il y avait comme une impression d'urgence qui se dégageait des gens qui travaillaient là, comme s'ils réglaient des problèmes sans arrêt, le téléphone collé à l'oreille, des piles de dossiers sur leur bureau. Dans un coin de la salle d'attente, une femme maigrichonne massait les coudes de son fils avec de la vaseline comme si sa vie en dépendait. C'était un spectacle réconfortant. Comme on dit, faut pas se laisser abattre à la première difficulté. Ava serra la main de Toussaint.

— Peut-être qu'on n'aura pas trop longtemps à attendre, dit-elle.

Mais ils attendirent longtemps. Une heure passa, puis deux. Bientôt ce fut l'après-midi, ou plutôt, Ava devina que c'était l'après-midi car le soleil devint blanc et la salle étouffante. L'homme à l'accueil les appela de nouveau pour donner à Ava une liasse de formulaires attachés à un porte-bloc à pince. Quand ils retournèrent à leur place, leurs sièges avaient été pris par une femme du genre t'as-quelque-chose-à-redire, toi ? et un gamin qui avait le bras plongé dans un sachet de Doritos. Il ne restait pas une seule chaise libre dans la salle. Aucun endroit où se mettre, à part s'adosser au mur avec tous leurs bagages à leurs pieds. L'air lourd pesait sur la poitrine et l'estomac d'Ava, si bien qu'elle

* DMV : appellation familière de la région regroupant Washington D.C., le Maryland et la Virginie. (Toutes les notes sont du traducteur.)

finit par avoir un haut-le-cœur et dut cracher un peu de vomi dans un mouchoir en papier usagé qu'elle ramassa par terre. Une femme, assise au bout d'une rangée tout près, fit la grimace et détourna le regard. Qui va pouvoir nous aider, se demanda Ava, s'il n'y a ici que ces femmes et leurs gosses, toutes aussi pauvres que des rats d'église ? Comme disait sa mère, quand on n'a rien, on peut rien faire.

— Tu veux que je le tienne, m'man ? demanda Toussaint.

Ava n'arrivait pas à maintenir le porte-bloc contre le mur, et les formulaires n'arrêtaient pas de tomber par terre. Le garçon posa une main sur le bras de sa mère. Ses yeux, gros comme des prunes, et sans cesse en mouvement, passaient d'une chose à une autre : un bébé à la peau couleur noisette porté sur une épaule ; une petite fille qui n'arrêtait pas de défaire ses barrettes jusqu'au moment où sa mère finit par lui en coller une bonne ; une dame agitant ses papiers sous le nez de l'homme à l'accueil. Ava parvint à ravaler une autre remontée de vomi et se concentra sur ses documents.

Les formulaires comportaient des questions du genre : Dernière adresse : 245 Turnstone Pike, James Creek, New Jersey. Parent le plus proche : Néant. Situation de famille : Mariée. Séparée. Personne à prévenir en cas d'urgence : Néant. Quelles sont les circonstances qui vous ont amené(e) à solliciter l'aide des services d'accueil des sans-abri ? Il y a deux semaines, mon mari Abemi Reed nous a mis à la porte de ~~chez nous~~ chez lui, dans le New Jersey.

Puis elle continua à écrire : Hier soir, Toussaint et moi, on était assis dans un Abribus, en face de la maison d'une dame, là-bas, dans le nord-est. Elle avait une carafe de thé glacé sur sa table. Il faisait sombre dans l'Abribus, puis le lampadaire s'est allumé juste au-dessus de nous, et on était tout éclairés. La femme dans sa cuisine nous a vus, alors j'ai pensé qu'on ne devrait pas rester là. Et on était tellement fatigués. J'ai dépensé presque tout l'argent que j'avais dans une chambre de motel. Le matin, mon fils a demandé où on irait après. Est-ce qu'on va passer la nuit encore ici, c'est ce qu'il a demandé. Je lui ai acheté un sandwich aux œufs au McDonald's dans la rue. On s'est assis dans la salle avec la climatisation et on a regardé des enfants jouer sur le toboggan dans l'aire de jeux. J'avais gardé assez pour prendre le bus, alors, quoi qu'il arrive, on pourrait toujours aller quelque part. On a utilisé l'argent du bus et on est venus jusqu'ici en métro.

Ayant rempli tout l'espace, Ava dut écrire dans la marge. Elle savait bien que ce n'était pas ce genre de réponse qu'ils attendaient, mais elle avait besoin de raconter tout ça à quelqu'un. L'homme à l'accueil parlait au téléphone, et il ne leva même pas les yeux quand elle poussa le porte-bloc dans l'ouverture du guichet. Elle resta là, les bras ballants et attendit. Au bout d'un moment, il lui jeta un coup d'œil et soupira.

— Allons, miss. Ne vous en faites pas. (Il prit le porte-bloc.) Faut pas pleurer ici. Il faut vous calmer… Gloria ! Vous pouvez venir ici, parce que cette dame est… Ne mettez pas vos mains sur la vitre, miss.

Gloria sortit bruyamment par une porte sur le côté.

— OK. Il faut vous calmer, sinon on ne peut pas…

Mais ce n'était pas seulement Ava – la moitié des gens qui étaient là pleuraient, ou s'efforçaient de ne pas pleurer. Pourtant, pas une des personnes présentes ne voulait en regarder une autre dans les yeux.

Gloria affecta Ava et Toussaint au centre d'hébergement familial de Glenn Avenue. Elle leur donna de quoi prendre les transports – des jetons et des tickets, pas d'argent liquide. Trois heures plus tard, ils se retrouvaient de nouveau dans la rue. Les arbres aux branches rabougries du centre-ville s'inclinaient sous la chaleur et les coiffures laquées des femmes qui travaillaient dans des bureaux retombaient mollement. Ava et Toussaint traînèrent leurs valises et leur sac-poubelle jusqu'au métro de Broad Street. Ils se relayèrent pour descendre leurs bagages dans les escaliers de la station : Toussaint gardait les affaires pendant qu'Ava descendait deux valises. Ensuite, ils échangeaient leur place. Puis ils échangeaient encore. Les gens les regardaient, mais personne ne les aidait. Un col sombre de transpiration apparut autour du cou d'Ava. Les yeux de Toussaint étaient vitreux et il avait les lèvres blanchâtres et sèches. Les autres voyageurs gardaient leurs distances, même si eux aussi transpiraient, même si certains d'entre eux occupaient trop d'espace avec leurs sacs et leurs paquets ou leurs chariots à linge. C'est drôle comment sont les gens, parfois.

Ava et Toussaint sortirent du métro, prirent deux bus pour ensuite se retrouver à marcher dans la rue avec leurs bagages. Les instructions disaient de marcher pendant quatre rues jusqu'à Tulpehocken Street. Prendre à gauche. Ils marchèrent pendant cinq rues, puis six. Les moustiques bourdonnaient à leurs oreilles.

— M'man ? M'man ! C'est là ? demandait Toussaint chaque fois qu'ils passaient devant un immeuble.

Ils parvinrent à une intersection. Au coin, un bâtiment gris de plain-pied s'étendait au milieu du pâté d'immeubles, grand et d'allure triste, comme le sont les bâtiments publics. Il y avait de l'agitation dans l'allée en U devant l'entrée, avec une foule de femmes et d'enfants si nombreuse qu'on pourrait penser que c'est seulement aux gosses et à leurs mères qu'il arrive des malheurs. Certaines de ces femmes avaient encore leurs bigoudis sur la tête et certains des enfants avaient des T-shirts sales, tandis que d'autres auraient eu bien besoin d'une coupe de cheveux. Ava ne remarqua pas les garçons qui portaient un pantalon impeccablement repassé, ni les femmes soigneusement coiffées et aux ongles faits. Tout ce qu'elle savait, c'était qu'elle n'avait aucune envie d'entrer là. Mais Toussaint était affalé contre un arbre. Il était incapable de faire un pas de plus, ou en tout cas, pas beaucoup plus.

— Ne t'éloigne pas de moi, dit-elle en prenant les valises.

Elle empoigna le sac-poubelle, en dépit du fait que les liens lui cisaillaient le poignet et que le poids mettait à mal l'articulation de son épaule.

— Tu restes tout près de moi.

Une femme, à l'entrée, essaya de dire quelque chose, bonjour, peut-être, ou peut-être que ce n'était même pas à eux qu'elle parlait. Ava ne put sortir aucun mot en réponse. À l'intérieur, juste derrière la porte, un agent de sécurité rondouillard, qui se tenait debout à son bureau, lança :

— Qui va là ?

Il avait dit cela avec un sourire qui aurait aussi pu être une expression vicieuse.

— Tu veux aller te dégourdir les jambes, champion ? demanda-t-il à Toussaint pendant qu'il examinait leurs papiers.

Il expliqua à Ava qu'ils avaient un chouette terrain de jeux pour les gosses, avec des cages à écureuil et un toboggan. Ava ressentit immédiatement de l'aversion pour cet homme, parce qu'il était là, parce qu'il avait une cuisine et une chambre à coucher qui l'attendaient quand il aurait fini son service, et parce qu'il parlait, et n'arrêtait pas de parler. Il s'appelait Melvin. Ava eut envie de le gifler.

— Tu peux y aller un petit moment avant qu'ils le ferment pour la nuit.

S'il n'avait pas eu des crampes d'estomac, Toussaint aurait bien aimé grimper dans ces cages à écureuil et s'accrocher aux barres en poussant des hurlements comme si avoir la tête en bas lui faisait peur, alors qu'en fait, ce serait juste pour hurler. Il regarda sa mère pour voir si, peut-être… mais elle avait le visage fermé comme un poing.

— Ah, le lundi, dit l'agent de sécurité en secouant la tête. C'est dingue, ici, le lundi.

Il agita son pouce en l'air derrière lui. Ça va sûrement prendre une éternité ; tout le monde était parti, maintenant, à part Miss Simmons.

— Elle a pas arrêté une seconde depuis ce matin, dit-il. Vous pouvez laisser vos affaires là-dedans.

Il indiqua ce qui avait l'air d'être un bureau vide. Ava secoua la tête. Pas question de laisser ses affaires dans une pièce non fermée à clé. Pas question de laisser Toussaint s'amuser avec ces enfants loqueteux. Il n'y aurait pas quelque chose à manger, pour son fils, demanda-t-elle.

— Ben, miss, c'est pas Pizza Hut, ici, dit-il, avant d'ajouter Je plaisante. C'est juste pour plaisanter. Le dîner est passé, mais vous pouvez demander à Miss Simmons. En général, ils ont quelque chose pour les gens qui arrivent tard.

Ava et Toussaint allèrent s'asseoir sur des chaises dans le couloir, essayant de ne pas encombrer le passage avec leurs bagages. Une femme assise en face d'eux leva les yeux au ciel. Comme si c'était mal d'avoir des bagages. Comme si cette femme n'était pas assise là, les jambes écartées comme un homme, en mâchonnant son chewing-gum comme une vache, se dit Ava. Il faisait trop chaud dans ce couloir sombre. Ava sentait le dossier en métal de la chaise lui comprimer la colonne vertébrale. Toussaint s'agita.

— Ne te gratte pas, lui chuchota-t-elle. On n'a pas… ne te gratte pas.

Il avait comme un bouton qui paraissait à vif juste au-dessus du coude.

Toussaint s'assit sur ses mains.

— C'est pas si moche que ça, m'man, dit-il. Ils ont mis toutes ces décorations. T'as vu ?

Le couloir était tapissé de découpages en papier cartonné, comme ceux que les enfants font à l'école. Et d'une grosse pomme souriante, avec un slogan écrit en travers, au milieu. Une pyramide de nourriture, accompagnée de morceaux de pain avec des jambes et des petits chapeaux. Mais il n'y avait pas de fenêtres et les murs en parpaing qui se terminaient en cul-de-sac étaient couverts d'affiches et de notifications qui paraissaient tout à fait officielles.

— T'as vu ? répéta-t-il.

Des bribes de conversations flottaient jusqu'à eux depuis le téléphone payant près du bureau du garde.

— Et Miss Jeanie ? Elle fait quoi ? Elle est passée ?

Ava tenta d'écraser un moustique sur sa jambe. Plus loin, dans le couloir, il y eut un bruit de pièces de monnaie, suivi d'un choc sourd quand le distributeur de boissons gazeuses fit tomber la canette dans le tiroir. Le téléphone payant se mettait à sonner dès qu'il n'y avait plus personne qui l'utilisait.

— Ne te gratte pas, Toussaint.

— *Toi*, ne te gratte pas. Tu te grattes, là, dit-il.

Elle avait les cuisses brûlantes de piqûres de moustiques. Ça la démangeait tellement que c'était à hurler. Elle bondit de sa chaise, puis se rassit.

Une dame, avec une coupe à la Jeanne d'Arc et les extrémités des cheveux incurvées, les conduisit dans un bureau et se présenta comme étant Miss Simmons. Elle s'assit et fit tourner ses lèvres tandis qu'Ava sentait les démangeaisons cuisantes sur ses cuisses. Miss Simmons avait des ongles d'un mauve parfait, ovales, et elle les tapait sur le bureau tout en parlant. Pas de drogue, pas d'alcool, pas d'hommes. *Tac*. Un soutien psychologique était possible. *Tac*. Toutes les résidentes doivent activement chercher du travail. Ava devrait s'inscrire à l'agence pour l'emploi avant la fin de la semaine. S'ils ne respectaient pas le règlement – de la façon la plus stricte ! – il serait immédiatement mis fin à leur séjour. Aucune question. *Tac tac*. Ava se frotta les jambes à travers la toile de son jean. Miss Carson était-elle fatiguée ? demanda Miss Simmons. Avait-elle consommé certaines substances ? Elle avait l'air de ne pas être dans son assiette. Il était possible d'obtenir une aide concernant le traitement de la dépendance. Les horaires des repas devaient être strictement respectés. Pas de nourriture dans les chambres. Pas de drogue, pas d'alcool, pas d'hommes. Toutes les résidentes doivent avoir quitté le centre à neuf heures les jours de semaine ; les résidentes peuvent revenir pour le déjeuner. Le couvre-feu est à neuf heures, à moins qu'une autorisation spéciale ait été accordée.

Des bons de type Section 8* étaient disponibles si elles trouvaient un logement par elles-mêmes. Les résidentes devaient tout faire pour trouver à se loger.

Un spasme contracta la paupière d'Ava. Elle était si lasse qu'elle aurait pu se coucher là, sur le sol. Miss Simmons leur fit visiter l'établissement. La salle de télévision est fermée à neuf heures le soir. La porte à droite s'ouvre sur l'une des cinq salles de bains communes, chacune comportant cinq cabines de douche, lavabos et toilettes. Miss Carson se sentait-elle bien ? Il faudrait qu'elle se présente demain à treize heures pour une évaluation de sa santé mentale. Il faudrait aussi qu'elle se présente à dix heures du matin pour les formalités générales d'admission. Ils termineraient la visite demain. Le garçon avait l'air un peu fatigué. Ils descendirent une demi-volée d'escalier et s'engagèrent dans un long couloir qui les mena à la chambre 813. Miss Simmons sortit une clé de la poche de son blazer. Pas de drogue. Pas d'alcool. Pas d'hommes. Puis elle s'éclipsa.

Les murs de la chambre 813 étaient d'un vert menthe terne. De hautes fenêtres rectangulaires donnaient sur une cour à l'herbe piétinée au-delà de laquelle on pouvait tout juste apercevoir un parking, de l'autre côté d'une rue passante. Les sandales d'Ava collaient au linoléum poisseux. Dans la chambre flottait une odeur de serpillière sale et de tous les gens qui y avaient séjourné : des enfants avec toutes sortes de boutons et d'éruptions cutanées, des années de femmes qui s'étaient passé en vitesse un linge humide sous les aisselles devant le lavabo dans le coin de

* Section 8 : nom couramment donné aux dispositions légales concernant l'aide au logement des personnes à revenu modeste.

la pièce (combien de femmes en combien d'années ?) et des vêtements sales, et, par-dessus tout ça, des relents d'ammoniaque. Toussaint s'avança d'un pas. Ava tendit le bras en travers de la poitrine de son fils pour l'empêcher d'aller plus loin. Il y avait un bureau en bois dans le fond, avec deux chaises en plastique à l'assise non rembourrée. Une étagère en métal et un miroir étaient fixés au mur au-dessus du petit lavabo ébréché. Deux lits simples étaient collés contre deux murs opposés. Un cafard à moitié mort sur le matelas. Toussaint s'appuya contre son bras.

— Assieds-toi sur la chaise, mon chéri, dit-elle. Pas sur ce matelas. Ne touche à rien. On ne peut pas rester ici. Pas question qu'on reste ici.

Quelques heures plus tard, la circulation dans Tulpehocken Street se fit moins dense. Ava et Toussaint n'avaient pas bougé de leur chaise près du vieux bureau délabré. Un bébé pleurait, quelque part dans les couloirs du centre. Le tic-tac d'une horloge au mur résonnait dans le silence. Ava leva les yeux pour s'apercevoir que l'aiguille des heures tressautait au-dessus du 10 comme une paupière qui tremble. Elle grimpa sur la chaise, puis sur le bureau. Elle empoigna l'horloge à deux mains et tira dessus.

— Allez, dit-elle tout haut.

Toussaint se réveilla en sursaut et regarda autour de lui, les yeux rougis.

— M'man ?

Ava redescendit. Toussaint était assis, la tête posée sur la paume de sa main, mais son coude n'arrêtait pas de glisser sur le bureau.

— M'man, dit-il. M'man, s'il te plaît, je peux m'allonger ?

— Bientôt, mon chéri.

— Je me sens pas bien, m'man. Je crois qu'il faut que je m'allonge.

— Je sais, mon petit chéri. Je sais. On va bientôt s'allonger.

L'instant d'après, il était de nouveau affalé sur le bureau. Ava se pencha au-dessus de lui et posa la joue sur sa tête. Ses cheveux étaient moites. Il avait vraiment besoin de s'étendre. Mais pas ici. Seulement voilà, ils n'avaient nulle part où aller. Elle n'avait – ils n'avaient – pas d'autre endroit, et donc ils étaient là au lieu d'être sur un banc dans un parc ou dans une station de métro. Elle s'appuya sur le bureau pour garder son équilibre. Peut-être que l'on pourrait… une pensée lui traversa l'esprit comme un chat qui bondit par-dessus un mur. Cela aurait pu être une bonne idée, une idée qui aurait pu les sortir de là, mais Ava ne fut pas assez rapide pour s'en saisir.

Toussaint poussa un glapissement de douleur, comme si on lui avait donné un coup de pied dans son rêve. Bon. Très bien. Ava se redressa. Elle n'avait rien pour nettoyer le matelas, aussi elle se servit des deux paires de draps pour faire le lit qui n'avait pas de cafard. Elle avait mal au dos, mais elle parvint à soulever Toussaint de sa chaise avec ses deux bras et le guider à travers la pièce. Elle l'étendit sur le lit, comme Abraham le fit avec son fils Isaac.

Ava orienta sa chaise vers Toussaint, afin d'être en mesure de le protéger de toute bestiole qui pourrait sortir d'un coin pour venir se glisser sur son cou et pondre ses œufs dans ses oreilles. Elle frissonna d'épuisement, mais à peine avait-elle fermé les yeux qu'elle sentit des pattes courir sur ses chevilles. La lampe au plafond bourdonna et la chambre fut brusquement inondée d'un blanc éclatant qui effaça tout comme sur une photographie surexposée. Une autre vision s'imposait à elle. Ou c'était le Saint-Esprit, ou l'esprit de son p'pa dont le flux descendait dans la lumière fluorescente au-dessus de sa tête. Quoi que ce fût, cela la calma. Elle appuya la tête contre le mur et au bout d'un moment, elle s'endormit.

FRAGILISATION DES LIENS SOCIAUX

— Vous êtes-vous sentie triste au cours des deux derniers mois, Miss Carson ? Ou avez-vous eu envie de vous faire du mal, ou d'en faire à quelqu'un d'autre ?

Miss Simmons était assise en face de son rendez-vous de treize heures, Ava Carson. Elle lui avait donné deux jours supplémentaires pour s'installer, avant cette seconde évaluation. Certaines prenaient leur arrivée au centre plus mal que d'autres. Cette Miss Carson lui semblait un peu fragile ; en plus, il y avait quelque chose de bizarre chez elle. C'était peut-être quelqu'un qui buvait en cachette, pourtant elle n'en avait pas l'air. Elle avait les yeux clairs. Ou alors, elle se droguait, mais elle n'en avait pas l'air non plus. Des problèmes d'ordre psychiatrique, peut-être, bien que la psychologue des services sociaux n'eût rien relevé d'anormal lors de son examen. Mais ça ne voulait rien dire. Les gens pouvaient être déprimés, non ? Ils pouvaient très bien avoir un problème sérieux sans que cela les empêche de savoir quel jour on était et qui était président. Elle va bien, avait dit June à l'issue de l'évaluation. June en était un peu contrariée. June n'aimait pas qu'une femme jolie et bien élevée lui prenne de son temps si elle n'était pas au moins un peu toquée. Moi ça me va, se dit Miss Simmons. Je suis prête à prendre toutes les Ava Carson du monde quand on veut, même si celle-ci est un peu étrange. Juste la veille, une résidente lui avait déclaré avec le plus grand calme qu'elle avait quitté son lieu de résidence précédent parce que son père, qui était un salaud, apparemment – mais qui n'était plus de ce monde –, avait pris le contrôle de la chaîne stéréo et s'adressait à elle par les haut-parleurs. Et il semblait bien que ce père pouvait à présent se faire entendre dans la radio posée sur le bureau de Miss Simmons. Et cette puanteur qui se dégageait d'elle. Elle ne s'était pas lavée depuis Dieu sait combien de temps. Et pendant toute l'entrevue, elle n'avait pas cessé de faire sauter un enfant de deux ans sur ses genoux. Alors pensez donc.

— Miss Carson ?

— Je dirais, bien sûr que je me sens triste. Nous n'avons pas d'endroit où aller.

Miss Simmons n'aimait pas les pleurs, bien que cela fût inévitable dans son domaine d'activité. Elle n'avait pas envie de voir les larmes monter aux yeux de cette Miss Carson et ruisseler sur le devant de son chemisier. Elle n'aimait pas quand les choses dépassaient leurs limites. Son travail consistait à imposer un ordre au chaos, afin que ces femmes puissent sortir de cet endroit et vivre comme les autres.

— Vous avez signalé que vous aviez quitté votre lieu de résidence précédent, dans… (Miss Simmons consulta le dossier d'Ava Carson). Dans le New Jersey, pour des raisons de violence conjugale.

— Non ! Je veux dire, oui, mais ce n'était pas comme…

— Des signalements à la police ?

— Comment ?

— Avez-vous fait des signalements à la police ?

Ava Carson secoua la tête. Dommage, pensa Miss Simmons, qui raya Shelter House, Hill of Hope et Women's Rescue Mission*. Ces établissements étaient plus agréables pour les enfants. Garderie et autres trucs dans le genre. Mais de toute façon aucun d'eux n'avait de place disponible.

— Parent le plus proche d'ici ?

— En Alabama.

— Aucun parent dans les environs ?

Ava secoua la tête.

Pas même le père du garçon ? Un certain Cassius Wright figurait sur l'acte de naissance.

— D'autres relations ? Peut-être une personne à laquelle vous n'auriez pas pensé et qui pourrait vous venir en aide ?

813 prit une profonde inspiration et serra les dents. Bon, ne vous mettez pas en colère contre moi, pensa Miss Simmons. À un moment donné, Miss Carson avait fait, ou n'avait pas fait, certaines choses, en conséquence de quoi elle se retrouvait abandonnée à elle-même et dans le pétrin. Elles ne finissent pas ici à cause d'une perte d'emploi ou de petits amis peu recommandables. Elles finissent dans mon bureau à cause de ce que les nouvelles directives de la ville appelaient "la fragilisation des liens sociaux". Aujourd'hui, on mettait des mots plus agréables sur les choses.

— Et vous avez indiqué posséder en tout et pour tout onze dollars ?

813 fit oui de la tête.

* Shelter House, Hill of Hope et Women's Rescue Mission sont des refuges ou centres d'accueil pour femmes battues.

— Et rien à part cette somme en liquide ? Pas de voiture ? Pas de biens à votre nom, même si vous n'y avez pas accès ?

— J'étais mariée… Abemi, mon mari, était, euh, religieux, alors j'étais… je restais à la maison et prenais soin de l'intérieur. Mais ça ne s'est pas passé comme j'avais… Ça n'a pas marché.

— Donc. Dernier emploi, il y a trois ans.

— Oui, mais… c'est quand je me suis mariée, et j'ai arrêté de travailler. J'avais toujours travaillé avant cela. Toujours. J'avais quelques centaines de dollars d'économies, et j'ai mis mon argent sur son compte. (Ava s'interrompit un instant et prit une respiration.) Mais il n'a pas ajouté mon nom comme il avait promis qu'il ferait.

Il n'y en avait pas une qui s'occupait des comptes, pensa Miss Simmons. Mais elle dit :

— C'est assez courant dans un couple marié.

— Que les hommes empêchent leur femme d'avoir son propre argent ?

— Les comptes joints, Miss Carson.

Ava se pinça les lèvres ; à peine, mais cela n'échappa pas à Miss Simmons.

— Ce n'était pas un compte joint, Miss Simmons. Je viens de dire qu'il…

— James Creek, New Jersey, dit Miss Simmons en regardant l'adresse d'Ava sur le formulaire. C'est un coin agréable. Appartement ou maison individuelle ?

— Maison individuelle.

— Je vois. Très bien. Donc…

813 respira profondément, la mâchoire serrée comme un étau. Il n'y a là rien de personnel, pensa Miss Simmons. Ne vous énervez pas.

— La forme de revenu la plus récente, c'était cet emploi chez Kelly Services ? C'est bien cela ? En 1982 ?

813 fixa son regard quelque part au-delà de Miss Simmons.

— Miss Carson ?

— Date de naissance : 1940. Dutchess et Caro Carson. Noms des parents.

— Oui, nous avons ces renseignements, Miss…

— Philadelphie. West Oak Lane. Robe jaune pâle. Taille Empire. Septembre 1982.

— Je vous demande pardon ?

— Eh bien, puisque vous passez de nouveau en revue les choses que j'ai déjà écrites sur ces formulaires que vous avez là, et sur les formulaires ayant précédé ces formulaires, et tout ce dont j'ai discuté avec l'autre personne des services sociaux, je me suis dit que j'allais vous éviter la peine de me poser d'autres questions. Et puis, vous savez bien, les gens aiment toujours entendre parler de mariage.

— Miss Carson, vous allez bien ?

— Oh, oui. Très bien.

Miss Simmons ôta ses lunettes et fixa longuement Ava du regard. Elle s'était aperçue que cela pouvait souvent décourager une attitude peu coopérative. Il était évident que cette femme avait vécu quelque chose de difficile. Sur ses formulaires d'admission, elle avait écrit des choses pas très claires au sujet de son mari qui regardait la télévision ou mangeait du poulet ou quelque chose comme ça pendant qu'elle essayait de rentrer dans leur maison. Mais qu'est-ce que Miss Simmons était censée faire des histoires affligeantes de tous ces gens ? Si les renseignements fournis n'étaient pas de nature à justifier un bon d'hébergement d'urgence, Miss Simmons ne voulait pas en entendre parler. Elle changea de sujet.

— Est-ce que le mariage est toujours valide ? Pas de divorce ou de procédure de divorce en cours ? Pas de pension alimentaire ou d'aide pour l'enfant ?

Ava s'éclaircit la gorge et redressa le nœud au col de son chemisier. Un beau chemisier. Elle ferait bonne impression à un entretien d'embauche. C'était un point en sa faveur, et elle s'exprimait bien. Tout ce que 813 avait à faire, c'était suivre les instructions de Miss Simmons. Aussi simple que cela.

— Miss Carson, ne perdons pas de temps. J'imagine que vous n'avez pas envie de rester ici plus longtemps que nécessaire.

Miss Simmons tapota avec son ongle couleur cannelle… une fois, deux fois.

— Alors, poursuivit-elle. Pension alimentaire ou une aide pour l'enfant ?

— Non. Rien de tout cela, dit Ava à mi-voix, les yeux baissés sur les paumes de ses mains.

PORC AUX HARICOTS

— Il ne faut pas ruminer nos ressentiments, disait la nouvelle nana du 813. Elle et son garçon, il avait un nom bizarre – Tout ou Toux – quelque chose comme ça ? Bon, enfin, ils étaient assis à une table, presque au fond de la cafétéria de Glenn Avenue, quand Melvin fit sa ronde du déjeuner. Le garçon enfournait sa nourriture. Fallait qu'il ait faim pour avaler cette merde à une telle vitesse – Melvin ne touchait jamais rien de ce qu'ils faisaient dans cette cuisine. Aujourd'hui, ils n'avaient même pas réussi à faire correctement ce porc aux haricots, tiède mais brûlé, avec des petits morceaux noirs en suspension entre les cubes de viande rosée.

Deux gros ventilateurs sur pied brassaient l'air aux relents de haricots en boîte dans toute la salle. L'atmosphère était si humide que le ruban adhésif qui fixait les dessins d'enfants s'était décollé et les feuilles de papier battaient contre les murs. 813 engloutit son eau ; elle paraissait un peu verdâtre. Elle avait la peau suffisamment claire pour rougir, ce qui n'était pas vraiment le truc de Melvin, entre nous soit dit. Sa femme aussi tirait sur le jaune, ce qui était le droit et le privilège de Melvin, en tant qu'homme employé par la ville, retraite garantie. Mais il aimait les femmes à la peau marron, ou tout au moins couleur cannelle. Ça lui fichait un peu la trouille quand il pouvait voir toutes ces veines sous la peau d'une personne. 813 était jolie à sa manière. Genre hippie snobinarde. Elle portait ce qu'on appellerait un chemisier, à manches courtes avec une espèce de joli petit motif, et une jupe en jean qui était un peu plus collante que ce à quoi on s'attendrait avec ce haut qui faisait plutôt genre de femme qui va à l'église.

— Nous devons le bannir de nos pensées, disait-elle à l'instant où Melvin repassa près d'eux en sens inverse.

Bannir ! Mais qui disait bannir ? Une maîtresse d'école, peut-être. Vous seriez surpris d'apprendre que toutes sortes de gens peuvent finir ici, au centre de Glenn Avenue. Il secoua la tête. Elle devait être en train de parler de son petit ami ou quelqu'un comme ça. Toutes ces femmes qui étaient là avaient un mec qui, d'une façon ou d'une autre, les avait foutues dans la merde. D'après les calculs de Melvin, soixante femmes se trouvaient dans la cafétéria en ce début d'après-midi, ce qui voulait dire qu'il y avait au moins soixante types, peut-être cent vingt, qui avaient quelque chose à voir dans leur présence ici. Et c'était précisément la raison pour laquelle Melvin avait un enfant et un seul. Deux préservatifs dans son portefeuille en permanence. Il les changeait tous les trois mois. Mais bien sûr, ils étaient toujours utilisés avant ça. Toujours ! Résultat, lui il n'avait pas de gamin dans la mouise avec une de ses maîtresses occasionnelles. Non, pas de ça avec lui.

La nana à la peau claire se leva, tenant le plateau de son fils, et elle parut un peu perdue ; comme si, tout d'un coup, elle ne savait plus où elle était ni ce qui lui arrivait.

— M'man? dit le garçon.

Il n'avait pas l'air en grande forme non plus. Des cernes sous les yeux. Plutôt chétif. On aurait dit que le pauvre petit était sur le point de se mettre à brailler. Elle devrait le ramener dans leur chambre et le serrer dans ses bras ou faire un truc de ce genre. Melvin n'était pas un sauvage. Il pensait que les garçons pouvaient très bien pleurer jusqu'à l'âge de onze ou douze ans. Mais après, il fallait tout de même qu'ils arrêtent ces conneries.

Melvin s'appuya contre le mur et promena son regard sur toute la salle. Le déjeuner se passait bien, tranquillement. La plupart des résidentes étaient à l'extérieur, occupées à Dieu sait quelles foutaises – elles étaient censées chercher du boulot, mais bon –, ce qui signifiait que Melvin pouvait se la couler douce. Il avait appris une chose ou deux depuis son arrivée ici. Quand il avait été embauché, il pensait que les femmes ne poseraient pas de problèmes. Il était vrai que celles qui étaient du genre respectable faisaient profil bas et ne s'occupaient que de leurs propres affaires. Mais les autres? Hmmm. Premièrement, quand elles sont énervées, elles ont autant de force que Godzilla. Deuxièmement, c'est dix fois plus difficile d'interrompre une bagarre entre elles que d'essayer de s'interposer entre deux Blacks. Les femmes, elles se servent de n'importe quoi – les ongles, les dents, elles s'arrachent les cheveux. Melvin en avait vu une planter une pince à cheveux cassée dans la joue d'une autre. Une pince à cheveux! Le sexe faible, mon cul. Pas plus tard qu'hier, il avait mis fin à une bagarre près des téléphones publics. Elles se disputaient au sujet de… Tiens, quand on parle du loup. L'Ennemie publique n° 1 entra dans la cafétéria.

— Ça roule, Tess ? lança Melvin, pour qu'elle sache qu'il était là.

La veille, il avait failli se faire éborgner en la séparant d'une autre femme. Renee et lui étaient tombés d'accord pour estimer que c'était Tess qui avait gagné, mais elle avait trois profondes griffures d'ongles sur la joue. Aujourd'hui, elle avait l'air un peu triste. D'ordinaire, elle parlait haut et fort et elle avait sa petite cour autour d'elle. "Tess a pas de temps à perdre avec des conneries." Ou bien, juste avant qu'elle récolte ces griffures hier : "Tess est pas du genre à rester là à poireauter pendant qu'une salope bavarde une heure entière au téléphone PUBLIC." La nouvelle nana, qui arrivait de l'extérieur, devait passer par là au moment de l'échauffourée. Eh ben, vous savez quoi ? Elle a même pas eu peur. Le petit garçon, lui, on aurait dit qu'il allait se pisser dessus, mais quand ils se sont approchés de la scène, 813 s'est placée entre son garçon et les deux qui se bagarraient, et elle a continué son chemin, avec un air qui donnait l'impression qu'elle avait envie de leur cracher dessus. Prenant une attitude hautaine. Elle s'est arrêtée une seconde, les poings serrés, comme si elle songeait à entrer dans la mêlée. Plutôt surprenant, non ?

813 était penchée en avant et elle chuchotait avec détermination, tout son corps tendu.

— Mais, mais…, disait le petit garçon.

Elle prononça un nom, ou tout au moins, Melvin supposa que c'était un nom, et secoua la tête. Puis l'enfant voulut qu'ils se mettent à prier, alors ils joignirent leurs mains au-dessus de la table, mais seul le garçon inclina la tête. Elle continua à regarder droit devant elle, toute raide. Intense était un mot qui lui allait bien.

Tess s'avança jusqu'aux premières rangées de tables et de là, elle toisa toute la salle d'un air agressif, et qui pensez-vous qu'elle toisa avec le plus d'agressivité ? Elle n'aimait pas l'allure de 813, ce qui n'avait rien d'étonnant. Tess mesurait dans les un mètre quatre-vingts et son visage tenait un peu du berger allemand. Sans être moche, exactement.

— T'as besoin de quelque chose ? hurla Tess à travers la salle.

Oh-oh, se dit Melvin.

— Non, m'dame, lui répond 813.

Oh, mais avec une de ces intonations dans le “m'dame”. En plus, elle avait décoché un de ces grands sourires genre Miss Amérique en disant ça : tout dans la bouche, le regard dur. À vous ficher la frousse.

— T'en es sûre ? insiste Tess.

Mais même cette tête brûlée de Tess comprit que c'était une bagarre à remettre à plus tard. Elle alla s'asseoir à une table des premières rangées en compagnie de la femme avec laquelle elle était entrée, et toutes deux s'attaquèrent à leur porc aux haricots. Après quelque bouchées, Tess se lança dans un de ses monologues, comme si ça n'était pas à cause des griffures sur son visage qu'elle était déprimée, ni de rien d'autre dans sa vie ; comme si elle avait simplement les batteries à plat et que le porc aux haricots la remettait en état de marche.

RITUELS DU COUCHER

Le cinquième jour après son arrivée à Glenn Avenue, Ava reçut une aide d'urgence de soixante dollars – obtenue prioritairement, l'informa-t-on, grâce à la diligence de Miss Simmons elle-même. Signer pour avoir l'argent fut toute une affaire, mais une fois qu'Ava en eut terminé avec ces formalités, elle sortit acheter deux ou trois choses dont Toussaint et elle avaient besoin. Deux bombes aérosol de Raid, pour commencer. Elle les vida toutes les deux d'un coup et la chambre 813 pua tellement qu'ils eurent les yeux larmoyants pendant deux jours. Tous les matins, ils trouvaient des cafards sur le dos, agités de spasmes, sur le rebord de la fenêtre ou par terre, et d'autres bestioles à moitié mortes tombaient du plafond. Toussaint se comportait en bon garçon. Il faisait comme s'il ne les voyait pas. Mais au moins, ils pouvaient s'asseoir sur leur lit. Ava prit les draps et se rendit à la laverie automatique, où elle les passa à la machine deux fois, à la température maximum.

Leurs valises et le sac-poubelle étaient restés bien fermés dans un coin de la pièce. Il n'y avait qu'un seul placard : la tringle de la penderie en métal était rouillée et courbée au milieu ; quelque chose de poisseux formait une pellicule sur l'unique étagère et une odeur de chaussures puantes soulevait le cœur d'Ava. Elle avait vite refermé la porte et ne l'avait plus jamais ouverte. Elle était presque contente de savoir que leurs autres affaires étaient restées à l'abri de cette crasse. Mais peut-être qu'elles n'étaient pas en sécurité non plus, là-bas, dans le New Jersey où elle avait dû les laisser. Qu'est-ce qu'Abemi allait faire de leurs souvenirs, de leurs vêtements d'hiver et des draps ? Vider les pièces, plein de rage, et tout flanquer sur la route, faire un feu et jeter dans les flammes toutes les choses précieuses qu'il allait trouver : la photo de Toussaint avec sa petite couronne en papier de son premier jour à l'école maternelle, son diplôme d'enseignante à elle.

Cinq jours au centre de Glenn Avenue, et déjà la routine commençait à s'imposer à eux. Même dans cet endroit, ils continuaient à avoir besoin de manger, de dormir et d'aller aux toilettes. La salle de bains commune était répugnante : relent de moisi, touffes de cheveux, papier toilette mouillé partout sur le sol, et dans la cuvette, la merde de ceux qui n'avaient pas tiré la chasse d'eau. Toussaint et elle n'y allaient que lorsqu'ils ne pouvaient plus se retenir. Ava refusait de s'y doucher ; ils se lavaient au petit lavabo de leur chambre.

Elle avait décidé de quelques règles : lumières allumées en permanence. Ava dormait trois à quatre heures par nuit sur sa chaise. Elle écrasait les cafards et les poissons d'argent. Elle utilisait les serviettes en papier de la cafétéria pour essuyer les cochonneries que cela faisait sur les murs verts. Toussaint s'enveloppait dans les draps quand il se couchait, on ne voyait plus un seul centimètre carré de sa peau. Il était comme une momie étendue sur le matelas couvert d'une alèse de caoutchouc. Il transpirait au cours de la nuit et se réveillait dans des draps humides et avec un martèlement dans la tête.

Autre règle : on ne sortait pas de la chambre la nuit. Ce gardien, Melvin, était un bon à rien. N'importe qui pouvait pénétrer dans le bâtiment. Et certains ne s'en privaient pas. Elle avait entendu des voix d'hommes dans les couloirs, tard le soir.

— Je t'ai pris cette bouteille de jus de fruit vide, dit-elle à Toussaint. Pour la nuit.

— Quoi ?

— Pour quand tu dois aller aux toilettes la nuit.

— C'est dégoûtant.

— Je sais. Je sais que c'est dégoûtant.

Il était trop âgé pour dormir à moins de deux mètres de sa mère. Ça les gênait tous les deux. Leur corps leur avait joué un sale tour, avec tous ces organes qui pendaient, émettaient des sécrétions et enflaient.

— Raconte-moi quelque chose, m'man, dit-il. Je n'arrive pas à m'endormir.

Ava lui raconta des histoires de son enfance à Bonaparte, comme elle en avait pris l'habitude depuis qu'il était né. Il fit comme s'il était réconforté. Peut-être l'était-il. Cela aida Ava à se sentir mieux aussi. Ces histoires lui rappelaient que la chambre 813 n'était pas la seule réalité qui eût jamais existé. Ils étaient assis l'un en face de l'autre, sur leur chaise en plastique, près du bureau.

— Des Indiens Muskogee, pour la plupart, dit Ava.

— Avec des plumes ? demanda Toussaint.

— Pas de plumes, Toussaint. Seulement des chapeaux.

— Ah. Bon, et quoi d'autre ?

— Des bottes.

— M'man ! Tu sais bien ce que je veux dire.

Quoi d'autre ? Le grincement de la large planche sur la véranda quand on s'installait sur la balancelle. Les fermiers de la tribu des Poarch-Creeks et les commerçants choctaws, qui venaient échanger des chaussures et toutes sortes de produits contre du tabac de Bonaparte (cultivé ou volé), ou du porc salé ou de l'alcool de maïs. Ils s'arrêtaient chez Miss Tillie, pour des affaires dont les petites filles étaient censées ne rien savoir, puis ils allaient se coucher au bord de la rivière et repartaient le matin venu. Comme si on était encore en 1820, comme si n'importe qui, partout dans le monde, troquait encore ceci contre cela avec des Indiens, en 1947. Le p'pa d'Ava disait que Bonaparte était un endroit pour des gens libres ; cela faisait cent ans qu'eux et les Indiens s'aidaient mutuellement à rester libres. Et P'pa, qui calait son fusil sur l'épaule d'Ava quand ils allaient à la chasse. Bouge pas, bouge pas, puis le fracas de la détonation et le battement d'ailes quand le balbuzard effrayé s'envolait de l'arbre et que le cochon sauvage touché s'écrasait dans les broussailles sèches et craquantes de l'été. Le goût du faisan rôti, fraîchement tué. Un plaisir que Toussaint n'avait jamais connu. Il y avait aussi les années d'inondation, quand le gibier constituait la seule nourriture, parce que les champs avaient été submergés et que tout avait pourri, ou n'avait même jamais poussé. Dutchess à son piano dans le salon, en train de jouer et de jurer.

La question suivante que Toussaint n'allait pas manquer de poser la concernerait, cette grand-mère qu'il n'avait jamais rencontrée et qui vivait dans un endroit si étrange et si lointain que cela pourrait tout aussi bien être un conte de fées, tout au moins dans l'esprit de Toussaint. Dutchess ne savait pas qu'elle avait un petit-fils.

— Bonaparte a été la deuxième ville noire incorporée* en Alabama, dit Ava. En 1868!

— Tu dis toujours ça, m'man.

— C'est important.

— Je *sais*. Quoi d'autre? Et ma grand-mère?

Jamais Ava ne pourrait raconter Bonaparte de la bonne manière. Voilà comment c'était, disait-elle, mais ce n'était pas comme cela en réalité – c'était juste ses souvenirs qui lui jouaient des tours et qui fabriquaient de jolies histoires. Voilà ce qu'elle aurait dû dire: quand j'étais petite fille, j'ai vu mon p'pa s'enfuir à travers les champs d'arachides de Bonaparte, tête baissée et agitant les bras. Ils lui ont tiré dans le dos. P'pa est tombé en avant dans les jeunes pousses d'arachides. Les grillons se sont arrêtés de chanter. Pas de tours de passe-passe, là, vous voyez? Peut-être que si Ava pouvait le raconter tout net, elle verrait tout le cours de sa vie, aussi clairement que dans un journal. Peut-être que la chambre 813 l'attendait depuis sa naissance, voire avant même sa naissance. Il se pourrait que "maintenant" soit déjà présent, recroquevillé, dans "avant", à l'instar des générations successives d'une famille, déjà présentes à l'intérieur du corps d'une femme. Quelle horreur. Mais quelle douceur, aussi, comme si une main avait tout préparé et étalé pour vous, avec amour, comme on pourrait étaler les vêtements d'un enfant.

— Quoi? dit Toussaint.

— Rien. Désolée. Il faut dormir.

* Aux États-Unis, une ville incorporée est une ville qui a un maire et un conseil municipal élu. Les territoires non-incorporés n'ont pas de gouvernement local et sont gérés par le comté.

DANS LA GUEULE DU LOUP

UNE fois Toussaint endormi, Ava appela Abemi.

— T'es où ? demanda-t-il. Pourquoi tu m'appelles si tu ne veux pas me dire où tu es ? (Il essayait de prendre le ton de celui qui s'en fiche complètement.) Je suppose que tu continues à le voir. Je suppose que c'est là que tu es allée quand tu es partie d'ici.

Dans un instant, il allait se mettre à hurler. Ava sentit sa gorge se serrer, comme si une main l'étreignait de l'intérieur. Elle vit le visage d'Abemi flotter devant elle : la bouche tordue, ces yeux de bébé, humides et pleins de colère. Elle raccrocha avant qu'il ait pu dire autre chose.

De retour dans sa chambre, elle fit les cent pas pendant que Toussaint dormait. Il y avait quelque chose qu'elle devait faire avant de trouver le moyen de les sortir de là. Mais elle ne parvenait pas à organiser ses pensées, elles lui échappaient, détalant devant elle comme des poissons d'argent.

Deux livres de coloriage étaient posés sur le bureau. Ils leur avaient donné des livres de coloriage. Pour un garçon de l'âge de Toussaint ! Ava prit un crayon, dont il ne restait qu'un petit bout. Peut-être, se dit-elle, que si je mets les choses par écrit. Si je fais une liste de tout ce qui s'est passé, peut-être que cela va mettre de l'ordre dans mon esprit. Elle n'omettrait aucun détail : Abemi et le New Jersey. Cass. Elle aurait un compte rendu complet, et quand ce serait fait, elle verrait où les choses avaient mal tourné et elle saurait ce qu'il convenait alors de faire.

Elle écrivit :

> Nous sommes au centre d'hébergement de Glenn Avenue depuis cinq jours.

Non, ça n'allait pas. Ça ne remontait pas assez loin. Elle pourrait partir du moment où elle s'était mariée. Ou peut-être qu'elle devrait commencer par écrire comment ça se passait avant qu'elle se marie. Quand c'était juste elle et Toussaint contre le monde entier. Seulement voilà, pour affronter le monde il fallait de l'argent, et Ava n'en avait pas.

> Juste avant qu'on se marie, Abemi et moi, Toussaint m'a demandé pourquoi on ne pouvait pas rester rien que nous deux et continuer à aller au Please Touch Museum* et au zoo le week-end. Mais le zoo coûtait une fortune, entre les billets d'entrée, le pop-corn et les hot-dogs, puis le McDonald's pour prolonger les bonnes sensations. Et quand arrivait le lundi, il ne me restait plus que douze dollars sur mon compte en banque. Le loyer de ce deux-pièces dans Upsal Street a fini par devenir trop élevé, alors on est partis et il y a eu le studio dans Camac Street. Ensuite, un autre studio,

* Musée pour enfants situé à Philadelphie.

dans Gratz Street. Pas d'arbres – juste des tas de cafards et le genre de gosses qui cherchaient des noises à mon garçon, qui n'avait aucune idée de comment se battre ou ne pas se laisser faire. J'ai décidé de retourner dans le quartier de Germantown. On a loué une chambre chez Mme Crawford, dans Pulaski Avenue, une femme dont le mari était plutôt bel homme et que je faisais de mon mieux pour ignorer. Mais lui ne m'ignorait pas et on a dû partir au bout de deux mois. Ensuite, ça a été une chambre chez Mme Tagliaferro...

Non, ça n'allait pas non plus. Ce n'était rien d'autre qu'une longue liste de quand et où. Peut-être que tout avait commencé avec Toussaint, le jour où elle était rentrée du cabinet du docteur, après avoir appris qu'elle était enceinte. *Cass et moi avions déjà rompu à ce moment-là, mais...* Elle était incapable de finir la phrase. Trop parler de Cass, c'était comme tomber dans un trou dans le plancher.

Je l'ai rencontré à une réunion des Black Panthers* en 1971. Je ne me souviens pas des circonstances dans lesquelles j'ai commencé à assister à ce genre de réunions. Je ne me suis jamais vraiment intéressée à ces trucs-là. Je n'ai jamais pensé qu'être noire était une sorte de message politique, comme ils le prétendaient toujours dans ce mouvement. On est noirs, un point c'est tout, comme un papillon est un papillon, ou une rivière est une rivière. À Bonaparte, nous étions nous, tout simplement. Mais bon, à l'époque, aller à des réunions, c'était la chose à faire. Pas de places assises. Vous

* Black Panther Party : mouvement révolutionnaire de libération des Afro-Américains d'inspiration marxiste-maoïste (1966-1982).

vous entassiez dans des sous-sols, des salles de séjour ou des centres sociaux-culturels. De petites étincelles argentées jaillissaient des gens et parcouraient la salle. J'avais un peu l'impression d'être de retour chez moi – tout le monde avait cette démarche fière que les gens avaient eue à Bonaparte. Je n'avais jamais rencontré de Noirs comme ça, ici dans le Nord. Ici, les Noirs disent tellement de bêtises, du genre leur vie est plus facile que celle qu'on avait chez nous, dans le Sud, mais je ne suis pas sûre qu'ils soient aussi libres qu'ils le croient. Et puis il y a eu cette réunion, Cass est entré et il est resté dans le fond. Tout s'est arrêté dans la salle, je vous le jure. Pendant une minute, tout s'est tu. Des pieds à la tête, il était de cette même couleur fauve un peu dorée : les yeux, la peau, les cheveux. Le regarder me faisait presque mal aux yeux.

Après la réunion, nous sommes allés dans un petit restaurant. Pourquoi tu es venue, m'a-t-il demandé. Qu'est-ce que tu cherches ? On n'a rien fait d'autre que parler ce soir-là, comme le lendemain soir, ou comme tous les soirs qui ont suivi pendant une quinzaine de jours. J'étais subjuguée. Folle de lui. Vous connaissez ce sentiment ? Je ne dormais pas et je n'en avais pas besoin. On s'est embrassés pour la première fois dans le couloir devant la porte de son appartement. La sensation de sa bouche sur la mienne provoquait des vibrations jusqu'au sommet de mon crâne. Nous sommes parvenus à entrer, à moitié déshabillés, mais on n'est pas allés plus loin que la salle de séjour. J'étais insatiable, il me fallait toujours plus de Cass, toujours plus d'air, même. J'ai quitté mon corps pour entrer dans le sien. Jamais je n'avais ressenti une telle chose auparavant, et je ne l'ai jamais ressentie depuis. Je suppose que je ne ressentirai plus jamais ça.

Nous sommes restés ensemble deux ans. Cass et ses innombrables verres de Chivas ; il fumait et buvait et palabrait sur Fanon, Lumumba et Gramsci, tard le soir, aux réunions des Black Panthers, du CORE* ou je ne sais quoi d'autre. Il se tenait toujours debout dans un coin, tandis que, progressivement, l'assistance était attirée vers lui comme des planètes autour d'un soleil. La cravate toujours bien droite malgré l'heure tardive. Et les femmes. Mon Dieu, les femmes. En plus de tout le reste, il avait le culot d'être docteur. Les femmes se collaient à lui, c'était tout juste si elles ne se couchaient pas devant lui, leur petite culotte baissée sur les chevilles. Mais à la fin de la soirée, c'était toujours avec moi qu'il quittait la salle. Nous rentrions à toute vitesse à mon appartement dans sa petite Saab. Après trois ou quatre heures de sommeil, il partait à l'hôpital pour ses tours de garde. Parfois, il revenait le soir suivant, d'autres fois quelques jours plus tard et d'autres fois encore, une semaine plus tard. Sans crier gare, la petite Saab s'arrêtait au bord du trottoir. Je guettais toujours son retour – tout au moins, c'est le souvenir que j'ai gardé – à moitié surprise de le voir revenir. Et un peu terrifiée. Je me revois, debout sur le seuil de ma porte, tandis qu'il grimpait les escaliers. Je sentais ses pas comme des petits chocs sur ma peau.

Ava posa son crayon et se recula de la table.

— Oh, dit-elle tout haut.

Penser à lui, c'était comme mettre la main dans la gueule d'un loup. Du sang du sang du sang.

* CORE (Congress of Racial Equality) : organisation fondée en 1942 qui joua un rôle important dans la lutte pour les droits civiques.

Il fallait qu'elle recommence, qu'elle reparte des tout premiers débuts. Avec du concret. Elle écrivit :

> Je suis née dans une pension de famille, à Natchez, dans le Mississippi, en 1940. Ma mère s'appelle Dutchess Carson. Mon père s'appelait Wardell Lyons. Dutchess l'avait rencontré au cours d'une tournée. Je ne l'ai pas connu. Il est mort de l'autre côté de l'océan, pendant la guerre. Mon p'pa s'appelait Caro Carson. Lui et Dutchess se sont mariés en 1945, et on est allés vivre à Bonaparte, en Alabama. Dutchess a arrêté de chanter. Nous habitions la maison que mon p'pa avait construite, dans une clairière, au bout de Sundown Road. Dutchess y vit encore. P'pa est mort.

Clair et simple. Abemi n'arrêtait pas de dire à Ava qu'elle avait l'esprit confus. Dans ta famille, les gens ont l'esprit embrouillé et toi, tu as l'esprit embrouillé tout comme eux. Quel genre de personne dit des choses comme ça ? Il ne lui parlait pas comme ça au début. Tout a bien marché entre eux pendant un moment. C'était bien, ça avait bien commencé.

UN COMPTE RENDU COMPLET

Ava et Toussaint allèrent vivre dans le New Jersey tout de suite après le mariage. Abemi n'avait jamais été marié auparavant et elle n'avait jamais été une épouse non plus. Ils découvriraient la vie conjugale au fur et à mesure. C'était ce qu'il avait dit quand il lui avait demandé de l'épouser : ils n'étaient plus des jeunes gens, ni l'un ni l'autre, et ils devaient songer à se ranger. Pas une demande en mariage des plus romantiques, c'était plus une proposition, en fait, mais c'était honnête. Ava était impatiente d'emménager dans le petit pavillon qu'il avait acheté et d'être la maîtresse d'une maison avec un jardin devant, dans une rue tranquille. Il y avait quelque chose de solide dans le fait d'être mariée, rien à voir avec la vie incertaine d'une femme de quarante-deux ans qui élève toute seule son petit garçon.

Ce n'était pas la plus jolie maison que vous ayez jamais vue. Style ranch, dans le genre plutôt délabré, avec, jusque dans les moindres recoins, une odeur qui donnait l'impression que les vaches étaient toujours là. Ha-ha ! En fait, c'était plutôt comme des relents de naphtaline et de moisissure, et la moquette était un peu poisseuse. À l'extérieur, les volets aux fenêtres étaient marron caca et le bardage d'un blanc le plus pisseux qu'on puisse imaginer. Abemi déclara :

— Elle a juste besoin de quelques petits soins attentionnés !

Le lendemain, il se rendit au magasin de bricolage et en revint avec deux pots de peinture rouge. Quand il eut terminé, les volets présentaient un aspect collant et formaient un contraste violent avec le blanc de la maison. C'était peut-être un signe. Du genre, il faut peut-être se méfier si l'homme qui est votre mari depuis peu se met à peindre les volets d'une couleur qui les fait ressembler à un œil sanguinolent avec un vaisseau éclaté. Une bonne leçon à retenir. En plus, Toussaint et Ava emménagèrent avec très peu de leurs propres objets. Ava apporta son rocking-chair en rotin, un album photo, des papiers personnels et une courtepointe de Bonaparte. Ainsi que leurs vêtements, divers souvenirs et les bandes dessinées de Toussaint. À part cela, tout ce qu'il y avait dans la maison appartenait à Abemi. Le reste de ce qu'ils possédaient finit dans un Goodwill*, ou c'est ce que supposa Ava, puisqu'elle laissa tout dans l'appartement. À ce moment-là, ils vivaient dans Broad Street. Il faut bien dire que c'était un vrai dépotoir, la moitié de leurs affaires était restée dans des cartons et des sacs. Elle ne défaisait pas beaucoup ses bagages dans les différents endroits où ils vivaient, Toussaint et elle. Ils déménageaient tellement

* Goodwill : chaîne de magasins à but non lucratif, où l'on ne vend que des objets de seconde main.

souvent, et en plus, elle ne s'embarrassait pas de beaucoup de meubles – Toussaint et elle avaient leur lit, une petite table et deux chaises. Une façon de vivre comme une autre, sauf que ce n'est pas fait pour tout le monde. Ce qui est sûr, c'est que ça n'était pas fait pour Abemi.

— Laisse tout ça ici, Ava, lâcha-t-il, alors qu'ils préparaient leurs bagages.

En disant cela, il désigna leurs affaires comme si c'étaient des détritus qu'il faut enjamber sur le trottoir.

La maison du New Jersey devint tranquille une fois qu'ils l'eurent retapée. Elle était située sur une route de campagne, juste en face d'un club 4-H* avec un étang à l'autre bout de la propriété. Weeping Willows**. Leur voisin, M. Leroy, était le gardien du 4-H. Il avait installé un hamac entre deux arbres au fond du parc. Par beau temps, Ava s'y rendait, à la recherche de Toussaint. Elle le trouvait, occupé à jouer avec de la boue au bord de l'étang, tandis que M. Leroy se balançait dans son hamac. Il avait toujours des caramels et il en donnait toujours à Toussaint qui les recrachait toujours dans le creux de ses mains. Il avait les doigts collants, ce gosse. C'est vrai ce qu'on dit des petits garçons. Toussaint sentait toujours l'extérieur. Même l'hiver, quand il devait rester à l'intérieur et jouer dans le bureau. Cela rendait Ava fière. Elle était fière de lui, pour le simple fait qu'il était là, avec elle, bien vivant, tout collant et tout chaud. Elle était fière de lui pour le simple fait qu'il respirait le même air qu'elle.

* Les "4-H clubs" sont une organisation qui vise à promouvoir l'éducation non formelle et la formation d'adolescents (principalement en milieu rural) et dont le fonctionnement repose sur le volontariat et la coopération.

** *Weeping willow* signifie saule pleureur.

Neuf ou dix mois après leur mariage, Abemi se mit dans la tête qu'il voulait un enfant. Ava était alors âgée de quarante-trois ans et elle ne se voyait pas avoir un autre bébé, mais Abemi, ignorant tout bon sens, ne voulut pas en démordre. Peut-être était-ce à cause des jeunes diacres, qui arrivaient à l'office du dimanche, se pavanant comme des coqs à la tête d'une ribambelle de poules et de poulets. Peut-être était-ce parce que Toussaint ne s'était pas pris d'affection pour lui aussi vite qu'il l'avait espéré. Toujours est-il qu'il se mit à prier pour en avoir un. Sans relâche. Quand il apparut clairement qu'il n'y aurait pas de bébé, il sombra dans une sorte de cafard, comme si quelque chose lui avait été dérobé. Puis il devint coléreux et le resta. Méchant.

Ava pouvait être en train de faire la vaisselle, un mercredi, par exemple, ou un samedi, et il s'en prenait à elle sans crier gare. Il se plantait sur le seuil de la porte de la cuisine, une bière à la main. Sans se soucier du fait que leur église interdisait les boissons alcoolisées.

— Vous appartenez à qui ? demandait-il, avant de secouer la tête. À personne. Toussaint et toi, vous allez de-ci de-là, au gré du vent, comme les nuages.

Et ce n'était pas faux, effectivement. Ava et Toussaint étaient allés à droite, à gauche et nulle part.

— Tu es incapable de rester attachée à quoi que ce soit, poursuivait-il.

Ava essayait de le calmer.

— Nous sommes mariés. Je reste attachée à toi.

Parfois, elle pensait ce qu'elle disait. La plupart du temps, elle voulait le penser.

— Il faut que tu pries Dieu de t'apprendre à aimer, disait Abemi. Il faut que tu demandes à Dieu de t'aider à vaincre ta nature.

Ses yeux brillaient et sa voix s'étranglait et montait dans les aigus. Il n'avait jamais rien compris à la nature d'Ava. Mais pas de doute, il savait appuyer sur les points sensibles. Dans ses moments de tranquillité, elle se demandait s'il y avait quelque chose d'égoïste et d'inconstant tapi en elle. Elle s'était révélée être instable, comme Dutchess l'avait été. Peut-être que c'était dans leur sang et qu'elle allait transmettre ce trait à Toussaint, qui deviendrait un homme incapable de tenir en place et qui irait par les routes, descendant d'un bus pour monter dans un autre.

Ava ne savait jamais ce qui était susceptible de faire exploser Abemi : le thermostat était trop haut ou elle avait mal coupé le papier d'alu et le bout n'était pas bien droit. Une fois, il s'était rué hors de la chambre et avait jeté par terre toute la pile de linge propre parce que l'adoucissant qu'Ava utilisait depuis des mois lui donnait soudain de l'urticaire.

— T'es même pas capable de laver le linge !

Il flanqua une de ses chemises sous le nez d'Ava avec une telle violence qu'un bouton lui fit un bleu au menton. Puis il lui dit qu'il était désolé. Il se mit même à pleurnicher. Ça faisait tellement cliché qu'elle se sentit gênée. Mais jamais il ne la frappa.

Après ce genre de scène, il voulait toujours prier.

— Dieu notre Père, commençait-il.

Comme s'il était Jimmy Swaggart. Comme s'il était Moïse.

— Nous venons devant Toi pour Te demander conseil et guérison, poursuivait-il et, au diable la contrition, il ajoutait toujours : Je demande Ta grâce pour ma femme, qui a besoin de Ton aide pour concevoir et agrandir notre famille.

À dire vrai, Abemi aurait pu avoir ce qu'il voulait, s'il l'avait réellement voulu. Il aurait pu trouver une jeune femme qui lui en aurait pondu toute une nichée. Mais ce qu'il voulait vraiment, c'était avoir quelqu'un avec qui il pouvait prendre des airs supérieurs, quelqu'un à qui il pouvait balancer ses torts à la figure, quels que soient ces torts. Il était triste, en fait. Seul et petit. Le pauvre. Quand il était dans ses moments les plus pitoyables, Ava essayait de se rappeler que c'était injuste de le comparer à Cass.

Ava s'accommodait de cette vie de femme mariée. Et elle aurait continué à s'en accommoder. Qu'est-ce qui aurait pu y mettre un terme ? Pas elle, admettait-elle non sans une certaine honte – mais il n'était pas question qu'elle ait un enfant avec lui pour autant. Et puis Cass revint. Il disparaît pendant presque dix ans, et voilà qu'il entre dans son jardin du New Jersey comme si quelqu'un l'avait fait apparaître d'un coup de baguette magique.

Abemi apprit la visite de Cass une semaine plus tard. Il accusa Ava d'être restée en contact avec lui toutes ces années. Il lui dit que c'était une menteuse. Qu'elle avait une liaison avec Cass. Elle s'était bien payé sa tête. Dans sa propre maison. Il se leva, agitant les bras dans tous les sens. Il se rua vers elle, changeant de direction juste avant de la frapper. Il martela la table de ses poings. Prit les bocaux dans le placard et les jeta par terre, contre le mur, sur Ava.

Elle alla se barricader dans la chambre de Toussaint. Elle prit son fils sur ses genoux dans le fauteuil près de la fenêtre, tous deux saisis de tremblements. Brusquement, tout redevint silencieux. Ava plaqua la main sur la bouche de Toussaint – fermement – pour qu'il ne fasse aucun bruit. Il écarquilla les yeux et hoqueta au fond de sa gorge. Même aujourd'hui, elle sentait encore sur la paume de sa main les efforts de succion paniqués tandis qu'il essayait de respirer. C'était impardonnable. Elle ne se le pardonnerait jamais. Elle ignorait si son fils lui avait pardonné.

Le silence devint plus profond. Ava et Toussaint allèrent s'asseoir sur le lit étroit, se tenant enlacés jusqu'au moment où Toussaint sombra dans un sommeil agité. Ava resta éveillée, l'oreille tendue. Pas de bruits de pas. Abemi devait être là, assis dans la cuisine, au milieu des débris. Aux premières lueurs de l'aube, une chaise racla le linoléum ; du verre brisé craqua sous ses pieds. Elle l'entendit marcher jusqu'à la porte de la chambre. Ava bondit du lit et empoigna la paire de ciseaux que Toussaint utilisait à l'école. Elle la serra dans son poing, débarrassée de tous ses tremblements. Mais il passa devant la porte et elle entendit l'eau couler dans la douche. Vingt minutes plus tard, il partit au travail comme si c'était un jour ordinaire.

Quand il fut parti, Ava rassembla l'essentiel de leurs affaires dans trois valises, plus un sac-poubelle pour l'excédent. Elle se rendit chez M. Leroy, où elle passa un long moment à expliquer la situation à sa femme, Miss Lucille. Elle n'arrivait pas à reprendre son souffle et elle avait une telle sensation de fatigue qu'elle dut s'asseoir un instant avant de poursuivre.

— Dix dollars, c'est tout ce que nous avons, dit-elle.

Miss Lucille fit un sandwich au jambon et aux œufs pour Toussaint. Elle prit un billet de cinquante dollars dans une boîte en métal sur la plus haute étagère de son placard et le glissa dans la main d'Ava.

Quand Ava retourna dans la maison, Abemi était là. Il était à peine midi, mais il était déjà rentré du travail et, assis à la table de la cuisine, il mangeait un morceau de poulet. Tous les débris étaient encore sur le sol autour de lui et la porte du placard pendait, arrachée de sa charnière. Il avait fermé toutes les portes à clef. Ava fit le tour de la maison et alla frapper à la fenêtre de la cuisine. Elle tambourina. Elle hurla. Abemi ne regarda même pas dans sa direction. Ava lança des cailloux sur la fenêtre. Quelques secondes plus tard, la porte de derrière s'ouvrit et les valises atterrirent à ses pieds, l'une après l'autre. Le sac-poubelle vint en dernier. Ava se sentit prise d'une fureur spectaculaire. Elle mesurait trois mètres, sa rage la rendait invincible. Elle le traita de pathétique. D'hystérique. Piètre insulte pour un homme. Oh, la colère l'enflammait tout entière. On aurait pu la voir à des kilomètres de distance. Abemi sortit sur les marches, serrant les poings. Elle n'attendait que ça.

— Vas-y, lui dit-elle.

Qu'il ose. Elle lui arracherait un morceau d'épaule avec ses dents ; elle lui défoncerait le crâne avec une pierre. Mais il resta là sans bouger, la respiration saccadée et grinçant des dents, puis il dit :

— Ça fait un moment que tu veux t'en aller. Alors va-t'en.

Il lui tourna le dos et referma la porte à clé derrière lui.

Miss Lucille ne dit pas un mot pendant tout le trajet jusqu'à la gare routière en ville, se cramponnant si fort à son volant que les articulations de ses doigts étaient livides. Elle n'avait pas l'habitude de conduire. La lenteur à laquelle ils se traînaient était telle que c'en était pénible. Ava s'attendait à chaque instant à voir apparaître Abemi dans un virage pour les faire sortir de la route. Miss Lucille les déposa à la gare et leur dit :

— Que Dieu vous accompagne.

Elle pressa la main d'Ava.

Dans la chambre 813, la soirée passa, puis l'aube s'annonça tandis qu'Ava essayait toujours de mettre le doigt sur cette chose qu'elle percevait indistinctement à la périphérie de sa conscience : la véritable histoire. Ou peut-être était-ce un souvenir, une sensation, non, une odeur de couche sale venant du couloir. Non, une punaise d'eau, noire sur le mur vert. La nuit allait laisser place au jour. Elle tomba dans un sommeil troublé et rêva qu'elle appelait sa mère.

— Viens me chercher, pleurait-elle au téléphone.

Mais Dutchess restait assise dans sa vieille maison de Bonaparte, et continuait à boire du whiskey dans un pot à confiture.

BONAPARTE

Au commencement était la rivière Alabama. Lever de soleil, crépuscule, vol d'étourneaux. Alligators, poissons-lune, mousse espagnole, chênes verts, pumas, alouettes. Muskogee. Alabama. Choctaws. Bonaparte n'était pas encore Bonaparte, parce que tous les *niggers* étaient encore en Afrique et ils ne savaient pas encore qu'ils allaient devenir des *niggers*. Pas de *Huntress* ou d'*Isabella* remplis d'Africains vendus aux Quakers, pas de *Clotilda** coulée au large de Mobile. Tous les Blancs étaient encore dans le Nord, dans leurs contrées froides, à s'entretuer. Mais ils n'allaient pas tarder. Et quand ils sont arrivés! Ils voulaient vaincre la mort et le temps. Ils se sont abattus sur le monde comme la pluie s'était abattue sur Noé. Ils voulaient *être* la pluie et Noé, et Dieu, par-dessus le marché.

Ce qu'ils ne savent pas, c'est que Dieu aide les gens à inventer le Dieu qu'ils méritent. Les Blancs, ils ont Zeus.

* *Huntress*, *Isabella*, et *Clotilda*: noms de goélettes qui furent utilisées pour le transport d'esclaves. La *Clotilda* fut le dernier navire à avoir effectué la traversée avec, à son bord, cent dix captifs africains. Elle fut coulée par son capitaine en 1860.

Des papes. Le dollar. Ce sont de gros enfoirés qui sucent les os de créatures délicates. Ils ont fait fuir tous les vrais dieux en tirant avec leurs canons, en brûlant les forêts, en répandant le sang des baleines au fond des océans, en faisant hurler la mort partout en même temps. Ils ont dévoré tous les Indiens avec leurs grandes dents, tous les bois, toutes les plaines. Leurs navires ont souillé les eaux avec nos mères enfermées dans les cales. Sur le pont, les voiles claquaient, le vent agitait les cheveux des marins, expédiant leurs poux dans l'écume des vagues. Emportant leur âme par la même occasion. La damnation hante les générations qui ont suivi.

Bonaparte, c'est comme ça que les Blancs ont appelé cet endroit sur les rives de la rivière Alabama. Un endroit vert, et plus vert encore même après qu'ils eurent employé des hommes à abattre les arbres. Des hommes ont planté du coton, ils ont planté du sorgho. Encore du coton. Ces enfoirés, ils savaient pas ce qu'ils faisaient. Ils auraient pu demander aux Muskogee, mais au lieu de ça, ils les ont chassés comme des chiens jusqu'en Oklahoma. Ils auraient pu demander aux *niggers*, mais bon, vous savez bien. La terre s'est retournée contre eux (ils vous disaient qu'ils étaient maudits) et leur a envoyé des nuées d'insectes, comme un fléau. *Nous*, on avait nos potagers, on avait nos tripes et nos pieds de porcs, nous on sait comment manger autour des petits os. Ensuite, il y a eu les inondations. Dieu a dit flottez. Les *niggers* ont fabriqué des radeaux en bois. Un premier maître s'est noyé, son corps s'est échoué, couvert de sangsues. Puis un deuxième maître, la variole. Un troisième, tuberculose. Les trois fils du quatrième sont morts tous les trois la même nuit de pleine lune. Meeerde ! Les esprits plaisantent pas. Nos mères non plus. Le maître est tellement secoué qu'il vient nous voir dans nos cabanes, et pour une fois, son truc est tout mou et reste dans son pantalon.

— Qu'est-ce qui est arrivé à mes garçons ?

Il veut savoir.

— Vous auriez dû asperger votre porte de sang, lui a répondu la vieille Rea.

Il lui a fait mettre une muselière, bien sûr. Trois semaines plus tard, il était mort lui aussi. Le cœur brisé, vous imaginez bien.

Après ça, les maîtres se sont faits plus rares. On raconte que la vieille Rea s'est mise à se poster au bord de la rivière pour surveiller l'autre côté. Y en a un qui s'amène, qu'elle disait, une fois tous les dix ans, à peu près. Puis elle faisait demi-tour et repartait dans les bois. Personne la revoyait, jusqu'au jour où ce nouveau maître sentait se développer dans sa gorge un goitre qui finissait par l'étouffer, ou alors il brûlait vif dans une cabane d'esclave, tandis que la jeune fille à la peau brune qui s'était trouvée à l'intérieur avec lui se tenait maintenant dehors, chauffant son corps nu aux flammes de l'incendie. La Guerre est venue, puis elle est repartie. À ce qu'il paraît, on a tous été déclarés libres, mais personne à Bonaparte en a entendu parler avant longtemps, parce qu'à cette époque-là, aucun Blanc venait souiller nos rives ou nos bois ou nos champs.

Bonaparte a prospéré. Les gens faisaient des bébés aux yeux étincelants et à l'esprit aussi vif qu'un piège à lapin. La vieille Rea montait la garde sur la rive. Un jour – qui pourrait dire combien de décennies s'étaient écoulées –, un jour, Rea a lancé :

— Y en a un qui s'amène.

Toute une troupe de Blancs s'approchent sur la route, ils ouvrent des yeux grands comme ça parce qu'ils ont jamais vu un truc pareil. Nos hommes, ils ont pas un "oui, m'sieur" en permanence à la bouche. Les femmes soutiennent leur regard. Des champs impeccables comme des mouchoirs bien repassés, des vaches bien grasses partout. Les Blancs disent qu'ils ont des projets nouveaux pour une ère nouvelle. Une ère nouvelle ? dit Bonaparte. Mille neuf cent trente-six, qu'ils répondent. Les projets disent que le gouvernement a décidé de donner Bonaparte à ses habitants, mais Bonaparte était déjà à eux. Rea dit :

— Laissez-les faire. Mais leur dites rien.

Et donc ils ont commencé. Ils ont fait leurs relevés, rédigé les actes de propriété. Tout le monde a signé. Une fois tout terminé, Bonaparte s'est rassemblée près de la rivière au crépuscule. Rea a dit : Tout ce qui est né sur cette terre, l'Éternel connaît son nom. Tout ce qui s'en prend à nous, Dieu s'élèvera contre. À travers nous. Nous sommes la vengeance de Dieu, et sa bénédiction. Et puis Rea – elle était sacrément vieille alors –, elle a tendu les bras vers les bois et un vol d'étourneaux s'en est élevé, remplissant le ciel. Ils sont encore là, tous les soirs, une vague noire qui déferle sur le couchant. Vous devriez voir ça. Ah, oui, vraiment, vous devriez les voir.

Y a plus grand monde ici, maintenant.

Des vaches. Des tombes. Moi. De Bonaparte, il reste pas plus de cinq cents hectares, répartis entre nous tous : Carter Lee et sa femme, Juniata, Memma et Nip LaPrairie, et Erma Linner. Bonaparte, c'était cinq mille hectares, à une certaine époque. Cinq mille hectares appartenant à des *niggers* libres. Vous entendez ça. Les archives se trouvent de l'autre côté de la rivière, à Bodine, au tribunal du comté de Pauline – nous tous, les Carson, les Moore, les Benny, les Duke, les Linner, les James, les Cooper, les Billups, les Bell, les Pete, les LaPrairie, les Hundley, les Green, les Camden et les Richard – nos titres de propriétés, les relevés cadastraux et les dossiers fiscaux, et les archives des escroqueries des Blancs, qu'ils appellent actes de vente ou parfois saisies, selon la méthode utilisée pour commettre leurs vols. Ça fait quatre mille cinq cents hectares de perdus, si vous pouvez encaisser un tel calcul. Parmi les quelques personnes encore ici, y en pas une qui peut supporter d'entendre ça. Difficile de leur en vouloir. Erma Linner avait trois cents hectares à elle toute seule, mais ses bons à rien de fils accros au crack les ont vendus, morceau par morceau, pour pouvoir fumer leur pipe et jouer aux dés, avant de partir à Washington D.C., où, s'il y a un peu de justice dans ce monde, on les a retrouvés morts dans une ruelle. Je fais de mon mieux pour garder le moral et faire en sorte qu'on continue à se serrer les coudes, mais vous le savez bien, vous pouvez mener un âne boire à la rivière, mais cet enfoiré est quand même tout à fait capable de vous filer un coup de sabot dans la cafetière.

Il y a une chose qu'a pas changé : Carter Lee est toujours le receveur des postes, bien qu'il ait cent quatre-vingt-quatorze ans, et ce vieillard continue à aller chercher le courrier dans son canot à moteur pourri à la gare de Bodine, de l'autre côté de la rivière. Là-bas, c'est que des Blancs, à perte de vue, avec juste quelques Noirs perdus çà et là, qu'ont pas eu le bon sens de venir à Bonaparte quand ils en avaient encore l'occasion. Peut-être qu'aujourd'hui ils se réjouissent de voir que Bonaparte est devenue une ville fantôme. C'est même presque sûr. Les *niggers*, c'est quelque chose qui leur plaît, la déchéance.

Au bon vieux temps, ça faisait des gosses à tour de bras, dans le coin.

— Dutchess, qu'ils me disaient, tu vas quand même pas avoir que celle-là ? Dis.

Et puis les gosses ont grandi, et ils sont partis, et les mères sont restées, assises sur leur véranda, affligées, à se morfondre sur les photos de leurs enfants devenus adultes. Avant, je leur disais, mais qu'est-ce que vous espériez ? Pour des jeunes, y a rien à faire ici, à part regarder le kudzu pousser par-dessus la barrière. Aujourd'hui, on est plus qu'un chemin de terre rouge plein d'ornières entre deux Chênes verts. Qui va se perdre dans les bois, comme quelque chose qui sert plus à rien. Adieu, Bonaparte.

On avait un panneau à l'entrée de la ville : BONAPARTE, ALABAMA, VILLE NOIRE INCORPORÉE, FONDÉE EN 1868. À l'époque, Caro le restaurait tous les trois ou quatre ans et le gardait planté sur la route, près des Chênes. Jusqu'à il y a quelques années, les Blancs n'y touchaient jamais, ils croyaient qu'il était maudit. Les Blancs, y a rien qui leur fait plus peur que des *niggers* qui jettent des sorts. Les types de Progress Corp., eux, ils l'ont arraché comme si c'était de la mauvaise herbe et ils l'ont flanqué par terre. Carter Lee et moi, on l'a pris et on l'a installé devant notre GENERAL STORE. Ouais, on avait un magasin aussi. Il y a plus rien à l'intérieur, à part les étagères, mais on est toujours fiers de ce qu'il a été. C'est aussi là qu'on tient nos petites réunions d'agglomération de quatre familles. C'est notre église, a dit Carter Lee un jour. Cette idiote de Juniata l'a fait taire comme si Dieu allait le foudroyer sur place. Après ça, Carter Lee et moi, on a repeint l'enseigne sur la façade. BONAPARTE GENERAL. Ça nous a pris quinze jours et on a bien failli y laisser notre vieille peau, mais on l'a fait. Memma et Nip nous ont regardés faire, assis sur leur chaise pliante. Des gens de couleur paresseux. Bon, au moins ils apportaient la citronnade.

Plusieurs fois par an, des jeunes Blancs viennent par chez moi, ils évaluent mes terres en se léchant les babines. La semaine dernière, ils étaient trois, je les ai laissés venir presque jusqu'à la maison, puis je suis allée à l'arrière et j'ai tiré quelques cartouches. Un plouc d'Alabama, même en chemise chic, il se laisse pas impressionner par deux ou trois coups de feu tirés en l'air. C'est comme ça que j'ai su que ceux-là étaient des types de Progress ; ils ont détalé sur la route comme si Dieu et leur dignité les avaient abandonnés, j'imagine d'ailleurs que c'était le cas. Des charognards. Avant, on creusait des pièges pour ce genre de créatures, hommes ou bêtes, qui venaient nous voler nos poules. Mais ceux-là, on peut pas les attraper comme ça, la plupart du temps, ils font leurs saloperies par courrier.

Carter Lee rapporte les lettres de Bodine par sacs entiers. Je vois le logo de Progress et je n'ouvre même pas les enveloppes. Je les laisse s'empiler, jusqu'au moment où ça m'énerve, et là, je les prends et je vais les brûler dehors. Je suis pas le genre de péquenaude stupide en train de vous dire “Les gens qu'ont d'l'éducation, y m'impressionnent pas”. Certainement pas. Le problème, c'est qu'on a fait l'erreur, y a déjà un bon bout de temps, de décider de jouer d'après les règles des Blancs. Mais si c'est à ce jeu-là qu'on joue, je connais mes droits. Je paie mes impôts. Comme nous tous ici. Et mes cent cinquante hectares, ils iront nulle part. C'est la dernière grande parcelle, à Bonaparte. Elle appartenait de plein droit à Caro. Si je la garde pas, il restera plus rien de Bonaparte.

Les illuminés et les fantômes, c'est pas mon truc, mais écoutez-moi bien, on peut faire disparaître un endroit et une époque. On peut les faire disparaître complètement au point que plus personne peut les retrouver, même dans sa mémoire. Et tout ce que cet endroit avait de bien disparaît en même temps. On était libres à Bonaparte. Chaque fois que je mets le pied en dehors de cette terre, un joug s'abat sur mes épaules. C'est pas que ça m'arrive souvent aujourd'hui. J'ai peur qu'après avoir traversé la rivière avec Carter Lee, le temps se resserre tellement autour de Bonaparte que je puisse plus rentrer chez moi.

Les étourneaux s'élèvent dans les airs au coucher du soleil, comme d'habitude. Ils montent au-dessus des cimes des arbres et s'élancent dans le ciel comme des gouttes d'encre dans un verre d'eau, s'incurvent et se déploient, puis la nuit fond sur Bonaparte comme si quelqu'un la laissait tomber. Depuis la lisière de mes bois, je rentre à ma maison avec ma lanterne – même si elle ne m'est pas indispensable. J'ai Delilah avec moi, et elle sauterait à la gorge de tout ce qui pourrait s'approcher de moi. Je connais chaque rocher, chaque racine d'arbre qui affleure à la surface. C'est la nuit que j'aime être vivante. Les gens, ils arrêtent pas de vous dire que la nuit, on se sent seul et tout ça, mais y a rien qui nous fait nous sentir plus seuls que la lumière vive du soleil, qui éclaire la moindre égratignure et la moindre tache sur votre vie. La nuit, j'ai peur de rien. J'ai été élevée pour être courageuse la nuit et prudente le jour. Et c'est comme ça que je suis.

Et il faut l'être. Prudente, je veux dire. Ce matin, c'est Juniata qu'est passée chez moi avec le courrier, parce que Carter Lee était au lit à cause de sa jambe, qui lui donne du tracas, vu qu'il était déjà vieux quand l'Éternel était encore qu'un enfant. Si je lui ai pas dit mille fois, je lui ai pas dit une fois, donne pas mon courrier à cette satanée Juniata, je sais que c'est ta femme, mais elle fourre son nez partout et je l'aime pas. On ne reçoit le courrier qu'une semaine sur deux, de toute façon, ça me coûterait pas grand-chose d'attendre une semaine de plus. Mais Carter Lee dit que c'est son devoir de distribuer le courrier en temps voulu, même s'il est incapable de le distribuer en personne, alors c'est Juniata qui s'amène. Même après toutes ces années, j'en reviens toujours pas de voir à quel point cette femme est laide. Elle ressemble à un insecte. Certaines nuits, quand il se réveille, Carter Lee doit être pris d'une sacrée frousse.

Elle commence comme je savais qu'elle allait commencer :

— Ça fait un moment que tu nous as pas fait une petite visite. Comment ça va ?

Vous vous rendez compte ? Je suis jamais allée la voir une seule fois de toute ma vie, et elle le sait. Et elle sait aussi comment je vais, puisque ma lumière s'allume tous les soirs, ce qui veut dire que je suis pas morte.

— Très bien, Juniata, que je lui réponds.

— Bon. J'ai là quelque chose qui va te faire plaisir, dit-elle avant de sortir cette lettre qu'elle tenait derrière elle. C'est d'Ava ! (Elle me fait un sourire grand comme ça.) Peut-être qu'elle s'est enfin fixée quelque part pour de bon.

Et elle reste là, à me regarder, attendant de voir mon visage changer d'expression.

La lettre d'Ava est sur la table où je l'ai laissée ce matin. Une chose aussi petite qu'une lettre peut occuper tellement d'espace dans une pièce. Même Delilah garde l'œil sur l'enveloppe depuis sa place, près de la porte d'entrée. Peut-être qu'elle sent l'odeur des doigts de Juniata dessus. Celle-là, elle avait sûrement essayé de l'ouvrir à la vapeur. Caro me disait toujours :

— Dutchess, faut être tolérante avec eux. C'est pas tout le monde qu'est capable de sauter d'un train à un autre avec sa guitare sur le dos, mon petit chou.

Caro avait pas trop voyagé non plus, mais dans sa tête, il pouvait aller n'importe où. Quand je piquais une crise, il me regardait bien, puis il disait :

— Faut que je me tire d'ici. C'est plein de dragons !

Où un *nigger* d'Alabama, au fin fond de sa cambrousse, va chercher des conneries pareilles ?

Juniata et tous les autres, ils ont pensé que j'étais folle de faire partir Ava. Ils pensaient qu'il fallait garder au moins une fille auprès de vous, pour s'occuper de vous dans votre vieil âge, et si jamais vous n'avez qu'une fille… eh ben, tant pis pour elle. Quand Ava est partie, Caro était déjà mort. Bonaparte perdait ses fils et ses filles comme un seau troué perd son eau. J'ai voulu qu'elle s'en aille, y avait pas de travail pour elle ici, de toute façon. Elle est pas du genre à bien s'occuper des autres, vous voyez. C'est tout juste si elle peut s'occuper d'elle-même. On dirait qu'il y a quelque chose en elle qui lui saute dessus sans arrêt. Bon, enfin, elle a terminé le lycée et elle est allée à l'université, à Birmingham. Ça n'a pas duré plus de deux ans, mais je savais qu'elle reviendrait pas. Elle arrive pas à se fixer. Ou plutôt, elle y arrivait pas. Ça fait un bon bout de temps qu'elle est à Philadelphie, maintenant. Avant ça, je recevais des lettres de partout : de Californie, du Nevada, d'Arizona. De Chicago. Je suis contente qu'elle ait vu du pays. Moi aussi j'en ai vu. Je suis allée dans des tas d'endroits, moi aussi. J'ai chanté sur des tas de scènes. Des chic et des minables. Surtout des minables, je crois bien.

Caro fabriquait des meubles. Il chargeait son pick-up et, avec ses tables et ses crédences, il allait dans un endroit de Selma, il installait tout sur un terrain, en plein air, comme ça les Blancs pouvaient y jeter un coup d'œil sans être obligés de se rendre à un magasin dans les quartiers noirs de la ville. Ils pouvaient pas venir ici, vu qu'on les autorisait pas à entrer dans Bonaparte. En plus, il fallait qu'ils paient en liquide. Caro faisait pas crédit à un Blanc. Aux *niggers*, c'est tout juste s'il la donnait pas, sa marchandise. Les choses sont censées être belles, qu'il disait. Tous les jours, on a besoin de beauté. Caro était l'homme le plus beau que j'aie jamais connu. Il était comme les chaises qu'il fabriquait : lignes pures, aussi brun, aussi fin, il luisait dans la lumière. Pendant qu'il dormait, je tendais les doigts et touchais sa joue, je passais la main sur ses bras et ses jambes. Ah, ces nuits ! Les cigales chantaient, la demi-lune encadrée dans le carré de la fenêtre ouverte, cette odeur de cuir, de sciure de bois et de pin qu'il avait, cette chaleur qui se dégageait de sa peau.

Vous savez de quoi les gens parlent jamais à propos de vieilles dames veuves ? De baise. Ça me manque. Ça me manquera jusqu'à mon dernier souffle. J'en ai tellement envie certaines nuits que je me dis que je pourrais essayer

Carter Lee, mais il a sûrement oublié que son truc sert à autre chose que pisser. Et Nip LaPrairie ? Ça serait comme s'envoyer en l'air avec une patate pourrie. Quand je pense à toutes ces années de nuits vides que j'ai encore devant moi, et à toutes celles que j'ai déjà passées… je me dis que ça a des conséquences sur moi, que ça a vidé le monde de toutes ses couleurs. Il est pas moins beau qu'avant, mais c'est juste une beauté de surface – superficielle, et qui se fane rapidement.

Avant, j'avais l'impression que le monde était trop. Certains jours, j'avais mal rien qu'à regarder un poirier en fleurs, ou à entendre chanter une de ces vieilles femmes de Bonaparte qui passait sur la route. Le son explosait dans mon cerveau comme s'il allait me faire éclater le crâne. Toutes les pensées qui me venaient s'envolaient dans un coin inaccessible. Caro voyait quand j'allais mal. Il me mettait un linge froid sur la tête et me parlait tout bas, il roucoulait dans mon oreille. Et si ça marchait pas, il m'emmenait faire une longue promenade dans les bois. Il remontait ma robe, me coinçait contre un arbre et il me faisait l'amour jusqu'à ce que j'en perde l'esprit. Il me faisait jouir jusqu'à m'épuiser totalement. Et puis on rentrait à la maison contusionnés et mes genoux tout égratignés ; et là je pouvais dormir. J'imagine que n'importe qui dirait que c'est mieux maintenant, que c'est mieux d'être tranquille la plupart du temps. Peut-être bien que c'est vrai. Mais je souhaite ce calme plat à personne.

Bon, enfin, il y a quelques années, Ava travaillait dans une école. Elle a dit qu'elle en avait assez d'être secrétaire et qu'elle allait reprendre ses études pour obtenir son diplôme et devenir maîtresse d'école. Elle est vraiment allée jusqu'à devenir enseignante auxiliaire. Elle a joint un Polaroid dans une de ces lettres qu'elle m'envoyait tous les trente-six du mois. Je l'ai gardé dans la boîte où je range tout ce qui vient d'elle. On la voit avec un effaceur pour tableau noir à la main, près d'un petit garçon. *Ma classe avec Reggie*, qu'elle avait écrit au dos. Vous vous rendez compte ! Je trouvais ça tellement formidable.

Cette année-là, elle m'a téléphoné à Noël et m'a laissé son numéro. Elle louait une chambre à Philadelphie, dans un coin appelé Mount Airy. Elle vivait dans un joli endroit et elle avait un emploi. J'étais heureuse qu'elle ait trouvé une vie normale qui la malmènerait pas trop. Je me suis dit, Bon, tout va aller bien pour elle. Elle s'est persuadée que je l'avais prise en grippe, surtout après la mort de Caro. Elle veut que les choses soient simples, mais elles l'ont jamais été, et elle pense que c'est ma faute. Ava, elle sait pas laisser aller les choses, elle a jamais su. C'est pas comme ça qu'il faut être – c'est le meilleur moyen d'avoir une meute de chiens à vos trousses à longueur de temps.

Enfin, un peu après le Polaroid, elle a encore disparu de la circulation. Six ou sept mois plus tard, j'ai reçu une carte postale d'elle. "Atlantic City !" Rien d'autre. Pas d'adresse de l'expéditeur. J'ai dit :

— Carter Lee, je croyais qu'à la poste vous étiez pas censés accepter du courrier sans adresse de l'expéditeur.

Ça fait onze ans qu'elle m'a envoyé cette photo avec Reggie. J'ai eu de ses nouvelles entre-temps, bien sûr. Je sais pas pourquoi elle a pas continué à enseigner.

Je rêve tout éveillée. Pour passer le temps. Je rêve de visiteurs. Quelqu'un qui sort des bois pour... pour quoi ? Je sais pas. Un conseil. C'est un mot qui convient. J'ai l'impression d'avoir besoin de conseil. J'ai un carnet où je garde mes numéros de téléphone et des trucs comme ça. J'ai une liste des numéros de téléphone d'Ava – juste dix au long de toutes ces années. Il y a sa lettre, qui est là, à me regarder fixement, depuis la table, mais j'ai pas envie de lire une foutue lettre. Tous ceux à qui j'ai envie de parler, deux personnes seulement, en fait, sont dans un endroit où je peux pas les atteindre. J'ai ce téléphone jaune au mur, mais j'appelle personne, et personne m'appelle. Je feuillette mon carnet de numéros.

D'abord, j'appelle Byard 6-898, ces anciens numéros dont personne se souvient. Natchez, Mississippi. Cette femme est morte depuis longtemps, vieille garce de grenouille de bénitier. J'imagine que je fais le numéro pour m'assurer qu'elle est toujours dans sa tombe. Ensuite, c'est le premier numéro qu'Ava a eu à Birmingham, 765–. Ligne coupée. Je continue à composer ceux que j'ai sur la liste, jusqu'à ce que j'arrive à un numéro qui commence par 215. Là, ça sonne.

— Allô ? Puis-je parler à M. King ? dis-je.

— Non. Je... vous avez dû vous tromper de numéro.

Je raccroche. Le mari doit être mort. La femme avait ce grincement dans la voix, comme si ça faisait bien longtemps qu'elle avait pas baisé. Je vous parie qu'elle laisse la lumière allumée dans la cuisine. Le reste de sa maison est dans l'obscurité. Silencieuse comme une main sur une bouche. Oh, je connais bien ça.

Je me demande dans quel genre d'endroit elle vit, Ava. Je sais pas si elle a déjà des cheveux grisonnants, ou si ses sourcils broussailleux se sont clairsemés comme les miens l'ont fait quand j'ai atteint la quarantaine. Je me demande ce qu'elle voit quand elle regarde par sa fenêtre, ce qu'elle entend quand elle se couche dans son lit le soir. J'ai fini de composer mes numéros, mais j'arrive pas à raccrocher le combiné, je continue à le tenir comme s'il y avait quelqu'un au bout de la ligne. Si je pouvais l'appeler, je lui demanderais s'ils ont eu un hiver froid, là-haut. Il est comment, ton manteau ? J'ai lu que vous aviez un maire de couleur ! Noir, me corrigerait-elle, pas "de couleur", parce que c'est comme ça qu'ils s'appellent les jeunes, aujourd'hui.

Comment ça se passe avec cet homme au drôle de nom inventé dont tu m'as parlé dans une lettre il y a quelque temps ? T'es enceinte ? C'est pour ça que tu t'es mise avec quelqu'un que tu ne connaissais que depuis trois mois ?

— Tu vas revenir ici un de ces jours, même si c'est juste pour une semaine ?

Une fois que j'ai dit ça tout haut, on peut plus se parler, alors je repose le téléphone sur son support, et bon sang, tout est tellement silencieux dans cette maison que je crois bien que je pourrais en mourir. Delilah est assise à l'autre bout de la pièce et elle me regarde. Elle incline pas la tête sur le côté comme le font la plupart des chiens, elle vous regarde bien droit dans les yeux, comme si elle était sur le point de secouer la tête. Genre : Dutchess, tu fais vraiment peine à voir.

— Bon, ma fille. Lisons cette lettre. Ça sert à rien de la laisser de côté plus longtemps.

J'ai pris un petit pot à confiture rempli du whiskey que Carter Lee me rapporte de Bodine et j'ai fait le tour de la maison avec la lettre et un cigarillo. J'ai installé une des petites tables rondes de Caro et je me suis assise sur la grosse souche d'arbre, juste dans le faisceau du projecteur à l'arrière du bâtiment. Delilah va et vient autour de moi, elle entre dans la zone éclairée, puis en sort, à l'affût des fantômes dans l'obscurité. On peut à peine entendre ses pattes toucher le sol, elle se déplace à pas de loup. Dressée sur ses pattes arrière, elle est aussi grande que moi. Elle est de mauvaise humeur, ce soir.

— Pas vrai, D ? Très bien, pas la peine de me regarder avec cet air-là.

C'était une drôle de soirée. Il faisait pas humide, mais l'air était lourd. Delilah avait arrêté d'aller et venir. Mon petit pot à confiture pesait entre mes doigts. Cet air étouffant me maintenait sur mon siège, j'avais l'impression que la nuit tout entière était une main qui appuyait sur un ressort. La lettre racontait qu'Ava et ce mari qu'elle s'était trouvé étaient très heureux, un pur bonheur. Mais au beau milieu de tout ça, il y a ce passage à propos d'un mec qu'elle avait connu avant et qui était passé la voir, après avoir disparu pendant un bon moment. *Pas de quoi en faire tout un plat !* avait-elle écrit. Hum ! C'est bizarre de mentionner une chose si elle vaut pas la peine d'être mentionnée. Il y a quelque chose qui va pas. Mais elle veut pas dire ce que c'est, ni pourquoi ça va pas. Elle veut rien dire. Comme toujours. J'étais sur le point de m'en plaindre à Delilah quand j'ai entendu quelque chose venant de l'ouest, porté par le vent qui soufflait de la rivière. C'était moins un bruit que la sensation qu'un bruit allait se faire entendre. L'air s'est mis à siffler. L'espace d'un instant, j'ai cru que c'était moi, comme si j'étais tellement fâchée à cause d'Ava que j'avais provoqué un orage par la simple force de mon esprit. C'est plein de dragons. Mais aussitôt, Delilah a filé comme l'éclair et quand je me suis retournée pour la suivre, j'ai vu une lueur orange au bas du ciel. J'ai couru jusqu'à mon pick-up.

Cinq minutes après j'étais là, mais c'était déjà trop tard.

— Carter Lee, va chercher le tuyau, que je lui ai dit. Erma Linner, reste pas là à rien faire. Va chercher de l'eau quelque part ! Allez, bande de vieux *niggers*, faites quelque chose, bon Dieu. Pourquoi vous faites rien ?

On a dirigé le tuyau d'arrosage sur le feu. Mais à ce moment-là, les chouettes fuyaient les bois dans un battement d'ailes. J'ai senti la panique des animaux de la forêt. Pendant un bon bout de temps, j'ai vu l'enseigne BONAPARTE GENERAL à travers les flammes. Quelques minutes plus tard, on a aperçu des phares de voitures zigzaguer au milieu des arbres, puis s'éloigner en direction de la route pour quitter la ville. Tous ceux qui vivaient à Bonaparte étaient déjà près de moi, en train d'observer notre magasin partir en fumée. C'est pas difficile de deviner qui était là à rôder chez nous la nuit. Carter Lee les a vus aussi. Je le sais, parce qu'il a fait un geste pour sortir son pistolet de son holster. On a rien pu faire. J'imagine que je devais pleurer, mais l'incendie dégageait une telle chaleur que les larmes se desséchaient sur mon visage.

PHILADELPHIE

FAMILY DAY

— Mon chéri ! dit Ava, en se redressant sur son lit, le regard affolé. Vite ! Habille-toi !

Il était déjà dix heures trente. Toussaint était assis en tailleur sur son lit, en face de sa mère.

— Aujourd'hui, c'est Labor Day*, dit-il. (Les cheveux d'Ava étaient tout écrasés sur un côté.) Ici, ils l'appellent Family Day. Il y a une affiche dans le couloir.

Toussaint n'aimait pas ça quand elle tardait à se réveiller. Cela lui rappelait les matins après qu'elle et Abemi avaient eu une de leurs disputes, quand ils étaient dans le New Jersey. Ces matins-là, il les passait assis par terre, près du lit, observant sa mère, recroquevillée sur le côté, tandis que les heures défilaient, onze heures, midi, une heure.

* Labor Day : Fête du travail (à ne pas confondre avec le 1er mai, appelé May Day), célébrée le premier lundi de septembre. Jour férié très important pour les Américains, qui donne lieu à diverses réjouissances traditionnelles, notamment des réunions de famille, souvent autour d'un barbecue.

Toussaint était allé à la cafétéria pendant qu'elle dormait. Après deux semaines au centre de Glenn Avenue, c'était la première fois qu'il allait quelque part tout seul. Il avait passé les choses à faire en revue dans sa tête : prendre le plateau sur la pile, comme à l'école, prendre une fourchette, dire à la dame ce que tu veux, bien tenir le plateau. Aller t'asseoir. Rapporter le plateau… Mais la cafétéria était pleine de monde : pantalons de jogging rouges et bigoudis en mousse roses, rouleaux en plastique, survêtements noirs, pantoufles vert clair, talons blêmes, mère et fille, boucles d'oreilles en or, cheveux lissés et plaqués sur les tempes. Pyjamas à motif de canards. Trace de dentifrice sur un menton. La dame au comptoir lui demanda s'il voulait des toasts, mais quand il ouvrit la bouche il fut incapable de former les mots. Il s'assit dans un coin, avalant péniblement les œufs caoutchouteux, mais au moins il ne pleura pas. Et il ne s'enfuit pas en courant non plus.

— Il y a un barbecue, dit-il à sa mère. (Elle avait fini par se lever.) Ils en parlaient à la cafétéria, ajouta-t-il, comme elle ne répondait pas.

— Tu es allé à la cafétéria tout seul ? demanda-t-elle.

Après avoir fini ses œufs, il avait discrètement emporté un toast et une banane pour épargner le déplacement à sa mère quand elle se réveillerait. Il lui montra le petit paquet posé sur le bureau.

— Personne n'a rien dit, remarqua-t-il.

Toussaint jeta un coup d'œil par la porte ouverte quand Ava passa près de lui pour se rendre à la salle de bains. Le Family Day battait son plein. De nouveaux visages dans le couloir, souriants pour la plupart. Des voix d'hommes tonitruantes lui parvenaient des chambres aux portes grandes ouvertes, des gosses poussaient des cris perçants en voyant les pères, les oncles et les grands frères qui étaient venus leur rendre visite. Quelqu'un avait placé une grosse radiocassette dans le terrain de jeux et avait calé la porte en position ouverte pour que les enfants ne se coincent pas les doigts dans l'encadrement en métal. Une toute petite fille à la peau brune et au ventre rebondi dans un T-shirt orange riait aux éclats et offrait les restes de son bâtonnet glacé couvert de bave à tous ceux qui passaient près d'elle. Toussaint sourit aussi.

— Quelle pagaille, dit Ava en regagnant la chambre 813, quelques minutes plus tard. Ces gens sont vraiment minables.

Toussaint trouvait qu'il y avait un peu de joie dans tout ça, c'était juste que sa mère était incapable de la voir.

— Je trouve ça amusant, dit-il.

— Oh, mon chéri, répliqua Ava en secouant la tête. Il n'y a rien d'amusant ici.

Toussaint ouvrit les hautes fenêtres. Il s'assit en tailleur sur le bureau ; en inclinant la tête selon le bon angle, il pouvait apercevoir l'extrémité du parking du supermarché A&P, de l'autre côté de la rue. Il fixa le regard sur les chevilles des gens agglutinés à l'extérieur, sur l'herbe piétinée.

— Ils font un barbecue ! dit-il.

L'odeur du hot-dog et du hamburger de ce jour de fête flottait dans l'air. Une chanson de Earth, Wind and Fire passait à la radio sur le terrain de jeux. Les lèvres de Toussaint formèrent les paroles : *Boogie on down, down, boogie on down.* Et puis, juste comme ça, il se remémora le New

Jersey; lui revint le goût épicé du gombo, chez son ami Paul, et du lait, soyeux et crémeux, qu'il buvait après et qui lui rafraîchissait la bouche. La mère de Paul avait toujours quelque chose de bon qui mijotait dans une marmite sur sa cuisinière.

— Appelle-moi Jilly, lui avait-elle dit la première fois qu'il l'avait rencontrée. Pas de "Miss", juste Jilly.

Jilly connaissait tous les jeux de cartes possibles.

— Tu sais jouer à rien ? Même pas au gin rami ?

— Ce sont des évangéliques illuminés, avait expliqué Paul.

Ce n'était pas dit méchamment. Paul n'était jamais allé à l'église. Pas une seule fois. Il avait demandé s'il pourrait venir avec Toussaint un dimanche, juste pour voir de quoi ça avait l'air.

Jilly avait appris à Toussaint à jouer au black jack.

— J'espère que ça va pas mettre Jésus en rogne, avait-elle dit en faisant un clin d'œil.

Elle était toujours en train de rire et on aurait dit la sonnerie du téléphone, comme des grelots qu'on agitait sans arrêt. Et elle était toujours en combinaison quand Paul et lui arrivaient chez eux en rentrant de l'école, et elle sentait le bonbon, comme si on pouvait fabriquer des bonbons avec des fleurs. Elle avait des papillotes dans les cheveux et elle faisait des allers-retours entre la cuisine, où elle remuait ce qui cuisait, et la salle de séjour pour mettre un autre disque, avec sa brosse à mascara à la main. À un moment donné, en fin d'après-midi, elle mettait une robe et des chaussures à talons, puis elle se dirigeait vers la porte en cliquetant.

— À plus tard, mes chéris ! lançait-elle en sortant.

Jilly, c'était un vrai film à elle toute seule. Une fois qu'elle était partie, Paul prenait le contrôle du tourne-disque. Ils étaient les maîtres du monde.

— Tu connais Sylvester ? Tu connais Martha Wash ? demandait Paul.

Il avait trois ans de plus que Toussaint. Il avait fait son éducation. Ils se passaient certaines chansons dix fois, quinze fois de suite, jusqu'à ce qu'ils connaissent chacune des paroles, chacun des breaks dans le rythme. L'odeur de la cuisine de Jilly emplissait la maison. Le soleil couchant partageait la salle de séjour entre l'or et l'ombre ; la musique faisait vibrer le sol.

Les bruits de Family Day étaient aussi forts que si tout se passait dans leur chambre. Toussaint se demanda si les gens dansaient dans les couloirs.

— Tu peux danser le *hustle** sur pratiquement n'importe quelle musique, avait dit Jilly un après-midi.

Toussaint ignorait si sa mère savait danser le *hustle*. Il pensait qu'elle avait su, autrefois – avant Abemi, elle avait dû savoir. Peut-être qu'elle l'avait dansé avec son père, mais Toussaint ne pouvait se représenter Cass en train de danser. Vous imaginez Magnéto en train de danser ?

— *Aaand gliiide, like a seven forty-seven. And looose yourself***… chantonna-t-il tout bas.

Ava s'assit au bureau avec un de ces ridicules livres de coloriage. *Ses* livres à lui. Non qu'il ait voulu les utiliser, mais tout de même.

— Qu'est-ce que tu vas faire avec ça ? lui demanda-t-il.

* Danse disco apparue dans les années 1970.
** "Et glisse comme un 747. Et perds-toi…"

— Ah, ces moucherons ! dit-elle en agitant la main devant elle.

S'il y avait des moucherons, c'était juste parce qu'elle n'avait pas mangé la banane qu'il lui avait rapportée ce matin.

— Ferme cette fenêtre, mon chéri. Il y a toutes ces bestioles qui rentrent.

— Mais...

Elle ne répondit pas. Elle était de mauvaise humeur. Elle était comme une de ces hautes montagnes entourées d'une ceinture de nuages tellement épaisse qu'on ne peut pas en voir la partie supérieure. Il faisait froid, là-haut, derrière ces nuages – c'est-à-dire, sur une vraie montagne, comme l'avait appris Toussaint en cours de géographie. Si vous aviez essayé d'en escalader une, vous vous seriez senti seul au monde. Vous vous seriez senti seul à en mourir.

LA TOURNÉE DE RENEE

RENEE se rendait à la chambre 813 pour leur demander de se joindre au barbecue du Family Day. Elle était en rogne. Elle n'était même pas censée être de service. Évidemment, les seuls qui n'étaient pas venus, c'était ceux du 813. Ce pauvre petit maigrichon devait être furieux. Elle était assise avec Melvin à une table, au fond de la cafétéria, ce matin-là, quand l'enfant était arrivé tout seul. Il avait emporté en douce quelque chose à manger pour sa mère. Melvin n'avait rien remarqué jusqu'à ce que Renee le lui dise. L'abruti. C'est à cause de gens comme lui qu'on dit que les *niggers* valent rien.

Quoi qu'il en soit, le petit garçon tremblait comme une feuille. Et sa mère ! Envoyer cet enfant seul parce qu'elle est trop bêcheuse pour venir elle-même ici.

— Tu vois, Melvin, avait dit Renee. Elles finissent par se retrouver ici parce qu'elles ont déconné d'une manière ou d'une autre. Elle a dû faire quelque chose.

— Hmm-hmm, avait répondu Melvin.

— Tu sais bien, je ne veux pas juger. Mais n'empêche, elle se comporte comme si elle était trop bien pour tout le monde ici.

— Mmm-mmm, avait répondu Melvin.

— En fait, elle a la frousse et elle essaie de masquer ça en jouant à la snob. Tout le monde fait des erreurs. Mais on est pas obligé de faire comme si on avait un balai dans le cul.

— Je sais, t'as raison.

Melvin se demanda pourquoi elle y attachait autant d'importance. Renee se mettait toujours dans tous ses états. Il s'attaqua à ses pancakes du McDonald's de Stenton Avenue. Bien chauds. Il ne s'intéressait pas beaucoup à tous ces gens du centre. C'était juste un boulot. C'était mieux qu'être, disons, gardien de prison, ou le mec qui conduit un fourgon de la Brink's. Et il y avait des petits plus.

— Comment ça va, Belinda ? lança-t-il à une femme qui lui faisait signe en passant près de lui.

Ouais, ce boulot avait ses avantages en nature. Renee le regarda en fronçant les sourcils. De toute façon, cette femme avec son fils était trop fluette à son goût. Et pourquoi elle avait cette coiffure afro en 1985, il le saurait jamais. Pas de doute, elle avait une sacrée chevelure ! Un cul pas mal, quand même. Pour ce qui était de la frousse. Eh ben, elles avaient toutes la frousse, à moins d'être barjos. Merde, elles n'avaient pas d'endroit où vivre. Bon sang, Renee.

— Miss Carson ? (Renee frappa à la porte du 813.) Miss Carson, vous êtes là ? (Elle frappa de nouveau.) Miss Carson ?

Renee commençait à en avoir marre. Elle *pouvait* ouvrir la porte si elle voulait. Elle avait la clef.

— Miss Carson !

— Oui ? dit Ava d'une voix guindée et arrogante.

Bon Dieu, qui a dit “Oui ?” comme si elle était Alexis Colby.

— Euh, oui. Miss Carson, il y a des jeux pour les enfants, en bas. Et des hamburgers et tout ça.

— Oui ?

— Tous les résidents sont les bienvenus !

Renee montait un peu dans les octaves quand elle se sentait mal à l'aise. Certaines personnes ont le don de vous hérisser le poil, même quand elles se trouvent derrière une porte.

— Sortez donc ! dit-elle sur un ton enjoué.

— Non, merci, répondit Ava.

— C'est le Family Day, jusqu'à cinq heures !

— Non, merci, répéta Ava.

Renee repartit dans le couloir. Voilà ce que je récolte pour mes efforts. Elle avait un petit faible pour les enfants. C'était pas leur faute si leur mère les mettait dans cette merde. Elle savait pertinemment que ce petit garçon avait envie de sortir et de manger un hamburger. Elle l'avait senti à travers la porte. Pourquoi cette femme ne pouvait-elle pas voir comme il serait facile de donner à ce pauvre petit l'occasion de se changer un peu les idées ? Juste une heure, bon sang !

Puis elle aperçut ce voyou de Tamar en train de faire rebondir son ballon contre le mur au bout du couloir.

— Eh, mon garçon ! s'écria-t-elle.

Mais le temps qu'elle arrive, il avait filé dehors. Il lui restait encore trois ans, à peu près, à ce gosse, avant de se retrouver en taule. Renee secoua la tête.

LA CRÈCHE

— Vous voyez comme ça finit par payer, un peu de persévérance, Miss Carson, dit Miss Simmons.

Miss Simmons avait fait venir Ava dans son bureau afin de l'informer qu'elle avait obtenu un entretien d'embauche.

— Il est clair que vous êtes quelqu'un de bien élevé. Je vois bien que vous n'avez pas les mêmes problèmes que certaines femmes qui arrivent ici. (Elle se pencha en avant et baissa la voix.) On a des familles qui reviennent ici deux ou trois fois.

Ava n'ignorait pas que Miss Simmons lui passait la main dans le dos avec tout ce baratin à la "entre vous et moi", comme si elles étaient complices. Mais Ava n'en souriait pas moins, forte de l'impression qu'elle était mieux que toutes les autres femmes du centre de Glenn Avenue. Et nettement mieux! Ha! Aujourd'hui, les ongles étaient bordeaux. Elle devait se les faire faire deux ou trois fois par semaine, pensa Ava – jamais cassés, rayés ou ternes. Miss Simmons eut un sourire bienveillant, lèvres serrées. Le col à nœud de son chemisier était blanc comme le salut éternel.

— La compagnie de téléphone Bell, dit-elle. Très prometteur.

Elle offrit à Ava un bonbon à la menthe et lui signifia qu'elle pouvait partir.

Ils étaient au centre d'hébergement de Glenn Avenue depuis cinq semaines. L'entretien d'embauche était dans huit jours. Ava pouvait décrocher ce job, facilement. Après avoir touché son salaire deux ou trois fois, elle louerait une chambre. Encore quelques mois et elle prendrait un appartement et tout ça appartiendrait au passé.

Quand elle regagna le 813, elle vida les valises et le sac-poubelle pour chercher quelque chose qu'elle pourrait mettre le jour de l'entretien. Ses jupes et ses chemisiers étaient fripés et sentaient le plastique. Rien ne tombait bien sur elle. Elle essaya un ensemble dépourvu du moindre chic après l'autre jusqu'à ce qu'il n'y ait plus rien.

— J'ai l'impression que ça appartient à quelqu'un d'autre, dit-elle en regardant l'amas de vêtements de femme pieuse qu'elle avait achetés au fil des années avec Abemi. Des jupes qui descendaient jusqu'à mi-mollet, des hauts avec un col Claudine. Brusquement, elle se mit à détester tous ces habits de matrone. Elle se planta devant le miroir au-dessus du petit lavabo ; le contour noueux de sa gorge ondula quand elle déglutit. La croix qu'Abemi lui avait offerte pour leur deuxième anniversaire luisait. Elle se sentait comme une poche trouée, flasque et perdant de petits morceaux d'elle-même.

Toussaint entra, l'air de sortir de la douche.

— Tu n'es pas allé à notre salle de bains secrète, dis-moi ? demanda Ava en baissant la voix, comme s'il y avait dans la chambre quelqu'un d'autre qui pourrait l'entendre. Tout seul ? Au beau milieu de la journée ?

— J'ai utilisé la salle de bains commune.

— La commune… Toussaint!

Elle avait trouvé une salle de bains réservée au personnel la semaine précédente, près du couloir des bureaux de l'administration. Elle cherchait un endroit où s'asseoir seule quelques minutes et elle l'avait vue – une porte avec une serrure cassée et une plaque marquée LOCAL DE SERVICE. À l'intérieur, il y avait une salle de bains complète – lavabo, toilettes, cabine de douche. Pas étincelante, mais suffisamment propre. Propre comparée aux autres. Alors, quelle importance s'ils devaient y aller avant sept heures du matin ou bien tard le soir.

— On n'est plus obligés d'utiliser les salles de bains communes, dit Ava.

— Je sais. Je voulais juste prendre une douche. À une heure normale. Sans avoir à me faufiler en douce et…

— OK. OK.

Il s'assit sur son lit et se mit à feuilleter ses bandes dessinées. Ava s'efforça de ne pas laisser son regard s'attarder sur les pieds du garçon. Il allait attraper une mycose dans cette salle de bains. Elle soupira, plus fort qu'elle ne l'aurait voulu, et essaya de reporter son attention sur son tas de vêtements de grand-mère.

— J'ai école lundi, dit-il.

L'année scolaire avait débuté déjà quelques semaines auparavant, mais elle venait seulement de l'inscrire. Taft Elementary, c'était le nom de l'établissement. Vu de l'extérieur, il avait l'air pas trop mal, mais une fois à l'intérieur, elle avait remarqué la peinture qui s'écaillait sur les murs de l'entrée, près du bureau du directeur, et deux garçons d'apparence négligée se battaient dans le couloir. Son bébé ne connaissait rien à ce genre de comportement. Et elle ne tenait pas à ce qu'il doive s'y faire. Bon, se dit-elle, je vais décrocher ce job et il ne restera pas dans cette école plus de deux mois.

— Oui, mon chou, répondit-elle. Je sais.

Toussaint laissa échapper un de ses profonds soupirs.

— Pourquoi tu as sorti toutes ces affaires ? demanda-t-il.

Ava se dit qu'elle allait lui réserver la surprise pour quand elle aurait obtenu cet emploi. Elle haussa les épaules et commença à plier les vêtements afin de les remettre dans les valises. Son reflet apparaissait par moments dans le miroir au-dessus du lavabo au hasard de ses mouvements.

— Je n'ai pas l'air différente, dis-moi ? demanda-t-elle. Différente d'avant, je veux dire. Ou tu penses que si ?

— Tout est différent, répondit Toussaint.

Ava partit pour une de ses promenades dans le bâtiment. Elle avait renoncé à essayer de faire venir Toussaint avec elle. Au bout de cinq minutes, il se mettait à se plaindre comme s'ils traversaient le Sahara. Il faisait trop chaud. Il détestait les murs aux couleurs d'œufs de Pâques. C'est vrai qu'ils étaient moches. Chacun des longs couloirs d'accès aux chambres était peint d'une couleur pastel différente : lavande, bleu ciel, jaune, rose. Le leur était vert menthe. Ils partaient tous de la zone centrale sur le devant, là où se trouvaient les bureaux de l'administration, de l'infirmière et de Miss Simmons, ainsi que les téléphones publics, près de la porte d'entrée. Ava passa devant la salle de bains commune de leur couloir vert. Elle ne savait pas pourquoi Toussaint voulait aller là. Ce n'était pas sûr. Il pouvait y avoir n'importe qui là-dedans. On ne pouvait pas enlever ses chaussures, même dans les douches, surtout dans les douches. Elle frissonna et se dirigea vers le devant du bâtiment.

Au fond du couloir bleu, elle vérifia que la porte de la salle de bains secrète n'était toujours pas fermée à clef. Puis, avant que quiconque l'ait aperçue, elle s'engagea dans le couloir lavande en direction de la crèche, tout au bout. Une fille était assise et sommeillait avec un bébé sur les genoux. Ava secoua la tête. Qu'est-ce qu'on fabrique avec un tout petit bébé dans un endroit pareil ? Les bébés ont besoin d'être lavés. Ils ont besoin d'un endroit propre ; ils ont besoin de choses douces. Elle avait vécu dans un deux-pièces, dans Bouvier Street, quand elle était enceinte de Toussaint. Elle était seule. Au cours du sixième mois, sa tension avait monté en flèche et le docteur lui avait ordonné de rester alitée. Les périodes de sommeil et de veille alternaient vingt-quatre heures sur vingt-quatre, si bien que les deux états ne se distinguaient plus l'un de l'autre, ses rêves étaient comme des pensées et ses pensées comme des rêves. Parfois, quand elle se réveillait, son amie Connie était dans la chambre avec elle. La plupart du temps, il n'y avait personne. Sa masse imposante flottait, se détachait du monde comme un glacier vêlant un iceberg. Au revoir, Ava. Au revoir.

La fille dans la crèche ne pouvait pas avoir plus de vingt ans, potelée et douce et à l'air presque aussi innocent que le bébé sur ses genoux. Ava supposa que cette fille avait atterri là parce qu'elle n'était pas allée au lycée et un homme avait mal agi envers elle. Ma fille, pensa Ava, sois bien prudente. Tu peux te retrouver avec un véritable salopard et rester avec lui jusqu'à ce que tu n'en puisses plus. Ou peut-être que cette fille avait connu un de ces hommes qui lui avait rendu la vie tellement impossible qu'à la fin elle était complètement anéantie. On ne peut pas se remettre d'hommes comme ça. La seule chose à faire est de les fuir. Crois-en mon expérience, pensa Ava. Elle-même n'était pas guérie de Cass. Elle ne le serait jamais.

La fille et son bébé continuaient à dormir. Elle paraissait vouée à l'échec. La vie allait l'écraser petit à petit et puis elle en terminerait avec elle. Ava imaginait que la plupart des femmes au centre de Glenn Avenue étaient comme ça. Elles étaient d'un certain genre. Dans l'esprit d'Ava apparut, aussi claire qu'en plein jour, l'image de cette fille pendant les jours qui avaient précédé son arrivée au centre : tard le soir, dans une gare routière, avec son petit bébé dans les bras. Puis elle se rendit compte qu'elle se souvenait de la nuit que Toussaint et elle avaient passée dans la gare routière, dans le New Jersey, la veille de leur départ pour Philadelphie.

Il fallait qu'ils partent de Glenn Avenue. Entretien d'embauche ou pas. Colères furieuses d'Abemi ou pas. Ils ne pouvaient pas rester là. Rien de tendre ne pouvait survivre à un tel endroit. Elle allait appeler Abemi, elle ferait amende honorable, elle allait tout arranger avec lui.

Le bébé remua et renifla dans son sommeil ; il portait un bonnet jaune avec des canards. Ava traversa la pièce pour caresser la joue du bébé, une fois, deux fois. Elle avait envie d'embrasser sa petite tête, mais cela aurait été un peu exagéré, alors elle fit demi-tour et s'en alla avant que la maman se réveille.

SOIS L'ARAIGNÉE, PAS LA MOUCHE

— On pourrait essayer de prendre conseil. Auprès de Pasteur Ralph, dit Ava.

Elle était assise à côté d'Abemi, dans sa voiture, qu'il avait garée sur le parking du supermarché A&P. La Cadillac resplendissait. Abemi l'avait astiquée le matin même. Il fit glisser ses mains sur le tableau de bord, les yeux fixés sur tout le va-et-vient autour de ce grand bâtiment triste de l'autre côté de la rue. C'était là qu'ils vivaient, lui avait-elle dit. Voilà à quoi on a été réduits quand tu nous as mis à la porte, avait-elle ajouté. Elle voulait revenir. Après tout ce qu'elle avait fait. Après qu'*elle* l'eut quitté, c'était pas lui. Abemi n'allait certainement pas lui donner la satisfaction de la regarder dans les yeux. Mais il lui jeta quelques coups d'œil furtifs. Il y avait quelque chose de sauvage en elle. Elle s'agitait sur le siège passager et n'arrêtait pas de tourner la tête vers la vitre de sa portière. Il se demandait si elle avait peur de se faire manger ou bien si elle était à la recherche d'une proie.

La vérité, c'était qu'il n'avait pas vraiment envie de prendre conseil. La vérité, c'était qu'une fois le choc passé, il s'était senti soulagé qu'elle ne soit plus là. Il avait été bon avec elle, ou tout au moins, il avait essayé de l'être, mais il ne croyait pas qu'elle pourrait dire la même chose concernant la façon dont elle l'avait traité. Son copain Cliff l'avait prévenu. Avant leur mariage, il lui avait dit :

— Tu vas avoir du fil à retordre avec elle.

Puis il avait ri et lui avait donné une tape dans le dos. Mais il était redevenu sérieux pour ajouter :

— Fais gaffe à toi… d'accord, mec ? Sois l'araignée, pas la mouche.

Toussaint manquait à Abemi. Il pouvait aider ce garçon. N'importe qui aurait pu voir que Toussaint avait besoin d'un père et d'une vie normale, mais Ava ne le laissait avoir ni l'un ni l'autre.

Abemi aurait préféré ne pas remarquer combien elle était jolie dans son état agité, même si sa coiffure était de travers – ces yeux de chatte sombres et cette peau couleur cacahuètes grillées, les hautes pommettes avec ce creux en dessous, là où il y avait une petite rondeur autrefois. Il était assis au volant, les bras croisés, et il attendait. Après tout c'était elle qui l'avait appelé. Elle l'avait appelé plusieurs fois. Elle lui avait laissé un numéro où la rappeler sans donner d'explication et chaque fois qu'il avait fait le numéro, quelqu'un de différent avait répondu. Il avait supposé que c'était une pension de famille, ou un endroit comme ça, où elle s'était mise à la colle avec ce type. Elle ne lui avait dit qu'ils étaient dans un centre d'hébergement que le jour précédent.

Ava ne lui avait pas raconté grand-chose sur Cass. Elle lui avait présenté les choses comme s'il n'avait été qu'un incident de parcours, une erreur sur laquelle elle n'aimait pas revenir et qu'elle était contente d'avoir laissée derrière elle. C'était une sorte de docteur, ça au moins il le savait. Et il faisait partie des Black Panthers. Il avait disparu des années auparavant, puis il avait débarqué à l'improviste (c'était ce qu'elle avait prétendu) il y avait deux mois. Le passé l'avait régurgité comme s'il avait fini par soulever l'estomac du temps. C'était Leroy qui avait tout raconté à Abemi. Un bon voisin, Leroy – il avait l'œil sur tout quand Abemi était au travail. Il lui avait dit que Cass n'avait pas fière allure. Débraillé et dépenaillé, c'étaient les mots qu'il avait utilisés. Mais ensuite, il avait ajouté quelque chose d'étrange. Il avait dit qu'il paraissait tellement minable qu'on sentait à peine cette force d'attraction qui se dégageait de lui. Comme s'il était plus que ce dont il avait l'air, comme si, dans une tenue plus convenable, il pourrait être quelqu'un.

Elle s'est bien foutue de moi, pensa Abemi. Elle m'a bien joué la comédie. Peut-être qu'il s'était emporté quelques fois, mais il ne l'avait jamais frappée. Quarante-trois ans, ce n'est pas trop vieux pour avoir un bébé. Il y avait des gens qui avaient des bébés à cet âge-là. Deux ans à essayer de tomber enceinte, et pendant tout ce temps, elle avalait ces pilules en douce. En elle, tout n'était que mensonge ou secret. Elle ne parlait presque plus à sa mère. Elle ne savait pas grand-chose de son père. Il avait essayé de l'aider à aller au fin fond de cette affaire aussi. Mais Ava se fichait pas mal de ce qui était réel et de ce qui ne l'était pas. Elle inventait une histoire et s'y installait, et elle baisait tout le monde.

— Je ne sais pas comment Cass a eu notre adresse, disait Ava. Ça faisait huit ans que je ne lui avais pas parlé.

De nouveau cette histoire tordue.

— Avant, tu m'as dit que ça faisait cinq ans que tu ne lui avais pas parlé, répliqua Abemi.

— Je ne t'ai jamais dit ça.

— C'est ce que tu m'as dit, Ava. Je te dis juste ce que tu m'as dit.

Elle maintenait son regard braqué sur le centre d'hébergement de l'autre côté de la rue. Sa mâchoire se crispa et resta ainsi. Une vieille dame à l'air bien comme il faut, avec une coiffure impeccable, jeta un coup d'œil vers eux à l'intérieur de la voiture et fronça les sourcils avant d'entrer au supermarché. Ava remonta sa vitre.

— Eh ben voilà. Tu vois où j'en suis, dit-elle. Le genre de femme qui se dispute avec un homme dans une voiture au beau milieu de la journée.

— Personne ne se dispute, Ava. Je ne me dispute pas. Tu te disputes, toi ?

Elle en avait envie, il voyait qu'elle était en train de s'y préparer.

— Je ne vois pas à quoi ça servirait de prendre conseil si tu continues à mentir, dit Abemi. C'est toi qui es responsable de ça, Ava. C'est toi qui as foutu la merde. (Il ne jurait jamais comme ça. Ces mots qui sortaient de sa bouche, ça lui faisait du bien.) T'es allée avec un Noir qui t'a déjà abandonnée une fois.

— Je t'ai déjà dit que je ne l'ai pas vu…

Elle plissa les yeux, comme si elle pensait à quelque chose qui la rendait furieuse, tandis qu'elle était assise là, comme si elle avait une barre de métal à la place de la colonne vertébrale. Elle n'avait pas cessé d'être en colère pendant les trois années de leur vie commune. Regardez-la, encore furieuse aujourd'hui.

— Dis-moi, Ava. Pourquoi tu m'as épousé ?

Abemi se frotta le front avec la main. Il se sentait très fatigué tout à coup. Il avait envie de rentrer chez lui, au calme, dans sa maison du New Jersey, où il se sentait en sécurité. Oui, c'était ça. Maintenant que l'endroit était débarrassé d'eux – non, d'*elle* –, il était en sécurité.

— Je veux dire, parce que tu ne… je crois que tu n'aimais pas beaucoup être mariée. Peut-être même que tu ne m'aimais pas du tout. Peut-être que tu préfères cet autre type. Je ne sais pas, mais si c'est pour rester assis ici à discuter de quelque chose dont tu n'as même pas envie, à quoi ça sert ?

— Regarde ce bâtiment de l'autre côté de la rue, dit-elle en montrant du doigt le centre d'hébergement de Glenn Avenue. Tu veux savoir comment c'est, à l'intérieur ?

Abemi secoua la tête. Il n'avait aucune envie de tourner en rond avec elle.

— Je n'ai pas envie de jouer avec toi, Ava, dit Abemi. Je suis venu parler de Toussaint. Il n'a pas à… tu sais…, je peux m'occuper de lui un moment si c'est…

— Quoi ? dit Ava en se tournant vers lui. Mon fils ? Tu parles de mon fils ?

— Il pourrait venir n'importe quand, quand il voudrait…

— Tu as parlé à mon fils ? Est-ce que tu as parlé à mon fils ?

— Je te propose de l'aider, Ava ! Cela t'aiderait aussi, pendant que tu… le temps que tu te ressaisisses.

— Mon fils n'a pas besoin de ton aide.

— Il faut bien que quelqu'un pense à ce garçon. Bon sang, c'est évident que tu ne prends pas soin de lui convenablement. Regarde où tu le fais vivre !

Ava se rua sur lui et le griffa au visage, enfonçant ses ongles suffisamment dans sa joue pour qu'il sente sa peau se déchirer. Pendant une fraction de seconde, ils restèrent tous les deux trop stupéfaits pour faire quoi que ce soit. Les égratignures sur le visage d'Abemi se remplirent de sang. Puis il lui empoigna le cou, les mains autour de sa gorge, lui secouant la tête. Le visage d'Ava heurta la vitre de la Cadillac. Une fois, deux fois, trois fois. Il n'en avait pas eu l'intention... Il la lâcha. Elle eut l'air presque impressionnée. Puis son côté sauvage prit le dessus et elle le martela de coups avec ses deux mains. Il saisit ses poignets et elle se débattit comme un animal pris au piège, comme quelqu'un dans une camisole de force. Comme quelqu'un qui devrait être dans une camisole de force. Quand la lutte cessa, ils restèrent là tous les deux à haleter comme des chiens de garde. Le visage d'Ava commença à enfler. Il tendit le bras devant elle et ouvrit la portière côté passager.

— Sors, dit-il. Sors de ma voiture.

Dans sa hâte de se dégager de là – elle n'avait même pas l'air désolée, on aurait dit qu'elle avait envie de lui arracher les yeux avec ses ongles – sa sandale se prit dans le tapis de sol. Elle culbuta à l'extérieur de la voiture et s'effondra sur l'asphalte. La vieille dame bien comme il faut la regarda à travers la vitre du A&P et secoua la tête.

Abemi démarra doucement pour ne pas la heurter. Ses mains étaient moites et glissantes sur le volant. Quand il jeta un coup d'œil dans le rétroviseur, elle était toujours par terre, les mains sur les genoux, au milieu des canettes de soda et des mégots de cigarettes, les larmes gouttant sur son chemisier. Il faillit faire demi-tour. Ils pourraient aller chercher Toussaint et ils retourneraient tous ensemble à James Creek. Mais ce n'était qu'une idée folle.

— J'en ai assez, dit-il tout haut.

Et il s'engagea dans Tulpehocken Street, avant de prendre Lincoln Drive et de rejoindre la I-676 pour rentrer chez lui.

LE RAT DU PAIN DE MAÏS

Le lendemain de la dispute, une ecchymose s'étalait autour de l'œil droit d'Ava – des ailes d'un violet blafard s'étendaient de façon spectaculaire sur sa joue, partant d'au-dessus de son œil injecté de sang pour descendre jusqu'à sa pommette. Son visage était douloureux au moindre effort pour parler, pour tourner la tête d'un côté et de l'autre, pour bâiller ou pour manger. La douleur était telle qu'Ava envoya Toussaint au supermarché A&P, où il dépensa un précieux dollar pour acheter un sachet de petits pois surgelés. Le froid était tellement agréable sur sa joue qu'elle en pleura.

— Pourquoi tu pleures, m'man ? demanda Toussaint. Ça fait mal ?

— Non. Non, ça ne fait plus mal maintenant, mon chéri.

Il s'assit sur le lit, l'observant de derrière ses yeux. C'était une des expressions de Dutchess. Elle disait : Vise un peu ça, comment tu te recroquevilles derrière toi pour me regarder avec un air de chien battu. J'en ai froid dans le dos, qu'elle disait. Ava avait dit à Toussaint qu'elle s'était fait cette ecchymose en tombant sur le sol mouillé dans le couloir. Comme il ne lui posa pas d'autre question à ce sujet, elle ne lui demanda pas s'il avait parlé à Abemi. Elle se contenta de dire :

— Les choses sont redevenues comme avant – pas vrai, mon petit chéri ? Toi et moi. Juste toi et moi.

Ava se mit à lire quelques vieilles lettres de Dutchess pendant les heures floues du milieu de l'après-midi, quand elle n'arrivait pas à se tirer du lit et que Toussaint n'était pas encore rentré de l'école.

> Cet homme que tu as trouvé m'a l'air d'être un boudeur. Tu t'es mariée avec lui, alors je suppose que tu envisages de rester avec lui. À mon avis, tu peux toujours prendre la porte. Il n'y a rien de pire qu'un homme qui boude. Qu'est-ce qui est arrivé à celui avec qui tu étais il y a des années ? Je crois que tu m'avais dit qu'il était docteur. J'avais l'impression que tu l'aimais bien. Tu l'as fait fuir ? Tu ne t'intéresses vraiment à aucun d'eux. Ils sont juste là pour te rendre dingue.

Et elle continuait ainsi sur ce ton grincheux, la critiquant sans cesse. Malgré cela, les lettres lui apportaient une certaine satisfaction, c'était comme gratter la croûte d'une blessure. Elle grattait, grattait, mais tôt ou tard, elle arracherait la peau et le sang coulerait partout. En plus, elle était qui, Dutchess, pour jouer au genre de mère qui donne des *conseils* ?

— Mais le problème, dit Ava tout haut dans sa chambre vide, c'est que je n'ai plus d'autre choix.

Son cœur se serra à l'idée de retourner à Bonaparte avec Toussaint – auprès de Dutchess, avec son alcool de contrebande, ses chiens et ses fusils. Elle pouvait sentir son odeur, ce mélange de Nu Nile et de café à la chicorée. Je veux ma maman, se dit Ava. Elle essaya d'accompagner d'un semblant de rire sa petite plaisanterie amère.

Dutchess cessa de materner sa fille à la mort de P'pa. Après qu'ils l'eurent tué, elle se força à extirper d'elle-même toute trace de tendresse. Combien de fois Ava s'était-elle glissée dans la chambre de sa mère à la recherche d'une main à tenir quand elle était enfant ? Combien de fois avait-elle dit, J'ai peur. Ou bien, Pourquoi tu ne me regardes plus ?

— Essuie tes larmes, petite ! répondait Dutchess. T'es en train de mouiller le devant de ta robe, c'est tout.

Dutchess avait laissé aux voisins et aux chiens de la maison le soin de s'occuper de sa fille et de la réconforter.

Ava ne lui avait pas dit qu'elle était enceinte. Dans les derniers jours de sa grossesse, elle avait vraiment failli l'appeler. Elle était clouée au lit, sans personne pour lui tenir compagnie, à part les infirmières de l'hôpital. Mais elle avait beau répéter la conversation dans sa tête de toutes les manières possibles, elle finissait toujours par entendre sa mère lui dire quelque chose comme : Un bébé ! J'imagine que tu plaisantes. Tu n'es même pas capable de garder un appartement assez longtemps pour salir la cuisinière. Pure méchanceté.

Peut-être que la méchanceté était ce qu'elle pouvait faire de mieux. Mais, bon. Trop tard pour recoller les morceaux. Dutchess était comme elle était. On ne pouvait pas lui confier une âme innocente. Ava savait qu'elle aurait trouvé le moyen d'atteindre Toussaint, et elle lui aurait fait du mal sans même avoir essayé. Ava ne pouvait pas faire courir de risque à son fils. Toussaint, c'était une aube nouvelle. Il annulait tout le passé, tout ce qui était arrivé avant lui ne pouvait plus toucher Ava.

Une odeur d'eau de Javel s'infiltra sous la porte du 813. Peut-être que tôt ou tard, toutes les femmes finissent par n'avoir que leurs enfants pour seul réconfort – des enfants qui, déjà, vous échappent, des enfants sur le point d'être suffisamment âgés pour savoir que vous ne pouvez les sauver de rien. Quelques semaines après que Caro eut été porté en terre, Dutchess se coucha et ne se leva plus – elle fumait du matin au soir, la boîte à café près de son lit débordant de cigarillos à moitié consumés, des brûlures d'allumettes sur le tapis au crochet. Elle cessa d'écrire des chansons, elle cessa d'aller chercher de la nourriture et de faire la cuisine, elle cessa de rapporter du bois et de faire bouillir de l'eau, elle cessa de sortir de la maison.

C'était l'hiver où Ava eut ses règles. Tout était inconfortable, tout était douloureux et enflé, à l'intérieur comme à l'extérieur. Elle était rentrée de l'école en quête d'un refuge, ou tout au moins d'un endroit douillet, mais il faisait trop froid dans la salle de séjour pour qu'elle enlève son manteau, des feuilles et des brindilles s'amoncelaient dans les coins, des rubans de fumée provenant des cigarillos de Dutchess flottaient dans l'air comme si Ava avait pénétré dans un monde interlope. Les seaux hygiéniques sous le lit puaient, et pour tout arranger, elle ne savait pas quoi faire des chiffons qu'elle avait mis entre ses jambes. Dutchess était étendue sur le lit, enfouie sous une masse de couvertures, le visage tourné vers la fenêtre par où pénétrait la faible lumière hivernale, son foulard ayant glissé de son front vers l'arrière.

— Maman ? (Ava s'assit sur le bord du lit.) Maman, j'ai rapporté une pomme de l'école. On peut se la partager ? (Dutchess ne détourna pas le visage de la fenêtre.) Qu'est-ce qu'il y a là, dehors, maman ?

Des champs en jachère, de l'ambre dans le soleil couchant. L'horloge de parquet faisait tic-tac dans le couloir. Ava s'étendit en travers du pied du lit, puis se tourna sur le côté de manière à pouvoir poser le menton sur les couvertures à travers lesquelles, sous de nombreuses couches, les genoux noueux de sa mère formaient de petites éminences. Elles vivaient complètement dans cette seule chambre. Parfois, Dutchess posait ses doigts jaunis sur le crâne d'Ava.

— Tu sais que tu es née dans une chambre avec un lit juste comme celui-ci, dit-elle. Avec un tapis au crochet sur le sol ? Et personne là, jusqu'à ce que la logeuse arrive avec un pot d'eau chaude pour te nettoyer une fois que tu fus sortie et en train de hurler.

Un après-midi particulièrement froid, Ava fouilla dans le placard pour y prendre les manteaux de fourrure, il y en avait deux, croyez-le ou non, que Dutchess avait commandés quelques années plus tôt, au cours d'une de ses semaines électriques où elle dormait à peine et se mettait à tout récurer dans la maison à trois heures du matin. Caro l'avait laissée garder les manteaux. C'est que de l'argent, avait-il dit. Elles faisaient un sacré duo. Dutchess catatonique, toutes les deux avec les joues creuses, et puantes dans cette maison envahie par les feuilles mortes, enveloppées dans des manteaux en renard assortis.

Il y avait un peu de lard salé et du pain à la farine de maïs sur la table de la cuisine, c'était tout ce qu'il restait. La faim avait plongé Ava dans la torpeur. Quand un rat bondit sur la table et s'attaqua au pain de maïs, elle se redressa sur le lit et l'observa par la porte ouverte. Hirsute et affamé, couleur de chevilles à la peau desséchée. Quand Ava se leva pour se précipiter vers lui, il redressa sa sale tête et découvrit ses dents jaunes, son corps tout entier tendu comme s'il allait sauter de la table et enfoncer ses dents dans le cou d'Ava.

— Maman ! s'écria-t-elle en reculant. Maman, il y a un rat de la grange qui est entré ici !

— Maman ! Il y a un rat qui mange le pain de maïs que j'avais gardé !

— Maman, c'est tout ce qui nous reste.

Dutchess se souleva sur ses coudes et se traîna lentement dans le lit pour voir la table de la cuisine par l'encadrement de la porte. Elle agrippa le bord de la couverture comme si elle allait la rejeter. Ava retint son souffle. Dutchess allait enfin sortir de ce lit et écrabouiller la tête de ce rat. Mais elle retomba sur son oreiller et se tourna vers la fenêtre. Les larmes lui vinrent aux yeux et ruisselèrent sur ses joues, sans s'arrêter. Ava eut beau crier tant et plus, elle refusa de se lever. Ava sauta sur le lit et secoua Dutchess par les épaules. Elle écarta les couvertures, mais Dutchess ne bougea pas, elle resta là, assise, les genoux remontés contre sa poitrine, tremblante dans le froid.

Après cela, rien ne servait plus à rien. Cela ne servait à rien d'essayer de faire bouger Dutchess, qui pensait peut-être qu'elles devraient mourir toutes les deux avec Caro. Cela ne servait à rien d'essayer de faire fuir le rat, de toute façon il n'avait plus de nourriture à manger. Cela ne servait à rien de faire quoi que ce soit, à part se reposer. Ava était tellement fatiguée et elle avait tellement froid. Elle se recroquevilla dans le lit, près de Dutchess, et tira les couvertures sur elles. Le soleil de l'après-midi céda la place au crépuscule et la chambre s'enténébra. Ava sombra dans un sommeil vaseux.

Elle fut réveillée par des coups réguliers frappés à la porte. Elle se redressa brusquement. Dutchess était étendue, immobile, à côté d'elle, et murmurait en dormant. Les mois avant qu'il soit tué, Caro se cachait dans les bois la moitié du temps. Quand il revenait dans Sundown Road à des heures inhabituelles, pour manger, se laver ou dormir, ils étaient si heureux de se trouver tous les trois qu'ils s'entassaient dans le douillet lit de plumes pendant quelques heures, jusqu'au moment où il repartait discrètement. Il arrivait toujours au milieu de la nuit et il frappait doucement à la porte pour que Dutchess et Ava sachent que c'était lui. D'un bond, Ava sortit du lit.

— P'pa ? appela-t-elle en courant dans la salle de séjour. P'pa ?

La véranda était vide. La rue également. Les branches nues du cerisier sauvage se balançaient dans le vent au-dessus de la maison de Miss Memma, plus loin dans la rue. Ava était tranquille et calme, comme quelqu'un qui se noie et qui a cessé de se débattre. Elle ne frissonnait même pas et sentait une agréable chaleur autour de ses chevilles. Baissant les yeux, elle découvrit une marmite sur le sol de la véranda, si près d'elle qu'elle l'aurait renversée si elle avait fait un pas de plus. Elle la porta à l'intérieur et souleva le couvercle. Poulet et boulettes de pâte. Jusqu'à son dernier souffle, Ava se souviendrait des carottes tendres, du moelleux des boulettes et de la sauce bien chaude et salée. Elle avait mangé assise sur le lit à côté de sa mère, une cuiller pour Ava, une cuiller pour Dutchess. Sa mère ouvrait la bouche comme un oisillon.

Le rat au pain de maïs revint le lendemain et essaya de se glisser jusqu'à la marmite de boulettes. Cette fois, Ava courut à la cuisine. Elle prit la grande poêle en fonte des deux mains et l'abattit de toutes ses forces. Le rat fit un bruit de gargouillement, puis de craquement, sous le coup. Elle l'écrasa jusqu'à ce qu'il ne reste plus qu'une bouillie étalée et plate. Elle le frappa jusqu'à ce que sa cervelle et ses boyaux s'incrustent dans les lames du plancher. Une tache marron foncé sécha à cet endroit et ne partit jamais complètement, même après bien des lavages à l'eau de Javel.

Ava replia les lettres de sa mère et les remit dans la valise. Elle regarda dans le petit miroir au-dessus du lavabo. Elle avait la tête qui tournait tellement qu'elle vacillait sur ses jambes. Elle avait besoin de se reposer, juste un moment. Elle allait fermer les yeux quelques minutes seulement, avant de nettoyer la chambre pour que tout soit propre quand Toussaint reviendrait de l'école. Juste quelques minutes.

— Oh ! Oh, mon petit chéri, je suis désolée, dit-elle, quelques heures plus tard quand Toussaint la secoua pour la réveiller.

La peur se lisait dans les yeux du garçon. M'man, dit-il très doucement, puis il détourna les yeux d'elle pour regarder vers la fenêtre.

BONAPARTE

À Bonaparte, on a jamais eu peur des ploucs du coin, mais je crois bien que Nip et les autres, ils vont commencer à avoir la frousse, maintenant. Eh ben, pas Dutchess Carson. Au sujet du feu qui a détruit notre magasin, les Blancs ont écrit dans leur petit journal de Bodine : "Une enquête pour tentative de fraude à l'assurance ouverte à la suite de l'incendie de Bonaparte." Qu'est-ce que vous dites de ça ? Et en plus ils essaient d'être drôles. Pendant quinze jours, ça a senti le brûlé dans Bonaparte. Il y a que nous pour déblayer les gravats, alors le plus gros est encore là. On était occupés à en évacuer un peu quand les types de l'assurance se sont amenés sur notre route. J'ai cru que c'étaient des Mormons : des jeunes gars blonds avec des chemises à manches courtes qui avaient l'air d'avoir tout juste arrêté de boire leur verre d'Ovomaltine tous les matins.

Carter Lee et moi, et tous les autres, on s'est mis autour d'eux et on s'est efforcés de leur jouer au mieux notre numéro de Bons Vieux Noirs. On a découvert que la police d'assurance était périmée depuis plus de dix ans. On a hoché la tête, on s'est gratté le crâne et on a fait :

— Z'avez dit quoi ? Péri-mée. Qu'esse ça veut dire ?

Alors le jeune responsable nous dit :

— On va devoir faire une enquête pour demande d'indemnisation frauduleuse.

Ah non, espèce d'enfoiré. Fini de jouer la moricaude demeurée. Je lui réponds :

— Avec tout le respect que l'on vous doit, nous n'avons jamais fait de demande d'indemnisation. Nous nous sommes renseignés par écrit pour savoir si nous étions couverts. Nous avons gardé une copie de la lettre.

Estomaquer les Blancs, rien de plus simple, tout ce que vous avez à faire, c'est leur parler en faisant des phrases complètes. Tout de suite après, ils sont repartis.

Environ une semaine plus tard, en regardant à travers mes rideaux, je vois Memma, Nip et Erma Linner devant ma porte, l'air sombre. C'était peut-être parce que c'est pas facile de trouver une place où se tenir sur la véranda à cause de toute cette bignone et cette glycine. Et les abeilles ! Je tiens pas trop à faciliter les choses pour les gens qui viennent à ma porte. Mais ils étaient là, les hommes se courbant pour pas se cogner dans les pots suspendus et Erma Linner agitant les mains pour écarter la clématite qui se balançait devant son visage.

Quand je suis sortie, Nip m'a dit :

— Cette terre, elle est à personne, Dutchess.

Nip, il a une haleine, on dirait qu'elle sort direct d'une tombe du cimetière. Et il sait pas de quoi il parle. La ville de Bonaparte – nous tous là, plus Carter Lee – a mis cette terre au nom de Marlin Duke, et quand il est mort, elle est allée à son fils, Theodore Duke.

— Nan, dit Nip, l'homme au souffle de la Grande Faucheuse. Elle appartient à personne. Marlin a pas fait de testament, et y s'trouve que Teddy, il est mort là-haut, dans le Nord, sans enfants. Alors cette terre, elle appartient plus à personne.

J'ai secoué la tête. Le petit Teddy. Bon Dieu. C'était un gentil garçon, il disait toujours que quand il serait grand, il élèverait des abeilles comme son papa.

Memma dit :

— Ils nous tiennent maintenant.

Je peux pas vous dire à quel point j'ai envie de noyer cette femme dans la rivière. Elle a sept enfants. Regarde-moi ça, Caro, je disais chaque fois qu'elle en pondait un – tous ces bébés, ils ont plus de bon sens que leur mère et ils ont même pas encore de dents.

— Comment ça, ils nous tiennent, Memma ? Ils ont pas effacé toute la famille de Marlin de la surface de la terre. Ces hectares, ils appartiennent à quelqu'un. Qui que ce soit, cette personne s'en est pas inquiétée, alors on va juste continuer à s'en occuper comme on l'a toujours fait.

Personne n'a parlé de ce qui était évident concernant les biens hérités et la vente publique des terres pour payer les taxes. J'en ai été reconnaissante.

— Il faut qu'on recherche la personne qui la possède à Cincinnati – c'est pas là qu'ils sont allés ? – et ensuite on sera tranquilles, ai-je dit.

Memma et Nip se sont contentés de secouer la tête et ils ont fait demi-tour, l'air penauds. Erma Linner a dit :

— Je sais pas, Dutchess. Je sais pas.

Elle m'a lancé un regard méchant et elle est repartie aussi.

Depuis l'incendie, Delilah et moi, on est plus nous-mêmes. Ça lui arrive de venir à la porte de derrière avec un lapin dans la gueule. Mais elle a de moins en moins de goût pour la chasse et moi j'ai de moins en moins de goût pour vider et dépouiller. Les gaz dans les boyaux chauds des animaux, l'odeur de la vie sous leur peau, tout ça me retourne l'estomac ces derniers temps. Je sais pas pourquoi. Avant, j'étais comme le puma. Je faisais à peine cuire la viande, quand on avait ce luxe. Tout le monde faisait la grimace et disait, Pourquoi t'as pas carrément croqué un morceau de la vache pendant qu'elle était encore debout dans le champ ?

Tout le monde ici, sauf Carter Lee, qui s'occupe de mon compte en banque à Bodine, croit que j'ai l'argent pour acheter cette terre. Ils croient que j'ai fait une grande carrière sur toutes les plus grandes scènes. J'imagine que je les ai un peu aidés à avaler cette version des choses. La vérité, c'est que j'ai jamais été une grande chanteuse. Mais c'est sûr que j'ai adoré ça. L'essentiel du peu d'argent que j'ai vient de chansons que j'ai écrites. Je touche encore quelques droits d'auteur, mais il me reste presque rien une fois que j'ai payé les taxes de cette maison. On ne me commande pratiquement plus de chansons, ce qu'est pas plus mal, vu que j'arrive plus à écrire quelque chose de nouveau ces temps-ci. C'est comme poursuivre une lueur lointaine dans le ciel, je peux la voir, mais quand je l'atteins, il fait déjà noir. Hier soir, j'ai passé *Mary Don't You Weep** jusqu'à ce que j'en aie des frissons dans le cou. Et Delilah ! Elle est à moitié louve et à moitié sorcière, alors elle s'est mise à hurler.

La seule chose qui m'épargne ce qu'on appelle une sensation de malaise, c'est de penser à Ava. J'avais décidé que je répondrais pas à sa dernière lettre. Je sais pas pourquoi elle m'a fait tant de mal. Elle était pas très différente des

* "Ne pleure pas, Marie."

conneries habituelles qu'elle m'envoie : jamais une question sur moi ou sur cet endroit, jamais rien sur elle-même. Elle est furieuse contre moi. Depuis qu'ils ont tué Caro. Elle veut avoir quelqu'un à blâmer, et pas ces intouchables qui l'ont tué. Elle veut quelqu'un de proche et d'intime, qu'elle puisse faire souffrir pour compenser sa souffrance à elle. J'espère toujours qu'elle résoudra ce problème. Elle a pas envie de couper les ponts complètement, bien qu'elle se comporte comme si c'était le cas. Prenez cette lettre stupide qu'elle vient de m'envoyer, n'importe qui peut voir qu'elle essaie de me dire que son mariage va pas très bien. Elle a toujours été plus sensible au mauvais caractère des autres qu'elle s'en rend compte. Quand même, elle manque pas d'obstination, hein ? Ça fait presque vingt-cinq ans qu'elle est pas venue ici, et ça fait plus de trente ans que Caro est mort. Elle ignore qu'il n'y a pratiquement plus que du kudzu qui pousse dans les champs. L'asphalte qu'on avait mis sur les routes dans la ville est tout défoncé et quand il pleut les flaques d'eau donnent des moustiques gros comme des oiseaux-mouches. Et une bonne partie de nos bois est tellement envahie par les plantes grimpantes qu'on dirait que la végétation qui était là avant reprend possession des lieux. Comme si ça redevenait le jardin d'Éden.

Ça fait un moment que j'ai pas vu Carter Lee. Il a la tête sur les épaules ; probable qu'il était dans un coin, à réfléchir à la situation concernant le magasin. Mais je suis pas allée à sa recherche tout de suite, parce que j'avais pas envie de l'entendre, pour vous dire la vérité. *Don't you bring me no bad news**. Comme ils disaient dans *The Wiz*. J'ai continué

* "Ne m'apportez pas de mauvaises nouvelles."

mes promenades de nuit comme d'habitude ; en faisant un détour pour éviter notre magasin incendié.

À une époque, on vendait nos Confitures de Bonaparte dans ce magasin. Mûres, poires, oranges et raisin muscadine. On les mettait en pots dans notre conserverie là-bas, sur la route, et on les expédiait dans tout le Mississippi et l'Alabama. Y avait des gens qui venaient en voiture de Montgomery pour acheter nos confitures et faire des courses dans notre magasin, où y avait pas de pancarte pour dire qui était autorisé à entrer et qui l'était pas. J'avais mis un panneau disant ICI ON SERT LES *NIGGERS*, mais Ornetta, la femme de Marlin, m'a demandé de l'enlever. C'était une femme bien, alors j'ai dit OK. Je sais bien que ça sert à rien de prendre un ton rêveur pour parler de ces vieilles années de la Coopérative Commerciale de Bonaparte. C'est du passé et ça reviendra pas. Sans compter qu'on est en 1985. On peut aller à l'épicerie, maintenant. Fut un temps où on faisait pousser tout ce qu'on mangeait. Tout, depuis les choux cavaliers jusqu'aux cuisses de poulet, venait de nos propres mains. Le genre de travail qui vous cassait le dos. Vive les Piggly Wiggly*. Je suppose.

Il faut à peu près cinq minutes pour traverser le centre de ce qui reste de Bonaparte. Et tout ce qu'il en reste, c'est le magasin incendié, l'église, notre vieil hôtel de ville, l'école, une petite cabane d'une seule pièce où on faisait tout notre troc et notre trafic, et le hangar. Le tout est entretenu d'une couche de peinture (plus ou moins) fraîche de couleur blanche. Depuis l'incendie, je tiens à faire ma promenade

* Chaîne de supermarchés, principalement implantée dans les États du Sud et du Midwest.

avec mon fusil à la main. On a encore quelques fusils stockés dans le hangar. Ils sont tout rouillés, mais on les garde là comme souvenir.

Une fois que vous êtes sorti de la ville, la route bifurque : vers l'est, elle continue pendant quelques kilomètres, passant devant une douzaine de maisons abandonnées aux opossums et au vent, puis elle traverse le bois qui mène jusque chez moi. À l'ouest, un bon kilomètre et demi d'asphalte disloqué vous fait déboucher sur une pente de hautes herbes de rivière et de chant de grenouilles. À une époque, vous pouviez voir les lumières de Bodine, de l'autre côté, mais aujourd'hui, il y a souvent un rideau de brume qui se lève au milieu de la rivière, avec des endroits épais comme des boules de coton et d'autres fins comme de la gaze, et tout ça fait des gouttelettes comme des perles, chatoie, se déchire, puis se reforme, si bien que la rive du côté des Blancs, c'est un coup vous la voyez, un coup vous la voyez plus. Je suis restée assise là toute la nuit pas mal de fois, à observer ce voile se faire et se défaire. C'est peut-être bête, mais quand arrive l'aube, je deviens un peu nerveuse, de crainte que ça se lève pas. J'aime pas le changement de temps, ce qui est une position raisonnable – je veux pas de changement de temps, d'accord ? Delilah apprécie pas trop non plus, elle arpente le rivage en grognant les oreilles en arrière, comme maintenant. Ce soir, le rideau de brume me paraît plus dense que la dernière fois que je l'ai vu, et ça me rend fébrile, alors je vérifie que mon fusil est bien chargé et je poursuis ma marche.

À un kilomètre ou deux vers le sud, de notre côté de la rivière, une longue rangée de chalets de vacances borde la berge. Une route goudronnée, avec d'autres maisons, s'enfonce dans les terres pendant encore quelques kilomètres. Heaven's Gate*, ils l'appellent. Trente maisons, d'allure pratiquement identique, que les Blancs ont achetées à la Progress Corp., d'autres vont suivre. Toutes ces terres appartenaient autrefois à Bonaparte. Et comment Progress a fait pour s'en emparer ? J'ai pas trop le cœur à raconter quels Noirs ont vendu quelles terres pour combien de cacahuètes, ou se les sont fait voler dans le cadre d'une vente publique pour payer les impôts, alors peu importe. Les Blancs, ils viennent pas dans notre partie de la rivière, ils nous parlent pas, ils chassent pas dans nos bois. Moi, ça me convient, mais ça renforce quand même le sentiment que Bonaparte est en train de disparaître. Je parle pas juste de la terre qu'ils nous ont prise, je veux dire, la ville disparaît vraiment. J'en ai touché deux mots à Carter Lee, un jour. Il m'a regardée et puis il s'est mis à me citer le Livre des Lamentations.

Des gens de chez nous ont été enterrés tout le long de la berge, même là-bas, du côté des Blancs. C'est pas un vrai cimetière avec des pierres tombales et tout, ça c'est de l'autre côté de Bonaparte, sur la route qui mène chez moi. Au bord de la rivière, c'est juste une sorte d'ossuaire étroit et tout en longueur, une vingtaine ou une trentaine de tombes, peut-être, avec de simples croix de bois qu'on changeait tous les quatre ou cinq ans, quand elles étaient trop abîmées par les intempéries. On y allait et on chantait sur ces tombes, on taillait le jasmin sur les treillis que les gens avaient mis là longtemps auparavant. Progress a fait passer des bulldozers sur tout ça. Vous allez pas me faire croire que ces Blancs, ils ont pas de fantômes de *niggers* partout sous leurs moquettes.

* La Porte du Paradis.

Et pensez un peu à ces pauvres Noirs, leur dernière demeure envahie par les Blancs, comme s'ils en avaient pas eu assez autour d'eux de leur vivant. Une fois, quand Ava était petite, elle a dit qu'elle espérait que Jim Crow allait au paradis, parce qu'elle avait pas envie de passer l'éternité trop près des Blancs. J'ai dû lui mettre une claque sur la bouche, bien sûr, mais sa demande était justifiée. Et puis, hé-hé, Caro lui a dit que les Blancs n'allaient pas au paradis.

Il reste encore quelques tombes de notre côté, près de la vieille cabane de pêche de Jimmy Mackie, à l'orée des bois, là où finissent les arbres et où le terrain descend en pente jusqu'à la rivière. J'aime bien m'asseoir là. Cette cabane penche et elle est complètement délabrée, mais on peut encore distinguer quelques traces de la peinture orange de Jimmy. La vieille table de pique-nique où on mangeait nos sandwichs aux filets de poisson-chat grillés a plutôt bien résisté. Quand Bonaparte était une plantation, ils enterraient les gens dans tous les endroits secrets qu'ils pouvaient trouver. On peut toujours reconnaître l'emplacement d'une tombe à la végétation – des grenades rouge sang grosses comme des pamplemousses, des narcisses sauvages toute l'année, des buissons de jasmin. Aucune de ces mauvaises plantes, pas de laiteron ou de morelle, bien que j'imagine que les plantes sont mauvaises seulement si vous faites de mauvaises choses avec elles. Il y a une heureuse sensation dans ces endroits. Si la nuit est claire, Delilah et moi, on peut voir les lumières du ferry qui scintillent sur la rive de Bodine, et derrière, la ligne bleu-noir des arbres qui s'incurve autour de leur port. Les esprits émergent des endroits où ils se trouvent et viennent s'asseoir autour de nous comme des chats.

Ils apportent avec eux de petits fragments des vies qu'ils ont vécues et ils les déroulent devant moi, en Technicolor et en 3D : Assis à l'arrière d'un pick-up, la main sur le chapeau pour le maintenir en place, en route pour une fête chez quelqu'un. Des chaussures du dimanche à l'odeur de cuir dans du papier de soie bleu froissé. Des choses pénibles aussi : une femme seule avec des bébés endormis, assise près de la fenêtre avec un fusil, son mari parti travailler tout là-bas, à Mobile. La lumière des étoiles, une tasse de chicorée refroidie. Ce petit fragment-là aurait pu être à moi. Caro avait lui aussi été parti tant de nuits, jusqu'au jour où il est parti pour de bon.

Lui et moi, on prenait une barque la nuit et on allait à la rame de l'autre côté de la rivière, au-delà de Bodine, et on faisait une razzia dans l'élevage de poissons de Talbyville. Y avait tellement de poissons qu'ils avaient pas vraiment besoin de tenir un compte précis de toutes les espèces – mais les Blancs, c'est les Blancs, alors ils postaient un gardien qui dormait la plupart du temps. De toute façon, c'était leur faute. Ils avaient installé un barrage en amont, et après ça, la pêche avait plus jamais été la même par chez nous, en aval. Bon, enfin, on remplissait notre barque et on repartait à Bonaparte. Parfois, on restait là-bas trop longtemps, et là, on passait de l'impression que c'était nous deux contre la terre entière à l'impression qu'on était les derniers habitants de la terre. Et quand on en pouvait vraiment plus, quand on avait des crampes dans les bras et qu'on claquait des dents, la barque sortait de la courbe en frôlant la rive et le Phare nous apparaissait, ses lueurs orange bondissant dans la nuit d'encre.

Depuis une centaine d'années, un des nôtres allumait un feu au crépuscule et l'entretenait jusqu'au lever du jour pour que tous ceux qui étaient de Bonaparte puissent rentrer chez eux par la rivière. Quand on l'apercevait, Caro et moi, on se mettait à ramer de plus belle et on volait sur l'eau. Celui qui s'occupait du Phare cette nuit-là sautait dans l'eau à notre rencontre et déchargeait les perches et les crapets. On en gardait quelques-uns pour nous, on en mettait de côté à saler et sécher, et on laissait le reste à Jimmy pour une grande partie de grillades le lendemain. Caro et moi, on repartait alors sur la route, rompus de fatigue, son bras autour de mes épaules et le mien autour de sa taille. À la maison, Ava dormait sur un lit de chiens de chasse.

Tout ça, c'est le passé. Maintenant, c'est maintenant, et ça donne l'impression de pas avoir de consistance. Caro n'est plus là. Le Phare est éteint depuis des dizaines d'années. Ça suffit, je dis à ces vieux esprits avides. Parfois, ça devient insupportable de rester assise là avec eux qui s'agrippent à mes chevilles. Trop humide et trop froid, et trop de souvenirs, alors dans un craquement d'articulations, je me lève de cette table de pique-nique et je repars vers l'intérieur des terres, dans la direction du bureau de poste de Carter Lee. C'est juste une pièce, mais il est toujours là, tard le soir, avec les enveloppes entassées en piles bien nettes et sa lampe de bureau allumée.

C'est une longue marche, depuis la cabane de Jimmy. Delilah et moi, on rentre par les bois de pins térébinthes avant de retrouver la route principale, à travers les pâtures d'Erma Linner, avant la clairière de l'autre côté de notre grande rue. Au moment où j'aperçois enfin le bureau de poste de Carter Lee au loin, ça fait si longtemps que je suis sortie de chez moi que j'ai l'impression d'avoir été exilée de la race humaine. Delilah détale à toute vitesse et elle est avalée par l'obscurité dès qu'elle a quitté le faisceau de ma lampe de poche. Puis elle fait demi-tour pour vérifier que je suis toujours là et elle repart aussitôt pour disparaître de nouveau dans la nuit. J'ai dû arriver devant la fenêtre éclairée de Carter Lee une centaine de fois, au bout d'une centaine de marches comme ça, mais c'est toujours un petit bonheur. J'ai écrit un tas de chansons où j'essaie de mettre en musique ce sentiment qu'on éprouve en sortant de l'obscurité. Je crois que j'y suis pas encore parvenue vraiment.

Vous savez ce que c'est le problème d'Ava ? Elle est quelque part à l'extérieur, dans le froid, et elle sait pas comment faire pour rentrer. Elle est toujours là, dehors, et elle regarde à l'intérieur. Ça me désole. Ça me fout en rogne aussi. Elle croit avoir besoin de ce dont elle a pas besoin, et ce dont elle a vraiment besoin, elle pense pas en avoir besoin. Têtue.

Quand elle avait neuf, dix ans, elle était tellement fluette qu'elle avait l'air d'une cuiller, mais elle avait des mains comme celle d'un homme adulte, avec de la corne et des ongles raboteux. Elle passait tout son temps dehors, dans l'atelier de Caro, ou bien dans les bois, retirant à mains nues des lapins à moitié morts des pièges où ils étaient pris. Elle revenait à la maison tout égratignée et avec du sang jusqu'aux coudes. Avec dans ses poches des choses dont les petites filles ne devraient pas s'occuper – de la racine de High John, du sang de dragon. Je lui filais une trempe à cause de ça. Caro disait que c'était juste des porte-bonheur – mais il était pas dupe, et moi non plus. Il y a des choses avec lesquelles il faut pas jouer. Elle rentrait le soir et nous trouvait à table, en train de l'attendre. Elle me regardait comme si j'étais une vache, bête comme mes pieds. Caro lui disait :

— Allez, viens t'asseoir là, petite.

Quand elle répondait qu'elle n'avait pas faim, il disait :

— Eh ben, c'est pas vraiment la question.

Des graterons dans les cheveux. Elle jouait avec les pommes de terre sautées dans son assiette jusqu'au moment où je lui disais d'aller se coucher. On pouvait pas lui donner le sentiment d'appartenir à un foyer, elle en voulait pas.

J'arrive chez Carter Lee et je tape à la fenêtre. Delilah est déjà devant la porte, haletante comme si ça la mettait en rogne que je n'aie que deux jambes au lieu de quatre. Je suis sûre qu'elle pense que les êtres humains sont un peu pitoyables. Une vague de chaleur déferle sur moi quand Carter Lee ouvre la porte. À l'intérieur, ça sent le café et les journaux. Carter Lee me verse une tasse de son thermos – épais comme de la sève, et amer.

— Tiens, y a ça pour toi, dit-il en me tendant quelques lettres.

Seigneur, faites qu'il y ait des chèques ! On s'assoit là en silence. Delilah pousse quelques geignements et s'installe par terre. Carter Lee fait son tri, même s'il y a pratiquement plus rien à trier ces temps-ci.

— Et celles-là. (Il me glisse deux lettres de Progress.) Deux cette fois. Tout le monde a les mêmes. (Il fronce les sourcils.) On va avoir des problèmes avec ce terrain.

— Ouais.

— De gros problèmes.

Carter Lee se trouve à court d'enveloppes à trier, alors on reste assis, à regarder par son unique fenêtre, en direction du ciel qui commence à devenir gris aux extrémités.

— Je sais pas comment tu peux boire cette merde, dis-je.

Carter Lee laisse échapper un de ses ébrouements qu'on pourrait prendre pour un rire, juste une petite bouffée d'air, puis il me verse encore un peu de son café boueux dans ma tasse.

— T'as pas entendu quelque chose ? dis-je.

— Juste tes vieux os qui tombent en poussière.

— C'est les tiens que tu entends.

Delilah relève la tête et renifle l'air.

— T'es sûr que t'as rien entendu ?

Cette fois, il me regarde juste par-dessus ses lunettes. Je reste assise là un long moment avec Carter Lee, tandis que Delilah sommeille. Carter Lee sort une de ces maisons miniatures qu'il commande sur catalogue, ainsi que sa loupe, puis il se met au travail. J'arrive pas à me calmer. J'arrête pas de regarder par la fenêtre, même s'il y a rien là, dehors, à part le soleil qui teinte d'orange les feuilles du lilas de Perse. Le plus bel endroit du monde, c'est Bonaparte.

PHILADELPHIE

LA COMPAGNIE DE TÉLÉPHONE BELL

L'ECCHYMOSE prit une teinte lavande soutenue. À la pharmacie Rite Aid, les filles à la caisse ricanèrent tandis qu'Ava comparait les différents correcteurs sur le dos de sa main. En sortant du magasin, elle leur dit :

— C'est mon mari qui m'a fait ça. Vous les pétasses, vous ne ferez sûrement pas mieux, si toutefois vous parvenez à vous trouver un mari.

Elle regagna le centre de Glenn Avenue l'humeur massacrante. En réalité Abemi ne lui avait rien fait. Ou plutôt si, mais pas de la façon qu'elle l'avait laissé entendre. Mais ces filles n'en savaient rien et elles auraient dû être furieuses qu'elle ait reçu des coups. Peut-être que se faire filer une trempe est quelque chose de drôle et qu'Ava n'avait pas compris la plaisanterie. Elle sentait les élancements de son ecchymose contre le bord de ses lunettes ; les ailes de papillon palpitaient comme si, par leurs battements, elles envoyaient un message qu'Ava ne pouvait décoder.

Les jours précédant son entretien d'embauche à la compagnie Bell, elle fit tout ce qu'elle était censée faire. Elle appela au sujet des appartements éligibles à la Section 8 qu'elle trouva dans le journal. Elle se rendit à l'agence pour l'emploi. Ils apprécièrent moyennement l'œil au beurre noir. Euh, Miss, vous, euh... ils la renvoyèrent au centre de Glenn Avenue. Elle éplucha les offres d'emploi à la bibliothèque pendant que Toussaint était à l'école.

L'ecchymose avait ses propres humeurs. Par deux fois, un éclair brillant zébra sa vision – boum ! – et pendant quelques secondes il n'y eut plus que du blanc. Quand Ava était petite fille, elle voyait des esprits : des lumières blanches dans les bois, ou l'un des anciens habitants de Bonaparte, mort depuis longtemps, en train de pêcher dans la rivière. Les esprits l'avaient quittée, pour l'essentiel, quand elle-même avait quitté Bonaparte. Depuis cette ecchymose, elle avait constamment la sensation que quelque chose planait dans l'air autour d'elle. Ou alors peut-être qu'elle avait eu une commotion et que tout s'était mélangé dans son cerveau.

Le correcteur de teint de la pharmacie ne corrigea pas grand-chose. L'ecchymose était sombre et horrible sous la crème couleur amande. Comme si elle avait la lèpre sous cette couche. C'est en tout cas en conséquence que se comporta la dame de la compagnie Bell quand Ava se présenta pour son entretien. Elle arriva en avance à son rendez-vous et attendit un quart d'heure, assise dans le hall d'entrée. Une hôtesse la conduisit à la responsable du personnel qui se tenait debout sur le seuil de son bureau. Exactement comme Miss Simmons. Toutes ces méchantes femmes debout sur le seuil d'un bureau ! Ha-ha. La femme dévisagea Ava pendant quelques secondes, la bouche légèrement ouverte.

Sa bouche de tortue se referma d'un coup, puis ses lèvres se pincèrent. *Clac clac.* Mais Ava était pleine de détermination. Son allure était chouette. Chemisier à col Claudine imprimé de bateaux à voile. Semelles compensées. Des escarpins auraient été mieux, mais qui pouvait dire où ils avaient atterri. Elle s'était coiffée avec un fer à défriser et elle s'était limé les ongles. Elle avait même mis la croix en or qu'Abemi lui avait offerte.

— Bonjour ! dit Ava d'un ton enjoué, malgré tous ces mouvements de bouche qui se referme brusquement et qui se pince.

Patricia Benson, c'était le nom de cette femme. Patricia Benson ne pouvait détacher le regard de l'ecchymose. Ava s'assit en face d'elle à une longue table dans la salle de réunion étouffante. Le papillon était nerveux, battait des ailes comme s'il essayait de s'envoler de son visage. Qu'importe.

— Bonjour ! répéta Ava plus gaiement cette fois.

Patricia Benson parut rechigner à ouvrir son dossier. Ava ne se laissa pas décourager. Elle dit :

— Comme vous pouvez le voir dans mon CV, je peux taper à la machine soixante-dix mots à la minute, j'en prends également soixante-dix en dictée et j'ai plus de quinze ans d'expérience de travail de bureau.

Patricia Benson hocha la tête et ouvrit enfin le dossier.

— Parlez-moi de vos tâches dans le dernier poste que vous avez occupé. C'était... Oh ! C'était voilà plus de trois ans ?

— Le service facturation chez Jefferson ! C'était il y a trois ans ; je me suis arrêtée quelque temps parce que je venais de me marier. Oui ! Je travaillais pour le sous-directeur.

Ava était lancée. Plus rien ne l'arrêtait. Patricia Benson hochait la tête et prenait des notes. Ça se passait super bien entre elles.

— Chez Jefferson, je... je travaillais pour le sous-directeur dans l'équipe administrative. Je faisais... j'étais...

Ava s'interrompit. Ses pensées s'envolaient et lui échappaient. Sa main se leva vers le papillon qui palpitait.

— Miss Carson ?

— Oui ! Je...

— Est-ce que vous allez bien ? Est-ce que vous avez fait, euh... est-ce que ça a été... examiné ?

— Je crois que nous étions en train de parler de... de Jefferson.

Le papillon battit des ailes et Ava sentit les élancements dans sa tête.

— Jefferson ! Chez Jefferson, je... le sous-directeur... Est-ce que je pourrais avoir un peu d'eau, s'il vous plaît ?

L'eau posa quelques problèmes. Patricia Benson alla la chercher elle-même au lieu de demander à l'hôtesse. Elle resta partie un long moment. Quand elle revint, elle tendit à Ava un petit gobelet en carton, mais elle ne se rassit pas.

— Merci, Miss Carson, dit-elle en se dirigeant vers la porte.

— Est-ce que j'aurai ?

Elle se leva très rapidement, trop rapidement, et la pièce vacilla, mais pas au point que quelqu'un le remarque à part elle. Elles allèrent jusqu'au seuil de la porte.

— Merci ! J'espère avoir de vos... (*Clac.* Pincement de lèvres. Hochement de tête.) Merci, dit Ava.

Patricia Benson était déjà dans le couloir.

Ava se dit qu'elle avait besoin des toilettes. Elles seraient propres, elles seraient fraîches et elle pourrait appuyer son visage contre les parois en métal de la cabine pour apaiser la douleur. Elle bifurqua pour quitter le couloir et trouva les toilettes des dames. Elles étaient immaculées et silencieuses. Elle resta assise dans la cabine un long moment, déplaçant son visage de quelques centimètres en avant ou en arrière sur la cloison à mesure que le métal se réchauffait. Elle ne s'était pas trouvée dans un endroit aussi propre depuis qu'Abemi les avait mis dehors.

— S'il vous plaît, dit-elle, la main devant sa bouche pour que personne ne l'entende sangloter. S'il vous plaît, faites que ça marche. S'il vous plaît.

Son correcteur de teint, mouillé de larmes, se mit à couler en traînées beiges, faisant apparaître le papillon en petits sillons.

Il faisait trop chaud dehors. L'heure de pointe dans Market Street. Le vieux Horn & Hardart n'était qu'à quatre rues de là. Ces sandwichs au pain de viande ! Ces petits pains sucrés ! Elle en achetait un en rentrant chez elle après le travail chez Gimbels, le vendredi soir. Elle partageait un appartement avec une fille nommée Rita Fashaw. Au travail, un jour un homme dans l'ascenseur lui avait dit d'arrêter de manger ces petits pains parce que c'était mauvais pour sa silhouette. Elle aurait dû lui dire, Occupez-vous de vos affaires, ou bien, Vous vous prenez pour qui. Mais cela ne l'ennuyait pas réellement qu'un bel homme pense que sa silhouette valait la peine d'en prendre soin. Et puis ça n'avait pas d'importance, pas vraiment. Rien n'était lourd en ce temps-là ; elle ne devait rien à personne. Personne n'attendait son amour, sa protection, ni qu'elle vienne le border dans son lit au moment du coucher. Ava s'appuya contre le mur d'un bâtiment pour assurer son équilibre. Elle resta là un long moment avant d'être suffisamment ferme sur ses jambes pour se diriger vers la station de métro. La rue frémissait sous le soleil de midi.

LES JENNY

L'ÉCOLE n'était pas mal. Elle n'était pas aussi bien que celle de James Creek, mais elle n'était pas aussi moche qu'elle aurait pu l'être. Ou que ce que sa mère avait dit à Toussaint. Certains élèves disaient qu'il parlait comme les Blancs, mais personne ne l'embêtait vraiment, pas même les plus grands dans le bus XH. Sauf le lundi. Lundi matin, dans le bus, c'était pénible. La moitié des élèves étaient renfrognés et épuisés – Toussaint aussi –, éreintés à la suite de tout ce temps passé avec les adultes qui s'occupaient d'eux. L'autre moitié ne comprenait pas pourquoi tout le monde était si susceptible. Par exemple, si quelqu'un exhibait une nouvelle coupe de cheveux, ou se vantait d'être allé voir le match des Sixers, tout de suite il se retrouvait par terre, sur le dos, et se faisait boxer par un autre gars. Le lundi, vous aviez intérêt à être prudent.

C'est un lundi que trois nouvelles filles montèrent dans le bus à la station de McNair Street, la troisième semaine d'école. Toutes les trois les genoux et les coudes soigneusement lotionnés, des *cornrows** parfaites, avec de petites billes

* Les *cornrows* sont des tresses plaquées sur le cuir chevelu.

qui s'entrechoquaient aux extrémités. Elles restèrent debout dans le couloir central, se disant en aparté :

— C'est qui ceux-là ? (Avec un froncement de sourcils.) Qu'est-ce qu'ils sont sales.

Il ne fallut pas longtemps à ces nouvelles pour découvrir que le bus s'arrêtait au centre d'hébergement avant leur arrêt, aux cités de logements sociaux. Et il ne fallut pas longtemps à Toussaint et aux autres pour découvrir que deux des filles s'appelaient Jenny et que la troisième était leur cousine, dont le nom n'avait pas grande importance. Les Jenny étaient tout le temps ensemble – dans les couloirs, à l'école, dans la salle où on faisait l'appel, pendant le repas de midi. Ce que les Jenny recherchaient, c'était l'emprise absolue. Et elles savaient s'y prendre ; il y a des gens qui l'ont l'instinct du pouvoir. Les Jenny ne payaient pas plus leurs repas de midi que les autres, mais cela ne les dérangeait pas, parce que leurs cheveux étaient toujours bien coiffés et qu'elles vivaient dans les immeubles de la cité et non au centre d'hébergement. À la cafétéria, elles s'évertuaient à retrouver Toussaint et les autres enfants du centre de Glenn Avenue.

— Tu sais ce qu'il y a de bizarre ? disait une des Jenny. Ça sent comme dans le bus, ici.

Les deux autres hochaient la tête.

— Odeur de cul.

Nouveaux hochements de tête.

En moins d'une semaine, le bus XH fut coupé en deux : les Jenny et les autres enfants des cités à l'avant, et ceux du centre de Glenn Avenue à l'arrière. Toussaint s'asseyait au milieu ; il ne s'engageait dans l'armée de personne. Les Jenny n'appréciaient pas.

— Ses vêtements tout froissés.

— Vise un peu ces pompes. Quatre-vingt-dix-neuf cents !

— C'est quoi le problème avec ses cheveux ?

Malgré lui, Toussaint se crispait. Ha-ha ! Les Jenny souriaient.

— Ouais, pourquoi il a cette coiffure merdique ?

— Ils ont pas de ciseaux là où ils sont ?

— Sa mère a dû utiliser l'argent de sa coupe de cheveux pour se payer une bière.

— La même coupe afro que ma tante Jeanette à l'époque !

Les Jenny étaient écroulées de rire.

— Hé, tante Jeanette ! C'est moi, Jenny. Pourquoi tu me dis rien ?

C'était vrai. Ça faisait des semaines qu'il ne s'était pas fait couper les cheveux. Ava et lui avaient même cessé d'aller prendre leur petit déjeuner du dimanche au restaurant près de leur parc préféré. Ava disait que c'était parce qu'ils devaient faire des économies. Toussaint pensait que ça avait un rapport avec la grosse ecchymose sur son visage et la façon dont ça la rendait fatiguée et rêveuse. Maintenant, ils passaient leur dimanche à faire des allers-retours à la cafétéria, où Ava regardait tout le monde avec des yeux méfiants sans cesse en mouvement. Elle avait des problèmes d'équilibre. Elle était toujours étendue, un linge sur la tête. Toussaint avait du mal à imaginer une migraine terrible au point de faire de vous une personne complètement différente. Il finit par ne plus demander s'il pouvait aller au terrain de jeux ou voir le film du soir dans la salle de télévision. La réponse était toujours non. Une fois il avait demandé pourquoi et elle avait répondu :

— On ne se sortira jamais de ça si on ne reste pas ensemble.

Toussaint avait l'impression qu'elle l'avait laissé seul dans une maison où les lumières s'éteignaient dans une pièce après l'autre. Ava s'était mise à ramasser les vieux journaux qu'elle trouvait au cours de ses promenades dans le centre. Elle s'asseyait au bureau avec sa pile de journaux et entourait une petite annonce de temps en temps. M'man, se disait-il en l'observant. M'man, je suis là. Mais elle ne levait jamais les yeux.

— Hé, tante Jeanette ! lancèrent les Jenny.

Ne les regarde pas, se dit Toussaint. Ne touche pas tes cheveux.

Une des filles fit les quelques pas qui la séparaient du siège de Toussaint et se pencha devant lui.

— Tante Jeanette, c'est moi ! dit-elle en riant, et en agitant la main sous son nez.

C'en était trop. Toussaint bondit de son siège et la Jenny se retrouva par terre.

— Oooh-oooh ! s'écrièrent les autres enfants dans le bus.

Il n'y avait que quelques adultes à cette heure-là, des gens âgés pour la plupart. Ils se levèrent de leurs sièges, mais c'était trop tard. Les autres enfants avaient déjà formé un cercle autour de Toussaint et Jenny. Il se mit à califourchon sur elle et serra le poing.

— Vas-y, dit-elle. Mon frère va te démolir. Vas-y.

Il se redressa, mais avant qu'il ait pu frapper, le bus fit une embardée qui le projeta sur le côté. Les cris cessèrent.

— Vous n'allez pas commencer à faire tout ce raffut dans mon bus !

Le chauffeur vint se planter au-dessus d'eux, son gros ventre heurtant le visage de Toussaint. Une main épaisse le saisit par le col de sa chemise.

— Tu devrais avoir honte ! Frapper une fille !

La bouche de Toussaint s'ouvrit et se referma, mais aucun son n'en sortit.

— Ça va, petite ?

Le chauffeur fit pivoter son ventre en forme de boule de démolition vers la Jenny qui s'était relevée sur les genoux, le visage tout tordu, et elle se mit à brailler pour de bon.

— Qu'est-ce qui t'a pris, mon garçon ? dit-il en pivotant de nouveau vers Toussaint. Descends de mon bus. Je veux pas de voyous qui frappent les filles dans mon bus !

Toussaint se leva. Il eut peur que ses jambes refusent de le porter.

— C'est elle qu'a commencé, lança un courageux dans le fond.

— Je veux rien entendre ! dit le chauffeur. Tu veux faire le reste à pied aussi ? Vous pouvez tous aller à pied !

Toussaint parvint à attendre que le bus soit reparti avant de vomir dans le caniveau, au coin de la rue après l'arrêt. Il pensa à appeler sa mère, mais il aurait le bureau au bout du fil et il devrait patienter le temps que quelqu'un aille cogner à la porte de leur chambre. Elle n'ouvrirait probablement pas, elle n'ouvrait jamais la porte. Ou il pouvait appeler Abemi. Ou Cass, qui avait dit qu'il allait venir à Philadelphie. Non pas qu'il ait envie de lui parler, pas vraiment.

— Tu vas bien, fils ? demanda un passant.

Toussaint fit oui de la tête.

— Tu vas où ?

— À l'angle de Glenn Avenue et Tulpehocken.

— Tu ferais mieux d'attendre le bus. C'est une longue marche.

— C'est dans quelle direction, s'il vous plaît ?

— Par là. Mais tu ferais mieux d'attendre le prochain bus.

Toussaint était déjà parti dans la rue indiquée.

— Merci ! cria-t-il par-dessus son épaule.

En revenant au centre de Glenn Avenue, il utilisa l'argent qu'il avait en cas d'urgence pour appeler Abemi. Il sentit son estomac se nouer et se retourner quand il glissa la pièce dans la fente. Il ne savait pas ce qu'il allait dire. Il espérait qu'il n'aurait pas besoin de dire quoi que ce soit parce qu'Abemi sentirait que c'était lui, et il s'en voudrait tellement à propos de tout ce qui s'était passé, que lorsque Toussaint arriverait au centre, Abemi serait déjà là, en train de charger leurs affaires dans sa voiture. Il rappela le lendemain, et le jour suivant, mais Abemi ne répondit jamais. Il était peut-être sorti, dans le jardin. Ou dans la salle de bains.

À la fin de la semaine, Toussaint comprit qu'Abemi ne répondait pas parce qu'il était au travail. Il continuait à vivre comme avant, comme si Toussaint et Ava n'étaient pas partis. Comme s'ils n'étaient pas logés dans un centre fait pour les gens qui n'ont nulle part où aller, qui n'ont pas de nourriture à eux et pas d'endroit où rentrer après l'école en disant : "Je suis à la maison !"

— T'aurais pu te faire virer provisoirement ! dit Keith.

— T'es bête, répliqua Anthony. Ils étaient dans un bus de la SEPTA. Tu peux pas être renvoyé si la bagarre a pas lieu dans l'école.

Keith, Anthony et Toussaint étaient en récréation. Une semaine s'était écoulée, mais dans la cour on continuait à ne parler que de l'incident avec les Jenny.

— Je me fiche qu'elle soit jolie. Elle l'a mérité, dit Keith.

— Ouais. Elle l'a bien cherché, dit Anthony.

Keith lui raconta que les Jenny étaient revenues à la charge avec cette histoire d'odeur de cul, quelques jours après que Toussaint eut été viré du bus, mais une des filles de Glenn Avenue avait décidé qu'elle en avait assez.

— Tu l'aurais vue, poursuivit Anthony. Kimmy s'est plantée devant le nez de Jenny et elle a dit "Oh là là, snif-snif, le petit Toussaint il me fait tellement peur. Venez à mon secours, m'sieur le chauffeur. Sauvez-moi de ce petit trou du cul de Toussaint." (Il s'interrompit et regarda Toussaint.) Euh, le prends pas mal. La Jenny a essayé de lui répondre mollement, mais Kimmy a fait semblant de lui donner un coup de poing et la Jenny a reculé – bien sûr qu'elle a reculé – et ça a été la fin du règne de la terreur.

— Alors, euh, reprit Anthony. T'es plus obligé de venir à pied tous les jours.

— J'ai pas peur de prendre le bus ! dit Toussaint.

— Personne dit que t'as peur. Je dis juste que c'est loin, c'est tout.

— Ou alors tu pourrais prendre un autre bus.

— Keith, t'es vraiment bête, dit Anthony.

— Quoi ? Je sais juste que moi, je serais fatigué si je devais faire tout ce chemin à pied.

Toussaint n'avait pas peur. Il avait eu peur le premier matin, quand il s'était levé à six heures et était parti seul avec son ventre vide qui grognait. Cela lui avait pris presque une heure, et il s'était perdu plus d'une fois. Mais il était fier de lui quand il était arrivé à l'école. Et il ressentait quelque chose d'étrange qu'il n'arrivait pas vraiment à définir – comme s'il avait déjà parcouru les rues seul avec son sac sur le dos auparavant, alors qu'il ne l'avait jamais fait. Ou peut-être que c'était plus comme s'il avait enfin commencé à faire quelque chose qu'il était censé faire depuis longtemps, comme du déjà-vu, sauf que c'était le futur. C'était une sensation paisible. Où il n'y avait plus de chauffeur de bus, plus de Jenny, ni même plus d'amis, plus personne qui savait d'où il venait ni où il allait.

La marche devenait de plus en plus facile à mesure qu'il faisait le trajet, mais partir de Glenn Avenue était plus difficile chaque matin. Il s'attarda près de la porte quelques secondes de plus qu'il n'aurait dû, dans l'espoir que sa mère fasse toute une histoire et le retienne. Ou exige qu'ils aillent prendre le petit déjeuner ensemble à la cafétéria. Ou au moins qu'elle s'habille pour l'accompagner à la porte. Au lieu de cela, elle l'observa du bord de son lit, en chemise de nuit. Pourquoi si tôt, voulut-elle savoir. Il lui répondit quelque chose à propos des flocons d'avoine insipides de la cafétéria de Glenn Avenue et du délicieux petit déjeuner servi à l'école s'il arrivait suffisamment tôt. Elle lui lança un regard perçant, puis baissa les yeux et le laissa partir.

Keith et Anthony échangèrent un coup d'œil. Toussaint s'aperçut que cela faisait un long moment qu'il n'avait plus ouvert la bouche.

— Nan, dit-il. Je ne suis pas fatigué. Pas tant que ça.

UNE LETTRE AIMABLEMENT RÉDIGÉE

LULU Simmons n'était pas stupide. Elle savait que les résidentes étaient sous pression, elle comprenait. Que l'une d'elles puisse arriver en retard à un entretien est excusable. Mais "tourmentée" et "inadaptée à un environnement de bureau" (termes directement tirés du rapport de Patricia Benson) ! Et puis ne pas se rendre à l'agence pour l'emploi pendant deux semaines. La première réaction de Miss Simmons à ce comportement improductif fut une lettre aimablement rédigée qui fut glissée sous la porte de la résidente. Elle rédigea la lettre elle-même au lieu de se servir du modèle :

> Miss Carson. J'ai été navrée d'apprendre que votre entretien à la Compagnie de téléphone Bell s'est si mal passé. À l'avenir, si vous rencontrez un problème, n'hésitez pas à venir en parler au bureau. Nous sommes là pour vous aider. Vous n'avez pas oublié, bien sûr, que la recherche d'un emploi est une condition requise pour votre séjour ici au centre de Glenn Avenue. Je vous joins une photocopie de notre règlement.

Très aimablement rédigée, sans aucun doute, se dit Miss Simmons en la regardant avant d'envoyer Renee la mettre sous la porte du 813. Aucune de ces femmes, ici, n'a la moindre idée que des milliers d'autres comme elles sont là, dehors, dans un taudis quelconque, à se faire tabasser par leur petit ami. Ou à voyager en bus toute la nuit et se laver dans des toilettes publiques. Des familles de sept personnes entassées dans le deux-pièces de tante Unetelle, ou de maman, ou de grand-mère. C'était un poids qui lui pesait sur le cœur. Les pauvres seront toujours là – la moitié d'entre eux ont besoin d'une chambre au centre de Glenn Avenue. Elle ne pouvait pas s'attarder sur l'une d'elles alors qu'il y en avait tant d'autres. Trois avertissements, c'était sa règle.

Miss Simmons tint à se rendre à la cafétéria le jour suivant la remise de la lettre au 813. Ava et Toussaint étaient assis à l'écart des autres, à une table du fond. Le garçon était triste mais il tenait sa tête droite. Il avait l'air d'avoir du courage, Dieu merci. L'allure de la femme paraissait carrément négligée. C'était l'heure du déjeuner, mais elle avait une marque laissée par son oreiller sur la joue. Et une belle grosse tache vert-jaune autour d'un œil. Les restes d'un sacré coquard. Miss Simmons ne l'avait pas vu venir. Je ne l'avais pas imaginée en bagarreuse, pensa-t-elle. Elle n'envoyait à la Compagnie de téléphone Bell que celles qui avaient un certain raffinement. Mon Dieu. Et elle semblait avoir abandonné sa tenue respectable au profit d'une vieille salopette et d'un petit T-shirt étriqué qui pouvait fort bien appartenir à son fils.

— Bonjour, Miss Carson, dit-elle.

Miss Simmons avait une amie, Latrice, qui lui demandait toujours si “ces femmes-là” pensaient à leurs enfants. Si c’était le cas, elles ne se retrouveraient pas dans une telle situation – c’était comme ça que Latrice voyait le problème. Latrice avait un quatre-pièces dans School House Lane, avec une salle à manger normale et un mari qui travaillait chez IBM. Les gens ont des opinions bien tranchées, sans aucun doute. Miss Simmons n’avait pas d’enfants. Pas de mari non plus, ni d’animaux domestiques. Elle en comprenait l’attrait, mais elle-même n’avait aucune envie d’être esclave. En plus, elle aimait que sa maison soit propre.

Miss Simmons fixa son regard de reproche le plus ferme sur Ava.

— Et toi, comment vas-tu, Tou… Tou…, jeune homme ?

Le garçon leva les yeux, un peu paniqué et marmonna :

— Merci.

Quant à cette Ava Carson, auparavant si docile, ne venait-elle pas d’avoir cette petite grimace hargneuse ? Un éclair d’hostilité, vite disparu. Miss Simmons s’attarda quelques secondes de plus et tapota sur la table avec ses ongles. Moka, une nouvelle couleur dans sa palette.

— Tous-saint, dit Ava doucement.

— Je vous demande pardon ?

— C’est Tous-saint.

— Bien.

UNE EXPÉRIENCE ÉLECTRIQUE

Après la Compagnie Bell, Ava décida de prendre les choses en main elle-même. Elle s'assit dans une cabine téléphonique à la bibliothèque de Chelten Avenue et appela les offres d'emploi : secrétaire, employée de bureau, agent de recouvrement. Le problème, c'était qu'elle n'avait pas de numéro où on pouvait la rappeler, à part le service d'assistance de Glenn Avenue, où Sherry, la secrétaire, était censée répondre au téléphone discrètement et dire : Unetelle n'est pas disponible pour l'instant. Puis-je prendre un message ? Ava ne reçut jamais le moindre message.

Peut-être que le moment était venu pour elle de poser sa candidature dans un McDonald's. Elle pensait à ces gens qui disaient toujours qu'ils seraient, *eux*, prêts à prendre n'importe quel boulot s'ils se retrouvaient dos au mur. C'était drôle de constater que les McDonald's et les Wawa* n'étaient pas vraiment envahis par tous ces gens

* Chaîne de magasins de proximité et de stations-service de la côte Est des États-Unis.

travailleurs et aux idées nobles ; il y avait pourtant des tas de gens qui se trouvaient dos au mur ces temps-ci.

À l'extérieur de la cabine téléphonique, une rangée de lumières au plafond se mit à briller, puis s'éteignit brutalement comme si un fusible avait sauté. Ava eut une sensation de vertige. La douleur lui martelait le front. Peut-être perdit-elle connaissance. Lorsque le pire fut passé, elle ouvrit les yeux et s'aperçut qu'elle s'accrochait à la petite étagère dans la cabine et que ses pièces de monnaie étaient éparpillées sur le sol, tandis que le sang battait dans ses oreilles. Elle se redressa et prit quelques profondes inspirations. Ses maux de tête étaient une épreuve pénible, comme le fait de voir un fantôme, qui constitue une expérience électrique et fait terriblement souffrir, bien que les gens ne mentionnent jamais la douleur.

Elle devrait probablement voir un docteur. Où était Cass, avec son stock de pilules quand on avait besoin de lui ? Ha-ha. Tu aimes refiler des pilules en douce, dit-elle au Cass qu'elle avait en tête. Tu te souviens, la fois où j'étais à Temple University, je devais passer mes examens de dernière année, et je n'allais sûrement pas pouvoir y arriver, prise entre mes études, mon travail de nuit et mes sorties avec toi ? Et tu m'as donné ces petites pilules blanches ?

Deux jours plus tard, elle était allée passer ses examens, pleine d'énergie, avec tout ce qu'il y a à savoir sur le développement du langage chez les très jeunes enfants, bien organisé en petites fiches dans sa tête. Aucun problème ! Mais à quelques rues de la station de métro, le trottoir s'était mis à monter vers le ciel et son cœur à battre comme s'il essayait de sortir de sa poitrine. Elle avait appelé Cass pendant sa permanence au QG des Black Panthers.

— Je fais une crise cardiaque.

Il lui avait dit d'entrer dans un restaurant, de prendre un verre de lait avec deux toasts beurrés et d'attendre dix minutes. Après cela, elle s'était sentie en pleine forme, quoiqu'un peu tremblotante. Et elle avait brillamment réussi son examen !

Quand elle l'avait interrogé au sujet des pilules, par la suite, Cass avait dit : Oh, c'étaient juste des amphètes. Mais tu as été reçue à ton examen, non ?

— Espèce de salopard, lui avait-elle répondu. Espèce de charlatan !

Ça l'avait fait marrer. Ils étaient couchés dans le lit d'Ava, et ils avaient ri si fort qu'ils en avaient eu mal au ventre, ils avaient ri jusqu'à en être trop épuisés pour faire autre chose que dormir. Elle s'était réveillée dans la nuit alors que Cass était en train de lui embrasser très doucement les paupières, si doucement que le souvenir lui faisait l'effet d'un rêve. Il pouvait être tendre comme ça, au beau milieu de la nuit, ou quand il s'était amené, un après-midi d'hiver, avec une toque en vison parce qu'elle n'avait pas cessé d'attraper des rhumes cette année-là. Peut-être, pensa Ava, par un tour de magie, ridiculement, que la consultation au QG des Black Panthers avait été rouverte et que Cass serait là pour la guérir de cette sensation d'électrocution. Il était quelque part dans la ville. Ava sentait son odeur flotter vers elle comme du gardénia porté par la brise.

Il était temps de rentrer au centre de Glenn Avenue. Elle avait besoin de s'étendre. Elle rassembla son crayon et ses journaux et alla jusqu'à l'arrêt de bus, les jambes flageolantes. Dans le bus, son mal de tête éclata en fulgurations de lumière blanche. Je suis sur le chemin de Damas, pensa-t-elle.

De retour à Glenn Avenue, Ava se rendit au cabinet de l'infirmière. Une poignée de personnes attendaient sur des chaises pliantes dans le couloir qui sentait le désinfectant. Le pire de son mal de tête était passé, mais elle avait les tempes qui palpitaient au même rythme que son cœur. Une demi-heure s'écoula, puis une heure. Les visages sur les chaises changèrent, mais Ava ne fut pas appelée. Deux filles avec des bébés arrivèrent puis repartirent. Une femme traîna un gosse qui saignait du nez.

— Bon sang, Mickey, dit la dame. Bon sang. (Elle regarda Ava et poursuivit.) Ils vont dire que c'est ma faute. Ils vous prennent vos gosses, là. (Elle posa doucement la main sur l'arrière de la tête du garçon.) Penche la tête, mon chéri.

Un flot ininterrompu se présenta au cabinet, les personnes entraient avec leurs maux et ressortaient guéries – ou au moins se sentant mieux. Ce doit être satisfaisant de rafistoler les gens, se dit Ava. Arranger les choses. Il n'était pas très difficile d'arranger les choses ; il fallait juste avoir la bonne solution. Et Abemi – comme Ava en était venue à le comprendre dans son état commotionné – n'était pas la solution. Bien sûr, l'autre problème, c'était qu'il fallait pouvoir encaisser la solution, ou trouver comment l'encaisser, en l'absence d'autres options.

— Personne suivante ! lança l'infirmière, l'appelant enfin. Ava se leva.

— Non. Merci. Je vais bien. Je pense qu'il faut que j'appelle ma mère, c'est cela que je dois faire.

Et elle s'éloigna dans le couloir. L'infirmière ne sourcilla pas. Les résidentes disaient des tas de choses qui n'avaient aucun sens pour elle. Elle était censée signaler tout comportement excentrique, sans parler de toutes celles qui enfreignaient le règlement en restant dans les locaux alors qu'elles étaient supposées être dehors, en train de chercher du travail. Mais qui avait le temps de faire tout ça ?

La portion de couloir près des téléphones publics était déserte. Un vaisseau fantôme, comme si tout le monde était passé par-dessus bord et qu'Ava était la dernière personne en vie. Elle allait devoir appeler en PCV. Dutchess accepterait de payer la communication. Probablement. Ava resta la main sur le combiné, pensant à la gare routière de Bodine – le carré de trottoir, dehors, parsemé de merdes d'oiseau provenant des merles peuplant l'érable négondo qui se dressait là. Toussaint et elle, en train d'attendre à l'extérieur du bâtiment sous ce soleil brûlant jusqu'à ce que Dutchess arrive à toute allure dans Main Street au volant de son pick-up rouillé. Elle sortirait de la cabine et dirait – Ava replaça le combiné sur son support. Non, pas ça. Il devait bien y avoir autre chose à faire. Quand elle se retourna pour regagner sa chambre, elle aperçut Melvin à l'autre bout du couloir – toujours tapi quelque part –, mais elle parcourut le couloir lavande avant qu'il ne la voie. Le martèlement dans sa tête avait repris.

Elle se dirigea vers la crèche pour voir les bébés dormir, mais elle était aussi vide que le dernier jour du monde, alors elle emprunta le couloir bleu jusqu'à la sortie de secours. Par cette porte, elle pouvait quitter le centre sans passer par le hall d'entrée. Ou elle pouvait y revenir par l'entrée de service donnant dans les réserves de la cafétéria. La porte était presque toujours ouverte dans la journée, mais Ava n'avait pas l'énergie pour aller piquer quoi que ce soit afin de calmer les grognements de son estomac.

Elle n'était pas allée prendre son petit déjeuner, ni son déjeuner. La cafétéria la dégoûtait, et il y avait toujours le risque d'y voir Miss Simmons avec ses ongles et ses reproches. C'est étrange, là-dedans, se justifiait-elle auprès de Toussaint quand elle l'envoyait dîner seul. Toussaint pensait que c'était parce que tout le monde était triste. Mais ce n'était pas cela. C'était plus sinistre. Les quelques dernières fois où elle y était allée, elle mordait dans son sandwich dégoulinant de viande hachée, ou elle observait une femme mâcher des petits pois pour son bébé, et elle avait la soudaine sensation de se dédoubler. Comme s'il y avait une seconde Ava en elle qui menaçait de s'échapper et… Et quoi ? Se mettre à taper sur tout ce qu'il y avait autour d'elle ? Poignarder avec sa fourchette la femme assise à la table d'à côté ? Abemi lui disait souvent, “Ava, tu flottes au gré du vent”. Par là, il voulait dire que quelqu'un aurait dû l'attacher, ou la ficeler, ou peut-être faire en sorte qu'elle reste pieds et poings liés.

La puanteur des détritus provenant des poubelles près de la porte de la réserve lui donna la nausée. La couleur du ciel faisait penser à des taches de moutarde floues, comme des traces de doigts sales sur un chemisier jaune. Une fournaise d'août, et avec la même saleté. Sauf qu'on était en octobre, mais une chaleur de mauvais augure enflait, menaçante. Les pensées d'Ava lui venaient trop vite et s'interrompaient. Elle pourrait aller au Golden Top Bar au coin de la rue, si elle voulait… elle pourrait rencontrer un homme… elle pourrait retrouver *son* homme perdu… ils… Ava eut soudain une envie folle d'olives farcies au piment, mais Toussaint détestait les olives… Quelque chose bougea dans son champ de vision périphérique. Quelque chose de gros contre le mur, près de l'entrée de la réserve. Elle aurait dû partir de là, mais elle était déjà si près. Melvin. Melvin avec une femme dont le visage était tourné vers le mur, sa jupe bleu marine remontée jusqu'aux hanches, sa petite culotte tirée sur le côté. Melvin derrière elle et tous les deux en train de pousser des grognements : han han han. Melvin appuya une main sur l'arrière de la tête de la femme. Il donna des poussées plus fortes, la femme gémissait de plaisir et se collait en arrière, contre lui, les mains plaquées sur le mur. La bouche de Melvin se tordit en une grimace. Non, pas une grimace, un sourire. Les yeux vitreux.

Il se mit à pleuvoir. Pas des gouttelettes timides pour annoncer l'averse, mais un brusque rideau de pluie se déversant du ciel jaune. Ava courut à l'arrière du bâtiment jusqu'à la porte en verre qui donnait sur son couloir vert. Fermée à clef. À l'intérieur, une silhouette floue, ondulée à travers le ruissellement de la pluie, se déplaçait lentement dans le couloir. Ava tapa des deux mains sur la porte, mais si la silhouette l'entendit, ou même si elle était là, elle ne s'arrêta pas. Ava resta à la porte en verre, poursuivant de ses cris la silhouette qui s'éloignait dans le couloir comme si c'était sa propre personne qui s'était séparée d'elle et l'avait laissée là, dehors. La pluie la trempa jusqu'aux os, pénétrant ses cheveux, coulant, tiède, jusqu'au creux de ses reins. Elle pencha la tête en avant, laissant les gouttes frapper sa nuque. Elle sentait des picotements sur sa peau. Ses vêtements s'alourdirent sur elle, comme si un autre corps se pressait contre elle.

— Mais qu'est-ce que vous foutez ? Je pensais que vous étiez juste derrière moi. (Relevant la tête, Ava se trouva face à Melvin en train d'ouvrir la porte sur laquelle elle avait frappé.) Et faire tout ce boucan ! (Il jeta un coup d'œil par-dessus son épaule.) Vous savez que vous n'êtes même pas censée vous trouver dans le bâtiment à cette heure.

Ava se frotta les yeux. Elle regarda autour de Melvin, cherchant la silhouette qui s'était enfuie dans le couloir. L'uniforme de Melvin était couvert de grosses taches humides.

— Et pourquoi vous faites pas une annonce au haut-parleur pendant que vous y êtes ? La jupe toute remontée. Merde.

Tout à coup, elle sentit un courant d'air sur la partie dénudée de sa cuisse et la sensibilité de sa joue là où elle avait été plaquée contre le mur. Elle regarda autour de lui encore une fois.

— Faut que j'y aille, Melvin, dit-elle en secouant la tête. Faut que j'y aille.

Puis elle s'éloigna en direction de sa chambre, laissant derrière elle une traînée d'eau de pluie.

Il était quelques pas derrière elle, secouant la tête également. Bizarre, celle-là, se dit-il. Ces foutues bonnes femmes qu'il y a ici, elles finiront par avoir ma peau.

BONAPARTE

On a reçu des lettres des autorités du comté. Arriérés d'impôts fonciers à payer sur le magasin. Pas un mot sur ce terrain pendant quinze ans. Puis le magasin est réduit en cendres et d'un seul coup on a des arriérés d'impôts ? Hmm. On s'est réunis sur l'emplacement du magasin. Tout le monde a dit que c'était trop triste de se réunir là, mais moi je crois toujours qu'il y a un certain pouvoir dans la terre de Bonaparte. Et de toute façon, j'ai passé quinze jours à ramasser de la sauge et à la faire sécher. J'en ai fait brûler une telle quantité qu'on pouvait sûrement la sentir là-bas, à Bodine.

Je pensais qu'on allait se réunir et tomber rapidement d'accord sur le fait que Progress était derrière cette histoire d'impôts du comté – qu'ils essayaient de manœuvrer pour nous amener à vendre ou Dieu sait quoi d'autre. Mais vous savez, ces gens, ici, ils croient pas en l'efficacité. Juniata et Memma commencent par dire :

— Peut-être que ça a rien à voir avec l'incendie et que le comté a juste perdu la trace des paiements.

Je sais, j'arrête pas de dire à quel point ces deux-là sont bêtes à manger du foin. Mais on a vraiment l'impression qu'elles ont qu'une bouche et une demi-cervelle à elles deux. Carter Lee, il a pas dit grand-chose. Au bout d'une heure environ, j'ai remarqué qu'il remarquait ce que je remarquais, à savoir que la bignone a poussé partout sur les ruines de notre magasin général. Et des bougainvillées. Un tipi de fleurs. La nature est en train de transformer notre magasin en quelque chose de nouveau. Elle en fait ce qu'il doit devenir après avoir été un magasin. Car maintenant, on a une grande pyramide de fleurs orange et violettes au beau milieu de la ville.

— Un peu comme une sorte de sanctuaire.

Carter Lee a hoché la tête, vu que lui et moi, on est toujours sur la même longueur d'onde.

— V'là qu'elle nous refait son numéro, on dirait, lâche Memma tout bas, comme si j'étais pas censée entendre.

— Quoi ? je dis.

Alors, ils se regardent tous, dans cette bande dépenaillée et disparate, sauf Carter Lee.

— C'est quoi, ça ? je répète.

Ils continuent à se lancer des coups d'œil comme un frisbee. Puis Erma Linner s'éclaircit la gorge et se redresse sur sa chaise de toute sa hauteur – mais sans me regarder dans les yeux – et elle dit :

— C'est juste que t'as été un peu… Ils vont mettre cette terre aux enchères pour payer les impôts et toi, tu continues à te balader la nuit comme un fantôme et à envoyer des lettres à Progress mais ça… Faut qu'on paye, avec de l'argent bien réel, pour régler ce problème.

— Et allez donc, c'est parti ! On peut pas juste céder et leur donner ce qu'ils demandent. On sait même pas si on doit cet argent. Ils vont nous saigner à blanc et ils finiront quand même par avoir ce bout de terrain.

— C'est exactement en raisonnant comme ça que t'as perdu cette centaine d'hectares, répond Memma.

Alors là, ils se taisent tous et Juniata tape sur la jambe de Memma pour la faire taire.

— Nan, Juniata, ça suffit, dit Memma. J'en ai marre de toujours devoir prendre des gants ! Une centaine d'hectares vendus aux enchères pour payer les impôts ! Comment t'as pu laisser faire ça avec la terre de Caro ? Ouais, voilà, je l'ai dit. T'as ces idées complètement dingues sur qui te doit quoi et quels Blancs ont fait quoi, sur ce merdier-ci et ce merdier-là, et tu te mets toi-même dans un tel merdier que t'as perdu une centaine d'hectares. Ils t'ont envoyé des avertissements pendant deux ans. Mais tu étais dans un de tes... une de tes crises. Tu nous traites sans arrêt d'imbéciles et de grosses dondons, mais j'en ai assez de t'entendre la ramener ! Tu mérites même pas d'avoir cette terre, c'était celle de Caro...

— C'est bon, Memma. C'est bon ! Ça suffit, dit Nip.

Memma se lève de son siège, les yeux lançant des éclairs, ses mentons tremblotant.

— Y a pas de sanctuaire ici. Y a que quelques plantes grimpantes avec des fleurs. Et tout ça, ça sera bientôt un beau et grand rien du tout si on continue à l'écouter, poursuit-elle.

— Assieds-toi, Memma. Ça suffit, je t'ai dit !

— Évite de prononcer le nom de Caro, que je lui fais. T'avise pas de dire son nom une fois de plus.

J'ai encore ma lame, bien calée dans ma chaussette, là où elle a toujours été.

Cette terre, le comté de Pauline me l'a carrément volée ! Ils étaient censés me montrer toute la comptabilité. J'ai refusé de payer sans avoir le dossier et les enfoirés me sont tombés dessus comme des hyènes et ils me l'ont prise. Cette terre, c'est un des grands chagrins de ma vie. Tous les soirs, je me mets à genoux et je dis, Caro, je suis désolée. Je m'en consolerai jamais. J'irai dans la tombe en m'accrochant à ce qui reste. Mais cette garce doit éviter de prononcer le nom de mon mari.

J'ai dû faire un mouvement en direction de ma lame, parce que Carter Lee a dit :

— Bon, eh ben je pense qu'on a suffisamment discuté pour aujourd'hui.

Memma, elle est assise là, les bras croisés sur ses énormes nichons – on dirait que quelqu'un lui a collé un cochon entier sur la poitrine. Je me suis éloignée. Un peu de retenue. Je m'approche de mon pick-up et une voix dit :

— Faut que tu sois coulante avec elle, tu sais bien qu'elle est pas…

Ça ressemblait un peu à Carter Lee, mais je sais qu'il dirait jamais une chose comme ça, alors je me suis mise au volant et je suis partie.

Il y a encore un peu d'argent qui rentre, et Delilah et moi, on a pas besoin de grand-chose. Je mets de côté ce que je peux. J'ai deux comptes. J'en garde un pour le terrain, les impôts et ce genre de trucs. L'autre, c'est pour Ava. Je mets de l'argent de côté pour elle depuis qu'elle est toute petite. J'ai tout ce dont elle pourrait avoir besoin : de la terre, une maison et de l'argent à la banque. Mais elle viendra jamais le chercher. Ils pourront tout aussi bien le mettre dans mon cercueil avec moi. Juste à côté des titres de propriété de cette terre. J'ai l'impression qu'on s'approche de la fin dans le coin.

Je suis allée dans les bois à la recherche de la Vieille Rea. C'est pas que je pensais qu'elle y était, ni que je pensais qu'elle n'y était pas, voyez. Quand ces démons ont tué Caro, le conseil municipal a fait construire un poste de garde dans les bois, juste à côté de la route par où ils étaient arrivés en douce. Au début, il y avait quelqu'un dans ce poste toutes les nuits, et les Guetteurs, bien sûr. Mon œil gauche est devenu tout rouge deux jours après sa mort, jusqu'à la pupille. Tout le monde a dit que c'était un vaisseau sanguin qui avait éclaté parce que ma tension avait grimpé en flèche. Mais moi, j'ai compris que c'était un signe. Pendant des semaines, je me suis rendue à la lisière des bois armée jusqu'aux dents : deux fusils et mon pistolet à la ceinture. Les gens d'ici devaient me surveiller, parce que je voulais faire un raid sur Bodine. J'y serais allée toute seule, comme certains de ces Muskogees l'avaient fait dans le passé. Et regarde comment ça s'est terminé pour eux, m'a dit Carter Lee pour me dissuader. Mais vous savez quoi ? Ces enfoirés se lançaient à la poursuite des Blancs même s'ils savaient que les Blancs les mettraient tous en prison et qu'ils appelleraient ça une réserve. Ils savaient bien ce qui arriverait si les Blancs parvenaient à mettre la main sur le moindre bout de terrain. Ouais, t'as raison, que j'ai dit à Carter Lee, regarde comment tout ça s'est terminé.

Au bout de deux mois passés à les guetter, j'ai arrêté d'aller dans les bois. C'était pas vraiment ma décision. Un soir, après le dîner, je n'ai pas pu me lever. Mes jambes sont devenues comme du bois et mes pensées se sont embrouillées dans ma tête. Je crois bien que mon cœur s'est mis à battre plus lentement. Comme si je me transformais en arbre, ce qui est beau, si vous voulez donner dans la poésie. Je suis restée comme ça un long moment. Et puis, je sais que ça peut paraître une vraie connerie, Ava m'a fait manger du poulet et des boulettes de pâte et je suis redevenue humaine.

Un an plus tard, ceux de Bodine sont venus s'en prendre à nous. Le shérif et tout ça. J'ai mis Ava dans la cave à légumes. Je voulais aller me battre aux côtés des hommes, mais Carter Lee et Beau George m'ont forcée à descendre dans cette cave aussi.

— Occupe-toi de ta fille, ils ont dit. Caro n'est plus là. Tu veux en faire une orpheline ?

Je crois que j'étais pas contre le fait de mourir autant que j'aurais dû l'être. Ava et moi, Memma et ses enfants, on est restés là en bas, avec les navets et les araignées – encore aujourd'hui, je supporte pas les navets. Ceux de Bodine sont arrivés en camion et à cheval. La fumée des fusils s'est infiltrée jusqu'à nous, là-dessous. Les moteurs des camions faisaient trembler le sol, les hommes poussaient des grognements au-dessus de nous, il y avait des bruits de bagarre, des chocs sourds. On a entendu quelque chose de dur – une crosse de fusil, un démonte-pneu – *clac*, *crac*, fracasser une cage thoracique. Ava a passé ses bras autour de ma taille. Elle a enfoui sa tête dans mon dos. J'étais maigrichonne comme un poteau téléphonique. Y avait pas grand-chose de confortable pour elle dans mon corps. Y avait rien de doux sur ma personne.

C'est Nip qu'ils avaient matraqué comme ça juste au-dessus de nos têtes. Quand on est ressorties de la cave, il était plus qu'un amas de bouillie sanguinolente et gémissante au milieu de la route. Il a fallu que les enfants de Memma voient leur père dans cet état. Les Blancs, ils ont traîné Eugene Kirby et Beau George avec des chaînes aux pieds. Eugene, ils l'ont roué de coups et ils l'ont laissé devant les Chênes. Il est mort deux jours plus tard. Plus rien a été pareil après ça. Ça faisait un siècle que les Blancs de Bodine essayaient de venir ici, mais ils étaient jamais allés bien loin. Et puis Caro est mort et là, ils sont arrivés jusque chez nous. Des fois, je me dis que la Vieille Rea lui avait légué son esprit, ou l'avait laissé en lui, et quand ils l'ont tué, la flamme de Bonaparte a commencé à vaciller et faiblir. Aujourd'hui, c'est tout juste si elle brûle encore, comme une allumette qu'est sur le point de s'éteindre. J'ignore pas la situation : tous nos jeunes sont partis et y a pas de travail ici, et nous, on est tous trop fatigués pour cultiver la terre. Je sais tout ça. Mais quand même. On était protégés, ici, à Bonaparte. Et puis, d'un seul coup, on l'a plus été.

Bon, toujours est-il que je suis allée demander une explication à la Vieille Rea, mais j'ai fini par me retrouver dans cette ancienne cabane de guet. Les endroits chargés de souvenirs, c'est sans fin à Bonaparte. Je suis restée assise là-dedans un long moment, à observer les petites portions de la route visibles à travers les arbres. J'ai apporté ma guitare. *Old Home Week**. Ça faisait tellement longtemps que j'avais plus joué qu'au bout de vingt minutes les cordes me faisaient mal aux doigts. Rien passait sur la route. Une heure, deux heures, pas même un renard. C'est pas que je m'attendais à voir quelque chose, enfin, pas vraiment.

* Événement festif organisé par certaines villes à l'intention des anciens habitants, partis vivre ailleurs, et qui sont invités à revenir en visite, pour retrouver de vieilles connaissances et les lieux où ils ont autrefois vécu.

— Rea.

Et puis j'ai rien dit de plus. Quoi dire ? Elle devait déjà savoir, n'est-ce pas, ce qui nous était arrivé.

J'ai repris au début :

— J'ai une bonne blague à te raconter, Rea.

D'après ce que tout le monde disait, elle avait pas un grand sens de l'humour. J'imagine que j'en aurais pas un non plus si j'approchais les deux cents ans et que je tenais plus en un seul morceau que grâce à des haillons et au cuir de mes chaussures. De toute façon, aucune blague me venait à l'esprit.

— Écoute, je lui ai dit. J'ai compris qu'Ava reviendrait pas ici, seulement, je veux qu'il reste ici pour elle une chose pour laquelle elle reviendra pas. Qu'est-ce qu'on est censés faire de ces hectares de terre ? Les laisser disparaître, tout simplement ?

Je crois pas aux péchés, mais ça, ça en serait un.

— Rea, je lui dis. J'ai plus que du vent dans les os, tu pourrais en jouer comme d'une flûte. La route devant nous est bouchée. Y a plus d'avenir.

Voilà ce que je lui ai dit.

Elle m'a pas répondu, évidemment. Il faisait bon dans la cabane de guet, et ça sentait les feuilles mortes et la terre. La forêt bruissait comme des robes de dames à une soirée. J'en suis arrivée à me dire que je pourrais juste rester là avec mes pensées et les bois qui me parlaient. J'en suis arrivée à me dire que j'avais eu mes soixante-dix ans. Delilah pourrait aller chez Carter Lee. Je pourrais attendre quelques heures, jusqu'à ce qu'ils soient tous endormis, et personne entendrait le coup de fusil. Je me suis sentie mieux, je veux pas mentir. Plus légère. Soulagée.

J'étais dans un demi-sommeil bien agréable quand Delilah m'a réveillée avec ses grognements et les allers-retours qu'elle faisait à la lisière du bois.

— Tais-toi, ma fille. Tais-toi, espèce de diablesse.

Elle m'a regardée avec insistance, droit dans les yeux. J'étais en train de me lever quand j'ai entendu le roulement sourd. Delilah a filé comme l'éclair. Quelque chose s'amenait sur la route dans un grondement de tonnerre. On aurait dit cinq moteurs tournant à plein régime. Je suis sortie et j'ai levé mon fusil. Je tire encore pas mal. Descendre un Blanc, ça serait une belle façon de finir mes jours.

Le crépuscule qui tombait virait au violet, mais le soleil était encore orange au-dessus de l'horizon. Les feuilles s'agitaient sur les arbres comme si une tempête s'annonçait. J'avais l'impression d'entendre le galop des Quatre Cavaliers de l'Apocalypse. De le sentir aussi, tant le sol tremblait. Mais j'étais prête. De la lumière est sorti un pick-up bleu pâle, avec une sorte d'insigne doré bizarre, presque entièrement rouillé, sur le côté. Il fonçait en pétaradant et en fumant. Bon, eh ben, on y est, que je me suis dit. Voilà Progress qui s'amène tout d'un coup – comme ça devait finir par arriver, j'imagine –, ils viennent nous virer de là une bonne fois pour toutes.

PHILADELPHIE

SORTIE D'ORBITE

DANS le New Jersey, Toussaint était allé à l'école Coleman Elementary, où tout était neuf. Quand une table était cassée, elle était remplacée, et quand un manuel était trop usagé, vous l'apportiez à l'enseignante, qui vous passait un bon savon, qui n'avait en fait aucune importance, puisqu'à la fin elle allait vous en chercher un tout neuf dans la réserve. La bibliothèque de l'école était toujours ouverte et Miss Gillette était assise derrière le bureau à l'accueil. Vous pouviez lui dire que vous aviez un compte rendu de lecture à écrire sur le roman *Superfudge*, ou que vous vouliez faire un devoir supplémentaire sur la photosynthèse. Miss Gillette avait trop de livres, tant de livres sur les roches et les planètes que Toussaint aurait pu veiller tard le soir et lire sous ses couvertures, s'il avait été ce genre de bûcheur – ce que, bien sûr, il n'était pas.

À l'école Taft, ils devaient partager les manuels, et ne pouvaient donc pas les emporter chez eux pour faire leurs devoirs. Des devoirs, il n'y en avait pas beaucoup, de toute façon. Toussaint n'avait pas envie de toucher les livres, couverts des taches de doigts de ceux qui avaient mangé des frites, et à la reliure renforcée par du ruban adhésif. Pas de Miss Gillette. C'était juste une salle de classe qui servait de bibliothèque et la plupart des livres étaient pour des jeunes enfants, ou alors ils étaient si vieux qu'ils perdaient leurs pages. Toussaint s'ennuyait. Il avait déjà appris les fractions lors de son année de CE2, mais à Taft, en CM2, ils les lui apprenaient de nouveau, et les faciles, en plus. Il en avait assez de la façon dont les autres élèves le regardaient en classe, l'air de penser qu'il voulait frimer quand il levait souvent la main. C'était juste pour passer le temps. Et d'ailleurs, est-ce qu'ils n'étaient pas censés connaître les réponses ?

Il ne savait pas pourquoi c'était d'une façon à Coleman et d'une autre, si différente, dans cette école. Il pensait que cela avait quelque chose à voir avec ce qui faisait que sa mère regardait de travers tous les gens dans les couloirs au centre de Glenn Avenue – mais ce n'était pas ça : Ava et lui n'y vivaient-ils pas comme eux ? Il ne parlait à personne du centre d'hébergement non plus. Il n'était pas sûr de bien savoir pourquoi. N'importe qui peut vivre dans un endroit ou un autre, fréquenter une école ou une autre, ça ne voulait rien dire à propos de ce qu'ils étaient. Mais il regardait par terre plus souvent depuis qu'il était arrivé à Glenn Avenue. La moitié des élèves qui allaient à Taft Elementary venaient des cités de logements sociaux et du centre d'hébergement, et il n'y avait pas de Blancs, à part une grande fille au visage rougeaud qu'ils appelaient Twizzler et un garçon blond qui essayait sans cesse de se faire des *cornrows*, qui ne tenaient pas, pour des raisons évidentes. Ils l'appelaient Casper*. Pour des raisons évidentes.

En science, ils étudiaient l'espace. Toussaint partageait un manuel avec le garçon assis près de lui, RaShawn (Miss Gregory avait dit : les enfants, les manuels de science coûtent *cher*, alors vous devez *en prendre soin*), qui trouvait drôle de faire comme s'il allait coller son chewing-gum sur l'image de la lune en orbite autour de la terre. Miss Gregory le surprit en train de mâchonner (bruyamment) et elle lui fit cracher son chewing-gum dans la corbeille à papier et après cela, ils passèrent à la page où la terre était en orbite autour du soleil. Toussaint continua à tourner les pages sur les autres planètes maintenues en place par la gravité. Toussaint savait déjà, depuis Coleman Elementary, que la gravité est une donnée scientifique, mais il ne pouvait s'empêcher de penser au Jedi et à la Force, et au fait que, peut-être, la Force était avec lui, Toussaint, aussi. Il était possible que Yoda maintienne ensemble tout l'univers. Peut-être bien.

— Pas d'étoiles à Philadelphie, avait-il dit à sa mère, la nuit qu'il avait passée sur le banc à l'arrêt de bus.

Elle avait répondu que c'étaient juste les lumières de la ville qui empêchaient de les voir. Il était reconnaissant envers les lumières, parce que sa mère et lui étaient là, dehors, dans l'obscurité, sans rien pour les protéger de l'immensité de la nuit. Dans le New Jersey, les terres agricoles s'étendaient, noires et plates, à partir du point où s'arrêtait le flot de lumière sur le perron de la maison. Entre le noir

* Personnage de fiction, Casper est le (gentil) fantôme d'un petit garçon qui n'arrive pas à se faire des amis.

des terres et le velours du ciel, il n'y avait rien, à part les étoiles. Ça, c'est l'univers, avait dit Toussaint en tenant la main de sa mère. Mais il n'était alors qu'un petit garçon du New Jersey; il n'avait pas beaucoup de raisons d'avoir peur. Pas comme maintenant.

Toussaint leva la main.

— Miss Gregory ? demanda-t-il. Qu'est-ce qui se passerait s'il y avait une sortie d'orbite ?

— Quoi ?

— S'il y avait une sortie d'orbite et que la lune s'en aille dans l'espace. Elle irait où ?

Ricanements.

— Il est bête, dit quelqu'un.

— La lune ne s'en va nulle part, Toussaint. La gravité ne s'en va nulle part. (Elle s'interrompit.) Qu'est-ce que la gravité, les enfants ?

— Une force naturelle, dit la classe à l'unisson.

Miss Gregory sourit.

— Mais... commença Toussaint. (Miss Gregory lui lança un regard de reproche.) Pardon. (Il leva le doigt.) Mais si ça arrivait ? Si ce qui provoque la gravité cessait de la provoquer ?

— Le soleil ? C'est l'attraction gravitationnelle du soleil qui maintient les planètes en place. Et le soleil ne va s'en aller nulle part.

— Comment vous savez ?

— Je vous demande pardon, monsieur Wright ?

— Si le soleil explosait, ou juste arrêtait de faire ce qu'il fait, alors la terre s'envolerait. Tout peut arriver. Des choses qui se brisent, ça existe.

— Le soleil, lui, ne va pas se briser.

Nouveaux ricanements des autres élèves.

— S'il te plaît, calme-toi pour qu'on puisse continuer la leçon.

— Je suis calme. Je veux juste savoir si… je veux dire, peut-être que le soleil… parce que c'est une étoile… et alors…

— Le Soleil est une étoile, c'est vrai. Dans des millions et des millions d'années, cette étoile va imploser, mais ça ne sera pas avant très longtemps. Si longtemps qu'on ne peut même pas l'imaginer.

— Vous voulez dire, genre, 1995 ? lança quelqu'un.

Toussaint sentit les larmes lui monter aux yeux.

— Donc ça peut arriver ! Vous vouliez juste pas nous le dire !

— Monsieur Wright ! Vous devez lever la main si vous voulez parler. Vous devez vous *calmer*.

— Quand ? Ça arrivera quand ?

Miss Gregory expédia Toussaint au bureau de la directrice, avec une note disant qu'il était tourmenté et qu'il avait besoin d'un endroit où se reprendre pendant quelques minutes. Évidemment elle ferma la note avec du ruban adhésif et Toussaint ne put pas la lire. Il faillit aller au terrain de jeux à la place, mais Toussaint n'était pas le genre de garçon qui va au terrain de jeux quand on lui dit d'aller au bureau de la directrice. D'ailleurs, il n'était pas du tout le genre de garçon qui se fait envoyer au bureau de la directrice, aussi, il y alla consciencieusement, le cœur battant, l'estomac contracté par l'appréhension. La secrétaire de l'école, Miss Stevens, se tenait derrière le bureau, à l'accueil. La directrice, apparemment, n'était pas là. Toussaint s'assit sur une des chaises inconfortables en face de Miss Stevens et se frictionna au-dessus du coude, là où ça le démangeait toujours terriblement.

— Tu vas bien ? demanda Miss Stevens.

Il fit oui de la tête.

— Est-ce que tu veux aller voir l'infirmière ?

Non. Toussaint ne voulait pas aller voir l'infirmière. Il prit une profonde inspiration. Il voulait… il ne savait pas ce qu'il voulait. Des réponses, peut-être. Peut-être qu'il voulait des réponses.

— Miss Stevens, demanda-t-il. Comment ça se fait que j'ai été envoyé au bureau de la directrice pour avoir posé une question ?

— Tu as été envoyé au bureau de la directrice parce que tu perturbais la classe.

— Mais alors, comment ça se fait que je doive rester assis ici alors que la directrice est pas là ?

— Elle n'est *pas* là.

— Je sais ! C'est pour ça que je demande !

— Tu as la langue bien pendue, toi, dit Miss Stevens en soupirant. Pose ton derrière ici jusqu'à la sonnerie, c'est tout.

D'un seul coup, Toussaint se rendit compte que personne n'avait de réponse à lui apporter. Les adultes ne savaient rien, ou le peu qu'ils savaient, ils ne voulaient pas le lui dire, pas même Miss Gregory et certainement pas Miss Stevens, ni la directrice, que Toussaint aurait juré pouvoir presque distinguer à travers le verre dépoli de la porte de son bureau. Personne au centre d'hébergement ne pouvait rien lui dire. Abemi avait dit, Je viendrai te chercher, mais je ne veux pas que ta mère vienne. Cass, qui était censé être son père, avait débarqué de nulle part sur la route menant chez eux, dans le New Jersey, pour disparaître aussitôt après en retournant dans son nulle part. Sa mère portait le même pantalon et le même haut tous les jours ; certains jours, elle ne prenait même pas la peine d'enlever le foulard qu'elle mettait pour dormir. Une fois, il était rentré de l'école et l'avait surprise en train de boutonner son jean en toute hâte, son chemisier tout froissé et son pyjama jeté sur le lit comme si elle venait juste de se changer.

— Tu es en avance ! avait-elle dit.

Mais il était quatre heures et demie, et donc, en fait, il était très en retard.

L'estomac de Toussaint se souleva. Peut-être devrait-il aller voir l'infirmière, après tout. Elle lui demanderait comment il se sentait, mettrait sa main sur son front et elle le laisserait s'étendre, même si ce n'était que pour quelques minutes. Quand il leva les yeux, Miss Stevens se grattait sous sa perruque avec un crayon. Dehors, le vent chaud créait un petit cyclone de feuilles mortes, d'enveloppes de pailles à boire et d'emballages en cellophane de paquets de cigarettes. Son coude se mit à le piquer quand la peau se déchira, mais il continua à gratter jusqu'à la sonnerie.

C'était la fin de la journée. Il aurait dû retourner en classe, ranger son cartable, effacer le tableau et s'asseoir pour le moment de lecture de fin de journée, toutes choses qui étaient pour lui un réconfort avant la longue marche le ramenant à Glenn Avenue, où Ava lui dirait bonjour d'une voix trop forte et le serrerait trop fort dans ses bras. Mais il ne retourna pas dans sa classe. Il traversa la foule des jeunes élèves qui se bousculaient, sortit par une porte latérale et s'éloigna dans la rue. Les maisons mitoyennes qui bordaient les rues proches de l'école étaient hermétiquement fermées. Toutes les maisons lui étaient constamment fermées.

Quand son père… quand Cass était venu, il avait dit qu'il était en route pour Philadelphie. Il pourrait être dans l'une de ces maisons fermées. Mais Toussaint ne le pensait pas. Il ne parvenait pas à l'imaginer dans une maison de quelque type que ce soit. Il entrerait là et toutes les chaises et les volets voleraient dans tous les coins parce que Cass aurait apporté l'extérieur avec lui. Il y avait tant de gens qu'il avait rencontrés et qu'il ne reverrait jamais plus. Abemi non plus, peut-être. Paul et Jilly. Il allait demander à sa mère pourquoi il en était ainsi. Il lui demanderait, même si elle ne savait pas.

LE CONSEIL DE MELVIN

Après ce premier après-midi pluvieux, Ava et Melvin se virent de façon régulière. Ils se retrouvaient dans la salle de bains réservée au personnel, près du cabinet de l'infirmière, ou en fin de journée, dans l'un des bureaux des assistantes sociales. Une fois dans la voiture de Melvin. Les journées d'Ava passaient par à-coups, dans un brouillard de maux de tête et d'assoupissements, dans lesquels elle sombrait brusquement et complètement. Elle se réveillait en plein milieu de l'après-midi, désorientée, toujours en sous-vêtements et T-shirt froissé. Quelle heure est-il ? Quel jour sommes-nous ? Il faut que j'appelle ma mère. Aujourd'hui ! Elle commençait à chercher des habits propres à mettre pour se rendre aux téléphones publics, mais quand elle avait fini de s'habiller, la panique avait reflué pour laisser place à une sorte d'inquiétude confuse. La journée se poursuivait, avec toujours un temps d'avance sur elle, jusqu'à ce que le soir arrive et qu'il soit l'heure de préparer Toussaint à se mettre au lit, de s'occuper du cartable pour le lendemain matin, puis de nouer son foulard sur sa tête et rester étendue, éveillée, à écouter le garçon respirer dans l'obscurité.

Comment est-ce arrivé, se demandait-elle au milieu d'un long après-midi, le gros ventre mou de Melvin se pressant contre elle, tandis qu'elle avait la joue contre le mur de la salle de bains, ou les seins écrasés sur la surface fraîche d'un bureau. Son esprit trouvait ce dont il avait besoin pour qu'elle y prenne du plaisir. Plus d'une fois elle avait failli gémir "Cass, mon chéri", mais elle s'était reprise à temps.

Le service d'entretien répara la serrure cassée sur la porte de la salle de bains réservée, mais Melvin lui donna une clef pour qu'elle ne soit plus jamais obligée d'utiliser ces horribles salles de bains communes. Il lui apprit des choses utiles qu'elle ne savait pas. Tout d'abord, elle pouvait revendre ses bons alimentaires.

— En fait, dit-il, je peux les vendre pour toi. Pour que t'aies pas... tu sais... à te salir les mains.

C'était un soir où il était resté après son service et Ava s'était éclipsée pour le rejoindre à la cafétéria pendant que Toussaint dormait. Ils étaient dans la cuisine, près de la porte en métal délabrée de la réserve.

— Regarde le truc. T'as juste à la chatouiller un peu comme ça, chuchota-t-il en secouant la poignée. Et sésame ouvre-toi.

La porte s'ouvrit avec un claquement sonore qui la fit sursauter.

— Tu vois ? De cette façon, tu peux économiser tes bons alimentaires. Là-dedans, c'est comme un supermarché Acme. Sauf que c'est mieux, vu que tout est gratuit. Je prends mes... je veux dire, euh, il y a tout ce dont tu as besoin.

— Tu y viens aussi, Melvin ? demanda Ava.

— Moi ? Ouais, bien sûr.

Il aspira l'air entre ses dents.

— Je pense que tu viens prendre quelques-unes de ces grandes bouteilles de jus d'orange pour ta dame.

— Quoi ? Ma petite, t'es dingo, dit-il en collant ses lèvres dans le cou d'Ava.

— Tu viens pas prendre un peu de sucre pour ta dame et ton gosse à la maison ?

Il s'écarta. Elle le fixait du regard avec sa façon de sorcière à donner la chair de poule qu'il n'aimait guère.

— Tu délires, Ava. (Elle devrait pas parler comme ça de la famille d'un homme.) J'ai juste ce qu'il te faut, Ava, dit-il.

L'Éternel seul sait pourquoi, mais l'espace d'un instant, Ava crut qu'il avait quelque chose d'utile à lui dire. Elle se sentit un peu stupide quand il se contenta de mettre les mains sur ses seins. Eh bien, elle aussi avait quelque chose pour lui, ce crétin. Ava se retourna et posa la main sur lui et la laissa là pour qu'il sente la chaleur de sa paume à travers son pantalon. Il palpitait sous son contact. C'était le moment qu'elle préférait, quand il haletait de désir pour elle et qu'elle gardait le contrôle d'elle-même, tranquillement. Elle l'excita ainsi un long moment, lui demandant comment il allait vendre ses bons alimentaires, à qui il comptait les vendre et combien d'argent il allait lui donner. Il lui répondit qu'il prenait une toute petite commission :

— Exactement comme les services d'encaissement de chèques, ma poupée, dit-il d'une voix qui se faisait plus pâteuse.

Puis elle continua à l'exciter, jusqu'à ce qu'il revienne sur ce qu'il avait dit et lui promette qu'il lui donnerait tout le montant jusqu'au dernier cent. Jusqu'à ce qu'il lui confie que sa femme s'appelait Tammy.

— Est-ce que Tammy s'y prend comme ça? demanda Ava. Et qu'est-ce que tu penses de ça?

Et ainsi de suite, jusqu'à ce qu'elle se soit obligée à attendre si longtemps qu'elle en avait presque oublié pourquoi elle avait commencé à l'exciter. Jusqu'à ce qu'elle soit aussi haletante qu'un chien. Elle allait remonter sa jupe et…

Et là, elle vit un cafard sur le sol près de son pied. Ava cligna des yeux et continua à frictionner Melvin, mais malgré tous ses efforts, elle ne pouvait pas s'empêcher de regarder ce cafard. Tout d'un coup, la vue des pots de mayonnaise géants sur les étagères et l'odeur de la nourriture en conserve lui souleva l'estomac.

— Aïe, poupée! dit Melvin.

Ava se rendit compte qu'elle tirait au lieu de caresser. Elle tirait et tirait… Cela la fit rire un peu. Scions, scions, scions du bois… Elle lâcha Melvin. Posa le pied sur le cafard. Elle sentait des picotements à la base de son crâne.

— Je vois des choses depuis quelque temps, dit-elle.

— Quoi?

— J'ai l'impression que je fais marche arrière, comme si je ne pouvais plus avancer. Je ne peux pas passer à la chose suivante, je ne peux que retourner à la chose précédente. Mais c'est… j'ai ces maux de tête.

— Bon sang, qu'est-ce que tu racontes?

— Je n'arrive pas à voir les choses clairement depuis mes migraines. Il faut que j'établisse un plan. Il faut que je parte d'ici. Mais des trucs du mois dernier, de l'année dernière, d'il y a vingt ans me reviennent sans arrêt en tête.

— Ça c'est rien… t'es stressée, comme on dit. Mais tu vas bien. Laisse-moi te masser les épaules et…

Ava s'écarta de lui et s'appuya contre les étagères, les bras croisés sur sa poitrine. Melvin secoua la tête.

— Écoute, dit-il en remontant sa fermeture Éclair. J'aime pas me mêler des affaires personnelles des gens. Mais j'vais te dire une chose… faut laisser couler et oublier toutes ces conneries, sinon tu vas finir dans un endroit bien pire que celui-ci.

C'EST LUI ?

QUEL endroit pouvait être pire que Glenn Avenue ? Melvin avait raison sur un point : il fallait vraiment qu'elle laisse couler et oublie toutes ces conneries. Ou tout au moins, il fallait qu'elle crache le morceau. Elle était à sa recherche, c'était ça le problème. Elle était à la recherche de Cass. Il avait débarqué dans sa rue, dans le New Jersey, et il lui avait dit qu'il était en route pour Philadelphie. Le fils de pute. Il avait débarqué, sans y avoir été invité, dans l'existence qu'elle menait avec Abemi, et il avait tout foutu en l'air en vingt minutes. Puis il s'était de nouveau volatilisé. C'était tout à fait lui, ça.

Toussaint et elle étaient dans le potager de la maison de James Creek, en train d'examiner les tomates vertes et dures. Ava disait à Toussaint que le problème était peut-être qu'il y avait trop d'ombre, ou peut-être que le sol avait besoin de… Cass était apparu au coin de la maison, sans tambour ni trompettes, comme s'il s'était déjà trouvé là la veille.

— La fille de la campagne retourne à ses origines, avait-il dit.

Son regard était calme et fixe. Il portait une chemise blanche, rentrée dans un pantalon du bleu le plus pâle. Grand comme un saule. Ava essuya une tache de boue sur sa joue.

— Cass ? dit-elle, bien que ce fût lui sans erreur possible.

Elle prit conscience, tout à coup, de son vieux jean, roulé au bas des jambes, du bandana qu'elle avait noué autour de sa tête, et du fait qu'elle ne s'était pas encore lavé le visage.

— Vous êtes qui ? demanda Toussaint.

— Je te présente Toussaint, dit Ava.

Elle regarda son fils.

— Et je te présente Cass.

Toussaint leva les yeux vers l'inconnu, sa main se serrant un peu plus autour de celle d'Ava. Il remarqua les chaussures de Cass, ternes et éraflées, la mâchoire anguleuse et le visage rasé de près, la peau ambrée comme celle d'un lion, et les yeux de la même couleur.

— C'est lui ? demanda-t-il. C'est Cass ?

— C'est moi, répondit Cass.

Ils se tenaient là, tous les trois, formant un triangle, une tension électrique circulant entre eux.

— Comment tu nous as trouvés ? demanda Ava.

— Est-ce que tu cherchais à ne pas être trouvée ?

Cass eut un petit sourire triste et s'avança. Il s'accroupit pour se mettre au niveau des yeux de Toussaint.

— Ça me fait plaisir de te voir. De te rencontrer, je veux dire. Ça me fait plaisir de vous voir tous les deux.

Il fixa ses yeux dorés sur Toussaint, qui battit des paupières, une fois, deux fois, sous son regard et recula un peu.

— Je vois que ta maman te fait jardiner. C'est très bien de savoir comment faire pour se nourrir. Moi, j'arrive pas à piger le truc pour faire pousser quoi que ce soit. La main marron.

Il se releva.

Ava passa le bras autour des épaules de son fils. Après toutes ces années, Cass devrait tout de même avoir honte. Rester planté là, dans le jardin d'un autre homme, comme s'il était chez lui. Ava se creusa la cervelle pour trouver quelques mots à dire, quelque chose qui soit un peu plus qu'un glapissement animal ou une volée de coups de pied et de coups de poing.

— Tu viens de loin ? demanda Toussaint.

— Assez loin, répondit Cass.

— Tu n'as pas de valise.

Cass secoua la tête.

— Tu vis où ? demanda Toussaint.

— Je suis en route pour Philadelphie.

— C'est là-bas que tu vis ?

— Je vais y rester un moment. C'est là-bas que je vivais, avant.

— Nous aussi, répondit Toussaint, avant de poursuivre, au bout d'un long silence : Mais maintenant, maman et moi, on vit ici.

Après avoir dit cela, il détourna les yeux de ceux de Cass et se colla derrière sa mère.

— Avec mon mari, précisa Ava.

Cass hocha la tête et dit :

— Un mari est une chose utile. Si tu en as l'utilité.

Il lui lança un autre de ses regards tristes, comme s'il était désolé d'apprendre que la vie d'Ava l'avait abaissée jusqu'à avoir besoin d'un mari. Comme si son besoin d'un mari n'avait rien à voir avec lui. Ava n'avait jamais eu envie d'avoir un enfant avant de rencontrer Cass. Le véritable cyclone qu'était cet homme l'avait emportée pendant ces deux années, et quand il devint clair que leur relation touchait à sa fin, elle voulut un enfant. Vraiment. Plus que tout. Peut-être lui fallait-il avoir quelque chose à aimer venant de Cass une fois qu'il ne serait plus là. Je veux un enfant, lui avait-elle dit après leur séparation. Elle n'avait pas dit: Reste. Je vais avoir besoin d'aide. Ni, reste dans les parages de façon à pouvoir voir ton enfant. Cela ne lui semblait pas être le genre de chose qui nécessite d'être énoncée explicitement. Bien sûr, elle avait ajouté qu'elle élèverait le bébé toute seule. Mais de toute manière, ce qu'elle avait dit n'avait pas d'importance, en fin de compte. Peu de temps après qu'elle fut tombée enceinte, il fut poursuivi en justice pour faute professionnelle et le conseil des médecins lui retira son droit d'exercer.

— Où étais-tu, tout ce temps, Cass ?

Elle n'avait pas eu l'intention de prendre ce ton de lamentation. Il avait disparu dans les premiers mois de sa grossesse. Des gens qu'ils avaient connus auparavant disaient qu'il était parti à La Nouvelle-Orléans. D'autres disaient en Californie. La dernière fois qu'elle avait entendu parler de lui, il était en Caroline.

— Dans le Sud, principalement, répondit-il.

Il gardait les yeux braqués sur elle ; elle éprouva une étrange sensation dans les jambes.

— Comme en Alabama ? demanda Toussaint.

— Dans des tas d'endroits. En Alabama aussi.

— Ma grand-mère vit en Alabama, dit Toussaint. Je ne l'ai jamais vue. (Il lança un long regard à Cass.) Je ne t'ai jamais vu non plus.

— Non. Tu ne m'as jamais vu.

Un bruit de moteur se rapprocha. Ava se précipita au coin de la maison. Dieu merci, ce n'était que M. Leroy, l'Éternel le bénisse, qui descendait la route déserte sur le tracteur du 4-H en souriant et faisant des signes de la main. Toussaint courut vers lui. Qui aurait pu le lui reprocher ? Sa mère illuminée comme un sapin de Noël et ce père inconnu qui débarque de nulle part avec, dans le regard, cet air hagard et traqué, et avec cette volonté de fer qui se dégageait de lui et pesait sur eux.

— Qu'est-ce que tu fous ici ? lança Ava.

— Je suis venu vous voir.

— Nous voir ? Nous voir ! Pour quoi faire ? Tu t'es dit que tu allais débarquer comme ça et que je... Que mon fils et moi on... Quoi ?

Cass se tut, captivé, observant son fils qui parlait à Leroy. Quand il se retourna vers Ava, il était... Si elle ne l'avait pas connu, elle aurait pris son expression pour de l'émerveillement.

— J'ai beaucoup réfléchi à ce que j'allais te dire. J'en ai oublié la moitié à l'instant où je vous ai vus, toi et ce garçon. J'avais prévu de te dire que je suis différent de celui que j'étais.

Ava résista à l'envie de le frapper de la main. Elle voulait le faire s'incliner devant elle. Elle voulait lui faire mal. Pourtant, malgré toute sa rage, des sanglots lui montèrent au fond de la gorge.

— Je t'ai offensée, dit-il en secouant la tête. Je suis désolé. Je ne vais pas m'attarder. Je reviens à Philadelphie pour construire quelque chose de nouveau – un cabinet médical, proposer mes services à des gens dans le besoin. Quelque chose à long terme, tout un ensemble, avec...

Et voilà, c'était bien lui : le Cass aux yeux étincelants. Ses paroles sortaient de sa bouche un peu trop rapidement.

Il prit une profonde inspiration.

— Bon, mais j'anticipe. Je voulais juste te demander si tu... Ça va pas être opérationnel avant un bout de temps, mais ça va marcher.

— Tu n'aurais pas dû venir ici. Je suis mariée, Cass.

— Je ne veux pas perturber cette vie que tu t'es faite. (Il jeta un coup d'œil à la maison soignée, puis à Ava dans son jean taché de boue.) Pas tant que je n'ai pas mieux à t'offrir.

Condescendant, en plus, le salaud.

Il toucha le coude d'Ava. Quand elle leva les yeux vers lui, le ciel derrière lui était d'un bleu extraordinaire. L'étrange sensation dans ses jambes monta en elle brusquement, comme si elle pouvait la faire décoller du sol. Quand elle écarta vivement son bras du bout des doigts de Cass, elle eut envie de retrouver leur contact plus que toute autre chose au monde. Cass avait toujours été comme ça. Une aiguille brûlante s'enfonçant dans la peau, et un bloc de glace pour soulager la douleur de cette blessure, les deux et en même temps. Dangereux. Il fallait qu'il s'en aille.

Ava traversa le jardin en direction de Toussaint et de M. Leroy. Celui-ci les regarda tous les trois la tête inclinée sur le côté. Il haussa les sourcils quand il eut fait le rapprochement.

— Leroy Jacobs, dit-il. J'habite à côté. Je suis un ami de la famille.

Il insista sur le mot "famille".

— C'est... commença Ava. Il va à Philadelphie et il nous fait une petite visite en passant, et...

M. Leroy hocha la tête.

— Bien…

— Tu es toujours docteur ? demanda Toussaint, qui était resté silencieux un long moment, le regard fixé sur les chaussures de Cass. M'man m'a dit que tu étais docteur.

— Je suis toujours docteur.

— T'as pas l'air d'un docteur. Tes chaussures sont sales. Les docteurs ont des chaussures propres.

— J'imagine que tout le monde finit par avoir des chaussures sales en marchant beaucoup.

— C'est vrai que t'es grand, dit Toussaint. Tous les docteurs à la télé sont grands. J'imagine que peut-être… (Il ne termina pas sa phrase.) Tu as un stéthoscope ?

— Non, mais je peux te dire si tu as la fièvre de la grenouille maculée en regardant ta langue.

— La fièvre de la grenouille maculée, ça n'existe pas !

— Ah, un savant, hein ? OK. Mais je peux prendre ton pouls en tenant ton poignet.

Toussaint leva le bras vers Cass, timidement, comme s'il lui offrait ce qu'il avait de meilleur. M. Leroy s'éclaircit la gorge.

— On va juste… On va juste l'accompagner un bout dans la rue. On… Vous nous donnez une minute ? dit Ava.

— Oh ! Oh, oui. J'imagine que ce gars doit reprendre la route. Eh bien, enchanté de vous avoir rencontré, euh…

— Cass.

Il fixa sur M. Leroy un regard tel que le vieil homme détourna les yeux.

— Tu repasseras un peu plus tard. D'accord, petit ? Et je t'emmènerai là-bas, voir comment se porte ce nid de faucon. OK ?

Mais Toussaint était captivé par son père. M. Leroy passa la marche arrière de son tracteur et recula dans son allée. Fouineur.

Ava regarda dans la rue. Elle n'arrivait pas à trouver comment demander à Cass de partir sans contrarier Toussaint. Elle ne pouvait pas dire qu'elle avait envie de l'accompagner. L'Éternel lui vienne en aide, c'était pourtant le cas. Mais parfois, Abemi revenait déjeuner à la maison. Et M. Leroy n'était pas un mauvais homme, mais il ne pouvait pas tenir son clapet et elle allait devoir faire avec. Et puis tout ça, ça faisait beaucoup pour Toussaint. Après le départ de Cass, elle devrait répondre aux questions de son fils et elle n'avait pas la moindre idée de la façon dont elle allait s'y prendre. Elle sentait encore des picotements dans le coude, là où la main de Cass l'avait touchée.

— Tu sais quel âge j'ai ? demanda Toussaint.

— Dix ans, répondit Cass.

— Tu connais la date de mon anniversaire ?

— Le 5 décembre. À 11 h 43 du soir.

— Comment ça se fait que tu n'es jamais venu pour mon anniversaire si tu connais la date ?

Ava prit la main de son fils. Il la laissa lui tenir les doigts un instant avant de les retirer brusquement. Il tourna légèrement le dos à Cass.

— M'man, on mange bientôt ? J'ai faim. Tu n'as pas faim ?

Il donna un coup de pied dans la terre.

— Je suis très content de t'avoir rencontré, dit Cass à Toussaint, qui ne répondit pas. (Sa voix était douce, résignée.) Je suis content de voir que ta maman s'occupe bien de toi.

Il ne dit pas, je t'enverrai une carte pour ton anniversaire, ni, je t'appellerai à Noël. Il n'essaya pas de serrer Toussaint contre lui ; il posa seulement sa grande main chaude sur l'épaule du garçon. Toussaint regarda Cass dans les yeux malgré lui. Il était incapable de dire ce qu'il y voyait, ni même de comprendre précisément la sensation que cela suscitait en lui, mais pendant des mois, le visage de son père fut la dernière chose qu'il avait devant les yeux avant de s'endormir.

Se tournant vers Ava, Cass dit tout bas :

— Je resterai en contact. Une fois que j'aurai mis les choses en place. Peut-être que tu me diras d'aller au diable. Mais j'essaierai.

Il se passa la main sur la mâchoire. Ava se souvenait de ce geste ; c'était ce qu'il faisait quand il s'efforçait de reprendre ses esprits, par exemple au petit matin, quand le jour se levait et qu'il était fatigué, avec la gueule de bois, vulnérable, l'espace d'un instant.

— Merci de m'avoir laissé voir mon fils.

Ava et Toussaint l'observèrent s'éloigner sur la route, jusqu'au moment où le soleil oblique l'engloutit et il ne resta plus, à la place de son corps, qu'une lumière dorée.

ERRANCE

Au début, Toussaint fit l'école buissonnière avec timidité – scrutant les rues par crainte d'y voir Miss Gregory ou sa mère, ou tout autre adulte qui pourrait le ramener immédiatement à l'école. Mais les jours devinrent une semaine, puis deux. Il comprit très vite ce qu'il fallait faire et ne pas faire : un itinéraire différent chaque jour, afin de ne pas attirer l'attention de qui que ce soit. Il apprit à se glisser discrètement dans des bus hors service à la gare d'Ogontz et à simuler un air endormi et perdu s'il se faisait prendre. S'il suivait une femme de près dans la rue, les gens supposaient que c'était sa mère. Il apprit également à se rendre invisible dans un coin de la bibliothèque et découvrit que l'antenne de Chelten Avenue disposait de disques et de casques lui permettant d'écouter la même musique que celle qu'il écoutait avec Paul dans le New Jersey.

Il choisissait les disques dans les bacs en fonction de la façon dont les gens étaient habillés sur la pochette. Toussaint s'aperçut qu'il aimait les vieilles chansons également – sa grand-mère chantait de vieilles chansons, mais il ne trouva jamais le moindre disque d'elle. Il ne comprenait pas toujours les paroles, mais il savait ce qu'elles voulaient dire – les mots grognés ou trillés et joyeux à la façon des rayons de soleil qui traversent les hautes branches vertes, ou pesants comme ses pieds et ses jambes endoloris après des heures de marche pour rentrer à Glenn Avenue quand il avait déjà dépensé l'argent du bus. La musique était une chose qu'il retrouvait, sans même savoir qu'il l'avait perdue. Sa chanteuse préférée était une femme appelée Sippie Wallace. Il se demandait si elle était encore vivante et s'il lui arrivait de venir à Philadelphie pour chanter dans un grand concert au Spectrum ou au Parkway comme ils le faisaient le jour de la fête nationale.

La troisième semaine de son vagabondage, Toussaint se retrouva dans un quartier à l'abandon, où les tours du centre-ville resplendissaient dans le lointain, au-delà d'entrepôts et d'usines désaffectés, sinistres avec leurs fenêtres brisées. Ces rues longeaient des clôtures défoncées en grillage et en fils barbelés qui marquaient la frontière avec le monde connu. Toussaint la franchit, s'avançant dans les hautes herbes couleur de paille qui se balançaient sous le soleil. Il parvint à un viaduc abandonné et escalada un monticule de vieilles ferrailles. Au loin, la ligne de chemin de fer luisait d'un éclat terne dans la lumière de cette fin de matinée. Lui vint en tête une chanson qui le fit sourire : *Tonight when I start walkin'*.

De l'autre côté d'un passage souterrain, sous le pont autoroutier, un chemin de terre menait à une clairière où un village de tentes s'était formé. Toussaint se cacha derrière une petite butte pour l'observer. Des bâches bleues et orange étendues sur de longues barres de métal se gonflaient dans la brise. Des tentes de camping, des parasols de plage plantés près de chariots de supermarché, des cartons renforcés de ruban adhésif et recouverts de sacs poubelle. Un appentis avec, en guise de cloison, un panneau d'autoroute vert clair : SORTIE WILLOW GROVE 500 M. Les habitants des tentes faisaient du feu dans des gros bidons en métal. Des gens dormaient assis. Un homme lavait un T-shirt dans un seau, puis il l'étendit sur un fil entre deux grands poteaux métalliques. Certains portaient tous leurs vêtements en même temps, avec des capuches sur la tête si bien que leurs visages restaient invisibles. *Fee-fi-fo-fum.* Au bas de la pente, trois hommes discutaient ; l'un d'eux était un homme grand avec une barbe parfaitement blanche sur ses joues brun foncé. Un Père Noël noir, se dit Toussaint en souriant.

— Qu'est-ce que tu fous là ? lança l'homme.

Tandis que Toussaint dévalait la pente à reculons, l'homme à la barbe blanche lui cria :

— Mon grand ! Hé, mon grand, d'une voix qui lui fit penser à M. Leroy et à leurs promenades sur le tracteur.

Toussaint prit ses jambes à son cou en direction du passage souterrain, où il se cacha. Un long moment plus tard, il revint à son poste d'observation en haut de la butte.

Cette fois l'homme barbu le surprit par-derrière et se planta au-dessus de lui, masquant la lumière du soleil.

— Mais c'est encore mon grand.

Toussaint était trop effrayé pour parler.

— T'as mangé ta langue, hein ? Qu'est-ce que tu fous dans le coin ? Tu sais pas ? Moi non plus.

Son rire était aigu et grinçant, si étrange, venant d'un homme de cette taille que Toussaint le dévisagea malgré lui. Il avait les yeux voilés, mais pas méchants.

— T'as un nom ?

Toussaint fit oui de la tête.

— Eh ben, c'est quoi ?

Toussaint ne répondit pas. L'homme haussa les épaules.

— Moi, c'est Zeek, dit-il, avant de descendre la petite pente en direction des tentes sans se retourner vers Toussaint.

Zeek s'assit sur un seau renversé. Il sortit un poudrier de femme et se mit à tailler sa barbe avec son autre main. Quand il eut fini, il remonta en haut de la butte.

— Toujours là ? dit-il et il posa un paquet de gâteaux Hydrox par terre, à portée de Toussaint.

Toussaint les prit et s'enfuit.

Quand il revint, le jour suivant, Zeek dit :

— Mais c'est notre bon vieux Sans-Nom.

Et il lui donna un sachet à moitié vide de chips saveur crème et oignons.

— Toussaint, murmura le garçon tandis que Zeek s'éloignait.

Il se leva et le suivit jusqu'au labyrinthe de tentes. Zeek lui donna d'autres friandises de son sac à dos, piquant du nez entre deux longues tirades sur ce qu'il appelait l'État policier.

— Zeek, c'est pas mon nom officiel. C'est le nom que je me suis choisi. Je fais rien de ce que veulent ces enfoirés – pas d'impôts, rien du tout. Il a raison là-dessus. Tu connais l'Arche ?

Zeek lui montra un prospectus qui disait ENTREZ DANS L'ARCHE.

— Tu piges ? Parce que tu peux t'y mettre au régime sec, là. Hé hé. Nan, ça c'est des blagues d'adultes. T'as pas besoin d'être au courant de ces choses-là. Mais bon, le fait est que ce frère s'est amené dans le coin, il y a trois ou quatre mois, et il a remis la tête de tout le monde *à l'endroit*. Écoute-moi bien, mon grand. Ça, là-bas, c'était la raffinerie de sucre. Tu sais pourquoi elle a fermé ?

"Et celui qu'ils ont, maintenant, Ronald Reagan, c'est juste un cow-boy de cinéma ! Je pensais qu'il était assez chouette, mais on s'aperçoit que c'est un sale type. Et sa femme. Nancy. Elle te congèlerait la queue d'un mec en moins de temps qu'il faut pour le dire."

Zeek et les autres hommes du village de tentes lui faisaient peur, mais après toutes ces semaines d'errance, les gens ordinaires lui faisaient peur aussi – ils pourraient l'épingler parce qu'il n'allait plus à l'école, ou alors ils verraient quelque chose de bizarre en lui et ils se mettraient à lui poser des questions. Les gens ordinaires suivaient toujours la même routine ordinaire – ils prenaient le bus, ils se précipitaient hors de chez eux le matin et se dépêchaient de rentrer chez eux le soir pour s'asseoir à la table du dîner. Et ils méprisaient les gens comme Zeek sous prétexte qu'ils ne possédaient pas toutes les choses qu'ils avaient, eux. Toussaint non plus ne possédait pas ces choses, mais il avait son intelligence. C'est ce que lui disait Zeek. Et il souffrait moins du froid qu'avant, et il pouvait rester plus longtemps sans nourriture si c'était nécessaire. Il devenait moins ordinaire chaque jour et plus comme Zeek et les hommes des tentes, même si certains d'entre eux étaient trop tapageurs et si quelques autres essayaient de le faire venir dans leur tente pour des raisons que Toussaint était bien incapable d'imaginer.

— Tiens-toi à l'écart de cet enfoiré, lui dit Zeek en désignant celui qui lui avait proposé quelques gâteaux Ring Dings.

Il était vrai que, généralement, ces hommes voulaient quelque chose. Ils voulaient quelques petites pièces, si Toussaint en avait. Ils voulaient s'asseoir et parler. Toussaint n'y voyait pas d'inconvénient, puisque son rôle dans la discussion consistait principalement à écouter. L'un d'eux voulait que le garçon tienne le bout d'une ceinture pendant qu'il enroulait l'autre bout autour de son bras pour faire saillir la veine. Ils voulaient lui dire qu'ils avaient un fils d'à peu près son âge. Ils voulaient lui montrer une photo de leurs mères, de leurs femmes, de leurs frères qui étaient dans l'Ohio, ou au Tennessee, ou à Washington D.C., ou bien à dix rues de là, ou à l'autre bout de la ligne du bus 73. Leurs fils ressemblaient tous à Toussaint. Ils voulaient lui montrer comment se glisser en douce dans un cinéma par l'entrée de service, ou juste lui montrer à quel point c'était chouette de siroter une canette quelconque et fumer une cigarette par une belle journée ensoleillée. Certains voulaient lui montrer leur douleur : une plaie suintante et nauséabonde.

— T'as vu ? Cette merde qu'est en train de pourrir sur moi, comme si j'étais déjà un putain de cadavre ? Non mais, t'as vu ?

Tout le monde voulait qu'il regarde. Toussaint découvrit qu'il était capable de voir toutes sortes de choses, que la plupart du temps il ne flanchait pas et ne s'enfuyait pas, et ils l'appréciaient pour cela, et lui-même s'appréciait pour cela également.

SOIS COOL

Ava ne dormait plus, ou pas beaucoup. Elle avait les paupières lourdes et elle était au bord de l'endormissement toute la journée, mais la nuit, elle ne pouvait pas garder les yeux fermés plus d'une heure. Les regrets fondaient sur elle comme des mouettes affamées. Celui-ci, par exemple : après que Cass eut fait son apparition dans leur rue, Toussaint voulut le dire à Abemi.

— Parce que, m'man, c'est qui ce M. Cass pour nous ?

Ils ne devraient pas avoir de secrets pour Abemi.

— Est-ce que je peux lui dire, m'man ? avait-il demandé. Je pense que c'est ce qu'il faut faire.

Ava l'avait embrassé sur la joue et l'avait envoyé faire ce qu'elle-même aurait dû faire, créant ainsi les conditions pour que son mari fasse la seule chose qu'un homme comme lui pouvait faire.

De l'autre côté de la chambre, Toussaint dormait comme une souche. Ses lèvres étaient rouges et luisaient dans la lueur du lampadaire de la rue qui entrait par la fenêtre. Ava tamponna sa bouche humide avec le coin du drap. Elle tira les couvertures sur ses épaules. Elle pria pour lui de la façon dont priaient les femmes de Bonaparte, qui consistait pour partie à dire aide-moi, Jésus, pour partie à méditer sur la couleur écarlate d'une grenade et pour partie à chanter les louanges de l'Éternel. Dans ses prières, Ava voyait la forme de choses à venir. Elle voyait la table de cuisine de sa mère, dans Sundown Road. Et une assiette du dîner, sur laquelle il ne restait pas une miette, avec la grande cuiller de Dutchess juste à côté. Il y avait une autre forme, sous celle-là, plus sentie que vue. Dans cette vision, Ava était une version brillante d'elle-même, pleine de vie et comblée. Son fils avait grossi de quelques kilos et grandi de quelques centimètres. Il souriait à son père.

Toussaint soupira dans son sommeil. Ava le surveilla pour voir s'il allait se réveiller, puis elle sortit dans le couloir, se rendit à la cafétéria et se glissa à l'extérieur par la porte de service de la réserve. Au cours des dernières semaines, elle n'avait quitté le bâtiment du centre que la nuit. Elle n'allait jamais loin. Jusqu'au coin, seulement, une fois, elle avait à moitié traversé la rue vers le parking du supermarché A&P, mais elle avait paniqué, comme si elle s'était aventurée trop loin – trop loin de quoi, elle n'aurait pu le dire. Maintenant la nuit était calme, aucune voiture, personne, pas même le souffle du vent. Un emballage vide de barre Peanut Chews sur le trottoir attira son attention. Elle le mit dans sa poche. Elle avait commencé à ramasser des choses : un mégot de cigarette, qu'elle avait fini par fumer après avoir passé deux nuits à chercher des allumettes dans la rue, un ticket de pari sur Meet Me on the Outside (un lévrier ? un cheval ?) qui avait rapporté soixante-dix dollars, un fragment de la notice pour une bouteille de sirop contre la toux pour enfants. Cette nuit-là, elle trouva un numéro de téléphone gribouillé sur un morceau de papier déchiré.

De retour à Glenn Avenue, personne ne bougeait. Les pas d'Ava faisaient un bruit feutré tandis qu'elle se dirigeait vers les téléphones publics. Elle tint le bout de papier sale avec le numéro dans une main et de l'autre elle chercha de la monnaie dans ses poches. Appeler ce numéro n'était rien d'autre qu'une idiotie pour occuper ces heures du petit matin – même si, parfois, l'Éternel laisse des indices. Et elle ne le saurait jamais si elle n'appelait pas. Au moment où elle soulevait le combiné, des pas s'approchèrent, venant des entrailles du bâtiment. Ava plongea sous le bureau du gardien, à quelques pas des téléphones. Elle jeta un coup d'œil par le rectangle situé entre le sol et le bas du bureau.

Des pieds fourrés dans des chaussons en peluche rose apparurent.

— Les enfoirés, ça veut toujours être en retard, marmonna une voix de femme.

Un pied rose tapota le sol. Dehors, des phares clignotèrent une fois, deux fois, puis un moteur au ralenti fut coupé et l'entrée obscure fut de nouveau teintée de rouge par le signe SORTIE au-dessus de la porte. Il y eut un tintement de clefs. La porte s'ouvrit.

— T'en as mis du temps, dit la voix de la femme. Ça fait une heure que je fais des allers-retours !

— Y a personne d'autre ici, dis ? Je jurerais avoir vu quelqu'un quand je me suis garé. J'vais juste jeter un coup d'œil.

Melvin.

— Y a personne ici. Je viens de te dire que je fais des allers-retours depuis une heure, à attendre que tu te pointes. On peut régler ça avant que mes gosses se réveillent ?

Les chaussures noires à lacets de Melvin s'approchèrent. Les pointes passèrent sous le bureau, si près qu'Ava aurait pu taper dessus avec son poing. Elles puaient, comme s'il avait marché dans une crotte de chien. Les pieds roses s'avancèrent sur un côté. Ava entendit un bruissement sec, quelque chose que l'on déballait, puis des bruits de papier froissé.

— C'est toute la semaine, ça ? demanda Melvin.

— C'est la fin du mois, répondit la femme.

Je connais cette voix, pensa Ava.

— Tu plaisantes, j'espère, répliqua Melvin. Ça vaut même pas le déplacement en voiture. On aurait pu attendre et ajouter ça à la semaine prochaine.

La femme fit un bruit irrité avec sa bouche. Je connais cette voix, pensa de nouveau Ava. Cette femme ! Celle qui…

— Tess a pas envie que tu lui fasses payer des intérêts élevés à la con. (Elle ricana.) Tu ferais mieux de casquer et te barrer d'ici.

Nouveaux froissements.

— Manque dix dollars, dit Tess.

— T'es sûre ?

— Foutu Blackos !

Ils rirent tous les deux.

— Bon, très bien, ma petite. Très bien. Laisse-moi juste recompter.

Sous le bureau, Ava rit tout bas. C'était là qu'étaient allés ses coupons alimentaires. Tess, qui vendait des perruques dans sa chambre et cet idiot de Melvin avaient mis en place un réseau pour écouler les coupons alimentaires ! Comme c'était drôle ! C'était à mourir de rire. Et dire que cinq minutes auparavant, Ava était sur le point d'appeler un numéro inscrit sur un bout de papier ramassé dans la rue pour demander au Tout-Puissant de lui envoyer un signe. Elle se couvrit la bouche de la main. Elle rit tellement que ses yeux se fermèrent et que ses épaules tresallèrent.

Tandis qu'elle riait, les mules roses et les chaussures noires se firent face. La discussion cessa. Le comptage également. Bruit de fermeture Éclair qui se baisse. Puis une respiration précipitée et :

— T'as pas l'air si pressé que ça de partir, finalement.

Les yeux d'Ava se rouvrirent. Elle se redressa si violemment que sa tête heurta le dessous du bureau avec un choc sourd. Les mules roses et les chaussures noires s'écartèrent d'un bond.

— Qu'est-ce que… ?

Le visage de Melvin apparut en bas du bureau. Le faisceau d'une torche éclaira les yeux d'Ava.

— C'est qui là-dessous ? demanda Tess.

— Ava ?

— Qui ? (Tess se baissa pour jeter un coup d'œil.) Oh, cette garce ? Tu veux foutre la merde dans…

Ava se dégagea de dessous le bureau, s'efforçant de garder sa dignité.

— Je n'essaie de foutre la merde nulle part. Et *toi*, qu'est-ce que tu fais ?

— Oh. Ah. Non, dit Tess en s'avançant vers Ava.

Melvin s'interposa entre les deux femmes.

— On se calme, là, tout le monde. T'étais là-dessous pendant tout ce temps, Ava ?

— Ouais, elle était là-dessous pendant tout ce temps ! Et vicieuse, en plus. T'aimes écouter les gens…

— OK, Tess ! l'interrompit Melvin.

— Ta braguette est ouverte, Melvin, dit Ava.

Le regard de Tess passa de l'un à l'autre.

— Ooh ! Tess a pigé. En fait, tu te farcis tout le monde, hein, Melvin ? (Elle éclata de rire.) Prends pas ça personnellement, ma petite.

Ava se redressa de toute sa hauteur et plissa les paupières pour les regarder tous les deux. Elle s'arrêta sur Tess :

— Tu ferais mieux de te baisser pour ramasser ton dollar, lui dit-elle en montrant d'un signe de tête un billet par terre.

— Fais gaffe, répondit Tess.

— Tout va bien. Ava est cool. T'es cool. Hein, Ava ?

— Bien sûr, Melvin. Je suis cool.

— Tu vois ? C'est bien ce que je dis. Elle…

— Tess, dit Melvin, pourquoi tu vas pas voir tes gosses. Je vais juste discuter un peu avec Ava et régler tout ça.

— C'est ça, Melvin. Assure-toi bien que c'est réglé.

Tess ramassa son billet et s'éloigna dans le couloir.

— C'est juste qu'elle a mauvais caractère, dit Melvin.

Ava resta silencieuse.

— Tu veux, euh… J'ai la voiture, ici. Tu veux faire un tour ? Il y a le petit resto qu'est ouvert toute la nuit. On va prendre un petit déjeuner avant l'heure de mon service ?

Ava lui lança un regard dur.

— Fais pas cette tête. C'est juste du business. Tu vas te faire un peu de fric aussi.

— Alors donne-le moi maintenant, répondit Ava.

— Quoi ?

— Je t'ai donné cinquante en coupons alimentaires, alors donne-moi mes cinquante dollars.

— Allons, Ava. Y a pas de quoi te foutre en rogne.

— Donne-moi mes cinquante dollars, Melvin.

— Ça marche pas vraiment comme ça, je te l'ai déjà expliqué.

— Cinquante, pas un de moins.

— Très bien. OK. Tu me fais le même coup que le fisc. Mais j'ai compris.

Ava considéra la liasse de billets que Melvin sortit de la poche de sa veste.

— Tu vends de la nourriture de la réserve aussi ? Et le papier toilette et les ampoules électriques, peut-être ? Bon Dieu, Melvin.

Ava prit l'argent et repartit en direction de sa chambre.

— Sois cool, Ava. Sois cool, allons.

Il la regarda s'éloigner et secoua la tête.

BONAPARTE

L'INCONNU s'appelait Barber. Dans le grondement de son pick-up bleu, il avait débarqué chez nous comme la colère divine. J'aurais pas dû lui tirer dessus. Mais bon, qu'est-ce que j'étais censée faire en voyant un inconnu foncer sur moi comme les chiens de l'enfer ? Carter et Juniata et Erma Linner ont décidé que c'était à moi de le soigner, vu que c'était moi qui l'avais blessé. On l'a emmené dans ma maison et c'est là qu'il est resté. Dans mon propre lit, en plus, calé sur un nuage d'oreillers.

Ça prend une éternité pour guérir une blessure au ventre. Des lustres à chier dans une cuvette et dormir dix-huit heures par jour. Des lustres à se réveiller au milieu de la nuit le souffle coupé, comme si la balle vous frappait de nouveau. Les premiers jours, il était tellement malade qu'il aurait pas pu dire bou ! à un fantôme. Je dois lui accorder qu'il s'est bien tenu, pas de cris, pas de gémissements et presque pas de jurons, même quand on lui changeait son pansement et qu'on écrasait de l'achillée et de la verge d'or sur ce trou, ce qui devait lui faire un mal de chien.

Au bout de quelques semaines, il était plus souvent éveillé qu'endormi. Mais il voulait toujours pas nous dire grand-chose sur ce qui l'avait amené chez nous. Ça me rendait un peu méfiante qu'il soit muet comme une carpe. Et puis un matin, Carter Lee l'a surpris en train de me regarder de travers pour la cent millième fois, et il lui a dit :

— T'en fais pas, mon garçon. Dutchess, elle a jamais tiré sur quelqu'un plus d'une fois.

Tout le monde dans la pièce a éclaté de rire, et je me rends compte maintenant que ça aurait pu lui ficher la frousse. J'ai continué à lui changer son pansement deux fois par jour, même s'il avait plus besoin d'être changé aussi souvent. J'imagine que j'avais l'impression que c'était le moins que je puisse faire.

— Tu le bichonnes, m'a dit Carter Lee vers la troisième semaine.

Qu'est-ce qu'il faisait pendant tout ce temps ? Il remettait en place tous les pots, les pommades et les verres sur la table de nuit.

— Elle a le béguin pour lui, a dit Juniata.

— Dis pas de sottises, a répondu Erma Linner. À son âge.

La vérité, c'est qu'on avait tous un peu le béguin pour lui. Ma maison était remplie de gens comme elle l'avait plus été depuis des dizaines d'années. Tout le monde venait faire un tour trois ou quatre fois par jour. Ils restaient un quart d'heure, ils restaient une heure. On se mettait tous dans ce qui avait été notre chambre, à Caro et moi, et on s'asseyait autour du lit pour s'occuper de lui.

— C'est pas si terrible, je lui ai dit. J'ai eu une blessure bien plus grave en essayant d'attraper un cochon sauvage. Un cochon sauvage, ça plaisante pas.

— Nan, c'est pas vrai, a répliqué Erma Linner. T'as jamais essayé d'attraper un cochon sauvage, Dutchess. Je sais pas pourquoi tu veux toujours faire comme si on était les péquenauds des Beverly Hillbillies.

— Eh ben, moi j'ai essayé d'en attraper un, a dit Carter Lee. Plus d'un, même. Mon père…

— Tais-toi, chéri, l'a interrompu Juniata.

— Ouais, tais-toi, Carter Lee, a répété Erma Linner. Il va pas pouvoir dormir si vous arrêtez pas de parler, tous.

Ça risquait pas. Juniata lui avait donné à boire pas mal de son alcool de sorcière, ce qui avait pratiquement plongé le gars dans le coma. On était là, quatre imbéciles, assis autour du lit à regarder ce type comme si c'était un film au cinéma.

— Bon, c'est sûr qu'il est beau. Je peux pas dire le contraire, remarqua Erma Linner.

Il était beau. Grand et mince, et puis cette couleur de blé doré des pieds à la tête. Ses yeux aussi.

— Clairement, il est pas du coin, a déclaré Carter Lee, qu'est pas habitué à faire des observations stupides, mais j'imagine que c'est le genre de chose qui peut arriver à n'importe qui, une fois de temps en temps.

— La grande ville, a ajouté Carter Lee. Des dents de la ville.

Des mains aussi. Douces avec de longs doigts carrés.

— T'es bonne pour une inculpation pour meurtre s'il s'en sort pas, a dit Juniata.

Tout de suite les grands mots.

— Tout de suite les grands mots, lui ai-je répondu.

Il était un peu snob, et il se comportait comme les gens du Nord, mais il faisait jamais de manières au sujet de la nourriture qu'on lui servait, il l'examinait juste en plissant les yeux.

— Qu'est-ce que c'est? demandait-il en reniflant un de ces bocaux préparés par Juniata.

Une fois, alors qu'il pensait que personne le regardait, il a trempé son petit doigt dedans et l'a touché du bout de la langue. Bien sûr, on lui donnait aussi de la tétracycline que Carter Lee gardait stockée dans le bureau de poste.

— On est pas des hommes des cavernes, je lui ai dit.

Il changeait tout le temps son histoire: il était de Baltimore, une semaine plus tard, il était de Philadelphie, et une fois il est monté dans le nord jusqu'à Buffalo, mais peut-être que c'était son frère ou quelqu'un comme ça. Même son propre nom semblait être une surprise pour lui quand on s'en servait pour l'appeler. Pour être juste, il avait essayé de nous dire qu'il s'appelait “Carver”, mais son visage et sa bouche étaient tout enflés à l'époque, vu que son pick-up était rentré dans un arbre quand je lui avais tiré dessus. On avait cru qu'il disait “Barber” et ce nom lui était resté.

Carver. Barber. Ça avait pas grande importance. Je savais qu'ils étaient aussi faux l'un que l'autre. Je me demande encore quel était son vrai nom. Comment l'appellent les gens qui le connaissent bien. Si toutefois il y a des gens qui le connaissent bien, et j'ai des doutes là-dessus. Y a eu une époque où on avait des inconnus qui défilaient sans arrêt dans le coin. Bonaparte est ce genre d'endroit qu'est un peu à l'écart du monde. Les gens débarquaient ici, venant de partout ou de nulle part. Ou ils arrivaient après avoir tellement voyagé que ce qu'ils avaient été auparavant les suivait de très loin. Parfois, ils essayaient de trouver qui d'autre ils pourraient devenir. Parfois, il fallait qu'ils deviennent quelqu'un d'autre. Nous on posait pas beaucoup de questions, sauf si les gens commençaient à se comporter d'une manière telle qu'on était amenés à leur en poser.

— Laissez tout ça près des Chênes.

C'était ce qu'on disait aux inconnus quand ils s'amenaient. On parlait des couteaux et des fusils, mais on voulait dire aussi toutes sortes de conneries qu'ils pouvaient trimbaler avec eux. Laissez tout ça près des Chênes. C'est ce que j'ai fait. Quand Ava et moi on a mis les pieds à Bonaparte, j'ai laissé l'autre Dutchess et tous ses ennuis à l'extérieur, et elle a continué à naviguer sur la rivière Yazoo d'un cabaret à un autre. Elle y est restée longtemps. Je pouvais la sentir, avec une mélodie qui flottait dans l'air.

— En fait, je suis de nulle part en particulier, qu'il m'a raconté un jour, une fois qu'il a vu que j'avais cessé de m'inquiéter à son sujet. Rien d'exotique. On a juste pas mal bourlingué. Mon père ne supportait pas de rester au même endroit. Il nous installait quelque part et au bout de quelques années, les Blancs lui tapaient sur les nerfs avec leurs conneries, les Noirs aussi, avec leurs conneries à eux, alors il nous emmenait ailleurs. Il était électricien. Il pouvait travailler n'importe où. Ma mère ne disait pas grand-chose. Elle était souvent malade. Elle vivait seule quand elle est morte, avec personne dans les parages pour la pleurer.

Pauvre femme. Je vous jure, à moins qu'elles laissent leurs gosses aller le ventre vide ou qu'ils la voient toute nue ou quelque chose comme ça, les enfants remarquent à peine ces mamans jusqu'à ce qu'elles soient toutes froides dans leur tombe. Au moins, Barber n'était pas sentimental à retardement. Les pleurnicheries posthumes sur une maman, ça me fout en rogne.

— Et qu'est-ce qui est arrivé à votre père ?

— Mort. (Il s'est interrompu un instant.) Mon frère, au cas où vous vous poseriez la question, est agent d'assurance à Cincinnati.

Je ne sais pas pourquoi ça m'a fait rire. Mais pour une raison que je saurais pas expliquer, c'était tellement drôle, venant de la bouche de cet homme à la peau ambrée, dans ma maison, située dans la deuxième ville noire incorporée de l'État d'Alabama. À deux doigts de notre extinction.

— Bon, que j'ai fait, après avoir repris ma respiration suffisamment pour pouvoir parler, il faut bien que quelqu'un soit dans les assurances à Cincinnati. Ça peut aussi bien être votre frère. Son nom, c'est Herbert ? Ça c'est un nom qui convient parfaitement pour un agent d'assurance.

— Non. C'est Elroy, a répliqué Barber, et il s'est mis à rire aussi.

— Et pourquoi pas Marshall ?

— Ou Dewey. Dewey, de la Mutuelle d'Omaha.

Ça nous a fait hurler de rire tous les deux. Seulement, au milieu de tout ça, je me suis souvenue qu'on était censés parler de son vrai frère, et pas d'un Dewey qu'on avait inventé. Merde, que je me suis dit, ce *nigger* est complètement dingo.

Mais j'ai apprécié qu'il me laisse prendre part à la plaisanterie.

Évidemment, Carter Lee et moi, on avait fouillé son pick-up longtemps avant ça. Son portefeuille aussi, et la petite valise sur le siège passager. On avait besoin de sang frais dans le coin, ça c'est sûr, mais on était quand même pas stupides à ce point. On avait trouvé ce à quoi vous pourriez vous attendre, des vêtements et un peu d'argent. Plus une chose à laquelle vous vous attendriez pas : la photo d'un petit garçon qui lui ressemblait. Mais on avait tous eu assez de bon sens pour pas lui poser de questions à ce sujet.

— Peut-être que c'est ça qui l'a poussé à partir à l'aventure, a dit Erma Linner. Son garçon est mort.

J'imagine qu'on avait besoin de lui fabriquer une sorte d'histoire. On a fait mourir le petit garçon de la photo pour donner à notre inconnu une raison de s'être mis à voyager un peu partout avant de se faire tirer dessus chez nous, dans le trou du cul de l'Alabama. Et de toute façon, on avait l'impression que la seule personne qu'il avait vraiment fait souffrir, c'était lui-même.

Un matin, je me suis réveillée sur le canapé et il était plus là. J'ai presque supposé qu'il s'était senti mieux et qu'il avait tout simplement repris la route, comme le font les animaux une fois que vous les avez bien soignés. Je dirai pas que j'étais pas un peu triste, mais je venais de finir de vérifier partout dans la maison quand il a franchi le seuil de la porte.

— J'imagine que vous ne pouvez pas faire grand-chose au sujet de tous ces hectares en jachère, vu que vous n'êtes que quelques-uns pour vous en occuper. Mais j'ai remarqué que vos vaches sont sur la route.

— Ben merde alors, que j'ai fait. Non pas à cause des vaches – cette clôture tombait en ruines depuis des années, et les bêtes savaient rentrer toutes seules la nuit venue –, mais parce que vu debout, dans toute sa hauteur, Barber mesurait à peu près trois mètres, et l'énergie jaillissait de lui sous forme d'étincelles dorées.

On l'a emmené faire le tour de tout ce qui restait de Bonaparte. Erma Linner lui a montré l'ancienne école et v'là-t'y pas qu'elle s'est mise à brailler sur les tables. De vieux trucs pleins d'entailles, déformés par la pluie qui est passée par un trou dans le toit. J'aimais bien l'école, c'était comme une vieille église. Des murs blanchis à la chaux, abandonnés aux araignées et au lierre. Le soleil qui y entrait à flots. Une odeur chaude. Barber a voulu savoir ce qui était enseigné aux élèves et combien ils étaient par classe.

— Eh ben, a fait Erma Linner, on leur enseignait l'arithmétique, comment faire vêler une vache et planter des semences, et pis on leur apprenait des vieilles chansons de négresses. (Erma Linner, elle peut être drôle quand elle veut.) Non, on suivait simplement les programmes de l'État d'Alabama. On avait Doreen. Doreen Landry. L'Éternel la bénisse.

Doreen était un amour. Elle s'était enfuie de la cuisine d'une femme blanche de Bodine et elle était restée ici avec nous jusqu'à son dernier soupir, quarante ans plus tard. Doreen pouvait se faire passer pour une Blanche, alors tous les ans on l'envoyait à Montgomery chercher les programmes officiels pour chaque classe. Elle achetait les manuels aussi. Il y avait même des gens qui lui faisaient don de quelques-uns. Les Blancs, ils sont comme de vrais agneaux en face d'une dame blanche bien gentille qui se consacre à l'éducation d'enfants aux genoux écorchés dans sa ville perdue dans la cambrousse. Ils sont capables de bonté, ce qui veut dire que c'est par choix qu'ils deviennent meurtriers et voleurs.

— Nous sommes tous des animaux, je disais à Ava quand elle me demandait ce qui allait pas chez eux. Tu vas dans les bois et tu regardes toutes les créatures – certaines sont douces et d'autres sont dangereuses et ont une case vide.

J'ai dit à Barber :

— Ma fille est allée à l'université d'Alabama après avoir été élève à l'école de Bonaparte.

J'ai laissé de côté le fait qu'elle était pas allée au bout de ses études, à deux reprises.

— Ava, c'est ça ? Votre fille ? a demandé Barber.

Pendant un instant, je me suis pas souvenue lui avoir dit son nom, mais j'ai supposé que j'avais dû le faire, avec tout ce que je lui avais raconté depuis qu'il était là.

Quand il a voulu savoir comment on faisait pour payer l'école, on l'a emmené voir le BONAPARTE GENERAL STORE, ou plutôt ses ruines calcinées au centre de la ville. Chaque fois que je le vois, ça m'arrache encore une larme. On est allés au local de saumurage et de conserverie, où il reste encore une étagère de bocaux, vous vous rendez compte, avec l'étiquette BONAPARTE PICKLES collée sur le devant. On lui a parlé de nos ventes de bétail. De l'affaire de fabrication de meubles de Caro. Des potagers. Des œufs et des poulaillers. On lui a expliqué que chacun de nous gardait pour lui soixante pour cent de ce qu'il gagnait et le reste allait dans un fonds commun pour payer les impôts fonciers, acheter des manuels scolaires, payer l'entretien des terres et des bâtiments communaux, et faire face aux imprévus. Barber s'est exclamé :

— Une coopérative !

Comme si c'était un miracle qu'on y ait pensé. Puis il l'a répété, comme s'il essayait de s'assurer que nous comprenions le sens du mot. Juniata l'a regardé et elle a secoué la tête. La condescendance a le chic pour surgir comme ça de temps en temps chez les gens.

— Jusqu'à quand ? Je veux dire, pourquoi vous avez… Comment…

Il a pas eu le cœur de finir sa question.

On l'a emmené à la rivière et tous les cinq, on a regardé les ouvriers de Progress passer le bulldozer sur les ossements de nos ancêtres. On a aussi regardé de nouvelles maisons s'élever, plus proches de nous qu'elles auraient dû.

— Ça vous appartenait, autrefois ? a demandé Barber.

— Cette satanée société Progress.

— C'est pas les seuls responsables. Les chèques nous ont démolis aussi, a dit Carter Lee.

J'ai eu envie de le pincer, même s'il avait un peu raison.

— Toutes sortes de chèques. Les aides publiques, le SSI*. Pensions d'invalidité. Les compensations versées en cas de préemption. Les jeunes sont partis. Les gens qui sont restés ne pouvaient plus s'occuper du magasin, de la conserverie et de tout le reste. De moins en moins de gens de l'extérieur venaient acheter nos marchandises, de toute façon. Nos récoltes se vendaient pour presque rien – on ne pouvait pas rivaliser avec ces champs immenses des fermiers blancs. Ils n'ont pas voulu nous accorder de prêts de la FSA** non plus. Les gens étaient fatigués.

* Supplemental Security Income : Allocation complémentaire de revenus (versée sous conditions aux personnes invalides ou âgées de plus de soixante-cinq ans).

** Farm Security Administration : organisme créé par le ministère de l'Agriculture en 1937, chargé de venir en aide aux fermiers en difficulté pendant la Grande Dépression.

— Et désinvoltes, j'ai ajouté. On aurait pu continuer. Les gens ont...

Carter Lee a soupiré.

— Dutchess, allons. Ce gars va partir d'ici et peut-être qu'il parlera de cet endroit, il doit connaître la vérité, pas ce que tu voudrais qu'elle soit. On a eu la drogue, ici comme partout ailleurs, et certains d'entre nous auraient pu faire mieux. Et certains d'entre nous ont fait de leur mieux, et ça n'a pas marché de toute façon.

Carter Lee s'est tourné vers Barber.

— Vous autres, vous êtes allés partout avec votre Black Power par-ci, Black Power par-là, en exhibant vos coiffures afro crépues. Nous ici, on essayait de garder ces terres. Pour la première fois depuis bien longtemps on a connu la faim. Tout l'argent partait dans les impôts fonciers. On a eu des retards de paiement. Puis ils ont commencé avec les chèques et on a pu de nouveau manger à notre faim. Vous comprenez ? Les chèques nous ont permis de rester en vie. Mais ça a été notre fin.

Après cela, Barber n'a plus rien dit à personne pendant une semaine. Je savais seulement qu'il était toujours là parce que j'entendais la porte claquer tard le soir et qu'il y avait du café chaud tous les matins. Il traînait dans les bois, les anciens champs et sur les bords de la rivière. Carter Lee a cru l'apercevoir tout là-bas, du côté des maisons Progress.

Un jour, il a mis un terme à sa période de silence et il m'a demandé :

— Vous avez vraiment besoin de toutes ces vaches ?

Je lui ai répondu que je supposais que non, alors il m'a dit :

— Qu'est-ce que vous faites avec une vache dont vous n'avez pas besoin ?

J'ai eu l'impression que c'était le début d'une plaisanterie, alors je lui ai fait :

— Et vous, qu'est-ce que vous faites avec une vache dont vous n'avez pas besoin ?

Bon, toujours est-il qu'il en a vendu cinq à un type qui vivait à une cinquantaine de kilomètres de Bonaparte et dont j'aurais juré qu'il était déjà mort et enterré depuis des années. Barber est revenu avec l'argent et toute la suffisance d'un gars de la ville. Il a dit que sur le chemin du retour, il avait remis un nouveau piquet à notre panneau près des Chênes.

— Ces bois, là-bas, sont spéciaux, que je lui ai dit.

J'avais envie de lui parler de la Vieille Rea, mais c'est pas le genre de chose qu'on fait avec des inconnus, alors à la place, je lui ai parlé d'Eddie.

— On avait Eddie l'Indien. Autrefois, il venait ici faire du troc, à l'époque où tout marchait encore normalement dans le coin. Il était vieux, ça je peux vous le garantir. Deux fois par an, il s'amenait à notre magasin général. Il portait toujours les mêmes chaussures, la même veste grumeleuse à carreaux et le même bonnet en laine. Je crois bien que j'ai jamais vu ses cheveux. Les gosses, ils étaient toujours déçus quand ils le voyaient pour la première fois. Il avait l'air tout à fait ordinaire. Il ressemblait à un employé d'un magasin de fournitures pour bétail Fosky, c'est ce qu'avait dit Ava. Trop d'images de cow-boys et tout ça. C'est à se demander comment toutes ces conneries ont pu arriver jusqu'à Bonaparte. Bon, enfin, c'est ce qu'elle a dit, “C'est quoi ces Indiens qui ont tout l'air de travailler chez Fosky ?” Je l'ai pincée fort pour lui apprendre la politesse.

“Eddie, c'était le dernier de ceux qui venaient faire du troc. Quand Caro était gosse, il y en avait bien plus. Ils venaient ici régulièrement à l'époque où sa maman était petite fille. Au temps de l'esclavage, il y en avait encore plus. Bonaparte était un endroit libre. Tous ceux qui étaient gentils avec nous étaient les bienvenus. De toute façon, c'était leur terre. Bon, enfin, quand moi je suis arrivée ici, ils étaient plus que quelques-uns. Et après, il y a plus eu qu'Eddie. Il venait avec toutes sortes de choses qu'on pouvait pas se procurer et qu'on avait pas : du chocolat, des barres aux amandes, des graines de tabac. Des Slinky*. Ouais. Et des petites choses amusantes aussi. Caro m'a offert un tout petit ours sculpté dans de la stéatite, avec un poisson dans sa gueule.

"La dernière fois qu'il est venu – on savait pas que ce serait la dernière – il nous a dit, 'J'ai vu votre vieille femme dans les bois.'"

J'en suis venue à parler de Rea à Barber, en fin de compte. Mais tandis que je lui parlais, je voyais le visage d'Eddie, avec ses yeux écartés et ses longues rides profondes. Et je sentais l'odeur forte des feuilles humides dans l'air de novembre. J'entendais Bonaparte, les voix qui s'attardaient dans la rue principale, les enfants qui criaient, la porte du magasin général qui s'ouvrait en grinçant toutes les quelques minutes – c'était un endroit plein de vie. Nous autres, ceux qui restent, on parle pas de comment c'était avant. On s'est habitués au vide et au silence, au vent qui faisait claquer les volets du magasin abandonné et de l'église, au murmure des hautes herbes parce qu'y a plus personne pour les couper – le bruit le plus solitaire du monde. J'ai commencé par parler d'Eddie et Rea a suivi juste après.

* Jouet qui se présente comme un long ressort très souple qui peut, par exemple, descendre un escalier tout seul une fois mis en mouvement.

— Eddie nous a dit que Rea était sortie des bois pour se diriger vers la rivière. On a eu beau insister, il a pas voulu en dire plus. Au printemps suivant, Eddie est pas venu. Il est plus jamais revenu. Et puis l'été est arrivé et ils ont abattu mon mari. Eddie a disparu, la Vieille Rea s'est évanouie dans la rivière et tout est allé de travers à Bonaparte. On a dévié de notre propre temps pour rentrer dans le temps des Blancs. Peut-être que cet endroit peut pas exister dans le temps des Blancs, peut-être qu'il va s'effacer pour plus reparaître.

Barber a hoché la tête.

— Ils font disparaître les choses, qu'il a dit. L'histoire. Et hop !

J'ai jamais eu besoin de lui expliquer quoi que ce soit.

La semaine suivante, Barber m'a annoncé :

— Je vais aller du côté de ces gens de Progress, voir si un de leurs ouvriers n'a pas besoin de se faire un petit bonus.

Et comme de fait, quelques semaines plus tard, mes clôtures étaient réparées.

— Et qu'est-ce qui s'est passé avec le magasin général ? a-t-il ensuite voulu savoir.

Quand je lui ai raconté ce qui était arrivé, il est devenu silencieux, comme la fois où on lui avait parlé des terres. On aurait dit qu'il avait un gros nuage d'orage au-dessus de la tête. Comme s'il avait une météo bien à lui. Caro, il était comme ça aussi. Je sais me tenir tranquille et rester dans mon coin quand un homme comme ça est effondré.

Il s'est avéré que les types de Progress étaient des acharnés qui prenaient un second boulot en dehors de leurs heures de travail officiel. Barber leur a demandé de démolir la carcasse calcinée du magasin et d'évacuer les débris.

Carter Lee et lui ont fabriqué un beau panneau : SITE DE LA COOPÉRATIVE GÉNÉRALE DE BONAPARTE, 1941-1970. Il leur a aussi demandé d'enlever quelques arbres tombés au milieu de la route. Si bien que tous les cinq, on allait et venait comme on l'avait plus fait depuis bien longtemps, filant d'un endroit abandonné à un autre. Hé-hé.

Barber a été pris d'une frénésie de remise en état. Il quittait ma maison tôt le matin et il revenait pas avant la nuit, trop épuisé pour tenir encore debout. Il a aidé Nip à abattre quelques arbres qui s'inclinaient au-dessus de leur maison, à Nip et Memma. Il a réparé la véranda d'Erma Linner qui s'affaissait et il a bouché une fuite dans son toit pendant que Carter Lee se tenait en bas, hurlant toutes ses instructions. Il a arraché tout le kudzu et les mauvaises herbes de son jardin. Quelques courgettes rabougries poussaient sous ces broussailles.

— J'veux pas d'ça, qu'elle lui a dit en les montrant du doigt. Je veux plus jamais me baisser pour cueillir quoi que ce soit. Je sais ce que tu vas me dire au sujet du bon vieux temps, qu'elle a ajouté en me regardant. Mais, non, je ne veux plus.

Erma Linner a planté des œillets d'Inde et des glaïeuls et des grandes marguerites dans son jardin de devant ainsi nettoyé. Elle s'asseyait sur sa véranda nouvellement consolidée pour contempler ses fleurs, comme si c'était tout ce qu'elle avait toujours désiré.

PHILADELPHIE

TROIS AVERTISSEMENTS

VERS la mi-novembre, des découpages en carton représentant des dindes apparurent sur les murs du centre de Glenn Avenue. Des cornes d'abondance. Des Pères pèlerins au sourire béat, une hache dans les mains. Seigneur, est-ce qu'ils avaient une hache dans les mains en permanence ? Ava était assise sur une chaise, attendant son tour, devant le bureau de Miss Simmons. C'était cette heure où le soleil du matin pénétrait de biais dans le long couloir et illuminait les parpaings. Melvin mettait un point d'honneur à détourner le regard quand Ava jetait un coup d'œil en direction du bureau du gardien. Comme une adolescente, pensa-t-elle. Elle n'allait pas passer son temps à soupirer après Melvin, lui moins que quiconque. Mais Tess. Tess, c'était une autre histoire. Deux notes glissées sous sa porte : *Fais gaffe à toi.* Ava n'avait pas laissé Toussaint sortir seul de la chambre pendant une semaine.

Miss Carson.

Ava ne s'était pas rendu compte qu'elle avait bloqué sa respiration. Miss Simmons se tenait sur le seuil de sa porte et la toisait de toute sa hauteur. Elle pivota sans même un bonjour et rentra à l'intérieur de son bureau avec un signe de la tête. J'imagine que je suis un petit chien, aujourd'hui, se dit Ava. Elle ne se leva pas et Miss Simmons ne revint pas dans le couloir. Cette situation de blocage dura si longtemps que Melvin interrompit son jeu du morpion pour observer. Finalement, Miss Simmons appela :

— Miss Carson, d'une voix aussi plate qu'une crêpe.

Il apparut clairement à Melvin qu'Ava ne savait pas choisir ses batailles. Lulu Simmons ne perdait jamais.

— Vous pouvez fermer la porte, dit Miss Simmons sans lever les yeux de la pile de documents sur son bureau.

Un poster au mur montrait comment venir en aide à une personne qui s'étouffe. Ici, pas de Pères pèlerins. Sûrement pas.

Quel gâchis, pensa Miss Simmons. Debout devant moi avec son air provocateur. Pas plus grosse qu'un lampadaire. Et si pâle, plus jaunâtre de jour en jour. C'est le genre de femme qui ne peut pas s'empêcher de mettre le feu à la maison alors qu'elle est toujours à l'intérieur. Miss Simmons n'avait pas imaginé qu'Ava était de ces femmes-là. Quel gâchis, se dit-elle de nouveau.

— Miss Carson, où en êtes-vous dans votre recherche d'emploi ?

Comment se passe votre journée, Miss Simmons ? En ce qui concerne la mienne, pas mal, merci de vous en inquiéter. Des projets intéressants pour ce week-end ? Ava eut un petit sourire suffisant, ou eut presque un petit sourire suffisant, lèvre retroussée. Miss Simmons plissa les yeux.

— À quand remonte votre dernière visite à l'agence pour l'emploi ? demanda-t-elle.

Miss Simmons ne secouait probablement jamais l'une ou l'autre des deux (deux!) boules à neige sur son bureau. Ava se croisa les doigts pour résister à l'envie d'en attraper une. Ce qu'elle voulait le plus, c'était rentrer dans sa chambre et se coucher. Sans Melvin pour rompre le fil du temps, les journées étaient uniformes et interminables.

— Miss Carson, vous savez que selon le règlement du centre d'hébergement familial de Glenn Avenue, la recherche d'un emploi conditionne le séjour des résidentes ?

— Le… Je vous demande pardon ?

— Est-ce que vous savez, Miss Carson, que le règlement du centre…

— Oh, oui. Oui, je sais.

— Très bien. Donc. Votre dernière visite à l'agence pour l'emploi remonte à quand, Miss Carson ?

Six ou sept semaines, au moins. Ava ne les comptait plus, à dire vrai. Cela ne servait à rien d'aller dans un tel endroit, avec toutes ces femmes à l'air fatigué faisant la queue – jamais d'hommes, peut-être que tous les hommes avaient déjà un emploi – et qui remplissaient les mêmes formulaires stupides des mêmes renseignements jour après jour. Et ces murs de couleur beige et cette odeur déprimante de chips rances.

— Vous avez eu un entretien, n'est-ce pas ? Avec la compagnie de téléphone ?

— Ils n'ont pas gardé mon CV avec mon test de dactylographie dans leurs dossiers ? Je veux dire, tout y est encore. À l'agence pour l'emploi, je veux dire.

— Ce n'est pas le sujet. Il y a un règlement. Comme vous le savez.

Miss Simmons fixa longuement un regard impassible sur Ava.

— Miss Carson, comment ça se passe pour votre fils à l'école ?

— Mon fils… Quoi ?

— Miss Carson, est-ce que vous savez que votre fils… (Elle s'interrompit pour jeter un coup d'œil à une note sur son bureau.) Son établissement, c'est Taft Elementary, c'est bien cela ?

— Oui, c'est…

— Est-ce que vous savez qu'il ne s'est pas présenté à son école Taft Elementary ces quatre dernières semaines ?

Ava s'assit sur ses mains pour s'empêcher de les porter à sa bouche. Tous les après-midi, il rentrait au 813, tout ébouriffé, avec cet air d'un animal retourné à l'état sauvage, et il ne lui disait pas grand-chose sur sa journée. Le week-end, il était comme un lion en cage, faisant les cent pas, agité et maussade.

— Je suis tellement désolée, mon chéri, lui disait Ava. Tellement désolée. J'aimerais bien pouvoir partir d'ici dès demain. On pourrait aller vivre dans un grand et bel appartement dans School House Lane. Avec des meubles tout neufs. Ça serait pas bien, ça ? Ou à Mount Airy ? Un trois-pièces à Mount Airy ?

Elle avait acheté une petite télévision d'occasion avec une partie du premier versement de ses allocations. Ils avaient besoin de distraction. Pour les aider à passer ce mauvais cap. Jusqu'à ce qu'elle ait suffisamment mis de côté pour une caution pour un appartement, jusqu'à ce qu'elle se remette à chercher dans les offres d'emploi, ce qu'elle avait l'intention de faire chaque jour, mais sans qu'elle puisse expliquer comment, les journées passaient sur elle comme de la boue glissant sur la pente d'une colline.

— Miss Carson ?

— Il a été malade.

— Pendant quatre semaines ? Est-ce que vous l'avez amené voir l'infirmière ? Dans un cabinet médical ? Vous avez... je crois que vous avez... (Miss Simmons consulta de nouveau ses papiers.) Vous avez votre carte Medicaid à présent.

Dans le New Jersey, après que les services de protection de l'enfance eurent enlevé Paul à sa mère, Toussaint n'était pas allé à l'école pendant des semaines. Chaque jour, il descendait la rue et allait s'asseoir en compagnie de cette femme, Jilly, qui semblait ne jamais être complètement vêtue et qu'Abemi appelait une souillon. Quel mot.

— C'est probablement une bonne chose, avait dit Abemi quand ils avaient emmené Paul.

Comme si enlever son enfant à quelqu'un réglait tout de suite tous les problèmes. Un après-midi, le dernier que Toussaint avait passé chez Jilly, Ava était allée le chercher. La porte d'entrée était entrouverte. Son fils tenait la main de cette femme adulte. La bretelle de sa combinaison avait glissé.

— Je ne veux pas de prières d'évangélique illuminée, si c'est pour ça que vous êtes venue. Mais c'est quand même chouette quand c'est lui qui prie, dit-elle en regardant Toussaint.

Il avait prié pour qu'ils lui rendent Paul. Jilly était assise, scrutant les coins sombres de la pièce. Une semaine plus tard, elle n'était plus là. Juste comme ça. Pas d'au revoir, partie, tout simplement.

— Il est dans un mauvais rêve, dit Ava.

— Je vous demande pardon ?

Miss Simmons ne connaissait rien à la vie réelle ; et elle n'en connaîtrait rien même si cette vie venait lui mordre le cul, mais Ava décida de lui dire une chose qui était vraie.

— Il est triste. Tous les gens qui sont ici sont trop tristes pour continuer à vivre une journée de plus. Vous ne le saviez pas ?

Miss Simmons résista à la furieuse envie qu'elle avait de secouer la tête. À quoi donc s'attendait cette femme, à l'hôtel Hilton ? Est-ce qu'elle s'imaginait que faire un gâchis de sa vie ne lui coûterait rien ?

— Les installations sanitaires du centre ne seraient-elles pas à votre goût ? demanda Miss Simmons.

— Quoi ?

— Je ne vois pas d'autre raison pour expliquer que vous ayez volé une clef de la salle de bains du personnel.

— Que… Je…

— La salle de bains du personnel n'est pas autre chose que la salle de bains du personnel, réservée à son usage. La serrure, Miss Carson, a été changée. Vous vous apercevrez, Miss Carson, que la clef en votre possession ne vous est plus d'aucune utilité.

Miss Simmons tira un formulaire de sa pile de documents et le retourna afin qu'il soit à l'endroit pour Ava. Le haut était barré d'un tampon rouge : TROISIÈME AVERTISSEMENT. Ava ne se souvenait pas avoir eu un premier avertissement. Elle avait vu des papiers glissés sous la porte de leur chambre. Mais il y avait toujours des papiers sous la porte : modifications des horaires de la laverie ou des cours sur la façon d'utiliser les bons de la Section 8. L'école maternelle au coin de la rue allait fermer. Des lettres qui disaient ce qu'ils allaient vous enlever alors même qu'il n'y avait plus rien à prendre. Quand la pile était trop importante, elle disait à Toussaint de tout jeter.

— Je n'ai rien volé ! C'est Melvin qui m'a donné cette clef.

— Oui, bon, répliqua Miss Simmons. Si vous ne reprenez pas votre recherche d'emploi, il sera immédiatement mis fin à votre séjour ici. Vous devrez retourner au centre d'accueil des sans-abri de Cherry Street afin de demander une autre affectation. Mardi après-midi, vous vous présenterez au cabinet de l'infirmière pour une évaluation psychologique. C'est obligatoire. Si vous ne vous présentez pas à ce rendez-vous, il sera immédiatement mis fin à votre séjour ici. Si votre fils ne se présente pas à l'école lundi matin, il sera immédiatement mis fin à votre séjour ici. Ses absences seront signalées aux services sociaux, qui ouvriront une enquête. (Elle s'interrompit un instant.) Je sais que vous n'avez pas envie d'être séparée de votre fils, Miss Carson.

Miss Simmons poussa le formulaire plus près d'Ava. Des cases étaient cochées, signalant le non-respect des règles du centre d'hébergement, pas de recherche d'emploi, utilisation inappropriée des installations. Le nom de Toussaint était imprimé sur une ligne à part, sous laquelle la case "absentéisme" était cochée d'une croix rouge foncé. Elle ne pleurerait pas devant Miss Simmons. Sa main tremblait quand elle signa le formulaire, mais elle ne pleurerait pas. Le conseil que lui avait donné son p'pa si longtemps auparavant résonna dans son esprit, *Ne laisse personne te faire baisser la tête*. Mais elle fut incapable de lever les yeux.

Miss Simmons la regarda s'éloigner dans le couloir tandis qu'elle passait, les poings serrés, devant le bureau de Melvin.

Ce ne serait que justice si Ava donnait un coup de poing sur sa grosse bouche.

— Lulu, lui avait-il dit quelques jours plus tôt, Lulu, faut que tu saches quelque chose à propos de 813.

— 813 ? lui avait-elle répondu. Tu ne connais pas son nom, Melvin ? Tu n'as pas fait sa connaissance ?

Un jour, une de ces femmes allait s'en prendre à lui, et pour de bon. La honte, ce n'était pas pour aujourd'hui. Melvin se retourna vers Miss Simmons après le passage d'Ava. Elle soupira. À quoi cela servirait-il de le renvoyer ? On lui en enverrait un autre qui serait exactement comme lui. Quel foutoir ils constituaient à eux tous. Et il n'y avait qu'elle pour remettre un peu d'ordre dans tout ça.

La suivante attendait dans le couloir, chambre 316. Celle-là, au moins, n'était pas un problème, pas vraiment, même si elle était encore au centre après quatorze mois. Maintenant, elle affirmait qu'elle était sobre depuis quinze jours (Miss Simmons avait choisi de ne pas profiter de l'occasion pour rappeler le règlement concernant l'alcool), grâce à un type du genre saint Jean Baptiste à la peau claire qui faisait des discours sur la liberté près d'anciennes voies de chemin de fer. Hmm. Ces malheureuses pouvaient se laisser influencer par n'importe quelle sorte d'individu.

— Miss Dell, appela-t-elle, avec une certaine lassitude, attendant sur le seuil de sa porte.

MAMA'S LITTLE BABY

Ava ne pouvait pas dire : Si je n'avais pas Toussaint, je ne serais pas dans cet endroit. Si j'étais seule, j'aurais… Quoi ? Gardé mon emploi chez Gimbels ? Je serais la vieille fille sans souci du pool de secrétaires, toujours assise au même bureau, trop loin des fenêtres. Ou je serais retournée à Oakland. C'était pas mal, là-bas. Quand vous êtes la mère d'un enfant, vous ne pouvez pas admettre que vous n'arrivez pas à assumer la maternité. Vous ne pouvez pas dire : je suis entraînée vers le fond par un amour pesant, et lui et moi, nous sommes en train de nous noyer dans cet amour. Si Ava s'engageait dans cette voie, elle finirait certainement par se retrouver avec Dutchess. Elle finirait par se retrouver dans ces années de cauchemar après la mort de P'pa, avec Dutchess qui attendait le bon moment pour mettre Ava dans le bus de Birmingham.

Dutchess racontait une histoire différente sur la façon dont se passaient les choses à l'époque. Son histoire, c'était celle en laquelle Ava et elle croyaient lorsqu'Ava était une petite fille. Certaines parties de cette histoire étaient vraies, de la même manière que certaines chansons sont vraies, en ce sens que la mélodie vous fait ressentir quelque chose de réel, même si les paroles ne correspondent pas. Cette histoire était toujours là, profondément enfouie quelque part où Ava pouvait en percevoir la faible lueur – à condition d'être disposée à la voir. C'était une histoire qui disait quelque chose comme ça : Dutchess avait sillonné le Delta, chantant dans des concerts minables, jusqu'à ce jour d'octobre, où elle était arrivée à Natchez, dans le Mississippi, à l'arrière du pick-up poussiéreux d'un ouvrier agricole, fauchée et enceinte de huit mois. "C'est comme ça que tu es venue au monde, ma petite chérie", disait Dutchess à Ava quand elle se plongeait dans ses souvenirs dans la salle de séjour de Sundown Road, avant la mort de Caro. "J'étais aussi seule qu'on peut l'être, disait-elle, mais je t'avais, toi."

Ava est née dans une chambre située au deuxième étage d'une pension de famille, à la limite de la ville. La propriétaire, s'inquiétant des taches sur son lit de plumes, avait installé Dutchess par terre, où elle hurlait comme une bête. Dès que la petite avait été capable de maintenir la tête droite, elles avaient repris la route. Elles étaient allées, en voiture ou en train, dans toutes les grandes villes : Memphis, Mobile, Jackson, La Nouvelle-Orléans. De temps en temps, elles étaient en fonds – motels avec matelas moelleux, hamburgers au dîner, jolies poupées achetées dans des magasins. Ava n'allait pas à l'école, mais au cours de ses cinq premières années elle avait plus appris que beaucoup de gens dans toute une vie. Elle connaissait tous les accords majeurs, elle savait danser le Suzie Q, elle pouvait s'endormir n'importe où, même dans le plus tapageur des bars à musique de Nashville, elle savait jouer *Mama's Little*

*Baby Loves Short'nin' Bread** à l'harmonica. Un hiver, elles avaient voyagé sur des trains de marchandises de la ligne Yazoo. Gelée et mouillée au-delà du supportable, Ava s'était rendu compte qu'elle pouvait le supporter. Par les nuits les plus froides, Ava et Dutchess avaient les étoiles en compensation. Elles se pelotonnaient sous leurs couvertures et mangeaient des cacahuètes salées dans les claquements saccadés du train ; elles n'étaient qu'un seul cœur battant.

Sur chaque scène, dans chaque cabane branlante de bord de route, Dutchess dédiait sa première chanson à Ava. "Tu te souviens que je disais, 'Celle-ci est pour ma petite fille' ?" demandait Dutchess dans leur salle de séjour à Bonaparte, tandis que l'obscurité progressait dans les champs derrière la maison. Ava hochait la tête, trop pleine de souvenirs pour pouvoir dire un mot, trop pleine de l'odeur de sueur, d'alcool de contrebande et de sciure de ces petits bars, trop pleine des ombres de ces gens qui se balançaient et dansaient, et des rubans de fumée de cigarette qui flottaient au-dessus de la foule. Dutchess collait une *root beer*** entre les mains d'Ava avant de rejoindre la scène : Tu bouges pas d'ici. Compris ? Quoi qu'il arrive. Puis elle disparaissait au milieu de la cohue, pour réapparaître sur la scène, les projecteurs faisant resplendir sa robe verte, étincelante comme une herbe nouvelle. Cette robe devait être d'une propreté douteuse, avec tous ces voyages, mais dans les souvenirs d'Ava, elle était immaculée et éblouissante. Les grandes mains de sa mère grattaient la guitare, astiquée et luisante. Et elle, elle était

* Chanson traditionnelle qui remonte au temps de l'esclavage.
** Boisson gazeuse non alcoolisée à base de divers extraits de plantes.

là, assise sur un tabouret, appuyée contre le mur du fond, agrippant sa bouteille de soda, le cœur en flammes.

Ça, c'étaient les meilleurs moments. Il y en avait d'autres : crackers rassis, haricots en boîte froids et un petit bonbon pour le dîner. Pas assez d'argent pour les tickets de bus, personne pour les loger et pas les moyens de se payer une pension de famille. "Les ennuis, on en a eu notre compte, pendant un moment", disait Dutchess. Évoquer le passé n'était pas une chose que Dutchess aimait particulièrement, mais quand elle se lançait dans ses souvenirs des années qui avaient précédé Bonaparte, un frémissement se glissait dans sa voix. "Et après ça..." disait-elle. Puis, après ça : "J'ai dépensé tout ce qu'il nous restait pour aller à Birmingham." Elle connaissait des gens là-bas, mais ces gens avaient déménagé, alors elles avaient dû passer la nuit dans la partie de la gare routière réservée aux Noirs. "Tu t'en souviens ? disait Dutchess. Tu étais si petite." Et elle secouait la tête.

Elles restèrent deux jours sans manger. Le ventre vide, la tête qui tournait, faisant les cent pas, allant se soulager dans les broussailles, à l'écart, derrière la gare, les mains de Dutchess guidant celles d'Ava sur les accords de do majeur et mi mineur, Dutchess faisant des tours de cartes pour distraire Ava des grondements de son estomac. Le deuxième jour, une dame de la Société de Secours* s'était approchée avec un sac à main jaune qui se balançait au niveau des yeux d'Ava et des jambes comme des troncs d'arbre. N'aie pas peur, avait-elle dit en se penchant pour la saluer. Je m'appelle Mme Weeks. Tu t'appelles comment ? Il est vrai

* La Société de Secours est une organisation philanthropique de l'Église de Jésus-Christ des saints des derniers jours.

qu'Ava n'était qu'une toute petite fille, elle n'avait pas plus de cinq ans, mais oh, cette femme l'avait mise dans une telle rage. Peut-être à cause de la façon dont elle avait jeté un coup d'œil méprisant à Dutchess dans sa robe de chanteuse. La femme avait tendu la main pour la poser sur l'épaule d'Ava et… "Je te jure, tu as mordu cette femme sauvagement. Tu l'as attaquée comme un vrai chien de garde !" Elle – c'est-à-dire Dutchess – avait hurlé de rire. Ava aussi, jusqu'à ce qu'elles aient mal au ventre, à force de rire de cette femme qui avait confondu deux renards sauvages avec des chats errants. "Ah, mais, avait dit Dutchess en reprenant son souffle. Tu n'aurais sûrement pas dû la mordre. Elle voulait bien faire, la pauvre."

Elles dormirent sur des lits de camp dans le sous-sol d'une église pendant une semaine. On donna à Ava une robe de seconde main. Une robe ! L'organisation charitable n'approuvait pas le pantalon de garçon qu'elle portait. Dutchess travailla dans une laverie quelques semaines. Peut-être qu'à ce moment-là, les bras plongés jusqu'au coude dans les combinaisons d'une femme blanche quelconque, Dutchess regretta tous ses choix. Peut-être qu'elle se demanda si tout ce qu'elle avait fait dans sa vie n'avait pas été une erreur. Mais pas longtemps, juste assez pour que quelques larmes gouttent dans la bassine fumante. La semaine suivante, Dutchess acheta des tickets de bus pour Selma. Elle avait un plan : elle allait faire quelques concerts dans ce petit club qu'elle connaissait, gagner un peu d'argent. Revenir dans le circuit. Seulement voilà ! Dutchess s'interrompait et regardait dans l'obscurité de la nuit, en direction de l'endroit où était son mari, à quelques kilomètres de là, occupé à tendre du fil à linge entre les Chênes.

— Seulement voilà, je n'en ai jamais eu l'occasion, disait-elle. Caro est entré dans ce petit club et j'ai…

— Et tu as oublié les paroles de ta chanson, c'est ça ? enchaînait Ava au bon moment.

— J'ai raté toute la foutue strophe !

À ce moment-là, les chiens avaient été tirés de leur somnolence et s'étaient rassemblés autour d'Ava sur le sol de la salle de séjour.

— Chante-nous une chanson, maman ! disait Ava.

— Je vais pas chanter un mot, disait Dutchess en prenant sa guitare dans le placard. *No one to talk with*, chantait-elle de sa voix rauque. Elle s'interrompait toujours avant l'accroche.

— C'est qui ? demandait-elle.

— Oh, maman, voyons ! C'est Dinah Washington.

Elle en chantait une autre, puis une autre, jusqu'à ce qu'elle colle Ava sur le nom de la chanteuse.

— Comment ça se fait que tu as arrêté de chanter ? demandait Ava. Ça ne te manque pas ?

Dutchess secouait la tête.

— Caro a dit : "Allez, vous deux, vous allez venir vous mettre à l'abri du froid." Tu comprends ? Le moment était venu de quitter cette vie pour quelque chose de meilleur.

Les nuits consacrées aux souvenirs finissaient toujours ainsi : le passé clignotait doucement entre elles, comme des lucioles dans le crépuscule.

— De toute façon, trésor, je n'aurais jamais rien fait de mieux. J'aurais continué à faire mes petits concerts dans des petits clubs miteux jusqu'à ce que la faim nous achève toutes les deux.

Ava ne pouvait imaginer que quoi que ce soit puisse achever Dutchess. Dutchess était aussi colossale dans leur salle de séjour toute simple qu'elle l'était sur n'importe quelle scène.

Cette histoire était très belle, mais c'était pour moitié un conte de fées, et le fils qu'Ava devait élever était bien réel, lui.

SOUVIENS-TOI DE MOI

TOUSSAINT attendit que le feu passe au rouge au coin de Twenty-Seventh Street et de Lehigh Avenue. Zeek et lui étaient allés au Mount Peace Cemetery, parce que Zeek avait dit que c'était bien de rendre hommage aux morts. Sans compter qu'il y avait des gens qui laissaient plein de choses sur les tombes : de la nourriture, des vêtements et même de l'alcool. Mais Toussaint était resté trop longtemps. Même si, avec un peu de chance, il parvenait à se glisser en douce dans le R5, il ne serait pas rentré à Glenn Avenue avant six heures. Ava allait se précipiter sur lui avec des tas de questions dès qu'il ouvrirait la porte. Il se balança d'un pied sur l'autre pour se réchauffer.

— Moi j'ai pas le temps pour ces histoires d'amour, tu vois ? dit une femme qui attendait à côté de lui.

Non, Toussaint ne voyait pas. Il n'était même pas sûr qu'elle s'adressait à lui.

— Les gens veulent tout le temps s'attendrir sur leurs histoires tristes. Moi j'ai pas le temps pour ces conneries.

La femme lui dit qu'elle s'appelait Clea. Elle avait deux sœurs, Meg et Tisi. Est-ce qu'il les avait vues ? Il les avait sûrement déjà vues, s'il était du quartier.

— Elles s'habillent toujours avec des couleurs vives, comme moi, dit-elle. (Elle portait une robe d'un rouge passé.) T'es sûr ? On habite juste là, au New Dawn Hotel. (Il secoua la tête.) J'imagine que tu veux savoir pourquoi je suis ici, dehors, toute seule, alors que j'ai une chambre super chouette au New Dawn, avec hi-fi, sodas et une boîte de crackers que j'ai achetée hier.

Toussaint fit oui de la tête, même si, en fait, il ne s'était pas demandé pourquoi Clea était là, dehors.

— Parce que ces garces sont parties avec la clef et je peux pas rentrer ! Meg, elle essaie de se remettre avec son nullard de mec et elle a emmené Tisi avec elle, vu que ce type est toqué. Histoire d'amour à la con. (Elle s'interrompit et regarda Toussaint.) Je devrais pas dire des gros mots devant un petit garçon comme toi. (Elle plissa les paupières.) T'as quel âge ? Tu devrais pas être à l'école ?

“Je t'offrirais bien quelques crackers, mais faut que j'aille m'asseoir sur les marches, là-bas, et attendre que mes sœurs reviennent. J'espère seulement qu'après avoir vu le mec de Meg, elles vont pas aller écouter ce gars de l'Arche, là. D'un toqué à un autre, voilà comment elles veulent passer leur après-midi. La semaine dernière, Tisi est allée voir ces types de l'Arche et quand je me suis levée le lendemain matin, elle avait jeté toute la bière ! Non mais, tu te rends compte ! Je suis allée tout de suite en racheter, mais elle savait qu'elle aurait pas dû. (Clea se pencha et regarda longuement Toussaint dans les yeux.) T'approche pas de lui, si jamais tu le vois. La peau claire, un enfoiré de beau parleur. (Son visage s'illumina.) Mais bon, c'est une belle journée. Viens avec moi. Tu sèches l'école ? Quitte pas l'école.”

Toussaint se tenait près de cette femme en robe rouge, les bras ballants.

— Tu restes toujours comme ça, là, comme une porte fermée ? (Elle rit.) C'est ce que je disais à Meg, avant. Elle parle pas beaucoup. Je lui disais, Meg, pourquoi tu restes toujours comme ça, là, comme une porte fermée ?

"J'vais te donner un bon conseil. (Elle baissa la voix.) C'est le genre de chose qui rend les gens nerveux – rester là, à regarder tout le monde sans rien dire. Les gens, ça les rend dingues, ce genre de chose. Si tu veux courir les rues, faut mettre les gens à l'aise. C'est moi qui te le dis.

"Mais nous, ça va, parce qu'on est ensemble, mes sœurs et moi. Pour nous, ça roule. Mais tout le monde n'a pas cette chance. Hé, attends que je te voie un peu mieux. Laisse-moi bien t'examiner."

Elle fit un pas en arrière et plissa les paupières, comme une tante qui ne l'aurait pas vu depuis longtemps. La regarder bien en face fit mal aux yeux de Toussaint. Il y avait quelque chose qui luisait un peu en elle, juste un soupçon de lumière, comme si elle pouvait être en argent sous la surface, si on grattait sa peau suffisamment fort. Elle traversa la rue et lui fit signe de la suivre jusqu'à un porche un peu plus loin.

— T'es vraiment sérieux, pour un petit garçon. Il faut rire. Il faut que tu t'amuses un peu. Tu connais celle du lapin qui se mettait toujours dans un pétrin pas possible et qui arrivait toujours à s'en sortir grâce à son baratin ?

Toussaint secoua la tête.

— Et celle du renard ? Ta maman t'a pas raconté ces histoires, demanda Clea. Dommage. (Elle soupira et regarda au loin dans la rue.) Elles auraient pu me laisser la clef.

Elle se tut un instant, puis haussa les épaules.

— T'as une cigarette ? T'as pas de cigarette. C'est mieux comme ça. T'es trop jeune pour fumer. Te mets pas à fumer.

Elle semblait presque familière, avec ses cheveux qui se dressaient comme des éclats de verre noir pointant tout droit sur sa tête. Et sa robe rouge.

— Meg, Tisi et moi, on s'est mises à fumer quand on était petites filles, et tu sais qu'on aurait pas dû. Ça coûte cher ! Si seulement on ne s'y était jamais mises.

Elle eut un large sourire.

— Hé. T'as une couleur préférée ? Les gosses, ils ont toujours une couleur préférée. Toi, t'as que du marron et du noir sur toi, comme une taupe. Moi, les couleurs me font penser à la musique. Il faut que tu aies de la musique dans ton cœur.

"Qu'est-ce que tu connais comme chansons ?"

Elle se mit à chanter, *Remember me as a breath of spring/ Remember me as a good thing**…

— Tu la connais celle-là ? Mes sœurs et moi, on écoute de la musique sans arrêt. On adore danser aussi. On danse, on chante et on rigole. On fait rien d'autre, on n'arrête pas. À moins que quelqu'un fasse quelque chose de moche. Une connerie qu'il devrait pas faire. Alors là, on rit plus.

Clea regarda au-delà de Toussaint et elle plissa les yeux.

— T'aurais pas cinquante cents ? J'ai envie de m'enfiler un petit quelque chose en les attendant.

Il y avait une supérette un peu plus loin dans la rue.

* *Souviens-toi de moi comme d'une brise printanière/ Souviens-toi de moi comme d'une chose agréable.*

— T'as combien ?

Toussaint tira une pièce de vingt-cinq cents de sa poche et la tint au creux de sa main.

— Aah, c'est rien, ça. On peut rien s'acheter avec ça. J'espère bien que tu n'envisageais pas de prendre le bus. Tu as ta maman qui attend que tu rentres à la maison ? T'as des cookies qui t'attendent ?

Toussaint referma la main autour de sa pièce et fit un geste pour le remettre dans sa poche.

— T'es sûr que c'est tout ce que tu as ? demanda-t-elle. Peut-être que c'est pas tout. De toute façon, faut pas me le dire. Ne dis à personne ce que tu as. (Elle s'interrompit.) Mais je veux bien prendre ces vingt-cinq cents, si tu as envie de me les donner. Comme ça, j'aurai un dollar cinquante, et c'est assez pour me payer une bière. J'ai envie de m'enfiler quelque chose.

Toussaint lui tendit la pièce.

— Tu peux pas venir acheter de la bière avec moi, dit Clea en se levant. C'est pas un truc pour les gosses. C'est pas que tu sois un gosse ordinaire. À rester là, comme ça, comme une porte fermée. T'as intérêt à faire gaffe. Les gens, ils voient une porte fermée et ils n'ont qu'une envie, c'est la démolir. Mmm-hmm.

Elle se tourna et regarda Toussaint un long moment.

— Vaut mieux que tu prennes ça, lui dit-elle.

Elle sortit quelque chose de la poche de sa robe et lui mit l'objet dans la main. Puis elle s'éloigna en direction du magasin. Il y avait dans sa démarche une sorte de nonchalance, qui était aussi une façon de se pavaner, et la plus plaisante des attitudes qu'il ait jamais vues chez une femme ivre.

La poignée de nacre du couteau à cran d'arrêt brilla au soleil quand il ouvrit la main. Il lui fallut tâtonner un peu avant de comprendre comment ça fonctionnait. Son doigt trouva le petit bouton en bas de la poignée et la lame s'ouvrit d'un coup. Une fine traînée de sang apparut sur le gras de son pouce quand il l'appuya sur le tranchant. Il donna quelques coups de lame dans le vide. Comme elle étincelait ! Mais il la rangea rapidement, parce que, de l'autre côté de la rue, un homme regardait dans sa direction. Les gens qu'il fréquentait, enfin, qu'il commençait à fréquenter, étaient sûrement amateurs de choses qui brillent. De *saloperies* qui brillent, se corrigea-t-il. Il glissa le couteau dans sa poche et le garda dans sa main serrée pendant tout le retour à Glenn Avenue. Cette nuit-là, et toutes les nuits suivantes, il dormit avec son couteau sous son oreiller. Le jour, il le rangeait dans sa chaussette. Il avait le sentiment que c'était là qu'on était censé garder sa lame.

LES CHÊNES

Le dimanche soir, Ava dit à Toussaint qu'ils partiraient pour Bonaparte deux jours plus tard. Après le départ de Melvin, en fin de journée, ils sortiraient discrètement par la porte latérale et disparaîtraient.

— Je vais rencontrer ma grand-mère ? demanda-t-il.

Jusqu'alors, Dutchess avait été une dame dans des histoires racontées avant de dormir, et qui habitait dans un endroit appelé Bonaparte, où une femme nommée Rea vivait dans les bois et ne mourait jamais, et où les poissons sautaient directement de la rivière jusque sur les assiettes des gens, et où les choux cavaliers et les patates douces poussaient comme dans *Jack et le haricot magique*. Si c'était vraiment comme ça, pourquoi sa mère était-elle partie ? Toussaint n'avait jamais posé la question, parce qu'il aimait les histoires et il aimait cette grand-mère qu'il n'avait jamais rencontrée et ne rencontrerait probablement jamais.

— On va vraiment partir ?

Toussaint ferma les yeux pour l'imaginer, mais au lieu de cela, il vit un garçon comme lui, un garçon à la Toussaint, sauf qu'il avait de plus grandes jambes et une barbe naissante sur le menton. Ce grand Toussaint se trouvait sur ce qui semblait être une petite route de campagne, avec un sac à dos sur l'épaule et une cicatrice sur la joue. Quelques pas devant lui une dame se tenait entre deux arbres grands comme des immeubles. Avance, passe entre ces arbres, dit-elle en lui faisant signe. Le brouillard se levait. Les jambes de Toussaint étaient si lourdes qu'il ne pouvait pas bouger. Elle tendit la main vers lui. Viens. Passe entre les arbres. Elle et lui étaient si proches que leurs doigts se touchaient presque. Il voulait franchir la limite des arbres. Il ne put y parvenir suffisamment tôt.

— M'man ! s'écria-t-il.

Il ouvrit les yeux et vit qu'il était sur son petit lit étroit dans la chambre 813, avec sa mère qui continuait à parler comme si elle n'avait pas remarqué qu'il s'était absenté.

— M'man ! On va voir ces grands arbres !

— Quoi ? demanda Ava. Quels grands arbres ?

— Les deux grands arbres au bord de la route où habite grand-mère Dutchess.

— Comment tu sais qu'il y a ces arbres ?

Toussaint pensa qu'il devrait apporter un cadeau à sa grand-mère. Ava lui avait dit qu'elle aimait les fusils. Tout le monde à Bonaparte en possédait deux ou trois. Et elle aimait son piano. Et elle avait une vieille guitare.

— Je t'ai déjà parlé de ces arbres ?

Toussaint secoua la tête. Il ne savait pas pourquoi il pleurait. Peut-être parce que Bonaparte avait été si proche et que sa grand-mère était là-bas, en train de l'attendre.

— Mon chéri ! Mon chéri, qu'est-ce que tu as ? demanda Ava en se précipitant vers lui. Tout va bien. Je ne suis pas en colère contre toi. J'étais juste perplexe. J'ai dû te parler de ces arbres et puis j'ai oublié. (Elle lui releva le menton avec le bout des doigts et le regarda dans les yeux.) Je te promets, je ne suis pas en colère. Même au sujet de l'école. OK ?

Il voulait être déjà parti. Il voulait que sa mère le lâche. Il voulait qu'elle arrête de le regarder, qu'elle arrête d'essayer de le décortiquer. Il hocha la tête. Ouais, bien sûr, elle avait dû lui en parler. Il faudrait qu'il se contente de donner à sa grand-mère quelque chose qu'il possédait déjà. Peut-être sa bille œil-de-chat. Peut-être le couteau de la femme en robe rouge. Il voulait que Dutchess pense qu'il était un bon garçon, bien élevé. Il voulait qu'elle dise, Allez, viens ici, comme elle l'avait fait dans son rêve. Raconte-moi tout, lui dirait-elle.

— Toussaint ?

Il était resté silencieux depuis un long moment.

— On part mardi ? demanda-t-il.

— Quoi ?

— Mardi ?

Ava hocha la tête, lentement.

— Mardi.

Elle mit les mains sur les épaules de son fils.

— Ça va bien, mon chéri ? (Elle prit une profonde inspiration.) Écoute, il faut que tu ailles à l'école lundi et mardi. Pour qu'on n'ait pas d'ennuis avec les gens d'ici.

— On a des ennuis ? demanda-t-il.

— Non ! Non. C'est juste qu'on ne veut pas susciter de soupçons, donc il faut que tu y retournes. OK ? Je ne vais pas te punir, mon chéri. Cette école était… Tu avais probablement une frousse bleue de ces gamins…

— J'avais la frousse de personne.

— OK, bon. OK. (Elle s'écarta de lui.) Qu'est-ce que tu faisais ?

— Quand ?

— Quand tu n'allais pas à l'école.

— J'allais à l'école.

— Trésor, je t'ai dit que je ne te disputerai pas. Je veux juste savoir ce que tu faisais à la place.

— J'étais à l'école, dit-il d'une voix dure, une voix de porte fermée qu'elle ne l'avait jamais entendu utiliser.

Sa mâchoire serrée ressemblait à celle de Cass.

— Tousy, dit-elle, sur un ton plus hésitant qu'elle ne l'avait voulu. Il faut juste qu'on passe ces deux prochains jours. On peut faire ça, non ?

Tous ces jours à Glenn Avenue, il les avait passés seul, non ? Une colère froide brûlait dans sa poitrine et lui donnait l'envie de se remettre à pleurer. Il traversa la chambre et ouvrit la porte.

— Toussaint ? lança Ava derrière lui.

— Je peux pas juste aller au terrain de jeux ? dit-il par-dessus son épaule. Je veux juste aller au terrain de jeux.

BONAPARTE

BARBER et moi, on dînait dehors quand il faisait beau temps. Je m'asseyais sur ma souche d'arbre avec mon assiette sur les genoux et lui, il prenait une des chaises autour de la table de la cuisine. Ça faisait vingt ans que j'avais plus cuisiné pour quelqu'un d'autre que moi. Maintenant, je le fais tous les jours. Ça me plaît pas plus que ça. C'est pas que Barber me l'ait demandé. Il mangerait des crackers avec des sardines tous les soirs, si ça ne dépendait que de lui. Moi aussi, à dire vrai. Mais le dîner donne une sorte de forme à la journée. Quelque chose à faire parce qu'il y a quelqu'un d'autre là pour qui le faire.

— Qu'est-ce qui va se passer ici ? qu'il m'a demandé un soir, alors qu'il était chez nous depuis quatre ou cinq mois.

— Qu'est-ce que vous voulez dire ?

Je savais ce qu'il voulait dire. Et lui, il savait que je le savais.

— C'est légué à nos enfants, j'ai répondu au bout d'un moment.

— Ah. (Il se tut un instant.) Et vous pensez qu'il y en a qui vont revenir ici ?

— On sait jamais ce que les gens pourraient faire.

— Et Ava, vous pensez qu'elle va revenir ?

Bon sang, de quoi il se mêlait ? J'étais sur le point de me lever et de rentrer à l'intérieur quand je me suis rappelé que c'était mon jardin et que c'était pas à moi de partir. Une chose était claire : ce garçon s'était jamais fixé dans un endroit assez longtemps pour se dire qu'il y était chez lui. Ava, si. Même si son comportement donnait à penser le contraire. Même si elle mettait plus jamais les pieds sur cette terre, c'est la sienne.

— OK. OK. Je suis désolé, a-t-il dit. Je n'aurais pas dû dire ça. Mais… Parce que, parce que vous tous, vous avez gardé cet endroit. Vous pourriez faire en sorte que cette terre reste dans la famille, ou dans ce qu'on pourrait appeler une famille noire.

— Comment vous avez eu connaissance de notre communauté ? Comment vous avez su qu'on vivait là ?

— Les gens connaissent cet endroit. Vous le savez bien.

— Plus maintenant. Plus personne le connaît.

— Dutchess, voyons. Je suis allé à Mound Bayou, Eatonville, partout…

— Partout où il y avait des Noirs libres. Ouais, c'est ce que vous avez dit.

— Partout, c'est la même chose qu'ici. Des terres qui sont volées, oubliées, confisquées. Vous savez que nous avons perdu près de cinq cent mille hectares ?

C'est qui, ce "nous" ? Il avait suffisamment de bon sens pour savoir que tous les Noirs n'offrent pas nécessairement les mêmes garanties de solidarité. Il y a plus d'entraide chez nous que chez les Blancs, mais ça veut pas toujours dire grand-chose. Mais bon sang, il s'est enflammé, ce soir-là.

Il se levait de sa chaise, faisait les cent pas, discutait en agitant les mains.

— Je comprends que vous ne vouliez plus cultiver la terre, disait-il. Mais il y a d'autres choses. Exploiter le bois. Négocier les droits de chasse dans la forêt. Ou alors vous pourriez en mettre une partie à nu et... Vous savez qu'il y a un institut pour l'énergie solaire ? On transforme la lumière du soleil en électricité. Ils viennent d'installer toute une centrale solaire en Californie. Vous pourriez investir l'argent que ça rapporterait dans un fidéicommis qui verserait des revenus à vos enfants et petits-enfants. L'indépendance. C'est...

— Dis-donc, le moricaud, c'est à moi que tu viens parler d'indépendance ? Dans mon jardin ? Sur ces cent cinquante hectares de terres qui m'appartiennent ?

Après ça, il s'est calmé. C'est pas le genre boudeur, je lui reconnais ça bien volontiers. Il est juste resté assis là, sans rien dire, avec cette espèce d'animosité qui planait au-dessus de nous. Moi, j'ai fait pareil. Ce qu'est pas ma façon habituelle de faire les choses. Je suis plutôt du genre à vous jeter un verre à la figure avant de m'en aller. J'ai bien pris un verre. Je l'ai rempli de whiskey et je suis retournée m'asseoir sur ma souche.

— Ces gens, là, de Progress, ils attendent que vous soyez tous morts pour s'emparer de vos terres comme si vous n'aviez jamais existé.

— Et vous croyez que je le sais pas ?

Le soleil se couchait derrière les arbres. Une dizaine d'étourneaux se sont déployés dans le ciel. Il a tendu le doigt vers eux, tandis qu'ils piquaient et virevoltaient. Et on est restés assis à les regarder évoluer sur ce ciel orange. Il y avait dans l'air une odeur fraîche, de verdure et de chèvrefeuille. Je suppose que je vieillis, parce qu'au lieu d'avoir envie de me disputer, j'ai ressenti la douceur de ce vieil endroit.

Les choses changent, mon petit gars. Que tout ce qui vit doive disparaître un jour est la chose la plus triste et la plus belle du monde. De toute façon, cette terre, c'est pas à lui de la sauver. Mais je l'aurais bien laissé vivre dessus s'il avait voulu. Carter Lee et moi, on avait déjà décidé de lui donner une des maisons vides à l'automne. S'il était toujours là, bien sûr.

Deux jours plus tard, c'était le Jour de Jesse. En fait, c'est le Jour de la Mort de Jesse. C'était le nom du dernier maître à avoir vécu plus de quinze jours sur cette terre. La Fête nationale de Bonaparte. Avant, on organisait tout un défilé. Un spectacle historique aussi. Une petite fille jouait le rôle de la Vieille Rea, et une autre faisait Lucinda, celle qui avait donné un bon coup sur la tête de Jesse avant de le laisser brûler dans sa cabane en flammes. Après le spectacle, il y avait un banquet : côtes de porc fumées au feu de bois et Jimmy faisait frire des platées de poissons. Du vin de muscadine. Du gâteau au miel et toutes les sortes de tartes qu'on peut imaginer.

On a continué à le célébrer pendant un moment, après que les jeunes sont partis, mais c'était trop triste de se retrouver entre nous, les quelques derniers restés là, pour voir les mêmes visages ridés qu'on voyait tous les autres jours de l'année. On en est même venus à tout faire pour s'éviter les uns les autres le Jour de Jesse. J'étais prête à l'ignorer, comme d'habitude, mais Barber s'est amené en disant :

— J'ai entendu dire que c'était jour de fête!

L'instant d'après, il me pousse dans mon pick-up et nous voilà partis en direction de la rivière. Les autres étaient déjà là, à la cabane de Jimmy. J'ai senti le poulet rôti avant même de descendre de ma cabine. Delilah a sauté de l'arrière du pick-up comme si elle avait des ressorts dans les pattes et elle a couru jusqu'à la table de pique-nique, balançant sa queue dressée. Brave fille.

— Joyeux Jesse!

Carter Lee portait la veste Colonel Sanders à l'odeur de naphtaline et la cravate lacet qu'on donnait à celui qui jouait le rôle de Jesse dans le spectacle. Juniata avait mis une chemise de nuit toute défraîchie pour interpréter Lucinda. Elle a sorti le grand jeu pour faire semblant de frapper Carter Lee sur la tête avec un bâton. Je crois bien qu'elle lui a vraiment filé un bon coup une fois.

Carter Lee avait apporté du vin de muscadine dans une glacière. Je savais pas qu'il en faisait encore. La table avait été joliment préparée, avec une nappe à carreaux et un bocal plein de fleurs coupées provenant du jardin d'Erma Linner. Au milieu du repas, les Jours de Jesse joyeux du passé me sont revenus en mémoire et j'ai eu envie de pleurer. Et puis je me suis mise à observer Carter Lee, Juniata, Erma Linner et Memma, je veux dire à les regarder vraiment, en pensant que nous étions devenus vieux ensemble, comme un homme et sa femme, s'ils ont un peu de chance. Aucun de nous était allé finir ses jours dans un endroit impersonnel, où personne nous connaissait assez bien pour vérifier si on avait pas rendu le dernier soupir.

Il est tombé une averse d'été, plus loin, sur la rivière. Des colonnes de nuages gris sombre sur fond de ciel bleu pâle au-dessus d'une eau bleu marine. Elle est jamais arrivée jusqu'à nous. Les nuages se sont disloqués et se sont dissous dans le bleu. De quoi mettre n'importe qui en joie. Même Barber a ri trois ou quatre fois. L'Éternel le bénisse ; il avait pas un grand sens de l'humour.

Le petit salopard, il avait apporté ma guitare en cachette. Tout le monde s'est tu quand il est allé la chercher dans le pick-up. Je chante plus en public.

— Je chante plus, que je lui ai dit.

Même si j'avais chanté toute seule dans la cabane de guet. Mais ça, ça comptait pas.

Delilah a arrêté de trotter autour de la table et s'est assise tout près de moi. Je suppose qu'elle s'est imaginé qu'elle devait rester là au cas où je balancerais ma guitare à la tête de quelqu'un. Mais. C'était peut-être le vin, c'était peut-être Barber, qui se tenait là, si droit, comme mon Caro, et qui insistait, comme le faisait Caro. C'était peut-être que, l'espace d'une fraction de seconde, le temps a fait marche arrière, et j'ai vu Ava l'année où elle avait joué le rôle de Lucinda, en train de courir comme une dératée derrière un Jesse aux genoux cagneux. Tout ça est remonté et m'a rempli la poitrine. J'ai commencé à jouer *This Bitter Earth**. J'étais trop lente et pas dans le ton. Mais plus je jouais, et plus les souvenirs me calmaient et me réconfortaient. Carter Lee s'est mis à chantonner *You Make Me Feel Brand New***, et on s'est tous joints à lui pour chanter cet air comme si on était les Marvelettes.

À un moment donné, pendant qu'on chantait, Barber s'est éclipsé discrètement. Ça lui arrivait de temps en temps.

* "Cette terre amère".

** "Tu me fais me sentir tout neuf".

Vous leviez les yeux, et il était plus là. On a allumé un feu de joie dans un baril en métal, au bord de la rivière. Erma Linner s'est roulé une cigarette. À dire vrai, on commençait à se sentir fatigués, nous les vieux raseurs, mais personne avait envie de voir cette soirée se terminer. On est restés là, à chasser les insectes en vacillant sur nos talons, sourire aux lèvres, un peu ivres et ensommeillés.

Plus loin, en aval, du côté du lotissement des maisons Progress, une lumière orange est apparue dans la nuit, pas plus grande qu'un éclair, mais tout près du sol. Les maisons neuves, là-bas, forment une longue rangée de rectangles pâles, tous identiques. Elles sont pas encore habitées. Une autre lueur s'est élevée du sol. Les Blancs qui venaient en vacances dans le coin, ils arrêtaient pas d'allumer des pétards et des fusées et de commettre d'autres imprudences tout aussi stupides qu'il vaudrait mieux éviter par un été sec quand vous avez une forêt derrière vous.

— Les poules ont plus de bon sens, disait Carter Lee.

On était tous en train de secouer la tête en faisant des tss-tss de désapprobation quand les éclairs se sont réunis et ont explosé en une grande lueur orangée. En un instant, elle avait fusé avec un tel éclat qu'on pouvait distinguer les lattes du bardage de la maison voisine. Une fine ligne orange a serpenté rapidement à travers l'étroite bande d'herbe entre la maison en flammes et sa voisine. *Wouff.* Puis une autre langue orange a atteint la maison suivante. *Wouff, wouff, wouff.* L'une après l'après l'autre elles s'embrasaient.

— Ah, ben ça alors, a dit Juniata.

— Mince ! a fait Erma Linner.

Carter Lee a laissé échapper un sifflement, puis il a ajouté :

— Je crois pas que Progress ait installé des bouches d'incendie.

La dernière maison avait un ponton en bois qui s'avançait jusque dans la rivière. Les flammes ont couru le long des planches et ont continué à brûler à la surface de l'eau noire. Une scène digne de la Bible. J'avais jamais rien vu de pareil. Pas loin de deux heures se sont écoulées avant l'arrivée des pompiers de Bodine. À ce moment-là, y avait plus que de la fumée.

Œil pour œil. Je le savais avant même de remonter dans mon pick-up. Et ça n'a pas manqué, quand Delilah et moi on s'est arrêtées devant la maison, elle était sombre et silencieuse. J'avais pas l'intention de pleurer, mais une vague de douleur, je veux dire une véritable souffrance, m'a presque fait tomber à genoux. J'ai dû me raccrocher à la balustrade de la véranda, le temps de reprendre mon souffle.

Il avait laissé un mot sur la table de la cuisine :

> Je reviendrai dans pas trop longtemps. Avec des renforts. En attendant, j'ai une dette envers vous tous. Je ne l'oublierai pas. Merci. Dites à tous les autres que l'on se reverra.
>
> À bientôt,

PHILADELPHIE

SEPTIÈME SENS

Les trains filaient comme des flèches d'argent à travers les hautes herbes fauves au bord des voies. Toussaint en avait déjà compté cinq pendant qu'il marchait. Le soleil était haut dans le ciel. C'était le matin de son tout dernier jour à Taft Elementary. Il connaissait toutes les gares dans cette partie de la ville : North Philadelphia, Suburban Station, Thirtieth Street, et après cela, Boston, ou New York, ou peut-être la Floride. La Floride est un État du Sud, pas seulement l'emplacement de Disney World. Il y a aussi des oranges, là-bas, et la NASA. Mais Toussaint et Ava prenaient le bus pour l'Alabama, pas le train, et elle lui avait dit qu'ils ne traverseraient pas la Floride.

Les trains et les bus s'arrêtaient à la gare et les gens en sortaient précipitamment comme des mouches prisonnières d'un bocal. La ville les absorbait, mais elle n'était jamais pleine. Cass était quelque part au milieu de tous ces gens, ou tout au moins, il avait dit qu'il y serait. À présent, il était trop tard. Ava et Toussaint s'en allaient là où Cass ne les retrouverait jamais. Leur bus pour Montgomery partait à onze heures. Montgomery n'est pas une grande ville comme Philadelphie, lui avait dit Ava. Et Bonaparte était comme James Creek, sans le petit restaurant, l'épicerie, le bâtiment municipal et presque tous les gens.

— Des routes et une rivière, des champs et des bois et c'est tout, avait-elle dit.

Elle avait l'air négligée ce matin-là, et elle gribouillait sur une feuille volante aux bords déchiquetés quand Toussaint se réveilla. En soupirant, il se retourna dans son lit, mais elle ne regarda pas dans sa direction, jusqu'au moment où il s'assit et rejeta les couvertures ostensiblement pour se faire remarquer.

— Fini ! dit Ava au bout de quelques minutes. Je vais aller à la poste pour mettre ça au courrier. Comme ça, ça arrivera là-bas à temps.

— À temps pour quoi ? demanda-t-il, alors que ce n'était pas ce qu'il avait eu l'intention de dire.

Ce qu'il avait voulu dire, c'était : je croyais qu'on passerait la matinée ensemble pour dire au revoir – peut-être prendre un dernier petit déjeuner à la cafétéria, même si ça n'est pas très bon, ou bien des pancakes au resto où on allait avant. C'était quelque chose qui se faisait, dire au revoir quand on quittait un endroit. Il voulait qu'Ava soit comme les gens ordinaires, afin qu'il puisse l'être lui aussi. Il n'osa pas demander si Abemi savait qu'ils s'en allaient. Ava lui répondrait : "On en a déjà parlé." Même si ce n'était pas le cas. Et s'il insistait, elle se transformerait en l'Inflexible Ava, qui ne répondrait pas à ses questions, ou le regarderait jusqu'à ce qu'il change de sujet.

L'Ava de ce matin, l'Ava fripée et éreintée, s'avança jusqu'à lui, les pans sombres de son manteau battant sur les côtés comme les ailes d'une chauve-souris.

— Tiens, l'argent pour ton bus. N'oublie pas ce qu'on a dit, ne raconte à personne qu'on s'en va. Je passerai te chercher à la fin de la journée et je demanderai ton dossier scolaire, pour qu'on l'emporte avec nous. Comme on a dit. D'accord ? (Elle s'accroupit près de son lit.) C'est juste cette dernière fois. Demain matin, on sera en route pour une nouvelle vie.

Puis elle sortit de la chambre. Quelques secondes plus tard, ses pieds passèrent devant leur fenêtre, tandis qu'elle traversait la cour vers la sortie sur le côté. Toussaint décida que lorsqu'il serait grand, il sortirait toujours par la porte principale.

Il s'habilla et mangea le sandwich au fromage qu'Ava avait laissé pour lui, mais quand il arriva à l'arrêt, il ne put se forcer à monter dans le bus. Il aurait des ennuis à l'école, il avait été absent trop longtemps. Ses amis Anthony et Keith lui demanderaient où il avait été tout ce temps. Il ne pouvait pas leur confier qu'il s'en allait pour toujours, et même s'il le faisait, il serait incapable de leur expliquer pourquoi, parce qu'il ne le savait pas lui-même.

Il prit la direction de Stenton Avenue. Quand il arriva à Germantown Avenue, il continua vers le sud, jusqu'à Girard Avenue, espérant y trouver Zeek. Zeek ne lui poserait pas de questions. Le tram 23 passa, puis le bus H, mais Toussaint ne les prit pas non plus. Il gardait son argent pour un roulé au miel et un café au lait chaud – sa recette pour lutter contre la faim et le froid. Zeek disait que le froid n'est rien d'autre qu'une idée : décontracte-toi et plonge-toi dedans, et il ne te gênera pas. Zeek devait savoir de quoi il parlait, puisqu'il vivait dehors toute l'année. Même quand il neigeait.

Ava aussi pressait le pas, se dirigeant vers Stenton, où elle allait prendre un bus pour le centre-ville. Il y avait tant de choses à faire : la poste, acheter leurs billets à la gare des bus Greyhound, de la nourriture à Super Fresh pour le voyage. Les bâtiments de la rue avaient quelque chose de léger et d'irréel, comme s'ils commençaient déjà à s'effacer, alors qu'elle n'avait pas encore quitté la ville. Ou peut-être que c'était *elle*, le fantôme, déjà à moitié disparu. Elle avait le goût de la mélasse noire dans la bouche, et la sensation de la grande cuiller de Dutchess qui tintait en heurtant ses dents du fond. C'était un goût de fin d'hiver difficile à Bonaparte. D'huile de foie de morue, aussi. Tous les enfants de Bonaparte arrivaient à l'école avec une odeur de poisson. Et pourtant, est-ce qu'on n'arrivait pas à passer l'hiver ? La plupart d'entre nous, en tout cas. Est-ce qu'ils ne faisaient pas tout pour qu'on y arrive ?

Le 23 était bondé. Il se traînait dans Germantown Avenue, prenant de nouveaux passagers à chaque coin de rue. Tu vas bien, Ava. Elle prit une profonde inspiration. Tu es en pleine forme. Thanksgiving était dans trois jours. Après la mort de Caro, Dutchess ne s'était pas beaucoup préoccupée des jours de fête. Et en y repensant, elle ne s'en était pas beaucoup préoccupée non plus avant leur arrivée à Bonaparte. Tous les jours de fête qu'Ava avait connus étant petite impliquaient un bar à musique ou un autre. Il y en avait toujours un d'ouvert quelque part et Dutchess jouait n'importe quel jour de l'année. C'était Caro qui avait fait Noël et les anniversaires ; le Jour de Jesse et Pâques.

Bien sûr, Ava était tendue à l'idée de retourner à Bonaparte. Évidemment que je le suis, avait-elle répondu à Toussaint quand il le lui avait demandé. Elle regarda par la fenêtre du tram. S'il n'y avait qu'elle, elle n'y retournerait pas. Elle continuerait à résister à l'envie de se pendre dans un sous-sol, entassant les semaines et les années de vie sans autre raison que cocher les jours. Quelle futilité ! Mais elle avait Toussaint à élever. Si elle faisait les choses bien pour lui, il n'aurait jamais à se creuser les méninges pour trouver de bonnes raisons de rester en vie.

Une femme avec trois sacs à provisions archipleins se serra à côté d'elle. Le 23 était tellement bondé que les vitres étaient couvertes de buée. Ils s'arrêtèrent à un feu rouge, et là, dans une rue perpendiculaire, peut-être bien Bouvier Street, Ava crut voir... Mais non, c'était impossible. Elle essuya la vitre embuée. Le tram repartit dans une secousse quand le feu passa au vert et elle tendit le cou pour regarder dans la rue qui s'éloignait. Mais cette démarche. Elle bondit de son siège, tirant sur la corde pour demander un arrêt, se frayant un passage dans le couloir au milieu des gens et de leurs sacs jusqu'à l'avant de la voiture.

— Il faut que je descende ! Laissez-moi descendre !

— Prochain arrêt à Broad et Erie, dit le conducteur.

— Laissez-moi descendre, il faut que je descende. Mon fils... !

Toussaint prit une mauvaise direction quelque part et il se retrouva près de Broad Street, si loin que le 23 passa devant lui. Il pouvait presque distinguer la foule qui attendait à l'arrêt Broad et Erie, à quelques croisements de là. Il tourna dans une rue adjacente et poursuivit son chemin jusqu'à ce que les rues lui redeviennent familières. Il passa devant l'église Béni-Soit-ton-Nom et l'agence d'encaissement de chèques, puis le magasin de chaussures qui n'avait toujours pas enlevé son affiche SOLDES DE LA RENTRÉE DES CLASSES pour les Buster Brown. Il passa devant le restaurant Dee Dee's Soul Food, où il dut s'attarder un peu trop pour sentir les odeurs de poulet, parce qu'une passante s'apprêtait à lui demander s'il allait bien. Les adultes étaient toujours prêts à lui demander quelque chose, mais aucun d'eux ne lui venait jamais en aide. Toussaint retourna devant le magasin de chaussures et emboîta le pas à une dame qui en sortait. Sans aucun doute, la première femme supposa qu'il était avec sa mère et elle ne s'occupa plus de lui. Toussaint avait appris que la plupart du temps, les gens n'ont pas envie de s'occuper de vous. C'est juste qu'ils pensent qu'ils y sont obligés – certains d'entre eux –, mais si vous leur donnez la moindre excuse, ils retournent à leurs affaires et ne s'occupent plus que d'eux-mêmes.

Abemi était retourné à ses affaires et ne s'occupait que de lui-même. Toussaint lui avait raconté la visite de Cass, et à cause de cela, il les détestait. Il avait tapé du poing sur la table de la cuisine jusqu'à ce qu'elle bascule sur le sol. La bouteille de ketchup avait explosé, répandant des éclats de verre et de pâte visqueuse rouge un peu partout.

— Aide-moi, Ava. Aide-moi, bon sang, avait dit Abemi, tandis qu'il essuyait les dégâts avec un paquet de serviettes en papier.

Toussaint n'avait jamais vu un homme adulte pleurer, auparavant. Abemi avait beau essayer de nettoyer, il ne faisait qu'étaler la bouillie rouge en grands cercles sur le linoléum. Ava se tenait debout près de la cuisinière, secouant la tête les bras croisés sur la poitrine.

Ava zigzaguait dans les rues à la recherche de Toussaint. Elle entra dans un magasin de proximité, mais elle sut qu'il n'était pas là dès qu'elle eut mis le pied à l'intérieur. Caro disait qu'elle possédait un septième sens. Le sixième sens, c'était pour les esprits, le septième, c'était pour suivre une piste. Elle pensait avoir oublié comment s'en servir, mais là, elle se retrouvait en train de chercher son fils essentiellement à l'instinct. Les gens perturbent l'air. Vous pouvez y sentir leur présence si vous faites bien attention. Au bout d'un moment, elle tourna dans Girard Avenue, et il était là. Son fils à la peau cuivrée dans son manteau marron, en train de descendre l'avenue d'un pas rapide. Un ressort sous ses pieds ! Il était loin de se douter de sa présence. Elle ne s'était pas attendue à voir son Toussaint, si fragile, si timide, aussi heureux – non, pas heureux, à l'aise –, seul dans le froid.

Il entra dans une cabine téléphonique et décrocha le combiné, mais ressortit sans avoir appelé. Il s'attarda à un feu rouge près de Poplar Street, à quelques rues de l'ancien quartier général des Black Panthers. Ava se demanda s'il était toujours là, elle se souvint de Cass à son poste dans la pièce donnant sur la rue. Regardez-nous maintenant. Ava était contente de ne pas avoir dit à Toussaint que son père était un Black Panther ; contente de ne pas avoir à expliquer qu'ils avaient tous été assassinés ou arrêtés ou étaient désormais en train de fumer du crack dans une ruelle. Tout ce qui en restait, c'étaient des enfants sans pères et des veuves en furie, tandis que tout le monde se bousculait pour ne pas tomber dans un trou, là où, auparavant, se trouvait un champ de gloire.

Ava ne voulait pas que Toussaint devienne comme son p'pa à elle. Elle ne voulait pas qu'il devienne un héros. Ou un vagabond comme elle, ou un être sauvage comme Dutchess, ou qu'il brûle d'une ambition déçue comme Cass. Seulement voilà, il était là, errant comme sa mère et sa grand-mère avant lui. Une femme devant un restaurant de spécialités de poulet s'intéressa à lui, mais il se débarrassa d'elle. Quelle manœuvre habile ! Elle vit, à sa façon de redresser les épaules, qu'il était fier de lui et de la façon dont il s'était défait de cette femme. Ava aussi était fière, si elle était honnête. Mais peut-être y avait-il dans les environs des agents de surveillance chargés de l'absentéisme scolaire. Comment cela se passait-il lorsqu'on envoyait les services de protection de l'enfance à la recherche de votre fils ? Est-ce qu'ils le pinçaient dans le bus ? Ou bien est-ce qu'ils bondissaient d'une voiture à un feu rouge et l'embarquaient sur-le-champ ? Elle allait accorder encore quelques minutes à Toussaint, encore un petit goût de liberté, mais elle allait devoir l'arrêter après cela. C'était leur dernier jour d'errance. Il le fallait.

Toussaint tourna après le Girard Bridge pour entrer dans un espace à l'abandon de Thirty-Fourth Street et grimpa un talus, traversa un fossé peu profond avant de remonter jusqu'aux anciennes voies de chemin de fer qui luisaient faiblement sous le soleil. Ce n'était pas un chemin qu'il avait déjà pris auparavant, mais il y trouvait les mêmes hautes herbes sauvages. Il se demanda, comme il le faisait chaque fois, si c'était du blé. Il ajouta cela à la liste de questions qu'il poserait à Zeek, s'il le voyait. Il se demanda si les gens de son ancienne école, dans le New Jersey, pensaient parfois à lui. Miss Palmiere, l'enseignante d'expression écrite et orale, avec toutes ses bagues, Jilly, qui avait disparu. C'était comment, là où Paul vivait maintenant ? "Hé, Paul", dit-il tout haut. "Hé, Paul, on part en Alabama."

Toussaint se tenait sur une étendue d'herbe piétinée. Des déchets industriels étaient empilés çà et là : des poutrelles rouillées, des traverses de chemin de fer, des poteaux tout minces qui avaient l'air d'être des éléments d'échafaudage. S'il avait su comment faire, il aurait pu fabriquer un robot ou quelque chose d'autre pour le futur. Ou peut-être en l'honneur du futur. Mais Toussaint ne voulait pas du futur, et il ne voulait pas du présent non plus. Ce qu'il voulait, c'était revenir au temps où il était petit, retrouver l'époque où Ava et lui allaient au zoo. L'odeur de fourrure et de pop-corn quand ils descendaient du bus 38. Ils suivaient toujours le même itinéraire une fois à l'intérieur : d'abord les oiseaux, ils sautaient les reptiles et passaient aux primates. Pour finir, les grands félins. Tenant la main de sa mère, il observait les jaguars se prélasser et s'étirer. Chaque fois, c'était mieux que ce qu'il avait retenu de sa visite précédente.

Elle avait perdu Toussaint. Il avait grimpé en haut d'une butte, descendu une courte pente, puis il avait disparu. Elle traversa des lignes de chemin de fer et arriva à l'entrée d'un tunnel sous un pont autoroutier. La puanteur ! À l'intérieur, c'était pire – une obscurité comme en pleine nuit et l'odeur de merde. Elle se précipita vers le cercle de lumière à l'autre extrémité, marchant sur du verre cassé.

Elle avait couvert un quart de la distance, puis la moitié, et là, son pied s'enfonça dans un trou et elle sentit une sorte de fange gluante et froide autour de ses chevilles. Elle essuya la boue qui imprégnait sa chaussure et enduisait ses orteils.

— C'est rien qu'un peu d'eau.

Une silhouette sombre apparut, encadrée par la lumière du bout du tunnel.

— Qui est là ? lança Ava.

La silhouette s'avança vers elle.

— Tu devrais pas être là, dit la voix qui grinçait comme la charnière d'une porte. Une petite dame comme toi. Mais puisque t'es là… (La silhouette ouvrit la lame du cran d'arrêt qu'elle tenait à la main.) Qu'est-ce que t'as pour moi ?

La lumière du soleil entra à l'extrémité du tunnel, éclairant la femme, lèvres relevées sur des dents argentées, robe rouge orangé et des yeux qui brillaient d'un éclat tranquille. Un regard dans lequel on pouvait sombrer comme dans un sommeil fiévreux. Ava fit un pas dans sa direction.

— C'est ça, ma petite, dit la femme. Viens ici tout près.

Ava rata son coup et trébucha quand elle essaya d'attraper le couteau. La femme fit un petit saut de côté avec agilité et la regarda en secouant la tête.

— Si c'est ce petit garçon que tu cherches, il est parti par là, dit la femme en désignant l'autre bout du tunnel.

Ava se rua sur elle de nouveau. Son pied se prit dans les inégalités du sol goudronné ; elle bascula en avant et s'étala de tout son long sur l'asphalte défoncé. Un feu d'artifice de visions s'abattit sur elle : le corps de Caro sous un ciel où filaient les nuages, Cass dans une boule de flammes qui s'élevaient autour de lui mais sans le consumer. Une pluie d'éclats de verre comme une guirlande de cheveux d'ange autour de Toussaint.

Son fils. Toussaint était perdu quelque part au bord de cette voie de chemin de fer désaffectée. Elle avait échoué dans sa surveillance et maintenant cette femme en robe rouge et son couteau allaient le lui prendre. Le sol humide était frais contre sa joue. Toussaint ! Cours !

Puis l'obscurité.

AFFAIRE DE FAMILLE

Ava était revenue au dernier été de Caro. P'pa et elle étaient sur la piste d'un braconnier, juste eux deux, avec leur petit sac de pain de maïs, du miel et son thermos plein d'eau. La brume était encore épaisse du côté de la rivière et se disloquait en nappes éparses à mesure qu'ils s'enfonçaient dans les bois, comme des nuages de gaze arrachés à une boule de coton géante, puis déposés ici et là au milieu des bois. P'pa était mince, mais résistant comme un tronc d'arbre. Il pouvait faire n'importe quoi, porter n'importe quel fardeau, dépecer n'importe quel animal, construire n'importe quoi. Caro ! lui lançaient les gens quand il se promenait dans Bonaparte. Ava et son p'pa progressaient dans la forêt. Ava en tête. Elle était capable de repérer un ver en train de se glisser sur une feuille, de voir où une marmotte avait reniflé une pomme de pin à la recherche d'insectes. Elle restait accroupie près du sol, respirant avec les arbres, jusqu'à ce que ses contours se disolvent.

Un peu après midi, ils avaient trouvé une première trace de l'homme. De l'urine contre un arbre, et quelque temps plus tard, un mégot de cigarette à peine enterré sous un petit monticule de terre humide.

— Ce plouc n'a même pas assez de respect pour emporter ses déchets.

P'pa installa un piège, puis un autre. Ava préleva une mèche de cheveux blonds sur une branche, fine comme une toile d'araignée et luisant au soleil. Le braconnier se déplaçait rapidement, en zigzags. P'pa dit qu'ils devraient déboucher devant lui. Son pick-up devait être garé quelque part. Ils pouvaient piéger son parcours et le surprendre, et ça serait terminé pour lui. C'était toujours comme ça que ça se terminait pour eux, et ils se sauvaient discrètement, honteux de s'être fait prendre par des *niggers*.

Ava sentit une bouffée de pourriture. L'odeur se fit plus forte, et de doucereuse, devint écœurante. Une tension était perceptible dans l'air. Caro la sentit aussi. Il enleva son fusil de l'épaule et se redressa, la tête inclinée sur le côté, les yeux plissés. Ils découvrirent la fosse à plus d'un bon kilomètre de la route : des marmottes, un renard, un opossum grouillant d'asticots. Au-dessus, deux poules naines, du genre de celles dont M. George avait dit qu'elles disparaissaient de ses poulaillers. L'une était encore en vie et saignait de la gorge. P'pa lui tordit le cou pour abréger ses souffrances. Une fosse commune d'animaux tués sans raison.

— Pourquoi il a fait ça ? demanda Ava.

— Dans quelle direction ? dit P'pa.

Ava pointa le doigt vers une tache de sang séché sur un arbre à quelques mètres de là.

— Rentre à la maison, dit P'pa.

— Mais…

— Reste à l'écart de la route. Dépêche-toi.

Puis il disparut dans la végétation. Effrayée, Ava s'élança en silence dans la forêt. À mi-chemin de chez elle, elle entendit un cri d'oiseau. Quelques pas plus loin, il retentit de nouveau. Levant les yeux, elle aperçut son jeune voisin aux genoux cagneux perché sur une branche au-dessus d'elle.

— Buddy LaPrairie ! s'exclama-t-elle.

Il mit un doigt sur ses lèvres et se laissa glisser de sa branche aussi tranquillement qu'une feuille morte qui tombe.

— On t'a désigné comme Guetteur, *toi* ? s'étonna Ava.

Buddy LaPrairie avait quatorze ans et il était idiot.

Buddy haussa les épaules.

— Je t'ai vue venir de loin. Où est M. Caro ?

— Comment tu sais que j'étais avec mon p'pa ? Tu peux pas voir si loin d'ici.

Buddy haussa les épaules une nouvelle fois. Ava dit :

— On a trouvé une fosse, près de la route, avec tout un tas d'animaux morts dedans, tués comme ça, sans raison. En plus, les braconniers, ils ont volé les poules de M. George ! Mon p'pa est allé dire à ce plouc de Blanc de partir et de plus revenir.

Buddy la regarda un long moment.

— C'était quand, ça ? demanda-t-il.

— Buddy, comment je pourrais savoir quand le plouc a volé ces poules ?

— Ava, t'as pas plus de cervelle que… (Il regarda au milieu des arbres avant de poursuivre.) Je veux dire, quand M. Caro est parti à la poursuite du braconnier ?

— À peu près une heure, un peu moins.

— Va chez M. George. Allez, file. Tu sais y aller ?

— J'suis pas stupide, Buddy.

Ava se dit qu'un jour, bientôt, elle aussi ferait partie des Guetteurs.

Buddy remonta dans son arbre, poussant des cris d'oiseau de toutes ses forces. Ava courut aussi vite qu'elle put le reste du chemin. Quand elle sortit des bois, en bordure des terres de M. George, elle se sentit si soulagée qu'elle se laissa tomber dans l'une des rangées bien nettes des plants de cacahuètes qu'il cultivait. Elle avait besoin de reprendre sa respiration un instant. Dans la forêt, de l'autre côté du champ, un grand fracas s'éleva des broussailles. Caro surgit du rideau d'arbres quelques secondes plus tard, courant tête baissée, les bras s'agitant comme des manivelles à quelques mètres d'elle.

— P'pa ! dit-elle en se levant d'un bond.

Caro la regarda dans les yeux et s'arrêta. Une seconde. Moins d'une seconde. Un homme blanc émergea au bord du champ, le fusil levé, puis quatre ou cinq autres derrière lui.

— Cours ! hurla P'pa.

Un éclair au bout du canon. Caro s'écroula.

Quand Ava ouvrit les yeux, elle était seule dans le tunnel. Elle cligna des paupières dans la faible lumière. Combien de temps s'était-il écoulé ? Elle se releva, se frictionna le poignet, douloureux après sa chute. En quelques pas, elle pénétra dans la bouche de lumière au bout du tunnel.

Dans un grondement, un train passa, si lentement que Toussaint put voir les passagers à l'intérieur. Certains regardaient par la fenêtre, mais ils ne le virent pas. Il gesticula, agitant les mains très haut au-dessus de la tête. Ohé, ohé, ohé ! Dans le dernier wagon, une petite fille avec des nattes bondit de son siège, les bras levés comme si elle avait gagné la médaille d'or. Toussaint sourit et poursuivit son chemin dans le vent. Il sentait les cailloux tranchants à travers les semelles de ses baskets. Ses orteils gelés lui faisaient mal.

Le dos de ses mains était engourdi quand il atteignit un sentier qui serpentait entre deux rangées de wagons de marchandises abandonnés. Le sentier descendait là où les wagons projetaient leurs ombres sur l'herbe piétinée.

— Oui, même si je marche dans la vallée de l'ombre et de la mort…, avait dit Zeek la première fois qu'il avait emmené Toussaint à cet endroit.

— Je ne crains aucun mal, avait répondu Toussaint à voix basse.

— Pilier d'église ! avait dit Zeek. Tu peux avoir des tas de femmes, de cette manière. Crois-moi.

La tente bleue de Zeek, battant au vent, apparut au loin. Le village de tentes s'était agrandi depuis la dernière fois que Toussaint l'avait vu, mais il n'y avait pas âme qui vive. Pas même les chiens. Il traversa le labyrinthe de tentes et longea une rigole. Il grimpa en haut d'une butte peu élevée et là, au pied d'une longue pente douce…

— Monsieur Zeek !

Toussaint courut jusqu'en bas. Zeek était assis sur une caisse à lait devant un gril de fortune. Tous les gens du camp étaient là, ainsi que d'autres personnes, assises sur des caisses ou sur des cartons aplatis et étalés sur le sol. Des gens ordinaires aussi, portant des vêtements propres et qui se tenaient un peu à l'écart des autres.

— Zeek ! lança-t-il de nouveau, s'arrêtant net devant le poêle du camp. Zeek ?

Cette fois, l'homme releva la tête comme si elle était lourde. Il cligna des yeux à deux reprises.

— Regardez-moi ça, dit-il d'une voix épaisse comme de la mélasse. Regardez qui voilà. (Il s'interrompit longuement, contemplant Toussaint, qu'il avait déjà vu quelque part.) Tu veux une saucisse ? dit-il.

Toussaint se mordit l'intérieur de la lèvre et secoua la tête.

— Pourquoi pas ? Comment tu peux dire non à une saucisse que quelqu'un veut te donner. T'as sûrement l'occasion d'avoir des tas de choses gratuitement.

L'homme assis à côté de lui secoua la tête et dit :

— Stupide.

Zeek se frotta les yeux et regarda Toussaint de nouveau, plus attentivement. Tout cela prit pas mal de temps, comme s'il était sous l'eau.

— Oh ! dit-il. C'est toi. Mon grand. Qu'est-ce que tu fabriques ici ? On avait pas dit que tu étais censé retourner à l'école ?

— C'est mon dernier jour, répondit Toussaint.

— Dernier jour de quoi ? D'école ? (Il se tourna vers l'homme près de lui.) On est pas en été, dis, mon grand ? On est plus paumés que ce que je pensais si on est en été.

Peut-être que Toussaint s'était trompé. Peut-être que Zeek se fichait pas mal de savoir s'il restait ou s'il s'en allait et où. Il fit demi-tour pour remonter la butte.

— Ahh, je plaisante juste, mon grand. Je déconne, c'est tout.

— Je suis supposé partir en Alabama.

— En Alabama ? Merde. Moi, j'irais sûrement pas dans ce foutu Alabama. Mais dis, tu pars ou tu supposes que tu vas partir ?

— Je pars. Je crois bien. Avec ma maman.

— Ta maman ! Les mères, elles ont plutôt tendance à compliquer les situations, pour autant que je m'en souvienne. Mais si t'en as une, sois content. La plupart sont pleines de bonnes intentions. (Il examina Toussaint un moment.) Tu m'as l'air d'être encore au stade de la décision.

— Je ne peux pas décider ! Je suis juste un enfant.

— Conneries tout ça. Tu as décidé de venir ici et de refuser la saucisse que te proposait Zeek, non ? (Il fit un geste de la main en direction des gens réunis là.) Ça, là, va t'aider à y voir plus clair. Moi, ça m'aide en tout cas, dit-il à voix basse, avant d'ajouter : J'essaie de me sortir de cette merde.

Toussaint regarda pour voir où se trouvait cette aide.

— Tu t'sortiras de rien du tout, dit l'autre homme aux saucisses.

— Tu vois ? Ça c'est une attitude négative. C'est pour ça que t'essaies même pas.

L'autre homme haussa les épaules.

— Mmm-hmm, fit Zeek. Prends la saucisse, mon garçon. Autant manger quelque chose. Ça peut durer encore un moment avant qu'il commence. Il s'amène juste quand il en a envie.

Toussaint n'avait aucune idée de qui allait venir.

— C'est mon dernier jour, répéta-t-il.

— Ouais.

Zeek enfonça une fourchette dans une saucisse et la tendit à Toussaint. Juste à ce moment-là, un homme à quelques pas de là se mit à sautiller et faire des bonds dans une sorte de danse fantaisiste. L'ami de Zeek gloussa :

— Il nous fait le *shuffle* du "téléportez-moi, Scotty*".

Une personne dans la foule remarqua :

— Il a bien saisi l'esprit du truc.

On alluma un transistor et la musique de Rufus et Chaka s'éleva au milieu des parasites. L'homme poursuivit son *shimmy* et tout le monde rit. Zeek distribua des saucisses et quelqu'un d'autre offrit des bières. Les gens continuaient à arriver – des gens dépenaillés du même genre que Zeek, et des civils aussi, comme Zeek les appelait – et tout le monde souriait et s'agglutinait.

— Alors comme ça, tu pars en Alabama, reprit Zeek.

— Vous y êtes déjà allé ?

— Quoi ? Tu penses que je suis resté dans un trou toute ma vie ? Je suis allé partout. L'Armée.

Toussaint aperçut quelques palettes de bois entassées les unes sur les autres pour faire une estrade à l'autre bout de la clairière. Un container rouillé se trouvait juste derrière.

— Tu vas comment là-bas ? En avion ? Moi, je suis allé partout en avion. Je suis allé en Allemagne et en Italie. Tu sais où ça se trouve ?

Toussaint fit oui de la tête et dit :

— On y va en bus Greyhound.

— En Greyhound ! Fut un temps où les *niggers* devaient s'asseoir à l'arrière des Greyhound. Tu sais ça ? Y a longtemps... (Il s'interrompit et sursauta.) Oh-oh, fit-il en regardant derrière Toussaint. Ça va chauffer.

* Cette réplique (*Beam me up, Scotty*), tirée de la célèbre série télévisée *Star Trek*, est devenue une expression populaire, souvent utilisée pour exprimer le désir d'être ailleurs.

Tous les regards se tournèrent vers la butte par laquelle Toussaint était arrivé quelques minutes auparavant. Ava descendit la pente à toute vitesse, un côté de son manteau couvert de boue. L'instant d'après, elle se tenait au-dessus de Toussaint et le soulevait par les revers.

— Tu vas bien ? (D'un geste brusque, elle fit tomber la saucisse qu'il avait à la main.) Ne mange pas ça ! C'est qui tous ces gens ? Des junkies ? Tu manques l'école pour traîner avec de vieux junkies ?

Elle tira sur son manteau si fort que la couture se déchira au col.

— Je vous en prie, miss, dit Zeek.

Ava tapa du pied par terre et essaya une nouvelle fois de mettre son fils debout. Peut-être qu'ils lui avaient fait prendre quelque chose. Ils sentaient mauvais comme des cheveux sales ; les yeux jaunâtres, le teint cireux, un accro au crack en train de danser au milieu d'eux, et celui-là, assis à côté de Toussaint, tellement défoncé qu'il n'arrivait pas à garder les yeux ouverts !

— Lève-toi ! cria Ava en donnant une bonne gifle à Toussaint.

Ces gens crasseux dans leur champ où ça puait l'alcool. Combien de jours Toussaint avait-il passés avec eux et que lui avaient-ils fait ? Ava frappa l'air quand Toussaint eut un vif mouvement de recul pour s'écarter d'elle.

L'homme qui était près de Zeek eut l'air de vouloir dire quelque chose, mais il se ravisa. Secouant la tête, il tendit le bras vers les saucisses, juste derrière Ava. Elle pivota brusquement, les poings serrés. Toussaint pleurait silencieusement, tandis que sa joue rougissait sous le coup que lui avait donné sa mère.

— S'il te plaît, Toussaint, dit-elle. S'il te plaît, lève-toi. Il faut qu'on parte.

Zeek fit taire l'homme aux saucisses qui haussa les épaules et continua à vouloir tendre le bras vers le gril.

— J'ai faim, moi, Zeek, dit-il. Je peux rien manger à cause de leurs affaires de famille ?

— Nan, mec. Tu peux pas.

— Je crois que je dois..., dit Toussaint. Je suis désolé, monsieur Zeek.

Monsieur, pensa Ava. Monsieur !

— Va avec ta maman, mon grand.

Ava saisit le bras de Toussaint et le tira vers elle, avec plus de douceur qu'auparavant.

— Prends bien soin de toi, là-bas, en Alabama ! lui lança Zeek. Ne regarde pas en arrière comme la femme de Loth.

LA FEMME DE LOTH

Juste à cet instant, un vacarme se fit entendre dans les premiers rangs de la foule. Un bruit comme une baguette de tambour frappant sur le fond d'un seau. Des applaudissements aussi. Ava tira Toussaint sur la pente. Un homme portant une chemise blanche boutonnée sortit du container et grimpa sur l'estrade.

— Mes frères. Mes sœurs. C'est un homme blessé qui se présente devant vous.

Le silence se fit dans la foule.

— Je sais que vous reconnaissez tous le trou que fait une balle quand vous en voyez un. Et vous, qui vous a tiré dessus, mes frères et mes sœurs ?

Ava se retourna. Cass avait déboutonné sa chemise. Des excroissances cicatricielles rougeâtres fusaient en forme d'étoile de mer charnue sous ses côtes, au côté gauche.

— Quelqu'un l'a sûrement fait. Faites-moi voir votre dos et la plante de vos pieds. Je sais ce qui s'y trouve. Brûlures chimiques, balafres de coups de couteau, blessures par balle. Je vois les ecchymoses dans le creux de votre coude. Les rides de soucis qui barrent votre front. Les retards de loyer.

Les bébés. Cet homme aux poings serrés qui ronfle à côté de vous.

“Choyez ce bras faible. Caressez vos chevilles gonflées. Je ne veux pas que vous déposiez vos fardeaux. Ils vous appartiennent. Je ne suis pas ici pour vous faire perdre vos mauvaises habitudes. Je n'ai aucune envie de vous rafistoler afin que vous puissiez vous remettre à faire gagner de l'argent au gouverneur, au président et au royaume des États-Unis d'Amérique.”

— M'man ! dit Toussaint.

Ava voulait continuer à grimper la pente et franchir la crête. Elle ne voulait pas rester ici avec le cœur qui s'emballait et les jambes paralysées sous elle.

— Il faut partir. Viens, allons-nous en, dit-elle. S'il te plaît.

Comme si c'était lui la maman et elle la petite fille, Toussaint la tira doucement vers son père. Elle fit un pas hésitant, puis un autre. Cass paraissait doré dans le soleil qui déclinait ; sa chemise blanche rayonnait, ses cheveux luisaient comme de l'ambre. Sa voix résonnait dans le creux du petit ravin et au milieu de la foule disparate.

— Regardez le soleil zébrer d'orange leurs tours de verre. Et ces trains filer sur les rails comme des flèches d'argent. C'est nous qui avons construit tout ça, vous le savez. Ils nous ont dit qu'ils étaient le royaume et nous les esclaves. C'est un mensonge. Pleurez pour leurs mensonges. Pleurez pour la mort qu'ils apportent. Pleurez parce qu'ils ne savent pas qu'ils peuvent mourir.

“Le royaume veut la vie éternelle. Il veut que tout continue perpétuellement tel que c'est aujourd'hui. Il ne veut pas de vos larmes. Les gens qui pleurent posent des questions. Ils veulent savoir ce qui leur est arrivé. Le royaume détruit l'histoire et asservit le futur. Le royaume est sans coutures, il est lisse comme le verre de ces immeubles. On peut glisser dessus, partant de nulle part pour arriver nulle part.

"Le royaume est un tapis roulant. Le tapis s'enroule autour de votre bras, fait saillir la veine et l'aiguille s'enfonce et nous voilà plongés dans une inconscience délétère. Et pendant que nous rêvons, le royaume ouvre toute grande sa gueule et nous engloutit.

"Pleurez pour leur cruauté. Puis séchez vos yeux, mes frères et mes sœurs. Redressez-vous. Renversez les tables du temple."

Ava eut l'impression qu'elle avait cherché quelque chose qui avait été perdu bien des années auparavant. Elle en était toute proche à présent. Elle pouvait presque le toucher.

— Qu'est-ce qu'ils vous ont vendu dans le temple, mes frères et mes sœurs ? Moi, j'ai acheté ça.

Cass brandit une bouteille au-dessus de sa tête. Le liquide brun brilla dans la lumière.

— Des dizaines de litres, pendant vingt ans. Le Chivas, le Cutty Sark et le Crown Royal pouvaient tout arranger. Mais seulement pour la nuit. C'était ça, le piège.

Il lança la bouteille contre le container abandonné d'où il était sorti. Le bruit du verre fracassé fit vibrer l'air. Les gens tressaillirent. Quel gâchis ! C'était du bon, en plus. Mais ensuite ils se mirent à rire. Il a un sacré culot, l'enfoiré. Ça c'est du spectacle.

— Débarrassez-vous des stupéfiants du royaume, mes frères et mes sœurs. Ça va être douloureux. La brûlure va être infernale. Mais on en sortira propres. Toute la pourriture qu'ils nous ont fait ingurgiter sera décapée jusqu'à ce que nous soyons lisses et aussi dangereux qu'une lance.

Cass descendit de son estrade pour déambuler au milieu de la foule réunie. Ceux qui étaient en train de boire s'interrompirent et examinèrent leur bouteille. Il avait raison, non ? Ce tord-boyaux avait bien quelque chose de suspect, avec cette façon qu'il avait de mettre le grappin sur un *nigger* et de ne plus le lâcher ensuite. Bien sûr, la plupart continuaient à siroter, mais ça vous donnait quand même à réfléchir.

Des saucisses avaient été abandonnées sur l'herbe. Quelques personnes s'éclipsèrent discrètement, fuyant le silence terrible et l'emprise magnétique de Cass. Au milieu de la foule, un feu brûlait dans un vieux baril de pétrole. Un homme y jeta sa bouteille encore à moitié pleine. La foule se rapprocha. Une bouteille de Mad Dog s'envola avant de retomber dans le baril en feu. Des flammes s'élevèrent immédiatement à une trentaine de centimètres de hauteur. Les gens poussèrent des cris de joie. Zeek y jeta sa toute petite enveloppe de papier brun avec la tête de mort contenant encore un quart (un quart !) de sa poudre beige. La dixième fois sera la bonne ! s'écria-t-il.

Ava n'avait rien à jeter, mais elle se tenait aussi près que possible du feu, si près que la chaleur sécha les larmes sur ses joues. Une autre bouteille en verre éclata dans les flammes. Le bruit explosait dans la poitrine d'Ava – *bang bang bang*, comme des grenades.

1986

PHILADELPHIE

COMMUNION

TOUT d'abord, le cliquetis des ciseaux. Ava était assise sur une chaise de cuisine, entourée de Cass, de son fils et de ses nouveaux frères et sœurs, Zeek, Winnie et ses garçons, Alvin et Nemo, dans le petit jardin de la maison de Winnie, au 248, Ephraim Avenue. Leur communauté s'appelait l'Arche. Parce qu'ils étaient un refuge où l'on pouvait échapper à la dévastation et au déluge de la ville. Ava et Toussaint étaient installés dans cette nouvelle vie depuis quatre mois.

Des flocons de cheveux bruns et souples tombaient mollement sur les épaules d'Ava, sur ses oreilles, devant ses yeux. Le duvet s'accrochait à ses cils, lui chatouillait le cou avant d'atterrir en douceur à ses pieds.

— Ça va ? lui demanda Cass.

Il coupait lentement, délicatement.

Ça allait. C'était elle qui l'avait décidé. Elle s'était attendue à ressentir autre chose – de la panique, peut-être, ou une forme de deuil. Au lieu de cela, de petits frissons de plaisir, des friselis le long de sa colonne vertébrale, comme le tintement de minuscules clochettes. Winnie chantonnait un air improvisé et sans paroles qui suivait le rythme du cliquetis des ciseaux. Il avait plu un peu plus tôt. Les vers s'enfonçaient dans la terre fraîchement retournée du jardin, un cornouiller dans l'allée étalait ses fleurs blanches et roses. Une mousse verte brillante poussait sous les dalles de béton qu'ils avaient cassées afin de dégager un espace pour le potager d'Ava. Elle sentait déjà les graines germer et se développer dans la terre sous ses pieds. Vivantes, vivantes.

Cass mit la tondeuse en marche.

— Prête ? demanda-t-il.

La vibration chaude se déplaça en une ligne droite ininterrompue depuis son front jusqu'à sa nuque. Elle éprouvait une sorte de sentiment de communion, comme si elle était moins coupée de la vie autour d'elle. Quand elle était petite fille, à Bonaparte, Caro et elle avaient des chiens de chasse. Ava les appelait tous Pike. Pike 1, Pike 2 et Pike 3. Tôt le matin, elle sortait avec les Pike. Tous les quatre, ils attendaient, tapis dans les broussailles, la forêt dégouttant autour d'eux, et ils ne formaient qu'un seul corps. Haletant.

La tondeuse bourdonnait à ses tempes. Si doucement. Si soigneusement. Ava pouvait prévoir les gestes de Cass en se fiant aux contractions des doigts de sa main libre. Une sensation de fraîcheur se développait sur son crâne en bandes verticales bien nettes.

— Terminé, annonça-t-il au bout d'un certain temps.

Ava ne bougea pas et n'ouvrit pas les yeux. Le soleil sortit de derrière un nuage et la réchauffa. Elle passa la main sur le velours de son cuir chevelu. Heureuse. Elle se mit à flotter dans les airs, comme un cerf-volant, par-dessus le toit des maisons, les lampadaires et la cime des arbres. Non pas libre – ce n'était pas ce qu'elle voulait, de toute façon. Radieuse.

BONNES ACTIONS

PENDANT tout l'hiver et au début du printemps, l'Arche mena une dure bataille contre le 248, Ephraim Avenue. Seigneur, qu'est-ce qui n'était pas arraché, pourri ou en train de s'écrouler dans cette maison ? Il y avait des fuites dans le toit, le sous-sol était marécageux, la salle de bains datait de l'homme de Cro-Magnon. Winnie vivait là depuis quinze ans, et elle avait élevé ses garçons dans ce taudis. Et elle avait supporté Carl jusqu'au jour où Cass l'avait viré de là comme un porc dont le diable avait pris possession. Un impact avait laissé un enfoncement en forme de tête dans le plâtre du couloir entre la salle de séjour et la cuisine. Winnie grimaçait chaque fois qu'elle le regardait. Ava dit à Cass qu'ils devraient réparer ça en premier.

Ils avaient trouvé une dent sous la moquette râpée. Une des dents perdues par les enfants, mais quand même. Cass parcourait les pièces à grandes enjambées, grimpait les marches deux par deux en lançant derrière lui : "Winnie, ça fait combien de temps qu'il y a ces taches d'eau ici ?" ou alors : "Tu veux qu'on arrache ces lames de parquet ?" L'instant d'après, Cass était en maillot de corps et disloquait le parquet pourri avec un pied de biche. Ava et Zeek s'y mettaient aussi, frappant à coups de masse dans la salle de bains moisie. Ava la démolissait comme si c'était celle de Glenn Avenue, comme si elle mettait pour toujours un terme à toute crasse. Youpi ! Elle était plus forte qu'elle ne le pensait. Elle arracha le linoléum, transporta des madriers sur son épaule au premier étage. Elle replâtra cet enfoncement dans le mur du couloir pour que Winnie et ses enfants puissent se déplacer dans leur propre maison sans que cette pièce à conviction n° 1 ne les terrorise de nouveau chaque fois qu'ils passaient devant.

Toussaint n'était pas aussi enthousiaste. Il se plaignit de l'odeur après qu'ils eurent enlevé le vieux linoléum dans la cuisine. Et de la poussière et des émanations des joints d'étanchéité et de la gomme-laque. Tout cela lui donnait des maux de tête ; il avait besoin de faire un somme – et là, il disait qu'il y avait trop de bruit, ça l'empêchait de dormir. Au moins, pensait Ava, il dit quelque chose. Au moins il est ici, avec nous. Pas comme au cours de ces horribles mois passés à Glenn Avenue, avec son silence, son regard éteint. Son teint cireux. Depuis leur arrivée au 248, Cass l'examinait une fois par semaine, chaque semaine. Il avait pris plus de trois kilos. Son visage avait retrouvé des couleurs. Cass était convaincu que les garçons avaient besoin d'exorciser leurs mécontentements ; ils avaient besoin de projeter leur corps contre tout ce qui les perturbait. Ava obtint de Toussaint qu'il aide à la démolition des marches de l'entrée qui tombaient en morceaux. Et, qui l'eût cru, il éclata carrément de rire quand il se mit à défoncer le bois pourri. Après cela, il fut volontaire pour aider presque tous les jours, surtout s'il y avait quelque chose à détruire. Quand la tâche était trop dure pour un enfant, il se tenait à quelque distance de Cass, hypnotisé par les muscles saillants dans le dos de son père, tandis que celui-ci et Zeek posaient une cloison de placoplatre. Un matin, Ava surprit Toussaint en train de faire jouer ses biceps devant le miroir de la salle de bains.

Tard le soir, quand la journée de travail était terminée, Cass et Winnie s'asseyaient à la table de la cuisine et mettaient de l'ordre dans les factures et les notifications des services de la ville. Plus que timorée, Winnie était carrément naïve à propos de tout ce qui concernait la maison. "Oh! Je ne sais pas. Je n'en ai aucune idée", s'exclamait-elle en soufflant et poussant de petits soupirs attristés. "C'est Carl qui faisait ça." Ou bien "Carl disait que je ne devrais pas m'inquiéter de ça."

Ava se tenait près de l'évier, elle essuyait la vaisselle en s'efforçant de garder une expression neutre. Apparemment, Carl payait les factures quand il en avait envie, ou pas du tout. Mais il laissait tout au nom de Winnie pour le fisc et l'agence de recouvrement. La pauvre Winnie ne connaissait pratiquement rien de sa propre vie. Des tas de factures d'eau, des avis d'arriérés, des lettres de la banque, des impôts en retard, des notifications de la ville à propos du gros chêne devant la maison, spécifiant qui était censé le tailler et qui était censé payer pour cela. La pauvre femme était tellement à cran qu'on voyait saillir tous les tendons de son cou. Mais elle ne pleurait jamais, Ava devait lui accorder au moins ça.

Cass lui expliquait quelles factures elle devait payer, quelles choses pouvaient lui valoir une assistance et lesquelles elle pouvait ignorer. Elle fit une demande d'aide sociale, qu'elle mit en commun avec celle d'Ava et l'allocation complémentaire de revenu de Zeek. Il y avait l'aide au logement et des dégrèvements d'impôts pour les primo-accédants. Les aides au chauffage accordées aux foyers à revenu modeste, pour les arriérés ainsi que les factures à venir. Les subventions de la ville pour la rénovation des logements, finançant les travaux qu'ils ne pouvaient pas faire eux-mêmes. Cass obtint une de ces subventions pour les aider à faire réparer la chaudière et il installa un déshumidificateur au sous-sol tout moisi.

Il éleva une cloison dans la salle à manger afin d'aménager un espace pour son cabinet de consultation. Une consultation gratuite, comme celle qu'il avait tenue au quartier général des Black Panthers. Pour la communauté, disait-il, pour l'indépendance. Par la suite, il proposerait des formations de premiers secours également. Ou un savoir-faire médical de base, de manière à ce que le quartier ne soit plus aussi dépendant des ambulances qui s'amenaient quand elles avaient le temps. Le seul problème, pour autant qu'Ava pouvait en juger, c'était que les gens des environs avaient de bons emplois en tant que salariés de PECO* ou de la ville, et ils se sentaient probablement déjà assez indépendants. Mais elle n'en dit rien et au lieu de cela, elle demanda :

— Comment va-t-on se procurer les médicaments et les… tu sais, les fournitures ?

Cass lui lança un regard qui signifiait Ô femme de peu de foi, et sortit de la pièce.

Le printemps venu, ils étaient venus à bout de presque tous les travaux dans la maison. De leur réserve d'argent aussi. Mais tout allait bien : d'après les calculs de Cass, il

* Philadelphia Electric Company.

avait obtenu des services publics qu'ils paient six mille dollars d'aide pour la rénovation. "Les salopards", disait-il chaque fois que Winnie et lui revenaient de l'un de ces services en ville. Mais jamais il n'était abattu comme l'avait été Ava à l'époque où elle était allée dans ces mêmes endroits. Lui, il était triomphant.

Ava se promenait dans la maison, émerveillée devant ces pièces propres et tranquilles. Ils avaient restauré chaque parcelle du 248 : de nouvelles vitres pour la fenêtre en saillie de la salle de séjour, des murs replâtrés le long de la cage d'escalier et dans le couloir qui traversait tout le rez-de-chaussée. Ils avaient installé un nouveau lavabo dans les toilettes avec lave-mains du bas et tout remplacé dans la salle de bains de l'étage. Ils avaient fabriqué de nouveaux placards dans la cuisine, à l'arrière de la maison. Posé de nouveaux parquets dans les trois chambres du haut. Les garçons partageaient la plus grande. Celle de Winnie, en haut de l'escalier, était de taille moyenne. La troisième n'était guère plus qu'un placard amélioré, mais Zeek n'avait pas besoin de beaucoup d'espace. Tous les parquets étaient en bois dur vernis, s'il vous plaît. Cass disait que l'Arche devait être sereine. Ils avaient enlevé certaines des lumières au plafond parce que Cass disait que ces vieilles lampes fluorescentes captaient la vitamine D de leur corps. Sans compter qu'elles étaient moches. La salle de séjour était particulièrement ensoleillée. Dans toute la maison, les murs étaient de couleur crème ou sable ou amande grillée.

— Les salopards ! dit Ava en tournant les robinets tout neufs de la salle de bains.

— Et si jamais il revient ? demanda Ava quelques semaines après qu'ils eurent fini les dernières peintures et alors que toutes les pièces sentaient la colle à bois et le savon Murphy. Cass et elle étaient étendus sur leur matelas, sous la haute fenêtre de leur chambre dans la soupente. Des bougies clignotaient dans des lanternes décorées, projetant des diamants ambrés sur les murs.

— Et si jamais il revient ? demanda Ava une nouvelle fois.

— Qui ?

— Carl. Si jamais il débarquait là ?

Cass roula vers elle et la regarda comme si elle était la plus idiote des personnes à qui il avait parlé ce jour-là.

— Il ne reviendra pas.

— Il pourrait.

Cass secoua la tête.

— Patch, dit-il.

Ava ne voulut pas en savoir plus. Patch avait débarqué au 248 un beau jour et il n'était jamais reparti. C'était l'homme de Cass – il ne parlait à personne d'autre que lui et personne ne lui parlait, à part Zeek, de temps à autre. Patch avait un œil laiteux et l'autre était petit et méchant comme celui d'un rat.

— De toute façon, cela n'aurait aucune importance s'il revenait, dit Cass. On s'est occupés de tout.

Cass posa sur Ava ce regard calme bien à lui, comme s'il la scrutait à la recherche de défauts. Il souleva une lame de plancher non fixée et prit quelque chose dans la cavité en dessous.

— Eh ben, ça me ramène directement chez moi, un truc comme ça, dit Ava.

À Bonaparte, tout le monde avait un coffret caché sous le plancher. Et tout le monde avait un titre de propriété à son nom. Celui que Cass avait à la main mentionnait: 248, EPHRAIM AVENUE, PHILADELPHIE, PENNSYLVANIE, 1956. Le propriétaire était répertorié comme étant Cassius Wright. Ava possédait assez de bon sens pour garder une expression neutre. Elle ne savait pas ce qu'il manigançait dans son grand plan. Mais elle se battrait à ses côtés. Elle ne dévierait pas d'un pouce.

— Il nous faut un endroit qui nous appartienne, dit-il. Celui-ci en est un. Il y en aura d'autres.

Il continua à parler de biens et de propriété coopérative urbaine. Il utilisa le mot souverain. Le monde entier n'a qu'à bien se tenir, pensa Ava. La voix de Cass se fit monotone et dure, dénuée du moindre soupçon de sentiment – comme si ce n'était plus à elle qu'il parlait, comme s'il annonçait à tous les Blancs, et peut-être même à tout le monde, ce qu'il allait leur faire. Ce n'était pas un homme facile. Mais il ne l'avait jamais été non plus. Tout d'un coup, le sentiment en lui pouvait disparaître. S'envoler. Ava garda la main ferme quand elle lui rendit le titre de propriété.

Elle eut envie de lui demander: Est-ce que Winnie sait que tu possèdes sa maison? Peut-être qu'elle le savait. Probablement, même. Et si elle ne le savait pas, c'était peut-être mieux ainsi. L'Éternel la protège. Elle dormait à l'étage en dessous, dans sa chambre qui n'était plus à elle, bien au chaud comme un kangourou dans la poche de sa maman.

RÈGLEMENT INTÉRIEUR

CASS alla déposer la télévision de Winnie au coin de la rue. Cadeau pour le premier qui la trouverait. Zeek lui dit que c'étaient les toxicos qui la prendraient, mais cela parut ne pas déranger Cass.

— Commerce, dit-il avec un petit rire.

Il vida le congélateur au sous-sol, puis distribua les côtes de porc et les steaks hachés aux gens qui vivaient dans le parc, non loin de là. Pas de viande au 248, et évidemment pas d'alcool. Il élimina toute trace de nourriture transformée.

— Mais pourquoi ? Tu aimes bien tous ces trucs, se plaignit Toussaint auprès d'Ava. Tu aimais *Falcon Crest* et le Rice-A-Roni*.

C'était vrai, elle avait aimé tout ça. Mais elle n'en avait plus besoin désormais. Sources de réconfort illusoire. Avec l'Arche, on œuvrait pour le long terme. La sécurité. L'autonomie. Ils se nourriraient grâce au travail de leurs propres

* *Falcon Crest* : feuilleton télévisé (1981-1990). Rice-A-Roni : préparation culinaire à base de riz, de pâtes et divers assaisonnements.

mains. Enfin, en partie, tout au moins. Les garçons ne furent guère impressionnés par tout cela quand Ava dévoila son projet de potager.

Alvin, Nemo et Toussaint se pressèrent sur les marches de derrière qui menaient au jardin.

— Quel bordel, dit Nemo.

Il avait douze ans et du caractère.

C'était un peu repoussant, c'est vrai – les derniers morceaux de dalles de béton n'avaient pas encore été évacués à ce moment-là, des madriers étaient posés contre la clôture délabrée, au milieu de toutes sortes de seaux et d'auges maculés d'enduit durci.

— C'est ce que nous allons manger, répliqua Ava, peut-être de manière un peu trop pompeuse, en montrant le jardin de la main.

— Des cailloux ? demanda Nemo.

Petit malin.

— Un jardin, dit-elle. (Elle se tenait devant eux, sur la dernière marche, et elle leva le plan qu'elle avait dessiné.) Vous voyez ?

Elle aperçut son reflet dans la vitre du bas de la porte extérieure. Ses muscles donnaient une courbure à la partie supérieure de ses bras et soulignaient le contour de son dos. Sexy, se dit-elle. Sous la toile de jean, ses mollets s'incurvaient sur les côtés. Elle portait une salopette la plupart du temps, et un bonnet de laine impeccablement enfoncé sur son crâne rasé. Le soir, elle s'écroulait dans le lit à côté de Cass et elle dormait comme une enfant. Elle se souvenait de choses qu'elle pensait avoir oubliées : comment aérer le sol avant de planter, comment construire des caisses pour jardinières surélevées, comment fabriquer une cloche avec une moustiquaire et de vieux cintres pour protéger les tomates et les fraisiers. C'est elle qui remarqua qu'ils devraient garder tous les déchets de nourriture et les mélanger à la terre retournée dans le jardin. Ils pouvaient aussi garder tous les restes dans un tonneau, avec quelques vers de terre pour faire du compost à utiliser plus tard comme engrais. Le plan du potager était détaillé et complet : haricots et petits pois sur rames – il était un peu tard pour les planter, mais elle prendrait le risque –, le plus près possible de la maison afin qu'ils ne fassent pas d'ombre aux plantes plus basses, des myrtilles sur le côté, avec beaucoup d'acide dans le sol (marc de café, vinaigre), des radis et du brocoli, des épinards au milieu.

Les garçons croisèrent les bras sur leur petite poitrine de poulet, sauf Alvin, qui déclara qu'ils seraient des fermiers comme dans *La Petite Maison dans la prairie*, et s'avança dans la terre.

— On pourrait tout simplement aller au magasin, suggéra Nemo.

Ava lui mit un râteau dans les mains.

— Commence là-bas, lui dit-elle.

Ils se plaignirent des insectes et d'Ava qui n'arrêtait pas de leur rappeler de faire des lignes bien droites. Ils disparurent après le déjeuner, et elle dut les faire descendre du toit en terrasse et sortir du petit rangement sous l'escalier pour les rassembler et les pousser dehors. Ils seraient morts de faim, à Bonaparte. Aucun d'eux n'était capable de faire quoi que ce soit, à part aller acheter des trucs. Ava savait encore travailler la terre. Toussaint aussi avait des dispositions pour ça. Quand vint le moment de planter, il déposait les graines dans le sol et tapotait un petit monticule de terre sur chacune d'elles comme s'il bordait un bébé dans son lit.

Le potager, c'étaient des heures de travail. Ava savait que leur labeur leur donnerait un sens de la discipline et de la motivation. L'ennui, c'est que les garçons ne comprenaient pas quel était le but de cet endurcissement. Cass était dans l'action, pas très porté aux explications, en dehors de ses discours enflammés. Au début, tout avait bien marché. Les premiers mois passés au 248, ils étaient tous totalement absorbés par leur nouvelle vie. Mais à présent, les garçons étaient impatients et grincheux, et ils avaient envie d'aller manger une pizza à l'extérieur – les adultes aussi, pour être honnête.

— Cass, disait Ava. Il faut que tu leur offres quelque chose qui puisse remplacer les cheesesteaks.

Quelques jours plus tard, à la Réunion, pour laquelle tout le monde au 248 se rassemblait quotidiennement en fin d'après-midi, Cass leur parla de ce qu'il appelait le complexe industriel de l'agro-alimentaire. Ils formèrent un demi-cercle autour de lui, assis sur des coussins posés à même le sol.

— Il y a un fric monstre à se faire dans les produits alimentaires. Un fric monstre à se faire dans la fabrication de ces produits qui restent sur des étagères pendant trois, six mois. Alors qu'importe si cette nourriture provoque le cancer ou vous donne le diabète. Si elle est à l'origine d'un corps en surpoids et d'un cerveau engourdi. Si elle vous rend accro dès le berceau.

Ava était différente, leur expliqua Cass. Elle était la seule parmi eux qui avait été élevée avec de la vraie nourriture, pas avec des cochonneries de l'épicerie du coin ou des hamburgers du drive-in. Elle venait d'un endroit où on savait ce qu'est l'autosuffisance. Ava était particulière, jusque dans les moindres cellules de son corps. Elle se redressa un peu – elle possédait, comprenait-elle, quelque chose qui pouvait servir aux autres. Elle connaissait des choses qu'ils avaient besoin de savoir, des choses qu'il était en son pouvoir de leur donner. Ou de garder pour elle. Toussaint, en revanche, était assis près de son père et paraissait consterné par le bannissement du Royal Cheese. Mais quand Cass tendit le bras et mit la main sur la nuque du garçon, Toussaint sourit malgré lui.

— Les conservateurs, les exhausteurs de goût. Le sirop de maïs à haute teneur en fructose. Tout ça entraîne une dépendance comme n'importe quelle drogue – et tout ça se retrouve dans la nourriture de tous les jours – les sodas, les chips, les cookies.

Même Cass eut un petit sourire à cette évocation.

— Hé hé, glousse Zeek. Planer avec les elfes Keebler*. Le diable m'emporte. J'aurais dû essayer ça d'abord.

— Écoutez, dit Cass. La moitié de nos quartiers n'a même pas un vrai supermarché. Qu'est-ce qu'ils vendent dans ces arnaques de magasins de proximité ?

Cass regarda les garçons. Ils haussèrent les épaules en marmonnant comme s'ils n'avaient jamais mis les pieds dans un magasin de proximité de toute leur vie.

— Ouais. Vous le savez tous parfaitement.

Il donna une petite tape malicieuse sur l'épaule d'Alvin.

— Notre peuple est une cible, dit-il. Ils veulent notre peau. On peut être effrayés. On peut se recroqueviller et pleurer. C'est une façon de réagir. L'autre façon, c'est de

* Keebler : marque de biscuits industriels dont les images publicitaires font apparaître un groupe d'elfes.

leur opposer la force, la puissance. Et si on se voyait forts, plutôt que faibles ? Redoutables, plutôt que pitoyables ? Vous comprenez ?

“Première étape, notre cabinet de consultation. De vrais conseils pour une bonne santé, pas seulement des pilules. Gratuits. En rupture avec le système de soins payants. On fait venir les gens ici et on les aide à adopter un mode de vie plus sain. On fait de cette maison un domaine et une forteresse. On reste vigilants, de manière à toujours savoir qui est un ami et qui ne l’est pas.”

La lumière du soleil de l’après-midi illuminait la pièce. Elle faisait resplendir leurs visages, étinceler leurs yeux.

Ce soir-là, Cass punaisa un manifeste au mur de la cuisine :

1. La Communauté de l’Arche s’élève contre tous les systèmes de déshumanisation et d’exploitation commerciale des Noirs.

2. L’Arche ne reconnaît pas la légitimité desdits systèmes, de leurs agents ni de leurs méthodes. L’Arche rejette la fiction de la démocratie américaine.

3. Tous ceux qui se sentent attirés par la liberté sont les bienvenus ici.

4. Les Noirs ne se définissent pas en termes d’oppression, de victimisation ou d’exploitation. Nous sommes au contraire les moteurs de l’économie mondiale : convoités, brigués, indispensables.

5. L’Arche cultive la liberté par l’attention portée au corps. Les soins médicaux sont toujours gratuits. Les soins médicaux comprennent les soins apportés au mode de vie et au mode de pensée. À l’Arche, les soins médicaux ne comportent aucun danger.

6. À l'Arche, nous n'affaiblissons pas notre cerveau, notre esprit ni notre corps avec des substances, des aliments ou des idées qui les empoisonnent.

7. Nous ne mangeons pas la chair d'autres créatures douées de sensations. Nous refusons d'absorber la terreur ressentie par ces êtres vivants à l'abattoir, sous peine de la ressentir nous-mêmes.

8. Nous sommes soigneux dans nos activités quotidiennes et dans notre apparence.

9. La docilité n'est pas une vertu à l'Arche. Les gens farouches sont les héritiers de la terre.

10. Nous incarnons ces principes et agissons selon eux. Ils imprègnent chaque aspect de notre occupation de cet endroit et de tous les endroits futurs. Nous comptons sur une fraternité en expansion.

FRATERNITÉ

TOUSSAINT, Alvin et Nemo partageaient un grand matelas dans leur chambre au premier. Le matelas était installé contre le mur du fond, et les étroits rectangles de parquet de part et d'autre étaient bordés de livres que Cass avait apportés par caisses entières. Une petite fenêtre donnait sur la ruelle derrière la maison. Les garçons pliaient leurs vêtements pour faire des piles bien nettes dans le placard, sous lesquelles Toussaint avait caché ses bandes dessinées les plus précieuses, hors de la vue de Cass. Cass ne tolérait ni les bandes dessinées ni les jouets. Il pensait que les jouets étaient des distractions qui empêchaient les garçons de lire et de devenir de jeunes hommes sérieux.

Sauf Alvin. Alvin était autorisé à avoir toute une collection de yo-yos, un Slinky et une chouette en peluche, si vieille qu'elle avait perdu son bec. Alvin faisait des crises. Il se balançait et criait quand il ne pouvait pas se resservir le soir au dîner, ou si quelqu'un se mettait même un tout petit peu en colère contre lui. Les crises d'Alvin fichaient la frousse à Toussaint, mais il l'aimait bien quand même – il avait neuf ans, même s'il ne se comportait pas comme un enfant de neuf ans, et il connaissait un tas de trucs au yo-yo, et il courait vite aussi, si vite que Toussaint avait du mal à ne pas être battu quand ils faisaient la course tous les trois. Nemo était sympa aussi. Il jouait au petit saint, mais un après-midi il raconta des mensonges au sujet de corvées à faire et il alla jusqu'au fast-food White Castle. Les garçons mangèrent les hamburgers prohibés dans la ruelle derrière le 248.

Ils étaient tous les trois de grands garçons – pratiquement de jeunes hommes, avait dit Zeek –, trop grands pour avoir peur d'une nouvelle famille, d'un nouveau père et d'une nouvelle vie. Et bien trop grands pour des larmes minables, ou pour se lamenter au sujet de trucs qu'ils avaient avant mais n'avaient plus maintenant. Cass disait que regarder en arrière n'était pas dans la manière de l'Arche. Donc ils bannissaient la peur. Du balai ! Mais parfois, au milieu de la nuit, Nemo se réveillait en tremblant, parce qu'il avait entendu leur père, à Alvin et lui, se déplacer quelque part dans la maison. Ce n'était pas Carl, en fait. Mais il y avait une chose malveillante qui montait tout doucement l'escalier. Les garçons, le cœur battant, se serraient les uns contre les autres, attendant que le croque-mitaine ouvre la porte d'un coup et entre, avec ses grands bras tendus, ses yeux enfoncés dans les orbites et ses dents jaunes pointues. À moi ! allait-il crier, parce que les garçons lui appartenaient et tout l'endroit lui appartenait et il voulait tout récupérer. Une fois qu'ils s'étaient terrorisés jusqu'à l'épuisement, ils tombaient tous les trois dans un sommeil profond et agité.

Le matin venu, aucun d'eux ne parlait de leur nuit de croque-mitaine. Ils sortaient du lit en grognant quand Zeek venait frapper à leur porte, à sept heures. Petit déjeuner à sept heures trente – les dents brossées et les cheveux peignés, à la table de la cuisine avec Winnie et Zeek. Flocons d'avoine et sucre brun tous les matins. Ava allait et venait dans la pièce en sirotant son café. Les échanges des adultes fusaient au-dessus de leurs têtes. Leur ancienne vie faisait de l'ombre à la nouvelle. À un moment ou à un autre, l'un d'eux finissait toujours par faire allusion à comment étaient les choses avant l'Arche. L'humeur se dégradait et s'assombrissait, malgré la lumière du soleil qui entrait par la fenêtre de la cuisine. Et puis Winnie mentionnait le nom de Cass et tout le monde retrouvait le sourire. La conversation s'orientait vers lui : il avait l'air fatigué, ce matin, quand Ava l'avait brièvement vu, ou bien il avait l'air particulièrement vigoureux. Il était inquiet. Il était radieux ! Les adultes parlaient de lui comme s'il était le temps qu'il fait, aussi irrésistible que ça.

Quand enfin Cass faisait son apparition dans la cuisine, Ava se précipitait pour prendre sa tasse de café, tandis que Winnie se levait et lui demandait s'il voulait manger quelque chose, même si cela ne lui arrivait jamais. Zeek lui faisait un grand sourire : "Eh bien, mon frère ! Comment ça va aujourd'hui ?" Toussaint risquait un timide "Bonjour" et retournait à son petit déjeuner. Son père était comme l'un de ces grands félins au zoo : vous ne pouviez pas vous empêcher de le regarder, mais si vous vous en approchiez trop, il vous dévorait tout cru. Cass lisait le programme du jour, puis le petit déjeuner était terminé et tous, adultes et enfants, se dispersaient, chacun s'attelant à sa tâche. Toussaint s'attardait sur ses flocons d'avoine, ahuri. Ou ébloui, peut-être. Il fallait toujours que Nemo revienne le chercher pour qu'ils se mettent à balayer le couloir de l'étage et nettoyer la baignoire et le lavabo dans la salle de bains.

Qu'il pleuve ou qu'il vente, vers le milieu de la matinée, les garçons partaient courir avec Cass dans la verdure printanière du parc. Toussaint aimait le bruit étouffé et régulier de ses pas sur le sol, ainsi que l'entrée et la sortie de l'air dans sa poitrine. Il déviait du parcours, tout seul, faisait le tour d'une pelouse, puis rattrapait les autres, facile. De retour au 248, le déjeuner les attendait : la soupe de pois cassés de Winnie, ou haricots blancs et riz dans un grand saladier posé sur le plan de travail, à côté d'une pile de bols et d'un tas de cuillers. Mikey, le copain d'enfance de Nemo et Alvin, un garçon à l'haleine infecte, passait chez eux certains jours, principalement quand il séchait l'école, c'est-à-dire la plupart du temps d'après ce que Toussaint pouvait en juger.

Au déjeuner, les garçons étaient exilés sur des chaises pliantes contre les murs de la cuisine, afin de faire de la place pour les visiteurs. "Je vous présente Martin", disait Zeek. Ou bien c'était Ava qui pouvait présenter Vera, qui vivait un peu plus loin dans la rue, et son bébé, Naima. Toussaint ne comprenait pas pourquoi sa mère amenait toujours ces femmes avec leur bébé. L'enfant se mettait toujours à hurler et Ava le regardait d'un air un peu effrayé et irrité tout à la fois. Alors Cass posait son bol délicatement sur la table. "Venez dans mon cabinet", disait-il. À ce moment-là, ce n'était encore qu'une pièce vide avec une table. Quelques instants plus tard, ils en ressortaient tous les trois, le bébé calmé et la mère tenant un petit tube d'un produit quelconque. Quand ils étaient hors de portée de voix, il arrivait à Ava de dire, à propos de la mère, "Bon, quand même, on n'a pas besoin d'être un génie pour acheter une bouteille d'Anbesol*." Quand le déjeuner était terminé, on passait au nettoyage, puis au jardinage. Les garçons avaient des cours avec Cass, pour qu'il puisse les interroger sur les Mau-Mau et Ida B. Wells. Suivaient: la Réunion, temps libre, le dîner, d'autres tâches. Les journées se déroulaient toujours de la même manière, chacune avec son rythme. Cass disait que la routine est le fondement d'un esprit stable.

Dans la soirée, l'Arche parcourait les rues du quartier. Les voisins faisaient la grimace devant leur petit cortège, mais Winnie continuait à lancer des bonjours à tout le monde, agitant le bras avec tant d'ardeur qu'il risquait de se détacher de son corps. Tout ce qu'elle recevait en réponse, c'étaient des demi-sourires et des regards froids. Pauvres Nemo et Alvin. Les mères font tellement honte à leurs enfants.

Cass et Ava marchaient derrière les autres. Cass passait son bras autour des épaules d'Ava dans le crépuscule de cette fin d'avril, leurs deux têtes inclinées l'une vers l'autre. Une petite fraîcheur dans l'air, pas désagréable, et pas encore de moustiques, ou pas beaucoup. Toussaint avait l'estomac rempli après le dîner et les jambes lourdes et bourdonnantes après une journée de jogging, de courses et de corvées diverses. Parfois, il marchait entre Cass et Ava: mère, père, garçon; maman, papa, fils. M'man et P'pa. Toussaint essayait tous les mots possibles. Aucun ne convenait parfaitement, mais un sentiment de protection l'envahissait, ne fût-ce que l'espace d'un instant.

Toussaint aimait Nemo et Alvin chaque jour un peu plus. Il les aimait vraiment beaucoup, mais ils étaient ses frères

* Anbesol: Gel buccal anesthésiant.

de la même manière que Cass était son père, autrement dit, c'était un peu du fabriqué. Ava n'arrêtait pas de lui dire qu'il avait besoin de temps pour s'habituer à eux parce qu'elle et lui avaient vécu à deux si longtemps. Elle lui disait qu'il commençait seulement maintenant à apprendre ce que signifie avoir une famille. Il s'était presque habitué à l'allure qu'elle avait à présent, avec ce duvet brun sur son cuir chevelu, et à ses yeux qui paraissaient si grands, maintenant qu'elle n'avait plus de cheveux sur la tête. Mais quand elle lui parlait comme ça, ça lui faisait mal au ventre. Il avait déjà une famille. C'était elle.

FLAGRANT DÉLIT

Le potager donnerait, mais une chose était sûre, pour l'instant il ne donnait rien. Deux semaines après la plantation, on ne voyait que les petites pointes vertes des radis. La nourriture achetée en magasin était presque épuisée également. "La tirelire est vide", avait dit Zeek quand Ava avait cherché un peu de monnaie pour des achats à l'épicerie. Zeek avait vendu les bons alimentaires d'Ava et de Winnie pour payer les fournitures du cabinet médical. Il ne leur restait plus que des conserves de légumes, des crackers, le fromage orange fluorescent distribué gratuitement aux bénéficiaires d'aides sociales et une barquette de beurre de cacahuète. Ava et Winnie avaient faim la plupart du temps, mais elles ne mangeaient que ce qu'il restait après avoir nourri les garçons et les quelques personnes qui venaient à la Réunion et profitaient du dîner. "Un canapé", disait Ava en riant, tandis qu'elle présentait des crackers sans marque tartinés de fromage.

Ce soir-là, après un maigre repas de gruau de maïs avec le dernier sachet de haricots de Lima surgelés, Ava sortit dans son jardin.

— Allez, mes petits chéris, chuchota-t-elle aux haricots verts sur rames, poussez donc.

— Est-ce que ça marche ? demanda Cass en s'avançant vers elle dans l'allée centrale.

— On devrait prendre des poules, dit Ava. Pour les œufs.

— On peut prendre quelques poules.

Sa chemise pendait à l'extérieur de son pantalon. Si elle lui touchait la poitrine du bout des doigts, si elle se penchait vers lui, il la tirerait dans le coin, derrière les planches, où personne ne pourrait les voir. Il lui prit la joue dans le creux de sa main.

— Il nous faut plus de nourriture, dit-elle.

— Je sais.

— Quinze jours encore avant de recevoir les chèques.

— Je sais.

— On devrait braquer une épicerie.

Cass ne s'intéressait pas beaucoup à la nourriture. Il aurait pu manger des flocons d'avoine tous les jours le restant de sa vie. Il croisa les bras et son regard se perdit en direction de la clôture de derrière, l'esprit déjà occupé ailleurs. Ava se dit, comme elle l'avait fait auparavant, que ce serait à elle de faire les choses dont il ne se souciait pas du tout. L'Arche était un corps, avait-il pris l'habitude de répéter. Ava ne voyait pas d'inconvénient à en être les mains.

— Plein de nourriture partout, dit Cass en se tournant de nouveau vers elle. Simplement, ils ne veulent pas qu'on le sache.

C'était probablement vrai, mais Ava ne pouvait pas donner de la philosophie à manger à son fils. Elle avait eu une idée. Une idée qui lui était venue comme un sinistre fantasme. Elle n'avait pas réellement l'intention d'aller à Glenn Avenue. Ils ne mouraient pas de faim. Ils pouvaient continuer à manger du gruau de maïs et des petits pois en conserve. Elle pouvait aller à une banque alimentaire. Mais le gruau de maïs et les pois crottes de nez (comme Toussaint les appelait) sont vite périmés, et puis, de toute façon, ce n'était pas une question de nourriture, ou pas seulement de nourriture. Retourner là-bas avait quelque chose à voir avec Miss Simmons et ses notes d'avertissement, et aussi avec les cafards et les poissons d'argent. Et avec le fait que Glenn Avenue n'était même pas capable d'avoir un agent de sécurité qui ne trempe pas dans le trafic de bons alimentaires et qui ne baise pas avec toutes les résidentes.

Ava et Cass se tenaient sur le parking du supermarché A&P, en face du centre d'hébergement. Le bâtiment était plus grand que dans les souvenirs d'Ava, comme si son esprit l'avait rétréci afin qu'elle puisse le ranger quelque part où il ne la tourmenterait plus.

— On n'est pas obligés de faire ça, dit Cass.

Le feu passa du vert à l'orange, puis au rouge, puis il recommença, encore et encore. Les voitures filaient dans Tulpehocken. Les projecteurs devant la façade du centre répandaient un nuage de fluorescence dans l'air. À l'intérieur, il y aurait les mêmes bruits habituels des gens qui s'installent : un bébé qui pleure quelque part dans un couloir. Des claquements de pantoufles sur le linoléum. Un grincement de cadre de lit métallique. L'odeur d'ammoniaque près des bureaux de l'infirmière et de Miss Simmons.

Il ferait trop chaud dans l'entrée et trop froid dans les couloirs. Et ces foutus moustiques.

Pour une raison qu'elle n'aurait su expliquer, Ava dit :

— L'été va arriver avant qu'on ait le temps de s'en rendre compte.

Cass ne se laissait pas démonter par ce genre d'illogisme, et il hocha la tête et continua à regarder le feu tricolore changer.

Ava se tourna vers l'arrêt de bus.

— Je ne peux pas, dit-elle.

Cass eut un haussement d'épaules si léger qu'Ava faillit ne pas le remarquer. Le fait est qu'il serait rentré au 248 et n'aurait plus jamais dit un mot à ce sujet.

Ava prit une profonde inspiration. Et dit :

— OK.

Ils traversèrent la rue, contournèrent le bâtiment et obliquèrent après les bennes à ordures vers la porte de la réserve à l'arrière. Ava s'arrêta, la main sur la poignée. Ce n'est qu'un endroit, se dit-elle. Qu'est-ce que je pense qu'il va arriver si j'entre ici ? Les choses sont douloureuses pendant un moment, puis elles cessent d'être douloureuses, malgré les sonnettes d'alarme qui s'agitent dans notre poitrine. Certaines nuits, quand Cass et elle étaient seuls, il prenait un canif et faisait des incisions dans la cicatrice de sa blessure par balle. "Ce n'est que de la douleur", disait-il. Bien sûr, il demandait à Ava de nettoyer les entailles avec de la teinture d'iode. La douleur, c'était une chose, mais les bactéries, c'était une autre paire de manches.

En tirant dessus et avec quelques secousses, la porte s'ouvrit dans un raclement. Quand l'odeur lui parvint, Ava ressortit et alla vomir près d'une benne à ordures.

— Seulement un corps qui porte plainte, dit Cass.

Ava s'essuya la bouche et refranchit le seuil. Des étagères en acier chromé, du linoléum usé, des murs crasseux – juste une horrible pièce remplie de choses dont ils avaient besoin.

Elle prit des paquets de pain sur les étagères, du lait en poudre, des boîtes de tomates en morceaux. Du riz, des paquets de nouilles. Des grands sacs de haricots verts surgelés, de pois, de haricots de Lima et de maïs. Ils n'avaient plus de place dans les chariots à linge pliables qu'ils avaient apportés.

— Il faut qu'on y aille doucement et qu'on s'organise, dit Ava.

— OK. Ouais. Haricots de Lima ?

— Trois sacs.

— Tu penses qu'on a besoin de ces quatre sacs de riz ?

— Du riz, ouais. Un bon aliment de base.

Ils allaient et venaient, discutant du maïs en conserve comme s'ils se trouvaient dans un supermarché ShopRite. C'était banal et excitant de se tenir là, près de Cass, qui pouvait atteindre les étagères les plus hautes et que la tension du moment ne faisait pas souffler comme un taureau. Ils remplirent les chariots jusqu'à ce qu'ils soient sur le point de déborder, puis ils se dirigèrent vers les portes de la réserve.

Tout à coup, Ava prit conscience avec une grande intensité que l'ancienne chambre où elle et Toussaint avaient résidé était là, un peu plus loin, dans le dédale de couloirs. Combien d'enfants présents six mois auparavant étaient encore là aujourd'hui ? Est-ce que Tess était encore là ? Une autre femme et un autre enfant dormaient dans la chambre où elle et Toussaint avaient dormi. Elle essaya de ne plus y penser, elle voulait rentrer à Ephraim Avenue. Au diable tous ces gens.

— On était dans la chambre 813, dit-elle.

Cass hocha la tête.

— Tu me l'as déjà dit.

Ava ne se souvenait pas lui avoir donné de détails, elle ne se souvenait pas lui avoir raconté quoi que ce soit au sujet de son séjour ici, sauf qu'ils étaient ici. Elle tira son chariot à l'extérieur de la réserve vers l'espace des poubelles, puis elle s'arrêta et regarda les portes qui donnaient dans la cafétéria.

— C'était par là ? demanda Cass. Votre chambre ?

Ava cala son chariot contre un mur. Un instant plus tard, ils étaient dans la cafétéria plongée dans l'obscurité. Cette odeur de haricots bouillis et de viande servie au déjeuner. Les dessins des enfants toujours sur les murs. Qu'est-ce qu'elle voulait faire ici ? Frapper à la porte du 813 et dire "Salut ! Je voulais juste voir ce que vous aviez fait de cet endroit !" Elle imagina les nouveaux occupants : une accro au crack et son fils adolescent, qui n'aurait rien à voir avec le fils d'Ava. Celui-ci serait tout flasque à force de manger des sandwichs à la mortadelle et de ne rien faire, et il deviendrait un bon à rien une fois adulte, avec un tas de marmots et son chèque des services sociaux. Exactement comme l'avait dit Ronald Reagan. Plus ils s'approchaient de la chambre 813, plus Ava était déterminée à ouvrir la porte d'un coup de pied pour les surprendre en flagrant délit. Délit de quoi ? D'être pauvres. Ha-ha. Ha. Des dégénérés. Des *niggers*.

— C'est là, chuchota-t-elle quand ils se trouvèrent dans le couloir vert. C'est juste ici.

Elle accéléra, mais Cass ne la retint pas. Il ne lui dit pas de se calmer. Quand elle appuya sur la poignée, la porte du

813 s'ouvrit. Un rayon de la lumière du couloir pénétra dans la pièce. La petite étagère au-dessus du lavabo était couverte d'articles de toilette : huile capillaire, un produit quelconque pour le corps en aérosol, un peigne rose. La chambre n'était pas aussi nue que dans les souvenirs d'Ava. Les nouveaux occupants avaient collé des photos sur le mur du fond. Ils avaient essayé de rendre la pièce acceptable pour des êtres humains. Une femme dormait sur l'un des petits lits, des rouleaux rigides dans les cheveux sous un foulard, son corps arrondi autour d'un autre petit corps endormi, comme une coquille de noix protégeant la chair tendre à l'intérieur. L'enfant remua. Elle se redressa et ouvrit de grands yeux. Ava devait être une silhouette monstrueuse, découpée dans ce rayon de lumière venant du couloir. Ça, pour les surprendre, elle les avait surpris. Aucun doute là-dessus.

Cass referma doucement la porte. Mais Ava n'était pas désolée. Non, vraiment pas. Elle était en colère. Elle avait envie de courir dans le couloir et de démolir à coups de pied les portes à la peinture éraflée. Pour libérer tous ces gens. Elle leva la jambe bien haut devant la porte de la chambre suivante. Cass la retint. Il l'entoura de ses deux bras et la serra contre lui.

— Ça servirait à quoi, ça ? demanda-t-il.

Il avait raison. Où iraient-ils tous ? Chez Winnie ?

De retour dans la cafétéria, Ava s'assit à une table, la respiration haletante.

— Regarde-moi ça, dit-elle en désignant l'endroit d'un geste de la main. Est-ce que je t'ai déjà parlé de Miss Simmons ? Est-ce que je t'ai dit que l'évacuation fonctionnait mal dans les douches et qu'un jour un tampon taché de sang flottait à la surface et a touché mes chevilles ? Est-ce que je t'ai dit que Toussaint était tellement perturbé qu'il errait dans les rues toute la journée dans le froid ?

Ils devraient y mettre le feu. Ils devraient rassembler tous ceux qui sont responsables de ce qu'est ce centre de Glenn Avenue et… et… Et qui était responsable ? Qu'est-ce qui s'était dressé sur ses pattes de derrière et avait fait s'abattre une telle malédiction sur ces gens ? Et sur Ava aussi. Et son garçon. Cass aimait dire que c'était le système, mais on ne peut pas frapper le système en plein visage. On ne peut pas trancher la gorge du système. Elle donna un coup de pied dans une chaise.

— Ne fais pas sauter le bâtiment tant que tu es à l'intérieur, lui dit Cass.

Ils sortirent comme ils étaient entrés, par la porte de la réserve. Quand ils furent dans Glenn Avenue, Ava aperçut Melvin : les pieds posés sur le bureau, profondément endormi. Seigneur. Elle peinait pour traîner le poids du chariot derrière elle. Les efforts la calmèrent. Les efforts lui firent penser à la récolte du sorgho quand elle était petite fille, à Bonaparte. Ils avaient été suffisants, plus que suffisants, pour entretenir la terre et les nourrir, eux, ainsi que tous ceux qui venaient à échouer dans leur ville. Et pour prendre ce dont ils avaient besoin aux gens qui avaient trop et ne voulaient pas partager. C'était juste et simple. Comme disait son p'pa, rester en vie est la meilleure des revanches. Que l'Éternel le bénisse.

— OK, dit-elle tout haut.

Cass la regarda et sourit.

Ava et Cass attendirent en vain le dernier bus, et ils durent marcher pendant trois heures pour rentrer à Ephraim

Avenue. Ava était tout endolorie des poignets jusqu'à la plante des pieds. Cass mit une main sur un côté du chariot d'Ava et ils remontèrent péniblement Fifty-Eighth Street, le traînant entre eux deux. Une pluie glacée les mouilla jusqu'aux os, goutte après goutte, jusqu'à ce qu'Ava commence à claquer des dents. Ils avaient l'impression d'être les deux dernières personnes au monde. Juste quand Ava se dit qu'elle ne pouvait plus faire un pas, ils débouchèrent dans Ephraim Avenue et là, à mi-chemin dans la rue, la lumière de l'entrée du 248 se répandait sur le trottoir comme un phare. Ils se mirent alors à trottiner, guidés par la lumière.

Dans la salle de bains de l'étage, Cass enleva le jean et le T-shirt trempés d'Ava, roula les chaussettes dégoulinantes et les retira doucement de ses pieds. Il se débarrassa lui aussi de ses vêtements mouillés et tous deux se mirent sous la douche. Oh, le fond chaud de la baignoire sous les pieds d'Ava ! L'eau brûlante coulait sur son crâne et dans son cou. Cass la frictionna, faisant de larges cercles depuis ses omoplates jusqu'au creux de ses reins. L'aube se leva. Le carrelage blanc devint indigo dans la lumière naissante, puis bleu mer, puis bleu-vert pâle. Le rose du soleil levant irisait la vapeur tourbillonnante.

BONAPARTE

Après l'incendie, Progress envoya tout un détachement de flics – police locale et police de l'État, s'il vous plaît. Ils savaient que c'était Barber.

— Non, mais quelle honte, qu'on leur a dit. Il s'est amené ici en racontant qu'il était le cousin de Lester-Luther-Jenkins-Jones, celui qui vivait là-bas, du côté de la courbe de la rivière, et qu'avait des vaches qui s'égaraient toujours. Il a dit qu'il venait de Detroit.

Detroit faisait l'affaire. Difficile d'imaginer que ces idiots continueraient à se décarcasser au sujet d'un Noir du Nord. Maintenant, la moitié de tous ces foutus Noirs, ils sont dans le Nord, mais en Alabama, les ploucs ont pas encore tourné la page. Detroit, qu'ils ont répété en hochant la tête. Ils ont surveillé les environs, pour voir si Barber revenait. Comme il est jamais revenu, ils sont repartis à Montgomery, ou je ne sais où. Sauf un. Un grand flic maigrichon avec un visage qui faisait penser à une tête de mort. La nuit, il rôdait en civil dans les parages dans une berline banalisée. Il faisait pas le détour par les maisons de Progress, contrairement aux autres. Ce type, il voulait passer par les Chênes. Je comprenais pas pourquoi il voulait plus nous lâcher. Peut-être qu'il nous avait fait quelque chose, autrefois, ou c'était son père, ou son grand-père. Dans tout cet État, y a pas un Blanc qui soit éloigné d'un truc dégueulasse de plus d'une génération. Et encore, ça, c'est les bons.

Ça a pas manqué, Carter Lee et moi, on était dans les bois, au cours d'une de nos patrouilles, quand cette berline s'est arrêtée et Tête de mort est sorti. On voit bien qu'il est pas normal – des grands yeux qui reflètent tout au lieu de voir. Il a fait des allées et venues sur la route, il a regardé des trucs par terre, il a braqué sa torche dans les arbres. Il était à quinze mètres de nous, puis à trois mètres. Je suis restée calme. Disons, assez calme. Il s'est approché, examinant les broussailles et reniflant l'air comme un chien de chasse. La lumière de sa torche est passée juste au-dessus du capot de notre pick-up. Il était si près que j'ai pu remarquer qu'il transpirait comme quelqu'un qu'a trop bu. Le fait est qu'il nous a pas vus. À moins de trois mètres, il s'est pas aperçu qu'on était là. J'ai tordu la main de Carter Lee si fort qu'il m'a tapé dans l'épaule pour que je le lâche. Une minute après, Tête de mort était remonté dans sa voiture. On est restés un long moment dans le noir avant que Carter Lee redémarre son pick-up.

— Qu'est-ce que je t'ai dit ? que je lui ai demandé. (Carter Lee a hoché la tête et a aspiré de l'air comme s'il avait retenu sa respiration.) Maintenant tu l'as constaté par toi-même. Il a braqué sa torche droit sur nous, mais il nous a pas vus.

— On était trop loin.

— On était pas si loin que ça, Carter Lee. Il regardait droit vers nous. (Carter Lee a cafouillé pour passer la marche arrière.) Je te le dis. Une fois passés les Chênes, ils voient plus rien.

— Qu'est-ce que tu veux dire ?

— Ce que je veux dire, c'est que pour moi, y a des tas de gens qui peuvent plus trouver leur chemin jusqu'ici.

— Ahh, Dutchess, recommence pas avec ces histoires idiotes. La végétation a tout envahi dans certains endroits. On a pas exactement fait venir Lady Bird Johnson ici pour nous embellir le coin. Merde. Barber est venu et il est reparti sans problème. Il connaissait le chemin, lui, alors que ce type, il le connaît pas. C'est tout.

J'ai rien dit d'autre. Mais je savais que c'était un peu plus compliqué que ça. On est en train de s'effacer. De disparaître du temps. Mais moi je vous le dis, je vais pas nous faire disparaître encore plus vite en les laissant avoir un seul de ces hectares plus tôt qu'il faut.

Le lendemain, je suis montée dans mon pick-up et je suis allée à Bodine. Ça faisait sept ans que j'avais pas quitté Bonaparte. Je m'attendais presque à voir des gens en soucoupes volantes filer comme des flèches dans tous les sens. Bon, évidemment, c'était seulement à Bodine, le trou du cul du monde, que j'allais, alors il y avait peu de chances quand même. Ils risquaient plutôt d'être allés dans l'autre sens et d'avoir rétabli l'esclavage, ou alors d'avoir remis à l'ordre du jour la ségrégation des distributeurs d'eau fraîche. Pour aller à Bodine, c'est beaucoup plus rapide en bateau, mais je voulais pas que Carter Lee et les autres soient au courant de ce que je faisais. Et puis de toute façon, sans Caro, je suis pas rassurée sur l'eau. J'ai pris deux fusils et une boîte de munitions avec moi. Un sous le siège et un autre sous une bâche à l'arrière. J'avais mon couteau. Et j'ai emmené Delilah, qui vaut bien mieux qu'une lame de rasoir sur la gorge – elle aime pas les Blancs et elle aime pas les autorités. Elle a commencé à grogner sourdement dès qu'on a pu apercevoir le bâtiment municipal de Bodine. L'Éternel la bénisse.

Bodine me donne envie de grogner aussi. Le centre de la ville n'a que quatre longues rues, disposées en grille de morpion, l'immeuble le plus haut a deux étages, si on met à part le clocher de l'église méthodiste. Il y a un Woolworth, une pharmacie Rexall, et un truc minable, qui passe pour un grand magasin à Bodine et qui s'appelle Lawry's – comme le sel aromatisé – juste à côté de la caisse d'épargne Wilcox. Et cette ville merdique a le culot de sentir le jasmin. C'est pas un peu fort, ça ?

Vous auriez dû voir la tête des Blancs quand je suis entrée dans cet établissement pour retirer mon chèque de banque. J'avais mal au ventre, mais je suis entrée là-dedans comme si j'étais Leontyne Price. En tailleur pantalon vieux rose de chez Bill Blass. Oui, madame. Delilah à mon côté, à hauteur de ma hanche et ronflant comme un dragon. Toutes les conversations se sont arrêtées ! J'ai dû prendre un peu sur ce compte-ci et un peu sur ce compte-là pour arriver à quatre mille, mais j'ai pu avoir toute la somme. Je suis allée au bureau des taxes foncières et je leur ai dit que je voulais payer les arriérés d'impôts pour le numéro 4128 de General Store Way, à Bonaparte. L'homme derrière le guichet a été tellement surpris qu'il est passé par quarante-six nuances de rose. Il a regardé l'avis d'imposition, puis mon chèque, puis l'avis d'imposition encore un moment.

— OK. Euh, Miss… Dutchess.

Vous pouvez croire qu'ils en sont encore à vous sortir des conneries pareilles ?

— Madame Carson, que je l'ai corrigé.

Il est parti dans un bureau, dans le fond. J'imagine que des types là-dedans ont pris le temps de relever les empreintes sur le chèque. J'ai attendu une demi-heure.

Bien sûr, vous pouvez toujours planter une épingle à chapeau dans le cou de quelqu'un, histoire de passer le temps. Delilah a commencé à s'agiter et à aller et venir. Sur le côté du guichet, il y avait une boîte en carton remplie de canettes de soda vides, bon sang, qu'est-ce qu'ils descendent comme RC Cola, et derrière ça, tout un tas de classeurs en cuir sur des étagères marquées REGISTRES FONCIERS ET SUCCESSIONS. J'ai pris le classeur de 1936. Vous pouvez croire qu'ils ne mettent même pas ces trucs-là à l'abri dans une pièce spéciale ou quelque chose comme ça ? Eh ben c'est pourtant le cas, alors j'ai ouvert le classeur et c'était bien là : Projet de répartition des terrains sous l'égide de la WPA*, Bonaparte, Alabama, parcelles 1 et 2 et ainsi de suite, avec tous nos noms. Carson, LaPrairie, Duke, Billups et ainsi de suite. Je garde le véritable titre de propriété dans mon coffret, bien sûr, mais c'est quelque chose de voir tous ces documents aux bords jaunis dans ce vieux classeur d'archives.

Il faisait à peu près 200 °C dans ce bureau des taxes foncières. Avec un taux d'humidité tel que vous auriez pu boire l'air, et ces ploucs avaient toutes nos précieuses archives sur ces étagères qui sombraient dans l'oubli, comme les minutes qui s'égrenaient à leur horloge accrochée au mur. Quand

* Work Projects Administration : agence fédérale créée dans le cadre du New Deal, en charge de la politique des grands travaux.

l'homme est ressorti du bureau du fond, Delilah s'est dressée sur ses pattes de derrière et a posé celles de devant sur le rebord du guichet. Elle lui a fait un petit sourire. Il a dit :

— Vous pouvez rappeler votre chien ?

— Je suis désolée, monsieur, que je lui ai fait. Vous avez peur des chiens ?

Hé hé. Je vous le dis, ma petite fille mériterait un Oscar. Avant de repartir, il me dit :

— Je savais pas qu'y restait encore des gens comme vous à Bonaparte ! C'est vraiment bien que la société Progress construise des maisons là-bas, tout devait être à moitié en ruine.

J'ai pris mes reçus et je suis partie. La bave du crapaud n'atteint pas la blanche colombe. Et j'ai emporté un classeur des successions, juste pour semer la pagaille dans leurs archives de legs et testaments concernant des terres qui ne sont pas leurs affaires, de toute façon. Pas mal, hein ?

Dès que vous quittez Bodine, c'est la pleine campagne. J'imagine que c'est aussi la pleine campagne quand vous êtes encore *dans* Bodine, mais pas dans le bon sens du mot. La route est à deux voies et en asphalte, mais vous n'y rencontrez rien pendant des kilomètres, à part de la mousse espagnole et des pins à torches. La route est plate comme le derrière d'une femme blanche. On est passées dans un petit endroit appelé Albing, où il y a seulement un magasin Fosky's en bord de route, qui vend de la nourriture pour animaux et du fromage en bloc et de la bière. Devant l'entrée, y a toujours une bande de *niggers* qui restent là à vous regarder des pieds à la tête s'ils voient que vous êtes pas du coin. Mais ils vous font un gentil sourire et portent la main à leur chapeau – métaphoriquement, je veux dire – s'ils vous ont déjà vue avant. Et vous pouvez me croire, ces *niggers*, ils oublient jamais un visage. Ils en ont vu que quelques-uns dans toute leur vie, étant donné qu'ils sont jamais allés nulle part, en dehors de Fosky's et de leur cabine de pick-up. Après ça, c'est quatre-vingts kilomètres de paix et de tranquillité, une ou deux de ces maisons avec toutes les pièces en enfilade un peu à l'écart, dans les arbres, et quelques mobile homes avec des parties de dés en cours devant la porte.

J'ai le reçu des impôts RÉGLÉ dans mon petit porte-documents posé sur le plancher du pick-up. Les vitres baissées, le vent est frais et l'air embaumé de mousse entre à flots. Delilah passe la tête par la portière et donne un bon récital de hurlements pour des gosses au bord de la route. Je ralentis pour qu'ils puissent nous poursuivre en braillant "Aouuuh", la tête rejetée en arrière dans un éclat de rire. "Aouuuh!", qu'on leur répond, Delilah et moi. "Aouuuh!"

La grande route se rétrécit à mesure que vous approchez de la sortie vers Bonaparte – après la sortie, elle est encore plus étroite, mais Progress l'a bitumée de telle façon qu'elle est lisse comme du verre. Une quinzaine de kilomètres dans un bel environnement, jusqu'à la maison: la voûte que forment les arbres est si haute que ça vous donnerait presque envie de revenir à la royauté. Mes épaules retombent après avoir été si relevées autour de mes oreilles, et le fusil sous mon siège cesse d'être aussi présent dans mon esprit. Mais Delilah voulait pas se calmer. Elle gémissait et maugréait et elle arrêtait pas de regarder derrière nous. Dans le rétroviseur, il y avait rien d'autre que des taches de soleil sur l'asphalte, des ombres vertes et ces bouffées argentées que la forêt lâche quand il fait chaud et humide.

— Chut, ma fille. On est presque arrivées. Tais-toi maintenant.

En Alabama, c'est Jésus et tout le reste, quelle que soit la station de radio que vous sélectionnez, ou alors c'est de la musique country, ce qui revient au même. Du violon, du violon, et (enfin !) Minnie Riperton au milieu des parasites, pareille à des clochettes d'or.

— Tu vois, D ? Tu aimes bien Minnie.

Elle m'a fait un hmmmph et a continué à regarder vers l'arrière. Y a des fois, y a pas moyen de faire plaisir à cette bête. Mais moi, j'en avais terminé avec la nervosité, j'avais passé toute la journée avec l'estomac retourné. J'ai pris ma bouteille dans la boîte à gants, puis j'ai monté le volume de Minnie et j'ai roulé en direction de la maison. J'avais fait cinq photocopies de mon reçu des impôts. J'avais l'intention d'en glisser une dans la boîte à lettres des autres. Je veux pas voir l'un ou l'autre de ces idiots sur le pas de ma porte, sauf pour avaler mon cake à Noël. Ne blesse personne, maintenant, je peux entendre mon Caro me dire dans un gloussement. Si c'était Caro, il serait allé payer cette facture et il aurait rien dit à personne, mais moi j'ai pas l'esprit aussi noble que ça.

La route derrière nous s'est assombrie. Dans le coin, les orages peuvent vous tomber dessus d'une minute à l'autre. Vous pouvez pas vivre à Bonaparte et pas croire en l'Éternel, ou Quelqu'un comme ça. On a un temps biblique, ici. Mais celui-là était bizarre, parce que la plupart du temps, les orages arrivent de l'eau, et l'eau se trouvait devant nous, pas derrière. À la radio, Minnie en était à ses *Ouh ouh ouh ouh ouh*, cette partie de sa chanson que seuls les chiens peuvent entendre, et j'imagine que Delilah l'a entendue, parce qu'elle s'est mise à aboyer comme s'il y avait un ours sur le plateau du pick-up.

— C'est bon, ma fille, je lui ai dit. C'est rien que le vent.

À dire vrai, la bourrasque a été si forte que ma bouteille a été balayée du tableau de bord. Les jeunes arbres derrière nous cinglaient l'air. Et la mousse espagnole s'envolait comme des pétales de marguerite sur leur tige. J'ai pris le virage, à moins de cinq kilomètres avant Bonaparte, et une fois que la route est redevenue droite, que le diable m'emporte, le soleil était de retour et le vent était retombé. Bon Dieu, je me suis dit, mais qu'est-ce que ça pouvait bien être ? Peut-être une petite tornade qui avait touché terre. Je vais droit chez Carter Lee, parce que la météo c'est son hobby. S'il y a eu une tornade, il le saura.

Delilah hurlait, et elle plaisantait pas cette fois. Dans le virage, un brouillard gris s'avançait à toute vitesse, comme un raz-de-marée, sauf qu'il était si large que je voyais pas les extrémités, et si haut qu'il masquait les cimes des arbres. Dense comme de la crème épaisse, et il venait vers nous. Delilah s'est mise à rugir et j'ai enfoncé l'accélérateur. C'était peut-être la fumée d'un incendie, mais je sentais rien. Ou. Ou quoi ? Il fonçait sur la route derrière moi. Vous avez déjà vu un feu de forêt dévorer tout sur son passage ? C'était pareil, seulement une énorme masse compacte d'un néant brumeux, qui effaçait les bois, les arbres et le chant des oiseaux. Pied au plancher. 130 km/h, puis 145. Le volant tremblait entre mes mains quand j'ai atteint le 160. Ce néant était à huit cents mètres derrière moi, puis quatre cents, puis deux cents. Le volant tressautait et le témoin de contrôle du moteur clignotait. La chose immatérielle était juste derrière moi. La pression a augmenté dans mes oreilles si bien que j'entendais plus rien, ou peut-être qu'y avait rien à entendre, comme si la chose avait dévoré tous les sons. À 175 km/h, je pouvais plus contrôler la direction et le capot fumait. Éternel, Vieille Rea, au secours. J'ai regardé dans le rétroviseur, la moitié du plateau avait disparu. Delilah se jetait contre la vitre, montrant les dents, agitant la tête d'avant en arrière. Un ruban de brume s'est incurvé lentement, comme de la fumée s'élevant d'une cigarette, juste à l'extérieur de la fenêtre. Je vous jure, mes oreilles saignaient, mais j'écrasais l'accélérateur et ce pick-up et moi, on est passés entre nos Chênes de Bonaparte comme une comète.

Quelques mètres après les Chênes je me suis arrêtée au milieu de la route, dans un nuage de fumée. Là-haut, dans le ciel, le soleil était chaud et doré comme toujours, et les bois étaient toujours aussi broussailleux et d'un vert profond. Un paon sauvage se pavanait sur la route, un peu plus loin, devant nous. Je suis restée assise dans la cabine, la respiration saccadée, me préparant à sentir le froid du brouillard sur mes épaules, mais il est jamais venu. J'ai appuyé la tête sur le volant un long moment avant d'avoir le courage de regarder derrière moi. Au-delà des Chênes, un foulard de brume grise se tordait dans l'air. Plus loin, la route, les arbres, tout était comme ça devait être, mais quelque chose s'était arrêté ; comme si la route était qu'un cliché de la route, figé ainsi à tout jamais. Je peux pas vous expliquer ce que je veux dire exactement. Mes oreilles se sont débouchées brusquement et j'ai entendu que je pleurais de grosses larmes accompagnées de spasmes. Et Delilah. Aah, Delilah, elle avait la tête penchée en arrière et elle poussait des hurlements lugubres.

PHILADELPHIE

M-80

— Tu les as eus où ? chuchota Toussaint.

Mikey referma les doigts sur les deux pétards M-80 qu'il avait au creux de la main. Les garçons se pressaient autour de lui dans la ruelle derrière le 248.

— Comme si j'allais vous le dire, bande d'idiots, répondit-il en essuyant une traînée de sueur qui gouttait de son front.

Il enfonça ses deux mains dans les poches de son short. Mikey s'était mis à venir plus souvent. Personne n'en avait vraiment envie, mais Alvin et Nemo n'y pouvaient rien.

— On le connaît depuis qu'on est tout *petits*, avait dit Nemo.

— Putain, fait vachement chaud, dit Mikey.

— Vachement chaud, répéta Alvin.

Il faisait vraiment vachement chaud, pensa Toussaint.

Mikey se débarrassa de son sac à dos d'école. Les autres garçons se pressèrent autour de lui.

— Hé, dit-il, laissez-moi respirer.

Sa main crasseuse émergea des profondeurs du sac tenant quatre pétards de plus.

— Oh merde ! s'exclama Alvin.

— Tu peux le dire.

Après ses quinze ans, Mikey avait commencé à se conduire comme s'il se devait d'être le meneur. Toussaint ne lui accordait pas beaucoup d'attention parce qu'il avait une haleine infecte et qu'il avait l'air d'une girafe, avec sa grande taille et sa peau claire pleine de taches d'acné marron un peu partout. Il se comportait comme s'il leur faisait une faveur en venant les voir, mais Toussaint pensait que c'était probablement parce qu'il n'avait pas d'autres amis. Il passait la journée à vadrouiller dans le parc avec les toxicos. Sa mère lui donnait des fessées devant tout le monde. Une fois, elle l'avait traîné par le col de sa chemise jusqu'au 248, et elle avait traité Cass et Ava de tous les noms, leur disant qu'ils avaient intérêt à laisser son fils tranquille. Ce qui était marrant, parce que la plupart du temps Cass ne remarquait même pas que Mikey était dans la pièce. Mais il pouvait avoir son utilité, comme avec les M-80, par exemple.

— Oh, merde ! répéta Alvin.

Plus fort cette fois, et il se mit à tourner très rapidement sur lui-même, comme chaque fois qu'il était surexcité.

— Alvin ! Shhh. Tu vas nous faire avoir des ennuis, lui lança Nemo.

Il était tard. Suffisamment tard pour que la femme, plus loin dans la rue, ait fini de houspiller son homme et que le type du 264 ait déjà fumé sa dernière cigarette sur les marches de son perron avant d'aller au lit. Si tard que les opossums étaient en train de gratter à l'autre bout de la rue. La vieille Miss Drucker avait mis le son si fort pour le dernier journal d'information que les garçons entendaient chaque mot, alors qu'elle habitait de l'autre côté de la ruelle. Cass avait emmené Toussaint avec lui jusque chez elle, une fois, pour lui donner un gâteau que Winnie avait fait et pour lui dire que les informations du journal de nuit étaient des foutaises et que tout ce que Ted Koppel racontait faisait partie du Message Mensonger.

La moitié des choses que disait Cass était mystérieuse et l'autre moitié faisait chier tout le monde. Mais parfois, il disait des choses qui résonnaient dans la tête de Toussaint pendant des jours. Du genre, les enfants naissent courageux, mais le monde leur dit que leur courage n'est que de l'enfantillage, alors quand ils sont grands, ils sont foutus. Ça donnait à Toussaint l'envie de rester un jeune garçon un peu plus longtemps, pour qu'il puisse arranger les choses pour sa mère avant de devenir adulte et d'être effrayé. Il avait onze ans, à présent – encore un peu petit pour son âge, mais il avait des poils, là, en bas, et un peu sous les aisselles. Le temps filait à toute vitesse.

— Hé, bon sang. Toussaint. La Terre appelle Toussaint, dit Mikey.

Il allumait le briquet qu'il avait pris pour les M-80.

— Oh-oh. Oh, merde, dit Alvin.

Sa voix résonna dans la ruelle. Une lumière s'alluma dans la maison juste derrière eux.

— Hé, arrête de faire le débile comme ça, dit Mikey.

— L'appelle pas débile ! lança Nemo.

— Tout va bien, Alvin, intervint Toussaint.

Alvin continua à marcher, la tête baissée.

— Oh merde !

— Alvin. Alvin !

Toussaint tira un yo-yo de sa poche et le fourra dans les mains d'Alvin. Toussaint pensait que c'était un sacré coup de chance qu'Alvin puisse peut-être rester un petit garçon plus longtemps que les autres.

— Tiens. Allez, vas-y.

Alvin fit se dérouler le yo-yo aussi loin que possible, puis il le fit revenir d'un coup de poignet.

— Tu vois ? Tout va bien, mon gars, dit Toussaint.

— Qu'est-ce qu'on va faire avec ça ? demanda Nemo en examinant les pétards.

Mikey regarda Nemo comme s'il était idiot.

— Les garder. (Puis il baissa la voix.) On va se faire notre fête du 4 Juillet à nous.

Toussaint et Nemo jetèrent un coup d'œil par-dessus leur épaule, comme si, à l'autre bout de la rue, tout au fond du 248, Cass risquait de les entendre. Quand Toussaint, après y avoir été bien incité par les autres, avait demandé s'ils pourraient faire un barbecue le 4 Juillet, Cass était resté silencieux un instant, de cette façon bien à lui, comme une marmite sur le point de bouillir. Puis il avait dit :

— Votre fête est une imposture ; vos cris de liberté et d'égalité une vaine mascarade.

Il aurait pu simplement dire non. Plus tard, Toussaint trouva un recueil des discours de Frederick Douglass sur le lit dans la chambre des garçons. Le lendemain, Cass annonça une fête de quartier – pour commémorer un triste événement dont personne n'avait jamais entendu parler. Au moins, ça serait une fête, même s'il n'y avait pas de hot-dogs.

— Nous, on croit pas au 4 Juillet, dit Nemo, avant d'ajouter, plus tranquillement : de toute façon, on est seulement en juin. Tu vas les garder tout ce temps ?

— Pas de 4 Juillet ! dit Alvin.

— Qu'esse tu racontes, pas de 4 Juillet ? répliqua Mikey. Le mois de juillet, ça existe bien, non ? Et il y a bien un quatrième jour, d'accord ? Donc, c'est le 4 Juillet. Idiot. (Il se pencha vers le visage de Toussaint.) Tu vas pas aller cafter, hein, le petit garçon à son papa ?

Toussaint ne pouvait pas lui expliquer qu'il ne savait pas trop de qui il était le petit garçon.

— Je dirai rien, répondit-il.

Ils réfléchirent à la situation quelques secondes, puis Nemo se précipita sur les M-80 et Alvin lui tomba dessus. Toussaint resta à l'écart, observant ses frères-qui-n'étaient-pas-ses-frères. Il se demanda ce que Keith et Anthony faisaient maintenant que c'étaient les vacances d'été. Et Paul aussi, était là, quelque part. Toussaint n'appartenait à aucun endroit et à personne. Pas vraiment. Il ne savait pas quoi faire de ce sentiment, alors il laissa échapper un rugissement et il se jeta au milieu de tous ces membres qui s'agitaient, dans la chaleur et la sueur.

— Ouaaah ! hurla-t-il en dégringolant de la mêlée avant d'y replonger.

L'homme dans la maison derrière eux regarda dans leur direction par sa fenêtre et se souvint de ces sensations animales de sa propre enfance, quand il sortait les soirs d'été, avec les moustiques qui bourdonnaient et les papillons de nuit qui voletaient dans la lumière autour des lampadaires. Il sourit et lança, sans conviction :

— Faudrait arrêter de faire tout ce bruit à une heure pareille.

Les garçons se relevèrent.

— Désolé, m'sieur ! dit Nemo.

— Ouais, désolé, répéta Mikey.

Il regarda les autres garçons et mit un doigt sur ses lèvres. Il sortit un M-80 d'une poche et le briquet de l'autre. Alvin dansa une sorte de pogo, les deux pieds en l'air. Mikey alluma le briquet et l'approcha de la mèche.

— Je vous ai bien eus, s'écria-t-il. Je vous ai bien eus !

Il détala à toute vitesse dans la ruelle, tourna dans Ephraim Avenue, suivi de près par les autres garçons.

— Ouaiiis ! hurla Nemo.

Il s'élança du trottoir au milieu de la rue. Toussaint sauta sur une bouche d'incendie et resta en équilibre sur la pointe des pieds une, deux secondes, en suspens dans le halo du lampadaire.

— Regardez bien, les petits mecs ! dit Mikey.

Puis il bondit d'un coup en haut d'un perron.

— Oh, merde ! dit Alvin. Oh, merde !

Des lumières s'allumèrent à des fenêtres de chambres dans toute l'avenue. Les garçons descendirent tout Ephraim comme des dératés. Ils continuèrent dans la rue suivante – passant devant la maison de Mikey, où sa mère devait veiller en l'attendant, devant l'église et le presbytère où la femme pasteur s'asseyait toujours sur son perron pour fumer. Ils tournèrent au coin de la rue et s'évanouirent dans l'obscurité de Sixty-Third Street où le lampadaire était grillé.

FÊTE DE QUARTIER

Ava se réveilla seule dans le lit le matin de la fête. Il est toujours en colère, alors, se dit-elle en se retournant et fermant les yeux. Cass s'était démené dans une effervescence de préparation tout au long de la semaine. La consultation est la clef, répétait-il sans arrêt, de plus en plus irritable à mesure que les heures passaient. Peut-être que cela n'avait pas été une si bonne idée de fixer la grande ouverture de la consultation le même jour que la fête de quartier.

La veille au soir, il avait été de bonne humeur.

— Tu sais ce qui a amené des tas de jeunes chez les Panthers ? avait-il demandé. La blennorragie ! La chaude-pisse a été le meilleur outil de recrutement que nous ayons jamais eu.

Ha-ha. Des plaisanteries. Alors Ava aussi avait plaisanté.

— Donnez-moi vos pauvres, vos masses infectées de staphylocoques, infestées de teignes*..., avait-elle dit.

* Allusion ironique au poème gravé sur le socle de la statue de la Liberté : *Give me your tired, your poor / Your huddled masses yearning to breathe free...* (Donnez-moi vos pauvres, vos exténués / Qui, en masses, aspirent à vivre libres...)

Non, ce n'était pas très drôle – mais Cass était devenu glacial et furieux. Pourquoi, avait-il demandé, Ava détestait-elle les pauvres gens à ce point alors qu'elle en faisait elle-même partie ? Il l'assigna au nettoyage du cabinet de consultation pendant les deux semaines suivant l'ouverture. À cette idée, Ava en eut l'estomac retourné : le pus et les suintements, le sang et le mucus de tous ces corps !

Mais ! Aujourd'hui, c'était jour de fête – Juneteenth* ! Jour d'une commémoration dont Ava n'avait jamais entendu parler. Personne n'en avait entendu parler, sauf Zeek, qui avait entendu parler de presque tout, apparemment. Et maintenant, elle s'était réveillée en retard, pour couronner le tout. Les étages inférieurs du 248 étaient déjà en pleine agitation. Cette fête, c'était le "coming out" de l'Arche pour le voisinage. Notre bal des débutantes, ha-ha.

La vision qu'avait Cass de l'Arche était si claire que c'était presque une prémonition. Il voulait son expansion. Il voulait un territoire. L'Arche serait une communauté aux portes grandes ouvertes. Ava n'était pas intéressée par le fait de séduire les voisins, de discuter sérieusement avec eux, ni même de leur parler. Elle ne se souciait pas, pas réellement en tout cas, de la liberté des autres. Elle se souciait de son garçon, de Cass et de ce qu'ils avaient fait au 248. Ils étaient éclairés par cette chose qui leur était particulière, cette sorte de… de quoi ? Zeek disait que c'était le salut. Une cause plus noble. Un saut dans la vie. Ava ne s'était pas imaginé que tant de vies étaient si plates avant de quitter Bonaparte. Par la suite, l'Éternel lui vienne en aide, sa vie à elle aussi

* Juneteenth (contraction de June nineteenth – 19 juin) commémore l'émancipation des esclaves au Texas et dans tous les États du Sud en 1865.

s'était réduite à un long pensum entre les factures à payer et les heures passées devant la télévision. Des gains pathétiques (vingt-cinq cents de l'heure en plus dans un boulot qui l'ennuyait à mourir, ou un remboursement d'impôts une année), suivis de revers catastrophiques. Tout cela, à la longue, la broyait inexorablement. Tout sentiment d'appartenance à un endroit avait disparu, son avenir n'était fait que de boue et de cendres. Jusqu'à Cass. Avec lui, les journées étaient devenues exubérantes, turbulentes, grouillantes. Elle se sentait remplie de toutes les sensations de la vie. Ce qu'elle voulait, c'était que les choses restent telles qu'elles étaient ce dernier matin de la période intime de l'Arche. Juste ici, chéri, où on se sent si bien. Mais elle savait que le prix du ticket serait celui que Cass lui demanderait de payer.

Elle s'habilla rapidement. En bas, les garçons avaient accroché des banderoles autour de la porte du cabinet de consultation. Ava les mit au travail, leur demandant de trier les gombos qu'ils avaient récoltés la veille dans son jardin. Et il y avait les fleurs à disposer sur les marches – toute une caisse de pétunias et de zinnias. Des rudbeckies "black-eyed Susan" et des phlox rouges qu'elle avait échangés contre des légumes frais chez le fleuriste de Fifty-Eighth Street. Elle s'installa sur les marches et se mit à couper les tiges. Cass était plus loin, en train de faire les cent pas dans le jardin, la tête baissée. On aurait pu croire qu'il priait, mais évidemment, Cass pensait que Dieu était la plus grande des arnaques.

Ava et Winnie servirent du *dirty rice* et des haricots à œil noir, de la salade de pommes de terre et du pain de maïs sur deux longues tables pliantes. Une radiocassette tonnait dans un coin, des ballons s'agitaient sur les balustrades de la véranda. Les fleurs d'Ava, violettes et jaunes, alternaient dans des pots sur les marches. Zeek et Patch se tenaient près de la porte ouverte, essayant de prendre un air désinvolte et amical. Patch pensait sûrement faire un effort, mais tous ses sourires n'étaient que des rictus. Zeek était un nounours grisonnant, souriant et invitant du geste les voisins à monter les marches de l'entrée.

Il y avait dans l'air une sorte de gaieté incitant à la bienveillance la quinzaine de voisins qui étaient venus, même s'ils étaient quelque peu méfiants. Ava souriait et remplissait les assiettes. Elle observait Cass faire son numéro du nouveau Cass sur les marches. Il avait mis un pantalon kaki et une chemise boutonnée gris pâle dont il avait retroussé les manches jusqu'aux coudes comme un médecin baroudeur dans un film. Toussaint et les garçons couraient dans l'avenue, tournaient dans la ruelle, puis revenaient de l'autre côté, les yeux écarquillés d'excitation.

— Toussaint! hurla Ava au moment où il passait en trombe.

Il s'arrêta à côté d'elle comme un ballon pris au vol.

— Meharry, c'est ça. Promotion '66, disait Cass à un couple effacé du coin de la rue.

C'est ça, se dit Ava, intimide-les juste un peu. Cass changea de position pour que le couple soit forcé de lever les yeux vers lui.

— Tout est bon pour priver un docteur noir de son habilitation à exercer, poursuivit Cass. (Bien sûr, il avait été rétabli dans sa fonction. Il travaillait à l'hôpital Hahnemann.) Venez donc jeter un coup d'œil au cabinet de consultation. Deux femmes qu'Ava avait vues à l'arrêt de bus se joignirent au couple, ainsi qu'un type qui habitait la maison près du carrefour avec son petit carré de pelouse tondue à deux doigts du sol. M. Clements, c'était son nom.

Toussaint sautillait sur la pointe des pieds, ruisselant de sueur, et il avala quelques bouchées de haricots à œil noir et de pain de maïs, prêtant l'oreille à ce que disait son père sur les marches derrière lui.

— Hahnemann ? dit-il, la bouche pleine de pain de maïs. Hahnemann !

Projetant des miettes à moitié mâchées sur le bras nu d'Ava.

— Pas maintenant, Toussaint, dit-elle.

— Tais-toi, mon garçon, dit Winnie.

Toussaint leur jeta un regard furieux, déglutit et fila.

— Hahnemann, répéta-t-il en s'élançant.

Ava haussa les épaules. On ne fait pas d'omelette sans casser d'œufs. C'est bien ce que dit le vieux dicton, non ? La plupart des gens veulent juste se lever le matin, boire leur tasse de café, regarder *Kojak* aux heures de grande écoute et aller au restaurant le samedi soir. Ils veulent être déchargés du fardeau de leur âme, de leurs doutes et de leurs convictions. Ils veulent que quelqu'un les débarrasse de tout ça. Seulement, il est nécessaire de les convaincre un petit peu, avait-elle dit à Cass. Fais-leur le numéro du bon docteur, à tous ces voisins, un peu de respectabilité, et brandis tous ces diplômes pendant que tu y es.

Ils veulent être rassurés, pensait Ava à présent, tandis qu'elle les regardait faire la queue devant la table chargée de nourriture. Ils veulent savoir à quel genre de retour sur investissement ils auront droit s'ils nous tolèrent ici. Ils veulent du jarret de porc dans leurs choux cavaliers. Ha-ha !

Une femme quitta la queue en se plaignant :

— Y a même pas un petit bout de viande. Pas un morceau de collier, ou quoi que ce soit.

En fait, les gens n'aiment pas ce qui est gratuit, entre nous soit dit.

Winnie faisait de larges sourires à tout le monde, comme si elle avait reçu un bon coup sur la tête avant de revenir à elle sur la Montagne enchantée. Est-ce que j'ai cet air-là ? se demanda Ava. Est-ce que j'étais là en train de sourire comme une…

— Eh bien, c'est charmant !

Mon Dieu ! Sans jeu de mots. La femme pasteur de cette église, un peu plus loin dans l'avenue, surgit devant Ava comme si elle était sortie d'un trou dans le sol. Comme une foutue marmotte.

— Pasteur Phil ! s'exclama Winnie, tout sourire. Bienvenue !

La femme pasteur appartenait à une de ces religions que les Noirs ne pratiquent pas. Elle avait un petit quelque chose de la hippie : coupe afro plutôt courte – un peu chiche en huile capillaire –, chemisier sans col rentré dans un jean de la décennie précédente. De grands yeux marron qui occupaient une trop grande partie de son visage. Il y a des gens, c'est comme ça, ils vous hérissent tout de suite le poil.

— Philomena, dit-elle en tendant la main vers Ava. Mais tout le monde m'appelle Pasteur Phil.

Elle continua à sourire quand Ava lui lança un regard mort. Quelques pas derrière elle, un vieil homme du genre mauvais coucheur au visage comme une cacahuète – en gilet avec cravate, comme Mister Rogers – lançait des regards assassins dans son dos.

— Pasteur Philomena ? dit-il.

Comme s'il y avait quelque chose qu'elle était censée faire. Comme si lui et d'autres petits minables dans le quartier l'avaient envoyée ici pour qu'elle découvre à qui ils avaient affaire.

— Ava, dit-elle.

Mais Ava n'était pas disposée à se mettre à serrer des mains. Son p'pa disait que serrer la main était un truc de Blancs, qui donnait l'impression qu'ils testaient la résistance de votre bras pour voir quelle difficulté ils auraient à vous l'arracher.

— Très heureuse de vous rencontrer, dit la femme pasteur. Vous faites fureur dans le quartier !

Face de Cacahuète émit une sorte de grognement.

— Un peu de riz avec du chou ?

Ava lui colla une assiette en carton sous le nez. Elle n'avait aucune envie de rester là à papoter.

— Révérende Parker.

Cass. Ava sourit. Il était là, doré, imposant ; il venait mettre un terme à tout ça. La femme pasteur cligna des yeux et tout son corps vacilla, juste une fraction de seconde, mais cela n'avait pas échappé à Ava. Cass pouvait allumer une lumière chez une femme.

— Bienvenue, dit-il.

La femme pasteur fut embarrassée par son assiette, mais son autre main, qui pendait le long de son corps, remonta comme un éclair, et son sourire réapparut.

— Épiscopalienne, dit Cass. J'imagine que les gens de l'Église du Christ de Sixty-Sixth Street vous donnent du fil à retordre.

La petite femme pasteur le dévisagea comme si elle espérait pouvoir comprendre qui il était si elle le regardait avec suffisamment d'attention. Bonne chance à ce petit jeu, ma chérie.

— On est au coude à coude, répondit-elle. Mais on a le Jésus noir. Enfin, certains d'entre nous.

— Je vois que vous ne l'avez pas amené avec vous.

La femme pasteur eut un petit rire. Non, elle pouffa. La petite vache pouffa et elle inclina bien la tête, non ? Toussaint passa en courant avec les garçons.

— Hé, Pasteur Phil ! s'écrièrent-ils.

Mais comment ça se faisait qu'ils la connaissaient ?

— C'est chouette que vous fassiez ça. Mettre les gens à l'aise, je veux dire. Il y en a dans le coin qui craignaient que vous soyez un peu, euh, une secte genre Rajneesh.

Ah, elle ne perdait pas de temps pour en arriver aux accusations.

Ava posa sa louche.

— Je ne sais pas pour qui vous vous prenez, à venir ici…

— Nous sommes…, dit Cass en s'éclaircissant la gorge. Nous manquons de conseils d'ordre spirituel. Les gens en ont besoin. Je comprends, même si ça ne me dit pas grand-chose, personnellement. J'espère que vous reviendrez. Vous êtes la bienvenue, quand vous voulez.

— Vous aussi, répondit-elle. (Elle se tourna vers Ava comme si elle savait quelque chose à son sujet, comme si elles étaient toutes deux impliquées dans quelque chose.) Ma porte est toujours ouverte.

Ava eut envie de lui balancer dans le dos la marmite de légumes verts tout chauds tandis qu'elle s'éloignait. Les yeux de Cass lançaient des éclairs comme ils le faisaient toujours quand il était dans une colère noire. Et comment lui en vouloir ? Cette petite bonne femme avec son air suffisant.

— C'était quoi, cette connerie ? grogna-t-il en se penchant vers Ava, son souffle rapide et chaud lui balayant la joue. Tu la boucles quand je m'occupe des affaires de l'Arche.

Puis il disparut à l'intérieur de la maison.

— Ava. Ava ! Tu vas renverser tes légumes sur M. Clements ! s'écria Winnie.

Ava avait laissé couler du jus sur les chaussures de l'homme.

S'ensuivit une certaine agitation et on s'activa avec des serviettes en papier.

— Toujours à rêvasser, dit Winnie avec un de ses sourires vagues.

Une heure plus tard, Cass sortit sur la véranda du 248. Son discours fut simple et décontracté, juste comme Ava lui avait dit qu'il devait être. Tous étaient les bienvenus au 248. À tout moment. Le mardi et le jeudi, consultation libre. Rencontre tous les après-midi à cinq heures trente, pour résumer les événements de la journée. Repas après leur réunion trois fois par semaine (c'était la première fois qu'Ava entendait parler de ça). Il s'apprêtait à annoncer leurs services de menuiserie quand une explosion sourde interrompit son discours. Suivie de deux autres rapprochées. Ava entendit hurler quelque part, au-delà des personnes rassemblées. Toussaint déboucha à toute vitesse au coin et grimpa les marches en direction de Cass. Puis tous deux s'élancèrent vers la ruelle, Cass criant à Ava d'aller chercher sa sacoche de médecin dans le cabinet.

Quand elle arriva, un petit attroupement s'était formé autour de Mikey, qui était étendu sur le côté, dans la ruelle, du sang dégoulinant de sa main. Toussaint s'agenouilla à côté de lui.

— Ça va aller, Mikey, dit-il. Faut que tu respires à fond, allez, respire bien à fond.

Plein de sang-froid, le petit gars.

— Donne-moi le tube marqué LIDOCAÏNE, dit Cass. Sérum physiologique. Gaze, poche extérieure.

Ava tâtonnait maladroitement, mais Cass était rapide et sûr de lui. L'attroupement observait la scène en silence.

— Eh ben, c'est un vrai docteur, en fin de compte, dit quelqu'un à un chœur de mmm-hmm. Qu'est-ce que...

Une voiture de police s'approcha dans la ruelle, lentement et tranquillement, comme si on leur avait dit exactement où se situait le problème. Deux flics descendirent, s'avançant avec cette démarche qui donne l'impression qu'ils ont un paquet si énorme, là, au bas du ventre, qu'ils peuvent pas serrer les cuisses.

— Qu'est-ce qui se passe ici ? demanda l'un d'eux, s'adressant à qui voudrait bien répondre. On a reçu un appel parlant d'explosifs.

— Des explosifs ! dit un homme.

La femme près de lui lui donna un coup de coude pour le faire taire.

— Quel est le problème avec ce gamin ? dit le gradé en franchissant le cercle des voisins.

Ava se rapprocha doucement de son fils.

— Juste un petit accident, dit Cass. Il faut bien que jeunesse se passe.

— Ah, vraiment ? Et vous êtes qui, Faut-bien-que-jeunesse-se-passe ?

— Il est docteur ! dit une femme.

— Ce type est docteur ? demanda le flic.

— Ça va, mon petit gars ? demanda l'autre flic. Qu'est-ce que t'as à la main ?

— Gr-grimpais, répondit Mikey, affermissant sa voix. Je grimpais à un arbre et je...

— Grimpais à un arbre. Tu grimpais à un arbre ? OK. Vous avez un permis pour cette fête de quartier ? Et je vais avoir besoin de voir quelques pièces d'identité. Vos pièces d'identité à tous, et surtout la vôtre, dit le flic en regardant Cass.

Un murmure parcourut l'attroupement. On peut même plus faire un barbecue dans son quartier, maintenant ? On vient nous harceler chez nous ? Un homme fit tout pour qu'on remarque qu'il prenait l'immatriculation de la voiture de police. Un autre demanda à avoir le numéro d'un insigne.

— Vous savez que je pourrais vous dresser une contravention pour l'utilisation non autorisée de pétards ? dit le flic. Vous le savez, ça ?

Ava mit le pied sur la cartouche d'un M-80 éclaté qui tremblotait sur le sol près d'elle. Le flic se retourna, ses yeux s'arrêtèrent sur son crâne rasé et son T-shirt aux manches coupées au niveau des épaules. Il s'avança d'un pas. Nerveux, pensa-t-elle, et plus jeune qu'il n'en avait l'air. Ava sentit la foule se tendre autour d'elle, les plaintes se firent plus pressantes. Le flic plus âgé jeta un coup d'œil à son équipier et haussa les épaules.

— Bon, ça va, dit-il. Calme-toi. On va en rester là. Peut-être qu'il faudra qu'on repasse par ici un peu plus souvent, histoire de s'assurer qu'il n'y a pas de risques d'incendie, ajouta-t-il.

Ils firent marche arrière avec cette même lenteur insolente, puis s'éloignèrent dans Sixty-Second Street. Dès qu'ils furent partis, Mikey se mit à gémir et à faire tout un cinéma. Dieu le bénisse.

— OK, Mikey, OK. Tout va bien. Tu as encore tous tes doigts, dit Cass. Rentre chez toi. Reviens demain pour que je puisse changer ton pansement.

Un homme qui habitait vers le milieu de l'Avenue – M. Jones ? ou était-ce M. Johnson ? peu importe, celui qui avait toutes ces plantes sur sa véranda – donna une petite tape dans le dos de Cass. Une dame raccompagna Mikey chez lui, même si, dit-elle, il ne méritait pas que quelqu'un soit gentil avec lui, puisqu'il était évident que c'était un idiot et qu'il avait bien besoin d'une bonne correction, et s'ilseplaignaitd'avoirmalmaintenantqu'ilattendeunpeuqu'elleaittoutracontéàsamère… Ses remontrances flottaient toujours dans l'air quand ils eurent tourné au coin de la rue. Peut-être que ce fut ce qu'il y avait de redondant dans le fait qu'un garçon stupide se fasse houspiller parce qu'il était stupide qui détendit l'atmosphère.

— On n'est pas obligés de les laisser faire, dit Cass. On n'est pas obligés de les laisser nous gêner. On peut… Revenons à notre petite fête.

Après une demi-heure de bonne humeur forcée et un peu trop appuyée, une véritable bonne humeur revint. Ava envoya les garçons chercher plus de nourriture à l'intérieur. Winnie servit un joli layer cake. La maison du 260 mit quelques bières Miller dans un seau à glace. Toussaint avait tellement peur de ce que Cass allait faire au sujet de ces pétards qu'Ava se dit qu'elle allait le laisser tranquille pour l'instant. Le pauvre porta la sacoche de médecin de Cass dans la maison comme si c'était l'Arche d'alliance. Cass prit la place de Winnie derrière la table et mit son bras autour des épaules d'Ava. Oublié, le passé. Comme s'il n'était rien arrivé. Ava se blottit contre lui et appela Toussaint pour qu'il les aide à servir la nourriture. Zeek prit une photo Polaroid.

Des heures plus tard, longtemps après que la fête eut pris fin, les phares de deux voitures apparurent à l'autre bout de l'Avenue. Ava les observa depuis le petit rectangle de la lucarne de la soupente. Cela aurait pu être n'importe qui, bien sûr. Mais Ava savait que c'était la police. Elle pensa à réveiller Cass, mais il était si fatigué. Il avait péniblement monté les marches une heure auparavant et il dormait déjà à moitié avant d'avoir fini de se déshabiller.

Les phares s'éteignirent. Mais un halo orange résiduel subsista à la place des lumières vives, quatre yeux de chat dans la nuit.

GARDE DE NUIT

APRÈS la fête de quartier, le 248 devint la coqueluche du voisinage. La rumeur se répandit concernant la façon dont Cass avait soigné Mikey comme un docteur d'une série télévisée. *Trapper John, M.D.* juste ici, dans Ephraim Avenue ! Des groupes de trois ou quatre personnes attendaient sur la véranda les entretiens de l'après-midi avec Cass. Deux jours par semaine, le 248 servait un dîner après la Réunion, plus le déjeuner le samedi. Le mardi et le jeudi, la queue pour la consultation s'étendait depuis les marches de l'entrée jusque sur le trottoir : des femmes enceintes, des gens âgés, des gens trop maigres, des gens trop gros, des gens qui toussaient, des gens qui boitaient, tous attendaient à l'ombre du grand chêne devant la maison. Patch les faisait entrer, une personne à la fois, et Toussaint les escortait jusqu'à la pièce toute blanche où Cass les recevait avec son stéthoscope, son brassard de tensiomètre et sa lampe-stylo qu'il braquait sur leurs yeux.

— Madame Morris ! annonçait Toussaint sur un ton grave, puis il patientait dans la salle de séjour jusqu'à ce que ce soit le tour de la personne suivante.

Une odeur de levure s'installa au 248, un peu comme des pattes de chien et du pain en train de cuire. Il y avait toujours quelque chose qui mijotait dans des grandes marmites sur la cuisinière : des ragoûts de légumes que Toussaint détestait. Ou du succotash*, qu'il adorait, ou des haricots verts avec des pommes de terre. Deux fois par semaine, ils mettaient en conserve des haricots verts et des concombres, qu'ils avaient commencé à vendre sur un chariot dans la rue. Des bruits de conversation s'élevaient et retombaient dans toutes les pièces à tout instant. Les discussions permanentes entre sa mère et Winnie dans la cuisine et le jardin. Zeek et Patch prirent l'habitude de traîner dans le couloir du bas, de telle manière qu'un enfant ne pouvait aller nulle part dans la maison sans que l'un d'eux lui dise quelque chose. Les autres garçons étaient toujours en train de crier depuis le premier étage vers le rez-de-chaussée. Il y avait des bruits de pas dans l'escalier, des bruits de pas au-dessus de la tête de Toussaint. Ava qui chantonnait (elle chantonnait, maintenant !) pendant qu'elle arrachait les mauvaises herbes ou qu'elle faisait l'inventaire de leurs provisions et inscrivait dans des registres ce qu'il fallait acheter et de combien d'argent ils disposaient pour ces achats. Des boîtes apparaissaient devant la clôture à l'arrière de la maison, tard le soir, que l'on s'empressait de descendre au sous-sol. Tôt le lendemain matin, Toussaint, Zeek et Ava – pas Alvin, ni Nemo, et certainement pas Mikey – faisaient l'inventaire du contenu de ces boîtes : amoxicilline, kits de tests sanguins, seringues, abaisse-langue, diazépam, métolazone, insuline, méthadone. D'où ça vient, tout ça, demanda Toussaint.

* Plat traditionnel à base de haricots et de maïs.

— Débrouillardise, répondit Cass.

Ça ne dérangeait pas Toussaint que la Réunion dure de plus en plus longtemps, ou disons, ça ne le dérangeait pas trop. Et il aimait bien servir pendant les repas communautaires. Il était invisible, observant sans être observé, et cela lui convenait très bien. Cass disait que servir les autres était un signe de respect. De confiance aussi. Toussaint et lui avaient cessé de manger avec le reste de la compagnie. Ava les servait dans la partie la plus tranquille de la soirée, une fois que les visiteurs étaient partis et que le nettoyage avait été fait. Ils s'asseyaient à la table de la cuisine avec pour seul éclairage la lampe au plafond du couloir. Leur repas était silencieux et somnolent. Cass parlait en monologues hypnotiques : Il faut sortir de leur engrenage. Faire pleuvoir sur eux le chaos, mais de loin. Des bombes fumigènes dans le système de ventilation, pour ainsi dire. Des bombes artisanales fabriquées avec un morceau de tuyau glissées dans les canalisations d'eau près de l'Hôtel de Ville, pour court-circuiter les ordinateurs et inonder les étages inférieurs. Toutes ces tonnes d'archives – titres de propriété, procès-verbaux d'arrestations. Il sifflait dans sa barbe. Il était rêveur et paisible. Après le repas, Cass et Ava pouvaient rester assis de longues minutes en silence, dans la faible lumière, les doigts entremêlés. Ou Cass pouvait poser la main sur la nuque de Toussaint, lui communiquant sa chaleur.

L'Arche adopta de nouvelles règles. Cass annonça, cheveux ras pour tout le monde : signe distinctif, expliqua-t-il, net et entretien minimum. Il passa la tondeuse sur le crâne de Winnie un dimanche après-midi devant toute l'Arche réunie. Winnie s'accrocha à la main d'Ava, mais cela ne l'empêcha pas de pleurer si fort qu'elle ne pouvait plus respirer et dut mettre la tête entre ses genoux. Cela effrayait Toussaint de voir son père faire pleurer l'un d'eux de cette manière. Par la suite, ils avaient tous essayé de la réconforter. Et puis faut dire que deux semaines seulement étaient passées que déjà les nouveaux cheveux repoussaient. Toussaint lui dit que ça faisait joli, ce qui était vrai en un sens. Mais Winnie n'arrivait pas à s'y faire. Toussaint la voyait regarder son reflet dans la fenêtre au-dessus de l'évier dans la cuisine, au bord des larmes. Cass l'autorisa à porter un foulard sur la tête.

L'Arche avait un uniforme, à présent, chemise boutonnée bleu marine, pantalon bleu, ou jupe bleue pour les femmes si elles préféraient. Ava parvint à convaincre Cass de les laisser porter du vert aussi. Elle raconta à Toussaint qu'à Bonaparte, les personnes âgées disaient que les esprits errants occupaient n'importe quelle chose vivante jusqu'à ce qu'ils trouvent un corps à habiter ; les bons esprits s'installaient dans les brins d'herbe, les feuilles et les mousses tapissant le sol de la forêt. Tous les membres de l'Arche se mirent à porter un foulard vert autour du cou, ou bien noué autour du bras. Patch se servait du sien pour couvrir son œil effrayant.

L'école s'interrompit pour les vacances d'été et quelques-uns des enfants d'Ephraim Avenue commencèrent à fréquenter le 248. Toussaint et les garçons avaient instauré une routine pour les bleus.

— Ça, c'est notre jardin, annonçait Alvin. Il mesure dix-sept pas sur vingt-trois. Ça, c'est notre clôture, elle fait un Alvin et demi de haut, c'est-à-dire un mètre quatre-vingts !

Plus haute que n'importe quelle autre clôture dans le quartier!

Alvin était fier de la clôture, qui était en bois, faite de planches larges, et qui avait été posée récemment pour remplacer le grillage qui s'écroulait. Si un enfant se moquait d'Alvin, il était exclu. S'il piétinait un endroit où des plantes poussaient, pareil. Ceux qui restaient désherbaient le jardin, cueillaient les haricots verts ou triaient les conserves que Cass stockait pour créer une banque alimentaire. La plupart des gamins cessèrent de venir quand ils s'aperçurent qu'ils devaient prendre part à des corvées. Ou quand ils en eurent assez de l'odeur du compost et du nuage de moucherons et de mouches au-dessus des tonneaux. Toussaint n'aimait pas ça non plus, même s'il faisait partie de… de l'écosystème, comme l'appelait Cass.

Mikey le frimeur était là la plupart du temps. Après que Cass eut sauvé sa main le jour de Juneteenth, la mère du garçon avait regretté d'avoir dit tant de conneries sur l'Arche. Et il y avait Lola, qui habitait à deux ou trois rues de là, et qui passait tant de temps au 248 que Winnie et Ava s'étaient mises à la garder pour le déjeuner. Son titre de gloire, c'était que ses parents avaient le câble et elle avait vu le cul et les nénés d'une femme dans *Conan le Barbare.* Lola la veinarde, ils l'appelaient. Mais en fait, elle ne connaissait rien à rien. Avant de venir à l'Arche, elle passait son temps à essayer de convaincre sa mère de l'emmener au centre commercial Cherry Hill, dans le New Jersey. Les autres gens, ceux qui restaient à l'extérieur de l'Arche, étaient perdus. Cass disait que c'étaient des Errants vagabonds, perdus dans le désert. Lola avait besoin d'être éduquée. Toussaint et les autres lui apprirent à jouer Nat Turner*, même si elle ne pouvait pas jouer un des bons rôles puisque c'était une fille. En revanche, ils lui permirent de faire Patrice Lumumba**, vu que c'était un prénom de fille de toute façon.

Certaines nuits, une fois ses parents endormis, Lola revenait en douce au 248. Tous les cinq, ils s'installaient sur le toit terrasse de la maison. Pour les autres, ce n'était qu'un jeu, mais Toussaint montait là-haut pour surveiller Ephraim Avenue. Sans vouloir vexer Nemo et Alvin, il avait plus de responsabilités qu'eux. C'était ce que Cass lui avait dit : Mon fils, mon fils, n'arrêtait-il pas de répéter, comme si Toussaint risquait de l'oublier. Le quartier était plein d'activités pendant la nuit. Nemo avait des noms pour tout le monde : Miss Tu M'entends, Frank, je vais pas te le répéter cent fois, ce robinet fuit / cette marche bouge / cette moustiquaire n'est pas bien fixée. Y a rien qui marche dans leur maison, disait Mikey. Il y avait Hoho, qui avait l'âge de Mikey, et qui sortait toujours discrètement pour rejoindre une voiture qui l'attendait à l'autre bout de l'avenue. Lola disait qu'Hoho allait se retrouver en cloque. À tous les coups. Certaines nuits, Pasteur Phil passait et s'arrêtait devant le 248, puis regardait la maison comme si elle essayait de comprendre quelque chose.

— Elle a un sacré culot, remarqua Toussaint.

— Qu'esse-tu veux dire ? Elle est sympa, répondit Lola.

* Nat Turner fut l'instigateur d'une révolte sanglante d'esclaves en Virginie, en août 1831, massacrant une soixantaine de Blancs. Capturé le 30 octobre, il fut condamné et pendu quelques jours plus tard.

** Figure de l'indépendance de l'ex-Congo belge, Premier ministre de la République du Congo de juin à septembre 1960, il fut assassiné le 17 janvier 1961.

— Comment tu le sais ?

— Si tu vas à l'église, elle te fera un sandwich au jambon pour rien. Je suis sûre que tu dois vachement avoir envie d'un sandwich au jambon, à tout le temps manger tous ces légumes dégueulasses.

— Eh ben, j'irai pas là-bas. Ma mère dit qu'elle a un sacré culot.

Lola haussa les épaules. Elle se fichait de ce que pensaient les adultes. Elle aimait bien la famille du 262, qui avait quatre beaux enfants qui n'adressaient même pas la parole à ceux du 248. L'aîné était un sale gosse – toujours à traîner furtivement la nuit, et en plus, il devait suivre des cours d'été. En y pensant bien, Lola était plutôt une sale gosse aussi.

— Tu as déjà dû suivre des cours d'été ? lui demanda Toussaint.

— J'suis pas stupide ! répondit Lola.

Ils jetèrent un coup d'œil vers Mikey. Il devait suivre des cours d'été tous les ans, à en croire Nemo.

— Comment ça se fait que vous n'y allez pas, vous autres ? demanda Lola. À l'école, je veux dire.

Toussaint haussa les épaules. Il s'était dit qu'il aimerait peut-être y retourner, mais il savait que Cass ne voudrait pas en entendre parler.

— On va y aller, dit Alvin. Quand on sera prêts. Mais on n'est pas encore prêts, parce qu'à l'école, ils vous doc... endoc... endoctorisent.

— C'est pas ce que vous faites déjà, dans votre maison ? demanda Lola.

— Qu'est-ce que tu veux dire ? répliqua Toussaint.

— Monsieur Cass dit qu'il est docteur, non ?

— C'est un docteur ! dit Nemo. Il a guéri Mikey !

Lola fit éclater la bulle de son chewing-gum.

— C'est vrai ! T'étais pas là, toi, alors t'as rien vu.

— J'ai pas dit qu'il l'avait pas fait. Mais M. Peeples et les autres à l'église, ils disent que vous avez pas la… comment on dit déjà, la licence pour cette consultation, et que c'est illégal et que vous pourriez avoir des ennuis gros comme ça.

— Tu parles ! C'est parce que les Errants veulent discréditer la communauté !

— Ça veut rien dire, Nemo, répondit Lola. C'est juste tout un tas de mots mis l'un derrière l'autre.

Les garçons regardèrent Toussaint. Comme s'il était censé dire quelque chose. Comme s'il était censé savoir.

— Mais, euh, poursuivit Lola. J'imagine, euh, ouais, Miss Bettina a dit que l'asthme de Calvin va mieux depuis qu'il est venu à votre consultation. Alors. Vous voyez. J'imagine que, ouais.

Le groupe resta silencieux un moment.

— Je suis en sixième, dit Toussaint, un peu trop fort. Je veux dire, je serais.

— Où tu allais à l'école ? demanda Lola.

Toussaint secoua la tête.

— C'était ici, dans le coin ?

— Nan, chuchota-t-il. C'était il y a longtemps et très loin d'ici.

— Comme un conte de fées, dit Alvin.

— Tu vivais où, avant ici ?

— Des tas d'endroits. Dans le New Jersey.

— Moi, j'serais restée là-bas. Il se passe rien par ici. On a même pas un centre commercial dans les environs ! dit Lola. Comment ça se fait que ton père a voulu venir vivre ici ?

Son père. Ils étaient toujours en train de demander à Toussaint comment ça se faisait que son père avait fait ceci, ou avait dit cela. Voici ce que Toussaint savait au sujet de son père : il venait de quelque part loin d'ici. Il avait été dans l'armée ou la marine. Il était docteur et autrefois il avait fait partie des Black Panthers. Il était si grand qu'il devait baisser la tête quand il passait certaines portes. Il ne transpirait presque jamais et il regardait toujours tout le monde droit dans les yeux. Quand il entrait dans une pièce, la pièce changeait. Avec lui, la mère de Toussaint n'était jamais Ava la Dure, ni Ava la Fatiguée. Partout où se trouvait Cass, une certaine partie d'elle était toujours tournée vers lui, son pied ou son genou, ou son corps tout entier. Toussaint aurait pu être la proie des flammes, elle ne l'aurait pas remarqué.

Toussaint essayait de rassembler les fragments épars de son père, ce qu'il disait et faisait, ou ne faisait pas, la façon dont son humeur changeait, passant de joyeuse à sombre, comme des nuages d'orage qui défilent dans le ciel. Mais surtout, il observait le corps de son père, parce qu'il y voyait une forme de pouvoir, et le pouvoir, c'était une chose en laquelle croire et à laquelle s'identifier.

— Moi, j'ai seulement toujours vécu ici, poursuivit Lola.

Elle s'interrompit et gratta une croûte à son coude. Lola avait plus de croûtes que n'importe quel garçon que Toussaint ait jamais rencontré. Elle s'accrochait à des branches dans les arbres, la tête en bas, elle courait après un rat avec une binette.

— Ma mère dit qu'elle a envie d'aller en Californie, mais mon père dit qu'y a pas de raison d'aller vivre ailleurs alors qu'on a tout ce qui faut ici.

— Nous, on devait aller en Alabama, dit Toussaint.

— En Alabama ! s'exclama Mikey. Vous auriez fait quoi, là-bas ?

— Ouais, qu'est-ce qu'il y a en Alabama ? demanda Nemo.

— Alabama, Alabama, Alabama, chantonna Alvin.

Toussaint sentit la panique monter en lui. Il avait trop parlé.

— Moi, je vais descendre là-bas, à Disney World, un de ces jours, enchaîna Lola.

— Tu devrais pas aller là-bas, dit Nemo. C'est un endroit pour les Errants.

— Et Mickey Mouse, alors ?

— Quoi, Mickey Mouse ?

— C'est pas un Errant. C'est une souris.

— Pas une vraie.

— Je sais bien que c'est pas une vraie. Je dis juste que c'est pas un Errant non plus.

— Eh ben, il est quoi, alors ?

— Il est quelque part entre deux. Y a des tas de trucs qui sont quelque part entre deux. La plupart des choses sont quelque part entre deux.

Parfois, Toussaint avait envie de dire des choses à Lola, des choses qu'il n'avait dites à personne. Mais probable qu'elle lui frictionnerait le crâne avec son poing fermé et se mettrait à parler du centre commercial Cherry Hill. Il y a des gens, il l'avait remarqué, qui sont très secrets pour tout ce qui les concerne. Il y a des gens qui ne vous disent jamais rien.

— Tout ce que je sais, poursuivit-elle, c'est que je vais y aller, là-bas.

— Pas moi. Moi, je reste là, chez moi, dit Nemo.

— Y a des gens qui sont pantouflards. Faut de tout pour faire un monde, répondit Lola avec sagacité.

Les autres hochèrent la tête.

Une voiture de police passa lentement dans l'avenue et s'arrêta devant le 248.

— Chut ! À plat ventre !

Le halo des phares montait jusqu'au premier étage. Toussaint et les autres restèrent étendus sur le toit un long moment. Le revêtement en bitume chauffait le ventre de Toussaint à travers son T-shirt. Il eut l'intention de compter combien de minutes les flics allaient rester, de façon à s'en souvenir pour plus tard. Mais il perdit le fil et se réveilla longtemps après, alors que Nemo lui secouait l'épaule.

BOUTEILLES CASSÉES

VERS la fin du mois de juillet, la ville était devenue une étuve où flottait une puanteur d'ordures ménagères et d'aisselles. Le quartier tout entier était à deux doigts de disparaître dans la fumée des barbecues au charbon de bois et des pots d'échappement. Sans parler de la fumée de marijuana, des cigarettes et des pétards. Au beau milieu de chaque nuit, des garçons et des hommes adultes étaient là, dehors, à faire éclater des M-80, des fusées à triple explosion et des pétards "black mamba". Ça flanquait la frousse à Toussaint. À tout le monde, sauf Cass. Il n'avait pas l'air de se soucier du fait que certains voisins avaient recommencé à regarder l'Arche de travers. Zeek et lui avaient eu une terrible engueulade avec M. Clements quand il s'était plaint que les patients qui venaient à la consultation s'asseyaient toujours sur les marches de son perron. Cass se révéla être le Roi du Chaos.

Il emmenait Toussaint dans ses tournées de prédication en ville, au tunnel de la ligne de métro PATCO, dans les zones sauvages du quartier Penn's Landing, où les gens vivaient dans des tentes le long du fleuve Delaware, à la station du métro aérien Frankford (même si on les traitait de *niggers*). Il l'emmenait au magasin de fournitures médicales pour commander du matériel pour son cabinet, à l'hôpital de Germantown, avec Patch, où un type qui venait à la Réunion lui remettait un grand sac rempli de flacons de pilules dans la ruelle à l'arrière, près des bennes à ordures. Patch connaissait toutes sortes de gens partout. Peut-être que c'était lui, la débrouillardise dont parlait Cass.

Cass n'aimait pas être sous terre, alors il leur arrivait de prendre un taxi collectif, ou bien ils voyageaient en bus. Même là, il prêchait – les envolées de sa voix de baryton transperçant la brume aux odeurs de frites et de talc qui flottait dans le bus 63. Dans le premier Livre des Rois, le prophète dit, *J'ai vu tout Israël dispersé sur les montagnes, comme des moutons qui n'ont point de berger.* Les passagers se tournaient et écoutaient, même si certains le regardaient d'un sale œil. Cass avait raison, vous pouvez toujours attirer l'attention des gens avec un verset de la Bible.

Lors de ces expéditions, Cass racontait toutes sortes de choses à Toussaint. Il avait fait le Vietnam. Il avait vu des femmes avec la moitié du visage emporté, étendues près de maisons au toit de paille. Des enfants de l'âge de Toussaint avec la peau qui grésillait et se détachait en grosses plaques blanches. Les Errants infligent des horreurs au monde. Les Errants font la guerre pour faire du fric, ils font la guerre pour faire des petits aussi. Pour coloniser. Est-ce que Toussaint comprenait ce que cela voulait dire ? Pendant les pauses entre les prédications, ils plongeaient dans des bibliothèques pour se rafraîchir. Cass montrait à Toussaint des livres sur les guerres. Les images dans les livres étaient exactement semblables à ce que son père lui avait dit. Cass avait aussi fait la guerre des Errants en Corée. Une autre fois, il avait été stationné en Italie. Il avait payé jusqu'au dernier cent de ses études en faculté de médecine grâce à quelque chose qui s'appelait le GI Bill*. Il racontait aussi qu'il avait été exclu des rangs avec blâme pour avoir semé le désordre dans leur armée d'Errants et qu'il avait dû se débrouiller sans l'aide de personne pour faire ses études médicales.

Parfois, son père était triste et silencieux. Ou alors il s'emportait, refermait les livres brutalement et quittait la bibliothèque en toute hâte. Tandis qu'ils marchaient, il lui arrivait de regarder par-dessus l'épaule de Toussaint, en direction de gens dans la rue, et de demander, Est-ce qu'ils sont derrière nous depuis tout ce temps ? Il tournait dans une autre rue au prochain croisement, puis dans une autre encore, si vite que Toussaint devait trottiner pour le suivre. D'autres fois, Cass marchait lentement, le bras autour de lui, et ils avançaient tous les deux, la paume du père sur l'épaule de son fils. C'étaient les meilleurs moments, mais comme Toussaint ne savait jamais quand ils allaient se présenter, il essayait de les oublier dès que l'humeur de son père changeait. Il essayait de se vider la tête de tout ce que lui disait Cass, parce que le lendemain, c'était toujours quelque chose de différent. Toussaint vivait dans l'ici et maintenant. Il fixait son esprit sur ce qui pouvait se passer par la suite, mais jamais sur ce qui s'était passé auparavant.

Toussaint et son père se tenaient au carrefour de Broad Street et Lehigh Avenue, et ils attendaient le 54.

* Loi de 1944 qui offrait, entre autres, la possibilité de financer les études universitaires des soldats démobilisés.

— On n'a pas beaucoup de temps, dit Cass.

Toussaint soupira.

— J'imagine que le bus va finir par arriver, répondit-il.

— Je veux dire que nous n'allons pas rester à Philadelphie encore très longtemps.

C'était le début de l'après-midi. Le soleil tapait sur le sommet du crâne de Toussaint. Il voyait bien que Cass attendait qu'il dise quelque chose. Mais Toussaint était irritable ce jour-là et en plus, il avait des boutons de chaleur sur le bras. Les adultes n'arrêtaient pas de le coincer. On va là, on s'en va de là-bas. Fais tes bagages. Défais tes bagages.

Bon sang, il faisait une telle chaleur.

— Dans quelques mois, nous partirons dans cet endroit que j'ai préparé pour nous. Ça reste entre toi et moi, entre père et fils.

Toussaint était fatigué des secrets. Il en avait marre de ces conversations mystérieuses et de ces bribes d'information. Cela lui demandait tant d'efforts pour repousser toutes ces choses dans un coin de son esprit où elles ne le poursuivraient pas jour et nuit. Malgré lui, il demanda :

— Pourquoi ?

— Concrétisation. Il faut juste que quelques autres nous rejoignent.

— On va aller où ?

Cass secoua la tête. Il posa sur Toussaint un regard pressant.

— Toute cette ville est un navire qui prend l'eau. Il faut qu'on le quitte.

Quand c'était Cass le Triste, Toussaint était capable de regarder son visage, mais pas ses yeux. Il lui fallait s'approcher un peu, mais pas le toucher. Il leva la tête vers son père, mais Cass était déjà parti plus loin.

— Ces derniers mois sont délicats. J'ai besoin que tu sois mes yeux et mes oreilles. Dans la maison, je veux dire. Tu me préviens si quoi que ce soit d'étrange se produit.

— Comme quoi ?

— Tu le sauras.

Ils descendirent près de Fairmount Avenue. Cass s'installa près d'une agence d'encaissement de chèques, juste en bas du bureau de la Sécurité sociale. Il ouvrit leur table pliante et déballa quelques bocaux de conserves et de pickles faits à l'Arche pour que Toussaint les vende et attire l'attention des gens.

— Des conserves, madame ? Faites maison, dit doucement Toussaint, à mi-chemin entre deux croisements, à quelques dizaines de mètres de Cass.

Il se demandait où Cass voulait les emmener. Est-ce que sa mère savait qu'ils partaient ? Les passants dans la rue le contournaient comme s'il était une poubelle renversée. Il tendit son bocal de conserve vers une dame à l'air soucieux.

— Conserves ! lança-t-il, un peu trop fort. Conserves ! encore plus fort.

Il en avait marre d'être trimballé ici et là. Il prit la décision sur-le-champ. Il ne partirait pas. Il n'était pas obligé d'aller où que ce soit, s'il n'en avait pas envie.

— Conserves ! cria-t-il.

Il fonça sur un homme qui se dirigeait vers le carrefour et lui colla le bocal contre la poitrine. L'homme trébucha.

— Putain, tu veux quoi, toi ?

Il jeta un regard mauvais à Toussaint. Il était jeune et grand, avec des yeux qui louchaient, pleins de colère.

Il donna une bourrade dans l'épaule de Toussaint, qui ne laissa pas tomber ses bocaux et ne détourna pas les yeux non plus.

— Bon alors, t'as rien à dire ?

L'homme allait le frapper, et Toussaint lui balancerait ses conserves en plein visage. Ou alors, il recevrait le coup de poing du type, puis il en prendrait un autre et encore un autre, jusqu'à ce qu'il ne ressente plus rien.

— Holà, holà. Du calme, mon frère. C'est mon gosse.

Cass apparut tout à coup, comme s'il venait seulement de s'apercevoir de ce qui se passait.

— Je suis pas ton frère, répondit le jeune homme.

— Toussaint, retourne à la table, dit Cass. (Toussaint ne bougea pas.) Tout va bien, vas-y.

— Ouais, c'est ça. Vas-y avant que je vous botte le cul à tous les deux.

Quelques personnes s'arrêtèrent pour observer. L'homme poussa Cass à l'épaule.

— On se calme, dit Cass.

Bigleux jura entre ses dents et repoussa Cass des deux mains au niveau de la poitrine. Cass chancela en arrière. Il leva les deux mains, paumes en avant.

— Allons, mon frère, dit-il.

Le jeune homme le poussa de nouveau.

Cass était détendu. Genre, tout va bien, c'est rien. Puis son poing partit comme un boulet de canon. Son uppercut cueillit son adversaire à la mâchoire. Son poing gauche s'enfonça dans l'estomac de l'homme. Une-deux. Bigleux se retrouva par terre. Ça n'avait pas pris dix secondes.

— Oh, putain ! dit quelqu'un.

— Bon Dieu, Bug ! lança un autre homme qui arrivait. C'est juste une tête brûlée, mon frère. Faut pas faire attention. Allez, viens, Bug, avant que tu te prennes une bonne trempe.

Cass regarda les deux hommes s'éloigner dans la rue.

— Tu vas bien ? demanda Cass en se tournant vers Toussaint. (Ses phalanges rougissaient du coup qu'il avait donné au visage de Bigleux.) Ce n'est pas… je veux dire, il ne faut pas régler un conflit avec ses poings. Je n'aurais pas dû.

— Ta main, ça va ? demanda Toussaint en levant les yeux vers Cass.

Il aurait aimé que cet idiot de Mikey soit là pour voir ça, et Nemo aussi, et Alvin, et sa mère aussi.

— Ça va, répondit Cass. Ça va. Écoute-moi bien. Écoute, je n'aurais pas dû frapper ce type. C'est juste un dingue. Il y a des gens qu'il faut frapper, mais il n'était pas…

— Vous lui avez donné une bonne leçon ! dit un homme d'un certain âge en s'avançant. J'ai jamais vu un prêcheur corriger les travers de quelqu'un aussi vite.

D'autres s'approchèrent lentement.

— Et vous distribuez des tracts entre deux corrections ?

Cela déclencha pas mal de rires, et il y en eut encore plus quand une dame demanda pourquoi ils proposaient de la gelée. En un rien de temps, cinq ou six personnes s'étaient rassemblées. L'attention de Cass se reporta sur eux comme un projecteur et Toussaint fut relégué dans l'obscurité. Cass fit un geste dans sa direction sans le regarder.

Toussaint connaissait le numéro.

— Pickles ! Conserves ! Par ici !

Tandis que les gens prenaient le temps de considérer l'offre, Cass commença à parler.

Deux ou trois heures plus tard, ce fut le moment de partir. Cass était radieux. Il resplendissait et il était distant, comme une star de cinéma. Toussaint voulait rentrer à la maison, mais il n'osa pas demander si c'était là qu'ils allaient.

Quelques rues plus loin, son père dit :

— T'as pas faim ? T'as pas envie d'un sandwich ?

Il entra dans une pizzeria. Puis ils allèrent s'asseoir sur le banc d'un arrêt de bus pour manger leur sandwich dans la lumière déclinante. Toussaint avait nourri de grands espoirs, mais ce n'étaient que des sandwichs au fromage – super épicés, quand même, et avec un tas de provolone.

— Hmm, ta main, ça va mieux ? demanda Toussaint, ne trouvant rien d'autre à dire.

— Quoi ? Oh, cet enfoiré ? C'était rien. Rien du tout, répondit Cass en balayant l'air de la main, comme pour écarter l'incident et le faire disparaître définitivement. (Il finit son sandwich et se leva.) Prêt ? demanda-t-il, sans attendre la réponse de Toussaint.

Cass marchait trois pas devant. Il n'y avait pas moyen pour Toussaint de dire les choses qu'il avait envie de dire, pas moyen de poser une question. Il ne serait pas capable d'exprimer ses pensées de la bonne manière, il n'aurait pas la voix assez forte. S'il l'appelait, son père ne se retournerait pas. Ils passèrent devant une poubelle qui débordait. Toussaint attrapa une bouteille vide sur le dessus et la jeta par terre si violemment qu'elle se fracassa. Aussitôt après, il regretta son geste. Trop tard. Cass revint sur ses pas, la distance qui les séparait fut comblée en deux de ses longues enjambées. Il posa la table de jeu pliante et lança un regard sévère à Toussaint et aux morceaux de la bouteille brisée. Toussaint tressaillit quand son père tendit le bras vers lui. Mais Cass s'empara d'une autre bouteille en équilibre instable sur le tas d'ordures et la lança contre le mur le plus proche.

— Maintenant, on est à égalité, dit-il.

Il prit une autre bouteille. Puis ce fut Toussaint, puis Cass. Toussaint de nouveau. Les éclats de verre étincelaient sous la lumière du lampadaire. Un peu plus loin dans la rue, une voix s'éleva :

— C'est quoi ce bordel, vous là-bas ?

Cass prit la table de jeu, agrippa la main de Toussaint. Ils détalèrent tous les deux, tournèrent au coin de la rue et filèrent aussi vite qu'ils purent. Quand ils furent incapables d'aller plus loin, ils se laissèrent tomber sur le bord du trottoir, se tenant le ventre, riant jusqu'à ce que les larmes ruissellent sur leurs joues.

LE SERMENT

LES garçons prêtèrent serment et le scellèrent par le sang après s'être fait chacun une entaille au doigt. Ce serment leur imposait de tout se dire. Ils partageraient toutes les informations sur ce qui se passait au 248, importantes ou non – mais surtout les importantes – et personne ne cafarderait personne. Mikey fut jaloux de ne pas en être. Voyant le sparadrap sur leur doigt (Alvin avait insisté pour qu'ils mettent un pansement), il les força à tout déballer.

— Peuh, dit-il, vous êtes que des gonzesses. C'est des conneries de fille, ça. Si vous étiez une vraie bande, vous iriez dans le parc pour vous castagner. C'est comme ça qu'ils font, les vrais mecs

— Oh, Mikey, fit Alvin.

— Calmos! dit Nemo en secouant la tête.

Le serment s'avéra bien utile en ce qui concernait le volet interdiction de cafarder. Un jour, Nemo alla derrière un buisson dans le parc avec Corinne Taylor, qui habitait un peu plus loin dans l'avenue. Corinne faisait partie du club Jack and Jill. D'après Mikey, Jack and Jill, c'était nul et c'était un truc de bourge. Mais Corinne était jolie, avec un

J majuscule, alors Nemo s'en fichait complètement. Quand ils eurent terminé, derrière le buisson, Nemo raconta qu'ils s'étaient embrassés en mettant la langue, et qu'il avait trouvé ça pas mal, mais un peu plus mouillé qu'il l'aurait souhaité. En fait, ça aurait été bien, mais ce qu'il n'avait pas vraiment aimé c'était le goût du chewing-gum au raisin. La deuxième fois, il raconta à Toussaint et Alvin que Corinne avait un gros cul bien mou et qu'il aurait pu rester à le caresser toute la journée. "Toute la journée !" c'était ce qu'il avait dit. Alvin était jaloux, mais il n'eut pas à se tracasser bien longtemps. La mère de Corinne découvrit que sa fille batifolait dans le parc (et pas qu'avec Nemo, d'ailleurs, aux dires de Mikey) et elle l'envoya tout là-bas, en Géorgie, parce qu'ils n'avaient pas envie qu'elle se fasse mettre en cloque et qu'elle ne puisse pas aller à l'université.

— Elle n'a que, quoi, treize ans, dit Toussaint. Elle n'a pas encore l'âge d'aller à l'université.

— C'est comme j'vous l'ai dit. Des bourges, dit Mikey en secouant la tête. Les gens qui travaillent à la poste, ils peuvent se faire un paquet de fric.

— C'est quand même un peu nul qu'ils l'expédient dans un autre État juste parce qu'elle sort avec moi.

Les garçons décidèrent que les gens du quartier étaient en plein délire et qu'ils ne valaient pas la peine qu'on s'occupe d'eux.

— On n'a pas du tout besoin d'eux, ajouta Nemo.

— Nan, nan. Pas besoin d'eux, reprirent en écho Toussaint et Alvin, en chuchotant presque.

— Les gens, faut qu'on puisse compter sur eux, dit Nemo. Savoir qu'ils sont derrière vous. Comme nous.

Toussaint ne pensait pas beaucoup à ce qui allait venir. De temps à autre, de vagues idées émergeaient d'un avenir opaque : personne ne pourrait lui dire ce qu'il devait faire, ni le traîner dans un endroit où il n'aurait pas envie d'aller. Peut-être qu'il irait à l'université, comme Corinne. Sa mère y était allée un petit moment. Cass y était allé aussi, longtemps, mais il se comportait comme si l'université était quelque chose de mal que le gouvernement lui avait infligé. Toussaint pensait que quelqu'un devrait s'inquiéter davantage de ce qu'il ferait quand il serait plus âgé – pas seulement du fait qu'il devienne un Homme Libre, comme disait Cass. Peut-être qu'il n'avait pas envie d'être libre. Il avait envie d'être comme les enfants de la série *The Brady Bunch*, qui avaient Mike et Carol pour les sortir de toutes les situations difficiles. Toussaint n'avait personne à qui demander s'il devrait être plus intéressé par le fait de caresser le cul de quelqu'un. Peut-être que ce n'était pas normal qu'il ne le soit pas. Mais il n'avait pas beaucoup de temps pour se poser des questions, parce que chaque fois qu'il commençait à s'occuper des choses normales de son âge, il y avait d'autres problèmes à régler, plus importants et plus étranges.

Quelques jours plus tard éclata entre la mère et le père de Toussaint ce que Nemo appela le Débat Féroce. Des bribes de la dispute, descendant l'escalier de la soupente, flottèrent jusqu'au palier où se trouvaient les garçons, l'oreille aux aguets. "… trop, dit Ava, et dangereux." Puis Cass : "Dangereux ! Allons. Il est temps qu'il…"

— J'te parie que ce "il", c'est toi, chuchota Nemo.

— T'en sais rien, répliqua Toussaint. Toi aussi, t'es un "il". On est tous un "il".

— Moi aussi ! lança Alvin.

— Ouais, ouais, toi aussi. Chut, répondit Nemo.

— Moi aussi !

Nemo donna une claque à l'arrière du crâne de son frère pour le faire taire. Trop tard. Les voix de Cass et Ava devinrent de simples murmures.

— Merde, Alvin, soupira Nemo. Il se passe quelque chose, poursuivit-il en baissant la voix. T'es au courant de quelque chose ?

Toussaint n'était au courant de rien, mais il pensa que Nemo ne le croyait pas. En plus, il se sentait coupable de ne pas dire les choses qu'il savait, comme ces boîtes cachées dans le vide sanitaire au sous-sol, même s'il ignorait où ils avaient eu l'argent pour acheter tout ça. Toussaint ne voulait pas se montrer avare d'informations. C'était juste que quand il avait le plus envie de dire quelque chose, les mots restaient bloqués dans sa gorge, comme un groupe de personnes coincées dans une porte tambour. Le reste de ce qu'il savait n'était que de vagues impressions et il avait beau essayer, il ne pouvait rien en tirer de compréhensible.

— T'as juré, bon sang, lui rappela Nemo. On a fait le serment.

BONAPARTE

— QU'EST-CE que tu vas faire de toute cette chicorée qui pousse ? j'ai demandé à Juniata. Et ce figuier, avec tous ses fruits qui tombent dans le jardin. Ma parole, on dirait le jardin d'Éden, avec toutes ces bestioles, les tatous, les opossums et tous les oiseaux de la création.

Juniata est alitée. Vue de l'extérieur, elle a rien. C'est juste qu'elle veut pas participer.

— Qu'ils prennent tout. (Elle s'est soulevée en s'appuyant sur son coude.) Tout doit vivre. Tu sais ce que je pense ? Je pense que tout ce temps, on a jamais fait attention à quel point on est stupides, comparés à tout le reste. Les ratons laveurs, les colombes. Les cochons et les serpents. Les racines des arbres. Si on pouvait l'entendre parler, la nature, elle nous dirait : "Posez votre cul quelque part et arrêtez de foutre la pagaille partout." Voilà ce qu'elle dirait.

Eh ben, merde alors.

Elle s'est recouchée et a regardé par la fenêtre.

— Chaque jour est une petite cuillerée d'eau versée dans la rivière. Ça n'a aucune importance et c'est perdu dès que ça tombe dedans.

— Juniata, sois pas poétique comme ça, que je lui ai dit.

— Ma petite, on est juste là à attendre que le temps passe.

J'avais rien à dire à ça, alors je suis partie. Mais je me suis quand même attardée pour nettoyer le fouillis sous son plaqueminier. Le lendemain, j'ai mis une mangeoire pour que les colibris à gorge rouge viennent dans le coin. J'ai aussi ramassé tous les fruits tombés, même si c'est trop loin de sa maison pour qu'elle puisse le voir. Et c'est pas comme s'il y avait quelqu'un là à qui les donner.

Je sais pas pourquoi c'est toujours les vieilles femmes qui doivent finir leur vie couchées dans un lit. Les hommes, eux ils coupent à ça parce qu'ils sont déjà morts avant – problème cardiaque, ou tués par untel, ou une autre connerie quelconque. Ou alors ils ont une de ces stupides occupations et ils passent leurs derniers jours dans une remise. À bricoler. Bon, moi, je vais pas aller me mettre au lit. C'est pas mon genre, mais je comprends qu'on en ait envie. Tout le monde est fatigué dans le coin. Même Delilah. J'ai voulu aller du côté des Chênes avec elle, mais quand elle a vu la direction qu'on prenait, elle s'est mise à pousser des hurlements à pleine gorge. Je l'avais jamais entendue faire un bruit comme ça avant. Elle a déchiré le siège avant à force de gratter et s'agiter pour sortir. Je suis pas retournée là-bas depuis.

C'était chouette, le bord de la rivière, avant, mais l'autre jour, des Blancs sont passés juste devant moi dans leur bateau. Ils ont jeté un coup d'œil, là où j'étais assise, près des anciennes tombes, et ils ont eu aucune réaction. Vous savez bien, quand ils voient un Noir à un moment où ils s'y attendent pas, ils sursautent. Eh ben, ces Blancs-là, ils ont même pas sourcillé. Comme si j'étais invisible. On a la sensation que tout est en sursis, par ici, maintenant ; on est plus qu'une perle dans le tapioca. Progress est là-bas, en train de passer le bulldozer à moins d'un kilomètre de la cabane de Jimmy. En train de grignoter le terrain autour de nous.

J'ai dit à Carter Lee, "Qu'est-ce que tu penses de ces nouvelles constructions en cours ?" Il a simplement secoué sa vieille tête crépue. Ça m'a fichu un coup, parce que Carter Lee savait toujours tout sur tout. Carter Lee, il savait même si un oiseau avait pété dans le ciel au-dessus de Bonaparte.

Le lendemain, lui et moi, on est allés au nouveau chantier. C'était sur le terrain d'Eugene Kirby qu'ils construisaient. Les terres de Kirby, c'étaient rien que des mauvaises herbes depuis que Progress les avaient eues dans une vente publique pour recouvrement d'impôts, six ou sept ans auparavant. Je suppose qu'ils ont fini par avoir l'autorisation de les *aménager*. C'est leur mot pour signifier qu'ils clôturent tout. Carter et moi, on les a regardés depuis la cabine de son pick-up, sans rien dire. On s'est passé notre bouteille un moment, puis on a fait demi-tour. De toute façon, il fallait que je rentre à la maison pour surveiller les légumes que je faisais mijoter pour Juniata. C'est la seule chose qu'elle veut bien manger, si elle mange quelque chose. Lui parlez surtout pas de poulet, à cette bonne femme. Dès qu'elle entend le mot poulet, la voilà embarquée dans son baratin sur toutes les créatures auxquelles on a fait du tort. Et elle va jacasser pendant si longtemps qu'elle serait capable de dégoûter la pauvre Delilah des lapins.

Peut-être qu'elle a raison. Peut-être que c'était absurde de payer ces impôts. On a l'impression que tout ce qui allait arriver par ici était déjà arrivé. Ça, on peut dire que

Barber est parti sur un coup d'éclat. Il avait la classe. Je peux pas lui enlever ça. Mais bon, il a probablement lâché les chiens de l'enfer sur nous par la même occasion. Dès qu'ils voient une possibilité, chez Progress, ils se jettent dessus la gueule grande ouverte, les crocs prêts à mordre. La vérité, c'est qu'on est juste quelques vieux schnocks à la fin de leur vie, et Bonaparte n'est plus que quelques hectares de terre. Mais l'autre vérité, c'est que cet endroit a été glorieux en son temps, même s'il est en train de disparaître. C'est pas tout à fait suffisant comme consolation. Ça pourrait même pas être suffisant pour nous inciter à continuer de respirer, mais c'est quand même quelque chose. Faut que je remercie ce foutu Noir pyromane de m'avoir rappelé ça. Je vais voir Juniata tous les jours et j'essaie de lui expliquer ces choses-là, mais la pauvre, elle veut rien entendre de ce que je lui dis.

Autre chose. La plus importante : Memma nous a quittés. Partie. L'Éternel sait que je peux pas la supporter, mais... Elle a reçu une lettre de son fils qui vit dans le Delaware. Comment on peut vivre dans le Delaware, ça j'aimerais bien le savoir. Il disait qu'elle et Nip devraient le rejoindre, dans le Nord, parce qu'ils étaient vieux, et qu'est-ce qu'ils allaient faire dans le Sud, au milieu de nulle part et ainsi de suite, enfin, tout ce que disent toujours les enfants quand ils écrivent. Il a un bon boulot, ce fils, et une femme et une petite fille qui est malade. Suffisamment malade pour que le fils appelle Memma au téléphone, au bureau de poste de Carter Lee. Memma a dit que la petite pourrait mourir, et alors, elle aurait eu une petite-fille qui aurait vécu et serait morte sans qu'elle ait jamais posé les yeux sur elle. Elle a dit que Barber avait apporté le monde avec lui à Bonaparte, et qu'il lui avait fait se rappeler que le temps, ça existe et il passe en dehors d'ici. Elle a secoué son cou de dindon. Je déteste ça quand ces vieilles bonnes femmes vous font vous sentir désolée pour elles. Je déteste ça quand elles ont raison.

Une semaine plus tard, ils étaient partis. Pfuit ! Ils ont traversé la rivière avec Carter Lee dans une aube bleu gris. Ils ont pratiquement rien emmené avec eux. On est allés sur la rive pour leur faire signe – Juniata, Erma Linner et moi. J'ai tenu la main d'Erma Linner, parce qu'elle respirait comme si elle était sur le point de s'écrouler. Je l'ai serrée, serrée fort. La barque glissait lentement dans la brume.

Maintenant, y a plus que nous quatre.

PHILADELPHIE

FEMMES ET ENFANTS

UNE heure du matin, et toujours cette lourdeur de l'air, mais cela ne gênait pas Ava. Cass dormait, le bras replié sur son front, avec une fine pellicule de transpiration sur sa poitrine nue. La lune se cachait derrière de gros nuages noirs, mais Ava et Cass avaient leur propre lumière provenant du lampadaire dans la rue, qui éclairait la soupente. Silence dans l'avenue et silence dans la maison, le ronflement de Toussaint s'élevant doucement de la chambre des garçons, en dessous. Ava s'étira; les muscles jouèrent dans son dos. Elle se sentait alanguie et forte, comme une créature qui pourrait partir en chasse par une nuit comme celle-ci. Elle aurait pu se mettre à ronronner, tant la sensation était agréable. Elle s'endormit.

Elle rêva que son p'pa était venu la chercher pour une virée dans son pick-up. Elle grimpa dans la cabine. P'pa ferma la portière derrière elle. *Bam. Bam! Bam!* Une lueur éclatante comme un projecteur déchira le bleu du rêve. Ava se réveilla, entendant des cris dans l'escalier qui menait à sa chambre. Cass s'assit, hébété.

— Mais qu'est-ce que les garçons…

D'autres cris, et plus proches à présent. Cass bondit du matelas. Pas le temps de cacher les documents qu'il avait mis dans les combles, alors il arracha la corde effilochée de la trappe par laquelle on y accédait.

— Ava, dit-il, mais juste à cet instant, la porte de leur chambre se rabattit à l'intérieur avec fracas.

— Les mains bien en évidence. Les mains ! À genoux !

Pendant un instant, Ava crut qu'elle était toujours en train de rêver, parce que c'étaient des choses que les flics disent à la télé quand ils débarquent dans une maison. Ils disent "À genoux !" et "Les mains en l'air !" Ava ne bougea pas jusqu'au moment où elle vit le canon de l'arme. Dans la lumière aveuglante des torches, Cass s'agenouilla, les mains derrière la tête. Mais ça n'était pas encore assez bien pour eux, alors ils lui plaquèrent le visage contre le sol. Deux d'entre eux se mirent à califourchon sur lui, le menottèrent et le remirent debout comme si c'était un quartier de bœuf et non un homme. La mâchoire d'Ava se bloqua, ses genoux se bloquèrent, ses pensées se bloquèrent. L'image de son p'pa en train de courir dans ce champ lui apparut. Toussaint ! pensa-t-elle.

— Restez au sol ! cria un flic. Madame, dit-il. Restez au sol. Restez juste au sol.

Elle tomba en arrière.

— M'man ! M'maaan ! entendit-elle.

La chambre devint brusquement nette devant ses yeux, comme si elle s'y était précipitée en venant d'ailleurs. Elle était sur le seuil de la pièce. Les menottes s'enfonçant dans ses poignets. Cass n'était plus là.

— Où est mon fils ? dit-elle.

Elle se mit à donner des coups de pied et des coups de dents. Le plat d'une main la frappa dans la poitrine et lui coupa le souffle. Pendant qu'elle était pliée en deux, cherchant à reprendre sa respiration, deux flics la saisirent par les bras et la tirèrent dans l'escalier.

La salle de séjour était remplie d'une lumière vive. Les flics laissèrent tomber Ava contre un mur en face des fenêtres en saillie. Toussaint était assis par terre, menotté, à moins d'un pas d'elle. Des menottes sur son fils qui pesait à peine quarante kilos, frêle et étroit d'épaules, avec ses joues rondes de bébé. Les autres garçons étaient alignés près de la fenêtre, également menottés. Alvin marmonnait entre ses dents. Nemo lui parlait tout bas à travers ses larmes.

— Est-ce qu'ils t'ont fait mal ? demanda Ava à Toussaint.

Ses poignets se tortillaient dans les menottes. Elle avait besoin de passer les mains sur son fils, pour voir s'il y avait des meurtrissures, du sang. Il était en sous-vêtements, trop choqué pour pleurer. Il regarda fixement la bouche de sa mère. Elle sentit un liquide goutter de son menton.

— Oh ! Tout va bien. C'est moins grave que ça en a l'air, dit-elle.

Bien qu'elle n'eût aucune idée de quoi ça avait l'air et que sa langue fût enflée, comme si elle se l'était mordue.

— Est-ce qu'ils ont fait mal à l'un de vous ? lança-t-elle aux garçons.

Au-dessus de leurs têtes, les pas des flics résonnaient d'une pièce à l'autre. Dans un bruit de tonnerre, ils descendirent l'escalier puis prirent le couloir menant au cabinet de consultation. Bon, ça va, pensa-t-elle. La porte est fermée à clef! Non. Non, c'est absurde. OK, Ava. OK, se dit-elle. Reprends-toi. Ses pensées flottaient et lui échappaient. Elle entendit un crissement, puis un boum comme une explosion. Nemo poussa un hurlement et s'accroupit près du sol.

— Je pense que c'est juste la porte du cabinet, mon chéri, dit Ava. Je pense qu'ils ont juste…

Elle fut incapable de finir sa phrase. Elle se mit à genoux pour ramper plus près de son fils.

— Restez où vous êtes! cria un flic.

Zeek était introuvable. Patch aussi. Mais Winnie, Winnie hurlait comme une forcenée quelque part dans la maison. Deux flics la traînèrent jusque dans la salle de séjour, tandis qu'elle se débattait et donnait des coups de pied. Ils la forcèrent à se mettre à genoux à côté d'Ava. De la bave formait une écume blanche au coin de ses lèvres. Elle dit aux flics:

— Il n'y a que des femmes et des enfants ici.

Ils avaient une mère, non? Des sœurs et des filles. Winnie leur avait fait honte. Ne jamais faire honte à un flic, ça les rend plus méchants. Winnie n'avait rien sur elle à part son bonnet de douche et une serviette de toilette. Ses épaules étaient mouillées. Alvin se mit à hurler – pas des mots, juste un long gémissement aigu. Les épaules des flics se crispèrent; leurs mâchoires se serrèrent. Ils vont le frapper avec leurs crosses. Ils vont le tuer.

— Alvin, mon chéri, dit Ava. Alvin. Ta maman va bien. Mon chéri, tu m'entends? Elle n'a rien.

Winnie se tourna vers son fils.

— Oui, mon bébé, dit-elle. Maman va bien.

Alvin se mit à pousser sa plainte stridente comme un hululement.

— La ferme. LA FERME ! crièrent les flics.

— Il ne comprend pas, dit Ava. Laissez-le aller auprès de sa mère.

Une main lourde sur son épaule la poussa au sol. Winnie n'arrêtait pas de dire :

— Maman va bien.

Alvin n'arrêtait pas de hurler. Toussaint se recroquevilla sur lui-même, sur le flanc. Son regard se fixa droit devant lui. Il n'était plus dans cette pièce avec eux.

Combien de temps s'écoula ainsi ? Une heure ? Deux heures ? Ava sentait des élancements dans les genoux. Ses yeux se posaient là où la terreur était la moins forte. Les petites cuisses maigrichonnes de Winnie étaient striées de vergetures, comme si elle avait été obèse autrefois et qu'elle était maintenant devenue mince. Ses épaules étaient frêles et arrondies.

— Couvrez-la, dit Ava. S'il vous plaît, donnez-lui un drap.

Deux hommes en civil entrèrent dans la pièce : costumes amples, du gel sur les cheveux. C'est marrant, se dit Ava, la façon dont certaines personnes ont exactement l'air de ce qu'elles sont. L'un d'eux s'accroupit pour se mettre au niveau des yeux d'Ava.

— Je suis l'inspecteur Briggs, dit-il. Écoutez, Miss… (Il jeta un coup d'œil à un calepin qu'il avait sorti de sa poche.) Miss Carson. Je n'ai aucune envie de rester très longtemps ici et vous n'avez aucune envie que j'y reste très longtemps.

Il avait les yeux verts avec de minuscules taches marron près des iris.

— Alors, reprit-il. On a un mandat. Mais ça, vous le savez déjà. Ce qu'on va faire, on va embarquer toutes les fournitures que vous avez dans ce cabinet médical, là, derrière. Tout. Mais ça irait beaucoup plus vite si… Nom de Dieu ! dit-il en se tournant vers Winnie comme s'il la voyait pour la première fois. Que quelqu'un aille chercher une couverture pour cette dame. Nom de Dieu.

— Ça fait une heure qu'elle est comme ça, dit Ava.

— Je suis désolé. Bon sang.

Sa veine jugulaire battait. Je pourrais mordre en plein dedans, pensa Ava. Elle pourrait rester ainsi, les dents plantées dedans jusqu'à ce qu'ils l'arrachent de lui, la veine se tortillant entre ses mâchoires sanguinolentes. Un flic en uniforme laissa tomber un drap sur les épaules de Winnie.

— Très bien. Alors… vous voulez bien me dire où vous vous procurez tout ce matériel ? Vous avez pour quelques milliers de dollars de fournitures médicales là-dedans. Un tas d'argent pour un cabinet indépendant.

— Je ne sais pas, dit Ava.

— Et, bien sûr, le gros problème, c'est que votre cabinet médical est illégal. Tout un tas de médicaments soumis à prescription, mais aucune ordonnance.

Et bien plus que ça, si vous saviez où chercher ! De la morphine et de la méthadone. De la codéine. En bas, dans le vide sanitaire. Ava déglutit le sang qui s'accumulait dans sa bouche. Il se pourrait bien qu'elle ait la nausée. Elle dut faire appel à toute sa volonté pour s'empêcher de jeter un coup d'œil vers la porte du sous-sol ouverte.

— Où est-ce que vous et Cassius Wright trouvez l'argent pour toutes ces fournitures ? Il est en garde à vue. M. Wright. Vous le saviez ?

Du calme, Ava.

— Je ne sais rien de tout ça.

— Vous en êtes sûre ?

La veine palpitait, rebondie, le long de son cou.

— Je pourrais vous embarquer, vous savez ? Même chef d'accusation que M. Wright. En plus vous avez pas mal résisté à votre arrestation, là. Mais faut que je vous dise, j'ai pas envie de toute cette paperasse. Quand il y a des gosses, il y a une de ces paperasses. Vous n'avez pas idée. (Il soupira et se releva.) Le problème, c'est que de toute façon, on va finir par trouver comment vous vous procurez tous ces trucs. Et là, je vous dis pas les ennuis qui vont vous tomber dessus. (Il sortit une carte de sa poche et la posa sur le rebord de la fenêtre.) Rendez-vous les choses plus faciles et passez-moi un coup de fil. Pensez-y.

Les garçons étaient enroués à force d'avoir crié. Winnie était toute flasque sous son drap, le front appuyé contre le mur. Les agents de police sortirent par la porte d'entrée, chargés de caisses de flacons, de seringues, d'instruments et de médicaments. Ils passèrent à côté d'Ava et des autres comme s'ils n'étaient qu'une gêne désagréable, traînant dans la salle de séjour et pleurant sans arrêt. Le cou d'Ava était douloureux. Elle cligna des paupières pour chasser le picotement dans ses yeux, mais elle ne pouvait détacher son regard de la porte du sous-sol.

Cela dura ainsi pratiquement jusqu'à l'aube.

— C'est votre jour de chance, dirent les flics en partant.

Celui qui enleva les menottes à Ava lui dit :

— Il faut penser à vos enfants.

Secouant la tête, comme si c'était Ava qui devrait avoir honte.

La police laissa le 248 dans un triste état, avec des traces de pas boueuses dans toutes les pièces, les portes ouvertes, le contenu des placards et des meubles de rangement jeté par terre. Ava pouvait à peine tenir debout. Elle s'affala sur Toussaint alors que son intention était de le serrer contre elle. Elle fit courir ses mains partout sur lui, comme elle avait voulu le faire des heures plus tôt. Son garçon allait bien, dans son corps tout au moins. Nemo aussi. Alvin avait tant hurlé qu'il en était devenu muet. On l'emmitoufla dans une couverture et cela l'aida à arrêter de se balancer, suffisamment longtemps pour qu'il s'endorme. Ava ramassa les coussins abîmés et tous les cinq restèrent assis ensemble, pelotonnés sous les couvertures. Une voisine entra. Elle leur dit que Cass et Zeek avaient été emmenés au poste de police du 45ᵉ District. Personne n'avait vu Patch.

La femme pasteur vint les aider. Elle se présenta au 248 plus tard, ce matin-là et se mit à nettoyer. Comme ça, sans crier gare. D'abord, Ava se demanda si ce n'était pas elle qui les avait dénoncés. Mais elle était trop épuisée pour refuser de l'aide. Pasteur Phil leur prépara du riz avec des haricots et du pain de maïs. Pas de discours sur Jésus, pas beaucoup de discours tout court, mais elle avait une façon bien à elle d'apparaître là où on avait besoin d'elle. Comme quand Ava s'était mise à trier ce qui restait du cabinet médical. À un moment, elle pointait et arrangeait les sutures adhésives, et l'instant d'après, elle ne pouvait plus bouger – coincée dans son esprit avec des flics qui défilaient dans ses synapses et la chair de poule sur les épaules de Winnie dans la fraîcheur du petit matin. Peut-être avait-elle appelé, ou peut-être pleurait-elle ? Toujours est-il que Pasteur Phil apparut et s'assit auprès d'elle jusqu'à ce qu'elle parvienne à se débloquer. Elle apportait des doughnuts pour les garçons. Cela prit trois jours, mais elle remit à Ava et Winnie la plus grande partie de l'argent nécessaire pour payer la caution. Quand Cass et Zeek sortirent de cellule, Pasteur Phil s'enquit de leur santé, de leur mâchoire enflée et de leurs yeux au beurre noir, puis elle se fondit dans la petite troupe de gens qui s'étaient rassemblés devant le poste de police.

Cass et Zeek revinrent au 248 comme si la prison les avait excités, ou les avait survoltés. Comme si la prison avait été une allumette enflammée alors qu'ils étaient, eux, déjà arrosés d'essence. Cass était incandescent. Il allait et venait avec toute une équipe d'inconnus qu'il avait recrutés Dieu sait où. Avec ces hommes, il construisit des barricades mobiles pour la porte de devant et celle de derrière. Ils renforcèrent la clôture à l'arrière et installèrent un poste d'observation fortifié sur le toit. Cass ne disait pas grand-chose, mais alors qu'il se tenait sur le toit, regardant l'avenue, en bas, quelque chose de mortel apparut dans ses yeux.

— Quelqu'un nous a dénoncés, dit-il. Quelqu'un, dans ces rues, est responsable de ce qui est arrivé. Mais tu veux que je te dise ? Ce n'est pas sa faute. Pas exactement.

Oh, mais si, ça l'est. Ava lui répondit :

— J'espère que tu l'auras. J'espère que tu le démoliras.

Toute sa vie, elle avait attendu un ange exterminateur. Fous le bordel et baise-les, mon chéri, lui disait-elle, essoufflée, quand elle était sur lui, au cours de leurs nuits blanches.

Winnie était anéantie. Elle ne voulait plus sortir de sa chambre. Ava ne pouvait pas l'apaiser. Elle ne pouvait rien faire pour elle. Une mère qui ne voulait plus sortir de son lit, elle en avait eu son content. Et puis de toute façon, il fallait bien que quelqu'un s'occupe de ces deux garçons qui étaient tellement effrayés qu'ils poussaient des cris dans leur sommeil. Toussaint aussi. Pendant une semaine, elle n'entendit aucun son sortir de lui, à part des hurlements.

ÉCOLOGIE

Toussaint examina sa lèvre supérieure dans le miroir de la salle de bains, dans le presbytère de Pasteur Phil. Il avait décidé qu'une fois que ses ecchymoses auraient disparu, il enfermerait la descente de police derrière une porte dans son esprit, et ce serait comme si cela n'était jamais arrivé. Faut continuer à bouger, c'était ce que Zeek disait. Sa lèvre était presque guérie et les marques violacées des menottes sur ses poignets s'étaient décolorées en un brun des plus pâles. Tout ce qui restait, c'était son problème de sommeil. Toussaint somnolait par à-coups, réveillé brusquement par la chose de l'autre côté de la porte. Ce n'était plus le croquemitaine des premiers jours au 248. Cette chose-là, c'était une sécrétion, une sorte d'obscurité visqueuse qui suintait sur le sol et remontait sur les vitres. S'il se réveillait au bon moment, s'il sautait de son lit et allumait la lumière, la chose refluerait furtivement vers le coin de ténèbres où elle vivait.

Toussaint revint à sa lèvre dans le miroir. Il ouvrit la porte de l'armoire à pharmacie. Pasteur Phil n'avait rien là-dedans, à part un coupe-ongles, un vernis transparent et une boîte de Bufferin. Pas de rouge à lèvres ni rien. Pasteur Phil n'était pratiquement pas une fille. Non pas qu'il se serait mis du rouge à lèvres. Ou tout au moins, il n'en aurait pas mis sur ses lèvres. Il aurait tracé de gros traits rouges en travers de ses joues et sous ses yeux, comme le font les joueurs de football. Il s'imagina ainsi maquillé. Il montra les dents et grogna dans le miroir. Il se hissa sur la pointe des pieds et leva les bras au-dessus de sa tête : GRRR. Mais ensuite il cligna des yeux et il n'était plus de nouveau que Toussaint, le petit garçon. Il descendit au rez-de-chaussée pour retrouver Pasteur Phil.

Il ne lui avait pas parlé de son visiteur nocturne, mais s'il devait en parler à quelqu'un, ce serait à elle. Ils étaient amis, à présent. Même sa mère l'aimait bien, enfin, plus ou moins, après toute cette aide qu'elle leur avait apportée. Mais Cass n'avait pas envie de la voir traîner au 248, alors après que lui et Zeek furent sortis de prison, Toussaint était allé à sa recherche.

— Toussaint ? l'avait-elle appelé ce premier soir où il était passé devant son perron. Viens donc t'asseoir ici et prends un Coca.

Le courage lui avait manqué et il avait mis les bouts, direction la maison. Mais elle l'avait invité de nouveau le jour suivant, et encore le jour suivant, jusqu'à ce qu'il finisse par grimper les marches du presbytère pour s'asseoir près d'elle. Elle avait toutes sortes de trucs qu'ils n'avaient pas au 248 : fromage et crackers, gâteaux Little Debbie, sandwichs à la mortadelle, jus de raisin. La vérité, c'était que Toussaint avait faim – ils avaient tous faim. Après la descente de police, leur vie de tous les jours était devenue un vrai gâchis. C'est ce que Nemo avait dit : Regarde ce jardin, c'est devenu un vrai gâchis. La moitié de ce qu'ils parvenaient à récolter était mis en conserve pour être vendu – Cass disait qu'ils avaient besoin de plus d'argent. Le reste n'était pas suffisant pour eux six, plus tous les types que son père ramenait avec lui. Ils ne prenaient plus leurs repas ensemble. Sa mère hurlait que la nourriture était prête et tous ceux qui étaient dans la maison attrapaient ce qu'ils pouvaient, puis se retiraient dans un coin avec leur assiette en équilibre sur les genoux. Au 248, c'était gruau de maïs et gombo, et encore, en quantité à peine suffisante. Toussaint se sentit coupable d'aller se rassasier chez Pasteur Phil, mais par la suite elle lui dit d'amener les garçons. À présent, ils venaient tous les trois presque chaque jour, entre deux corvées.

Dans la salle à manger du presbytère, il y avait un tas de feuilles, de pierres et de brindilles étalées sur la table. La veille, Pasteur Phil avait organisé une sortie éducative pour quelques-uns des enfants du catéchisme. Toussaint n'avait jamais entendu parler d'une sortie éducative pour les enfants du catéchisme, mais il faut dire que Pasteur Phil faisait toutes sortes de trucs bizarres. Elle avait emmené son groupe à Pennypack Park, qui était situé à l'autre bout de l'univers, dans le Grand Nord-Est – c'est comme ça que tout le monde l'appelait. Toussaint ne pensait pas qu'il était si grand que ça. Sa mère et lui avaient dormi dans un motel là-bas. Le dernier matin, ils avaient pris leur petit déjeuner au McDonald's avant de se rendre à Cherry Street. Toussaint savait que sa mère avait voulu lui offrir un dernier repas spécial, même s'ils n'avaient plus d'argent, alors il s'était efforcé d'être gai tandis qu'il mangeait son McMuffin. En vérité, il avait l'impression d'être sur le point de vomir. Et d'ailleurs, il n'avait pas pu s'en empêcher – de vomir – derrière un buisson. Mais il avait dit à sa mère qu'il allait faire pipi.

Il ne raconta rien de tout cela à Pasteur Phil, parce qu'elle aussi semblait vouloir l'égayer avec tout son discours sur le parc. Elle lui dit qu'il était plein d'écosystèmes, étant donné qu'il y avait une forêt, un lac, des champignons et des chenilles.

Écosystème était un mot que le père de Toussaint utilisait. Est-ce que cela voulait dire qu'il y avait des tas de rats à Pennypack Park ? demanda Toussaint.

— Des rats ? répéta Pasteur Phil.

— Ouais. Dans les écosystèmes, il y a des rats, comme chez nous.

— Vous avez des rats chez vous ? s'enquit Pasteur Phil, en prenant un air un peu inquiet.

— Dans le jardin. À cause des composteurs.

— Les quoi ?

— Les composteurs. Où on met les restes de nourriture avant de les répandre sur le sol comme fertilisant.

— Oh, dit-elle lentement. Oh. Eh bien, j'imagine que ça peut attirer les rats. (Elle s'interrompit un instant.) Mais les oiseaux aussi, peut-être ?

Toussaint soupira en secouant la tête.

— Bon sang, je me demande lesquels sont les pires. On a des pigeons partout. On les nourrit aussi. Et ils font des nids et ils ont des petits. Ils chient… euh, je veux dire, ils font des crottes – partout sur les voitures des voisins. Ensuite, les voisins viennent taper à la porte, complètement furieux à cause des crottes et parce qu'ils disent que notre maison pue.

— Hmm. Ils entrent dans la maison ?

— Les voisins ?

— Les rats.

— Nan. Je veux dire, pas vraiment. Pas vraiment.

— Hmm, fit-elle de nouveau. Peut-être que les rats entrent dans les maisons des autres gens ? Et peut-être que c'est pour ça qu'ils sont furieux. Ça et l'odeur, je suppose.

Toussaint haussa les épaules.

— Les gens ont peur aussi, poursuivit Pasteur Phil. À cause de la… à cause de ce qui s'est passé.

Toussaint n'aimait pas parler de la descente de police. C'était quelque chose qui le bloquait ; il avait un peu de mal à respirer. Est-ce qu'ils pouvaient sortir et s'asseoir sur le perron ? Mais une fois branché sur le sujet, il ne pouvait s'empêcher de se souvenir. La nuit lui revenait, en images plates, comme des cartes postales : son père traîné dehors, les mains derrière le dos, donnant des coups de pied à tous ceux qu'il pouvait atteindre. Et puis, bam ! les agents lui avaient cogné le visage contre le mur. La bouche de Cass, éclatée et sanglante comme de la viande pour hamburger. Sa mère en larmes. Beaucoup plus tard, il y avait eu une couverture, et quelque chose de chaud avec du miel, que lui avait tendu la dame qui vivait à côté de chez eux. Cette dame détestait leur écosystème et leur parlait à peine, mais elle était tout de même venue voir comment ils allaient.

Pasteur Phil était assise sur les marches de son perron, lui faisant face. Elle le regardait droit dans les yeux. Toujours. C'était pour cette raison qu'il finissait par lui raconter des choses qu'il n'avait pas l'intention de raconter. Comme maintenant.

— Et puis vous êtes venue, dit-il.

Elle hocha la tête. Ses yeux étaient très brillants, peut-être brillants-larmoyants, alors elle alluma une autre cigarette. Elle fumait sans arrêt, ce qui était une chose que les pasteurs ne sont pas censés faire. Et elle avait tendance à parler toute seule quand elle oubliait que vous étiez dans la pièce. Elle était toujours sur son perron, à regarder dans la rue. En plus, elle prenait tous ses repas dehors, et toujours des sandwichs. Quand quelqu'un qu'elle connaissait passait dans la rue, elle lui faisait signe avec son sandwich, comme si elle avait oublié qu'elle l'avait à la main. Bon après-midi, madame Morris. Bonsoir, monsieur Peeples. Pasteur Phil parlait comme si elle était dans un film en noir et blanc. Elle ne jurait jamais.

— Comment ça se fait que vous ne mangez que debout sur le seuil de votre porte ? demanda Toussaint.

— Oh. Je fais ça, moi ? J'imagine que je n'ai jamais vraiment eu un bon sens de l'organisation domestique. (Elle rit.) Je suis comme un écureuil, ou un truc de ce genre, pas tout à fait une créature d'intérieur. Je n'aime pas beaucoup faire la cuisine. Ni rien de la sorte.

— Maman non plus, répondit Toussaint.

— Non, j'imagine que non, dit-elle lentement. Et toi ?

Toussaint réfléchit à la question.

— Je ne sais pas, répondit-il. Un grand lit bien moelleux avec des couvertures douillettes, c'est chouette. Les lasagnes aussi. J'aime les lasagnes. Pour le reste, je ne sais pas.

Il regarda ses mains.

— Bien, lança Pasteur Phil. On va se prendre un paquet de Ruffles et on va voir si on les préfère à l'intérieur ou dehors.

Elle se leva d'un bond et fila dans la maison.

Quand elle revint, ils prirent position sur le seuil de la porte, se poussant tour à tour et se passant le paquet de chips. Sans cesser de rigoler.

DISCUSSION D'HOMMES

CASS était lunatique. Il parcourait les pièces du 248, l'air renfrogné, essayant de surprendre quelqu'un en train de faire quelque chose qu'il n'aimait pas. Puis, le matin ou le soir ou l'après-midi suivant, il était tout sourire, donnant de petites tapes dans le dos des garçons et faisant des compliments à tout le monde.

— Ce ragoût de gombo est délicieux, Ava, disait-il parfois.

Seulement, ce n'était jamais très bon ; ce n'était pas bon du tout, étant donné que ce n'était que du gombo et en plus, Ava ne savait pas vraiment faire autre chose que des œufs et du pain de maïs. C'était Winnie qui était en charge de la cuisine, mais Winnie était… Winnie était dans sa chambre et ne voulait pas en sortir. Alvin et Nemo restaient assis par terre près de son lit presque toute la journée. Ils ne laissaient Toussaint entrer que quelques minutes.

— Que la famille, sauf aux heures de visite, disait Nemo en refermant la porte.

D'un seul coup, ils n'étaient plus frères.

L'atmosphère était tendue au 248. Cass bouclait la maison à double tour de bonne heure, généralement après la Réunion, à moins qu'il n'ait une équipe occupée à travailler sur ce qu'il appelait leur système de défense. La plupart du temps, Ava envoyait les garçons au lit dès qu'ils avaient avalé la dernière bouchée de leur dîner. Puis Cass, Zeek et Patch partaient patrouiller dans le quartier. Ils ne laissaient personne les accompagner.

Une fois son père parti, Toussaint montait dans la chambre de la soupente pour se blottir contre Ava. Il voulait qu'elle l'aide à comprendre ce qui était arrivé à l'Arche. Cass et Zeek étaient dehors, à la recherche des informateurs, lui disait-elle. Elle refusait d'aller avec eux.

— Je ne supporte pas de regarder ces gens, Tousy. Des traîtres, disait-elle. Des menteurs. Après qu'on leur a ouvert les portes de cette maison. Qu'ils nous trahissent de cette façon. (Parfois, les larmes montaient, jusqu'aux bords rougis de ses paupières, mais elle ne les laissait pas tomber.) Reste à l'écart de ces gens-là, ces prétendus voisins.

Toussaint hochait la tête. Il faisait profil bas. Mais il savait qu'il ne pourrait pas continuer ainsi indéfiniment. Il se tramait quelque chose.

Et de fait, un soir, alors que le 248 était au repos, Zeek l'emmena à l'extérieur de la maison et ils descendirent Ephraim Avenue. Cass les attendait à l'entrée du parc. Il ne donnait jamais de tapes sur les moustiques, il ne gigotait jamais, même à dix heures du soir par une nuit d'été. Il se tenait simplement en dehors de la lumière vive du lampadaire, les bras le long du corps. Ils pénétrèrent tous les trois dans le parc, passant près de quelques types avec leur gril installé sur la pelouse, juste à côté du panneau BARBECUE

INTERDIT. Ensuite ils longèrent les terrains de basket où des garçons juraient en constatant que les piles de leur radiocassette étaient mortes. Puis ils tombèrent sur un vieil homme qui vendait des cacahuètes grillées et des sodas dans un chariot de supermarché.

— Hé, dit Cass. Ça me semble une bonne idée.

— Une cacahuète salée, c'est jamais une mauvaise idée, acquiesça Zeek.

Ils achetèrent des sachets de cacahuètes et un jus de raisin Welch qui n'était plus vraiment froid pour Toussaint. Ils s'assirent tous les trois sur un banc, se passant les cacahuètes tandis que les hommes parlaient d'un rendez-vous de la première importance. Peut-être que c'était pour cette nuit-là, ou peut-être que c'était pour la nuit suivante, ou une semaine plus tard. Toussaint n'avait aucune envie de rassembler toutes les bribes d'information, tellement il trouvait délicieuses les cacahuètes salées qu'il mangeait en avançant les lèvres et la fraîcheur sucrée du liquide pétillant qui lui rinçait la bouche juste après. Il hochait la tête au son de baryton de leur conversation. Une ligne de basse résonnait sourdement derrière eux. Peut-être que les types avaient réussi à faire marcher leur radiocassette.

— Pour toi, tout ira bien, mon grand, disait Zeek, sa main chaude faisant tressaillir Toussaint en se posant sur son épaule. Toi, tu t'égareras pas. T'as ton père, ici.

— Il a une sensibilité particulière, hein ? Une certaine lucidité, dit son père.

Cass darda son regard sur lui ; tout à coup, Toussaint était au centre de tout.

— Je l'avais aussi, quand j'avais ton âge, dit Cass. J'avais toujours le sentiment que quelque chose touchait à sa fin.

Par exemple, je suis né juste au moment où la pendule était sur le point de sonner. Terminé ! Toutes les bonnes choses étaient toujours épuisées à l'instant où j'arrivais à les atteindre. Des choses bêtes, tu vois, du genre l'équipe de football de mon lycée était la meilleure de l'État jusqu'à peu de temps avant que j'en fasse partie.

Toussaint ne pouvait pas imaginer son père jouant au football, ou faisant quelque chose d'ordinaire.

— Écoute, dit Cass. On va faire un truc un peu costaud. Faut que tu me fasses confiance.

— Tu sais qui est Frank Rizzo, mon grand ? demanda Zeek. (Il était remonté à bloc et Toussaint ne savait pas pourquoi.) Tu sais ce qu'il a fait à ton papa, à l'époque ? Et à tous les autres dans cette maison ? Traînés dehors sous la menace d'une arme et en sous-vêtements, comme, comme... (La voix de Zeek se mit à trembler.) Voilà comment ils ont été traités, les hommes du Black Panther Party. Des hommes forts. Des hommes qu'avaient des principes ! On les a sortis de leur propre QG et on les a alignés contre le mur, les couilles à l'air. Comme ils le faisaient avec les esclaves. Alors qu'ils avaient rien fait ! Ils protégeaient juste le quartier. (Zeek agita les mains.) La photo était dans le journal. En première page !

Cass posa une main sur l'épaule de Zeek.

— C'était il y a longtemps, Zeek, dit-il.

L'homme âgé prit une profonde inspiration. Toussaint l'avait remarqué, c'était comme ça que les hommes étaient censés se réconforter mutuellement. Une main sur l'épaule ; une tape dans le dos.

— Ton père, il t'a rien dit de tout ça. Mais faut que tu le saches. C'est comme ça qu'ils ont mis fin aux Black

Panthers, avec ce genre de saloperie, et pire encore. Tu entends ? C'est de l'histoire, tout ça. N'oublie pas ce nom, Frank Rizzo. C'était le chef de la police. Un enfoiré des quartiers pouilleux de South Philly. Ce que je suis en train de te dire, c'est qu'y faut qu'on se défende, si on veut pas qu'ils fassent de nous des animaux.

Toussaint ne comprenait pas vraiment ce que Zeek racontait. Il n'avait jamais entendu parler de Frank Rizzo et il ne savait pas vraiment ce qu'était un QG. Et pourtant, il ressentait une sorte de tristesse amère. Les derniers morceaux de ses cacahuètes restèrent coincés dans sa gorge.

— Cette nuit-là, il y avait un garçon, là-bas, dit Cass. Il vivait au QG. Pas beaucoup plus âgé que toi – seize, dix-sept ans. Wallace, qu'il s'appelait. Moi je l'appelais le Môme. Ils lui ont fait une entaille au front, si profonde qu'on voyait l'os. Ils n'ont pas voulu appeler une ambulance. (Il secoua la tête.)

"Mais toi ! Tu as la rébellion dans le sang. Tu es un combattant. Tu es issu d'une lignée solide. (Il mit une main sur le sommet du crâne de Toussaint.) Je ne crois même pas à toutes ces salades du genre c'est-dans-le-sang, mais en ce qui te concerne, toi, j'y crois."

Il regarda sa montre et se leva.

— Il faut qu'on y aille.

Le parc se transformait en nature sauvage à mesure qu'ils s'y enfonçaient : moins de lampadaires, puis plus du tout. Les trottoirs en béton laissèrent place à des sentiers en asphalte qui s'étaient morcelés en gros blocs noirs instables. Des arbres noueux, comme sortis d'un conte de fées s'étendaient les uns vers les autres, très haut au-dessus de leurs têtes. Des constellations d'étoiles luisaient dans les espaces libres entre les cimes. Orion! Toussaint avait un peu la tête qui tournait. Il perdit l'équilibre. Son père chuchota qu'il y a plus d'oxygène là où il y a beaucoup d'arbres, ça vous fait un peu tourner la tête. Toussaint se dit que c'était pour cette raison que dans les histoires, les enfants perdus dans les bois se font toujours prendre par la méchante sorcière. Le sol était spongieux sous ses pieds. Et dire que la grande ville était là, quelque part, derrière eux.

Deux hommes les attendaient au bord d'une clairière. Un type nommé Leo posa une main sur l'épaule de Zeek comme s'ils se connaissaient depuis fort longtemps. Ils continuèrent à marcher dans ces bois de conte pour enfants jusqu'à ce qu'ils arrivent à un endroit sombre et silencieux. Une fois que les hommes eurent planté dans le sol leurs lampes-torches, Leo tira une longue malle étroite de sous une tente dressée à quelques pas de là. Toussaint se demanda si l'autre homme et lui vivaient là, et si c'étaient seulement ces deux-là ou bien s'il y avait toute une ville de gens qui vivaient au milieu des arbres. Personne ne parlait beaucoup. Leo installa la malle à ses pieds et son gros ongle marron ouvrit d'un coup la fermeture du couvercle : deux revolvers et trois fusils se trouvaient à l'intérieur. Toussaint cligna des paupières. Puis encore une fois. Quand il rouvrit les yeux, la seconde fois, la caisse était fermée et Cass tendait une liasse de billets.

— Vous devriez peut-être repartir par un autre chemin que celui par lequel vous êtes venus, dit Leo. Juste au cas où.

On ne peut pas simplement repartir comme ça, pensa Toussaint. On ne peut pas simplement rentrer à la maison comme s'il ne s'était rien passé. Mais Cass était très calme et détendu. Zeek aussi. Toussaint n'avait pas envie d'être une lavette, comme Mikey disait toujours. Il força son cœur à ralentir. Même sa grand-mère avait des fusils, se rappela-t-il, et ce n'était qu'une vieille dame ! Leo les conduisit à une autre clairière où quatre ou cinq tentes étaient plantées en lisière du champ. Leo et les autres gars formaient une tribu d'hommes des bois, exactement comme Toussaint l'avait deviné. Il regarda son père, mais Cass ne semblait pas très impressionné.

— On crèche ici, dit Leo. Vous pouvez rester, si vous voulez.

Quelques vieux types étaient assis autour d'une marmite qui bouillonnait sur un réchaud de camping. Zeek les connaissait tous. Il y eut des salutations poing contre poing et des tapes dans le dos et “J'dis pas non” à propos du ragoût. Une bouteille circula. Cass la refusa la première fois, puis la deuxième, et même la troisième, mais ensuite, juste comme Toussaint s'endormait sur le sac de couchage qu'ils lui avaient donné, son père porta la bouteille à ses lèvres.

HÉRITAGE

Le matin suivant, ils se rendirent à un endroit dans les bois où ils pouvaient tirer sur des cibles dessinées sur des arbres. Leo et Cass serraient leur arme d'une main expérimentée ; ils se tenaient jambes écartées, pliant légèrement les genoux et les coudes. Toussaint empoigna le pistolet quand Cass le lui tendit. Il était plus lourd que ce qu'il avait pensé, et pas facile à tenir. Les os de ses épaules vibrèrent quand il tira, mais le bruit sec fut immédiat et satisfaisant. Il pressa la détente encore une fois, puis encore une fois. Ce ne fut qu'après, quand il baissa les yeux sur les douilles qui luisaient faiblement sur le sol moussu de la forêt qu'il sentit la peur. Tout de même, il dut faire un effort pour résister à l'envie de tendre la main et caresser le canon des fusils. Leo comprit.

— Ils sont beaux, hein ? dit-il.

Toussaint imagina que Leo était Rambo, avec une grenade dans chaque poing et un fusil mitrailleur accroché dans le dos. *Bang bang.* Toussaint connaissait un garçon qui avait un pistolet, un garçon plus âgé, nommé OB, qui traînait dans le parc. Un après-midi, derrière les toilettes, OB avait tiré un flingue de sa ceinture, à la Clint Eastwood, pour le lui montrer, ainsi qu'à Nemo et Mikey. Si t'as un flingue, il faut descendre quelqu'un avec. C'est ce qu'avait dit OB. Descendre le premier qui veut te piquer tes affaires. Ça faisait un moment que Toussaint n'avait plus vu OB dans le coin.

Après la séance de tir, Cass rangea les armes dans un sac marin.

— Tu reviens quand tu veux, dit Leo. J'aurai toujours ce qu'il te faut.

Zeek décida de rester plus longtemps. Il avait des tas de choses à rattraper. Cass le regarda longuement.

— Fais gaffe à toi, lui dit-il.

Cass et Toussaint prirent la direction d'une clairière de l'autre côté des bois.

— Un mal nécessaire, tu comprends ? dit Cass tandis qu'ils partaient. On n'en parlera aux autres que si on doit s'en servir.

Ça serait quand ? Et pourquoi ? Ils traversèrent les bois, par des sentiers tortueux et tombèrent sur une conduite d'eau désaffectée, très large et très longue, avec une faible lueur du jour à l'autre extrémité. Il y avait une sensation de silence, comme s'ils avaient pénétré dans le territoire de quelqu'un d'autre.

Quelques minutes plus tard, ils débouchèrent dans Harold Street. L'atmosphère étrange qui régnait dans les bois de Leo se dissipa dans la chaleur. À présent, ce n'était plus qu'une interminable suite de rues aux trottoirs défoncés, avec des arbres fatigués et des maisons qui avaient toutes le même perron affaissé. Cass marchait devant, le sac marin cognant contre son épaule, tandis qu'une tache sombre de sueur s'élargissait dans son dos. Une chaleur qui faisait trembler l'air s'élevait du trottoir. Toussaint envoyait des crachats, visant les grilles d'égout, pour passer le temps. Raté, raté, en plein dedans.

— On entre là, dit enfin Cass.

Ils descendirent quelques marches et pénétrèrent dans une pièce obscure et fraîche où tourbillonnaient des volutes de fumée de cigarette. De vieux types, le ventre débordant par-dessus leur ceinture étaient assis sur des tabourets de bar branlants. Tous les yeux se fixèrent sur eux.

— Pas de gosses ici, lança une femme de petite taille derrière le bar.

Cass sortit un billet de vingt de sa poche.

— Juste un petit en vitesse, dit-il.

La femme haussa les épaules et posa un verre sur le bar. Quand Cass eut avalé son deuxième, il se tourna vers Toussaint.

— On va devoir partir plus tôt que je ne le pensais.

Toussaint fit du bruit en avalant le Coca de la canette que la femme lui avait donnée.

— On va où ?

— Là où se trouve notre héritage.

Cass leva deux doigts pour demander un autre verre. Il but celui-ci en longues gorgées : une, deux, trois, terminé.

— Ma mère est morte dans une chambre louée. Le lendemain, ils ont balancé tout ce qu'elle possédait dans une benne à ordures. Ils vous mettent au rebut si on ne fait rien pour les en empêcher. Tu comprends ?

Toussaint hocha la tête. Les yeux de Cass étaient humides. Toussaint avait envie de faire quelque chose pour lui, ou dire quelque chose qui le réconforterait, mais il ne savait pas ce que cela pourrait être.

— La maison de Winnie va me manquer, dit-il doucement.

— Je te dois une excuse. (Cass secoua la tête.) J'ai mal calculé. Mais tu n'as pas à t'en faire. Je sais comment tout remettre en ordre.

Cass tendit la main et tapota le genou de Toussaint. Quand il eut fini son quatrième verre, le métal était revenu dans son regard. La dame du bar tourna le cadran de la radio jusqu'à ce que les parasites s'estompent au profit d'une vieille chanson pleine de craquements. *I got to keep moving / Blues falling down like hail...** Les hommes âgés au bar sourirent, et Toussaint aussi – c'était une des chansons qu'il connaissait grâce aux disques de la bibliothèque et leurs photos avec grain de dames en chapeau fantaisie. Toussaint chantonna en même temps que la radio, *If today was Christmas Eve...*

Un des hommes âgés pivota sur son tabouret.

— Regardez-moi ça, dit-il. Comment tu connais ça, petit jeunot ? (Il gloussa.) Comment y connaît ça ? demanda-t-il à Cass.

Cass leva son verre en direction de l'homme. La dame du bar sortit une boîte de cassettes et passa chanson après chanson. Une sorte d'atmosphère d'église s'installa dans la pièce. Les hommes chantonnaient, ou bien sifflaient tout doucement.

— T'as quelque chose de Screamin' Jay, Yolanda ? demanda l'un d'eux. Et Count Basie ? Je sais que t'as du Count Basie.

* Faut que je bouge d'ici / J'ai le blues qui me tombe dessus comme de la grêle...

Un rectangle de lumière entrait par les petites fenêtres en hauteur sur la façade du bar et tombait sur la chemise bleue tachée de Cass et la barbe rousse naissante sur son menton. La dame du bar donna à Toussaint un sachet de crackers pour calmer les grondements de son estomac.

Le crépuscule tombait quand ils sortirent dans la rue. Cass trébucha sur une plaque brisée du trottoir et il se mit à rire. Il retrouva son équilibre en s'appuyant à un arbre et prit quelques profondes inspirations.

— Je connais une chanson, dit-il. Je l'ai apprise d'une amie à moi.

Il chanta quelques mesures de *Muddy Water*.

C'était aussi une chanson de la bibliothèque. Un vol d'oiseaux noirs vira au-dessus des toits – haut, très haut dans le ciel. Des oiseaux de Bonaparte, pensa Toussaint, comme ceux dont sa mère lui avait parlé. Il éprouva une drôle de sensation, un peu comme si quelque chose posait son œil sur lui. Mais juste l'espace d'un instant, et puis cela disparut. Son père repartit à grandes enjambées, loin devant. Il ne trébucha plus, pas une seule fois, au cours de la longue heure de marche les ramenant à Ephraim Avenue.

BONAPARTE

Il y a un air que je chantais, avant, en tournée. Il me revient sans arrêt dans la tête d'une drôle de façon, comme s'il y avait quelqu'un qui me le chantonnait à l'oreille. Il me tient compagnie, aussi dingue que ça puisse paraître. Mais j'arrive pas à me rappeler les paroles. Mince alors, c'était quoi, déjà ? Ça parlait d'eau, quelque chose comme ça. Ah, ouais, c'est ça ! *Muddy water in the street / Muddy water round my feet**... Doux Jésus. Toutes ces inondations. C'est un miracle que toute la race noire se soit pas noyée.

Tout le monde dans tous les bars adorait ce titre quand je le chantais. La moitié se mettait à pleurer. Bon Dieu, plus d'une fois j'ai eu la voix qui s'étranglait en plein milieu. Je repense pas souvent à tout ce qui s'est passé autrefois. Il y a déjà suffisamment de quoi être triste avec le moment présent. Les souvenirs d'enfance, ça m'intéresse pas. Pour dire la vérité, presque tout ce dont je me souviens de mon enfance, c'est des hautes eaux et des atrocités. À part maman et papa, que l'Éternel ait leur âme. Bessie et Ma

* De l'eau boueuse dans la rue / De l'eau boueuse autour de mes pieds...

et les autres, elles étaient toujours en train de chanter des chansons sur les inondations, comme celle à laquelle on était confrontés. Ces filles, elles racontaient les choses telles qu'elles étaient, mais le problème c'était qu'elles les chantaient de telle manière que ça en devenait joli. Pas joli au sens de douce-nuit-d'été-et-foulard-en-soie, mais joli comme peuvent être jolies les pensées les plus tristes. C'est ce que ça fait, une chanson, c'est à ça que ça sert. Mais ce vernis que la musique met sur les choses, c'est de la nostalgie. Et je déteste ça, parce que ça rend belles des choses qui le sont pas.

Ce dont je me souviens, moi, au sujet des hautes eaux, c'est les gens qui tombaient comme des mouches à cause de la Fièvre. Je me rappelle, il y a eu la pluie ininterrompue, des semaines de pluie et pour finir, les levées se sont effondrées, et on est partis en barque d'Orville, où je suis née et où j'ai grandi jusqu'à l'âge de treize ans. Très vite, mon père nous a mis dans une barque, si bien qu'on s'est pas retrouvés coincés sur un toit à regarder les maisons emportées descendre la rivière Tallahatchie comme c'est arrivé à d'autres. Avant d'atteindre les camps de la Croix-Rouge, les gens ont navigué dans des canoës ou sur des radeaux qui dérivaient un peu partout, ou alors ils se sont réfugiés au sommet de collines qui émergeaient de la surface de l'eau.

Certains ont pu gagner des cabanes situées dans les hauteurs, mais la plupart d'entre nous, on a dû aller dans les tentes que les secours nous donnaient, entassées comme des asticots sur des minuscules parcelles de terrain, plus proches du marécage que du sol ferme. Pas d'eau – ou très peu. Pas de nourriture – ou très peu. Du lait en poudre à délayer dans… dans quoi ? Et la moitié du temps, les Blancs nous donnaient des rations que si on allait dégager la boue en ville. On attrapait toutes sortes de trucs : le typhus, la dysenterie, le choléra, mais on appelait tout ça simplement la Fièvre. Ces camps, c'était le pire endroit que j'aie jamais connu de toute ma vie, tout le monde chiait n'importe où, pissait n'importe où, ou vomissait et saignait sur ces petits lopins de terre spongieuse.

Les femmes avaient leurs règles, évidemment. J'ai jamais été autant dégoûtée par mon propre corps. On avait des paillasses que les secours avaient distribuées. J'étais sur cette paillasse avec un nuage de mouches tout autour de moi. Je pouvais pas en bouger parce que les premiers jours après notre arrivée, il y avait rien pour les filles indisposées, et il y avait pas de bouts de tissu ni rien d'autre de disponible. Un cercle de sang s'étendait autour de moi, de mes genoux jusqu'à mon dos. J'étais morte de honte. On pense pas à des choses comme ça – quand les gens vous parlent des guerres et des catastrophes, ils laissent de côté tous ces détails corporels honteux. Un corps s'arrête pas de fonctionner, même quand c'est la fin du monde ; il continue à tourner. Sale machine.

Avant d'arriver au camp, quand on était en train de ramer, on a aperçu un homme en haut d'un arbre, avec un bébé attaché à lui. Il était tout en haut et le reste était noyé. On était cinq dans notre barque, qui était déjà bien basse sur l'eau. Papa, il a pas voulu prendre l'homme et le bébé. "Un de plus et on coule", qu'il a dit. Tout d'un coup, il a repoussé ma mère et la barque s'est mise tanguer et rouler. Ma mère l'a agrippé au cou et une des rames est tombée à l'eau. "Donnez-nous le bébé ! On peut prendre le bébé !" Je me souviens qu'il avait un bonnet rose tout sale. J'avais d'abord cru que l'homme transpirait, parce que son visage dégoulinait, mais ensuite j'ai vu qu'il pleurait.

Homme en pleurs, tu vas gaspiller toute ton eau à pleurer de cette façon. J'avais envie de lui dire, tu ferais mieux de l'économiser. Le bébé nous a regardés avec des yeux grands comme ça, et un visage brun-miel, un menton pointu. Maman est retombée dans la barque et on a failli chavirer. L'homme en pleurs a pas lâché le bébé et il a hoché la tête. Il a continué à hocher la tête tout en suivant des yeux notre barque qui s'éloignait lentement, tandis que papa n'avait plus qu'une seule rame pour la faire avancer. Il restait plus personne au monde, juste la surface plate de l'eau, l'homme en pleurs et le bébé avec ses grands yeux, et puis ma mère, hurlant ses lamentations à tout l'univers : "Je suis désolée. Je suis désolée."

Le son de sa plainte à ce moment-là, j'ai pu le sortir qu'une seule fois. Je me suis cassé la voix une semaine entière. J'étais dans un petit bar à Tupelo. J'étais dedans à fond – je faisais plus qu'un avec les notes et j'ai réussi à reproduire la lamentation de Maman. Ma voix a fait trembler l'air à des kilomètres à la ronde, elle a balayé la ville en cassant tout sur son passage.

Presque tout le monde sur notre petit coin de terrain spongieux, dans le camp de réfugiés, a attrapé la Fièvre. Je parierais qu'il nous aurait juste fallu de la pénicilline. Je sais pas s'ils l'avaient déjà inventée ou s'ils l'avaient et que les Blancs l'ont tout simplement pas donnée aux *niggers*. Toutes ces années, j'ai eu dans l'idée de vérifier ça, mais je sais pas pourquoi, je le fais pas. Peut-être que j'ai pas envie de savoir que ça aurait été aussi simple que ça de nous guérir, peut-être que ça me briserait trop le cœur. Je supporte pas le chagrin qu'il y a dans toute cette stupide histoire de l'humanité – toutes ces années où on savait rien sur rien. Tous ces siècles de brutalité. Les Blancs étaient mauvais, ils inspiraient la terreur. Si vous vouliez quitter le camp, vous deviez avoir une étiquette, qu'ils vous donnaient, épinglée sur la poitrine. Un fléau, voilà ce qu'ils étaient. Et les *niggers* étaient des idiots. Les *niggers* ont toujours été des idiots, de beaux idiots. Moi y compris.

Un prédicateur de l'Apocalypse s'était installé dans un petit coin du camp. Les flots de l'inondation avaient dû l'éjecter de sa chaire – il portait encore son costume de prêcheur, une cravate qu'il avait nouée autour de son front et une paire de bonnes chaussures. Il avait la moitié du crâne mangé par la teigne. Il criait de sa grosse voix de baryton : "Ah, nation pécheresse..." Il sortait toutes les conneries habituelles, le feu de l'enfer et tout le reste. Et à un moment, il a dit : "Dieu a donné à Noé le signe arc-en-ciel / Plus d'eau, mais la prochaine fois, le feu." On connaissait tous cette vieille chanson, et certains ont commencé à la chanter. Je suppose que ça nous faisait nous sentir mieux, un peu de poésie. Mais excusez-moi, j'avais envie de dire, cette inondation qu'on a en ce moment, plus celle de la chanson, ça fait deux inondations, merci bien. Bon, enfin, on était tous là, en train de chanter au milieu de ce maudit marécage – de beaux idiots de *niggers*. Et on continue encore maintenant !

J'arrive pas à me débarrasser de mes souvenirs, ces jours-ci. J'aimerais bien que ce qu'ils essaient de me dire se manifeste tout simplement et que tout soit clair. Bien sûr, faut être prudent avec ce qu'on a envie de voir arriver, alors je suppose que je ferais mieux de pas essayer de tout précipiter.

PHILADELPHIE

NOW AND LATER

— Bonjour, Petit Frère Toussaint !

Une femme que Toussaint n'avait jamais vue auparavant se tenait près de Winnie et Ava dans la cuisine. De nouveaux visages avaient remplacé les gens du quartier. Ils semblaient le connaître, mais lui ne les connaissait pas. Ces nouvelles personnes, apparues après la descente de police, lui parlaient trop fort et trop longtemps. Ou alors elles étaient d'une gentillesse trop mielleuse sans raison. Ou bien elles l'ignoraient jusqu'au moment où Cass entrait dans la pièce et alors elles déversaient sur lui un flot de paroles. Ces nouveaux ne venaient plus seulement pour la Réunion ou pour la consultation. Ils envahissaient tous les endroits privés du 248 : la cuisine, la salle de bains du haut, le jardin la nuit. Toussaint se cuirassait avant d'entrer dans une pièce, tout comme il l'avait fait au centre de Glenn Avenue.

— Tu te souviens de Miss Rhonda, n'est-ce pas ? demanda Ava en mettant une marmite de soupe sur la cuisinière.

Winnie et cette dame lui adressèrent un sourire radieux. En feu et en sueur, Winnie était toujours vêtue de sa chemise de nuit bleu passé, alors qu'il était deux heures de l'après-midi. Quelque chose était arrivé aux adultes. Ils arboraient un large sourire alors qu'il n'y avait aucune raison de sourire. Leurs yeux brillaient, mais ce n'était pas parce qu'ils étaient heureux. Cela fichait la frousse à Toussaint. Les jours fondaient sur lui comme un essaim d'abeilles – trop vite, en trop grand nombre pour qu'il puisse faire autre chose que les esquiver. Tard le soir, Cass et Ava se disputaient dans leur soupente. Le lendemain, c'était comme si leur altercation n'avait jamais eu lieu. Et il n'y avait pas que ces faux-semblants au sujet des disputes. Des choses disparaissaient de l'Arche, de gros morceaux du monde au-delà de leurs murs se volatilisaient comme s'ils n'avaient jamais existé : les gosses du quartier avaient cessé de venir. Les livres que Cass déposait dans la chambre des garçons étaient différents ; à présent, il y avait un long pamphlet, venant de quelque chose qui portait le nom de Weather Underground*, et puis des livres sur un truc appelé kibboutz et sur les techniques de survie. Toussaint n'avait pas envie de faire caca dans un seau, ni de fabriquer de l'antiseptique en faisant bouillir des aiguilles de pin. Il voulait entrer en sixième, comme il était censé le faire.

— Tu veux manger un bout avant ton temps de travail au jardin ? lui demanda Ava.

Elle se tenait là, une main sur la hanche et l'autre remuant le contenu de la marmite, comme le faisait autrefois Jilly. Jilly ne se plairait pas ici, pensa Toussaint.

* Groupe militant radical, fondé en 1969, qui s'était fixé pour but la création d'un parti révolutionnaire en vue de renverser le gouvernement des États-Unis. Le mouvement disparaît au début des années 1980.

— Cinq minutes, ensuite les activités de l'après-midi. OK, mon chéri ? lança Ava tandis que Toussaint quittait la cuisine avec son verre de citronnade et un morceau de pain de maïs que sa mère avait saupoudré de sel juste comme il aimait.

L'Arche était en fonds, cette semaine ; qui pouvait dire combien de temps cela allait durer. Toussaint chercha un coin tranquille pour savourer son repas. Quelques minutes sans personne pour le regarder et sans avoir quoi que ce soit à faire. Mais le cabinet de toilette du bas était occupé ; Zeek et d'autres hommes étaient en pleine discussion animée dans la salle de séjour. Le couloir était rempli de patients pour la consultation.

— Salut, Frère Toussaint, dit l'un d'eux.

Toussaint se retourna vivement et tira la langue. Puis il s'éloigna en vitesse dans la direction opposée.

— Où est-ce que tu vas ? lui cria Ava.

Il avait déjà franchi la porte de derrière. Il s'assit sur une chaise pliante, grignotant son pain de maïs en essayant de faire le point. C'était ce que Patch disait à propos des gens avant de leur faire quelque chose d'effrayant. Il faut que je fasse le point avec lui, disait-il. Ou bien : Celui-là, il est incapable de faire le point tout seul. La maison s'agitait derrière lui, mais le jardin était désert et tranquille. Presque paisible, même avec les bestioles et l'odeur.

— Ah, t'es là, lui dit une dame inconnue depuis le seuil de la porte, quelques minutes plus tard. (Toussaint se leva d'un bond et renversa sa citronnade.) Winnie m'a dit que tu avais un panier de gombos tout prêt pour moi.

Toussaint jeta son gobelet dans les fraisiers, ainsi que sa dernière bouchée de pain de maïs.

— Où tu vas ? Hé mon garçon, je t'ai posé une question, cria la femme dans son dos, et elle continua à crier, même après qu'il eut claqué la porte de la clôture derrière lui.

Dehors, dans la ruelle, Nemo et Alvin s'occupaient de la cabane abritant la banque alimentaire. Il n'y avait pas grand-chose là-dedans, à part quelques boîtes de conserve et des paquets de pain rassis. Ils avaient déjà distribué presque tout le surplus et il n'y en aurait pas d'autre pour regarnir les étagères. Mikey était là aussi.

— Bon sang, t'as le feu où ? demanda Mikey.

— Quoi ? répliqua Toussaint.

— T'as le feu où ? Parce que tu marchais si vite et cette dame… Oh, laisse tomber.

Toussaint resta un instant sans bouger, plissant les paupières et les mains sur les hanches.

— Fait chaud, ici. On a encore combien de temps à faire ? demanda Mikey.

— Toi, t'es pas obligé de rester ici, Mikey, répondit Nemo. C'est nous qui travaillons. Pas vrai, T. ?

Rien ne bougeait dans la ruelle. L'arrière des maisons, les clôtures en grillage des voisins et l'herbe éparse étaient pâles sous le soleil haut dans le ciel. Toussaint s'assit sur le trottoir, jetant des cailloux sur une tache d'huile. Tout était si laid. La chaleur pesait sur lui comme un corps.

Un homme jeune qui faisait vieux et qui n'avait pas l'air commode tourna au coin de la ruelle en traînant les pieds. Les garçons le regardèrent en silence, puis Mikey dit :

— Hé toi, barre-toi d'ici. Enfoiré de camé.

Toussaint l'observa : les lèvres gercées, des vêtements tachés, une chemise trop grande et un pantalon trop grand aussi. C'était effectivement un enfoiré de camé. Mais quand même.

— Allez, bon sang, dit-il avec lassitude. On n'est pas censés parler aux gens comme ça.

— De toute façon, il va rien manger, répondit Mikey. C'est juste pour revendre ce qu'on lui donne.

Toussaint haussa les épaules. Il hocha la tête en direction de Nemo, qui tendit à l'homme un paquet de pain et des pêches en boîte. Probable que Mikey avait raison. Probable qu'il ne les mangerait pas.

— Le grand chef, hein ? Il mène la danse, dit Mikey. Pourquoi vous lui obéissez toujours ? demanda-t-il à Nemo et Alvin.

— Pa'ce que Toussaint sait toujours quoi faire, répondit Alvin. Pas vrai, Nemo ? Il sait toujours !

Nemo se mit ostensiblement à remettre en place les boîtes de conserve en faisant beaucoup de bruit.

— Arrête ça, Alvin, dit Toussaint.

Le sourire d'Alvin s'effaça.

— Aaah, allons, Alvin. Pleure pas.

— Ouais, dit Mikey. Tu peux pas être un débile *et* une mauviette.

Il donna un petit coup dans l'épaule de Toussaint et partit dans un de ses éclats de rire stupides. Pour la centième fois, Toussaint remarqua que ses dents minuscules et carrées étaient trop petites pour sa bouche et qu'elles avaient besoin d'un bon brossage. Alvin sortit son yo-yo.

— Elle est où, Lola ? Vous avez pas vu Lola, par hasard ? demanda Nemo, juste histoire de dire quelque chose.

Il avait raison. Ça faisait un bon bout de temps que Lola n'était pas venue les voir.

— Pourquoi, tu veux la baiser ? dit Mikey.

Nemo secoua la tête. Personne ne comprenait pourquoi il fallait que Mikey se comporte comme ça. Toussaint se dit que c'était probablement pour cette raison qu'il était toujours laissé de côté. Mais au moins lui, il allait à l'école. Et il n'appréciait même pas la chance qu'il avait. Une femme avec sa fille arrivèrent et on leur donna quelques conserves surchauffées. La ruelle redevint tranquille. Il faisait trop chaud même pour les mouches.

— Alvin ! dit Mikey. Ho, Alvin. Tu veux pas courir jusqu'au magasin pour moi et ramener des glaces à l'eau et des Now And Later* ?

— J'veux pas de Now And Later.

— Je te demande pas ce que tu veux. Va me chercher des Now And Later.

— Lâche-le, Mikey, dit Toussaint.

Une ligne de transpiration gouttait dans son dos. Il avait envie de se débarrasser de sa peau et de la laisser dans la ruelle. Il avait envie de s'élever jusqu'au-dessus des nuages, où il faisait sombre et frais.

— Et pourquoi il peut pas aller au bout de la rue ? Il est trop occupé ?

— Je veux pas ! répéta Alvin.

— Il pourrait aller au bout de la rue, Mikey. Mais il ne veut pas y aller, dit Toussaint.

— Oh, il veut pas ? (Mikey aspira l'air entre ses dents.) Votre Altesse. T'es un peu trop coincé, toi. Tu sais ce qu'il te faudrait ? Faudrait que ton paternel t'emmène baiser. Le mien, il m'a emmené baiser quand j'avais ton âge.

* Les bonbons fruités Now And Later ("Maintenant et après") tirent leur nom du fait que le goût est censé durer très longtemps dans la bouche.

— Ton paternel, il est pas revenu dans le coin depuis que t'es bébé, intervint Nemo. Pourquoi faut toujours que tu racontes des conneries ?

Toussaint avait des démangeaisons dans le dos comme si des fourmis étaient en train de le mordre. Des fourmis sur ses bras, dans son dos et sur le dos de ses mains.

— Ton paternel, il est toujours détendu, poursuivit Mikey. J'te parie qu'il baise avec les habituées. Et pas seulement avec ta mère. Probable qu'elle est juste une des...

Toussaint bondit sur Mikey. Le garçon tomba à la renverse sur le béton. Toussaint se jeta sur lui et le martela de coups de poing.

— Mais tu la fermes jamais, toi. Faut que tu la fermes. Faut que tu fermes ta putain de gueule.

Nemo ne fit rien pour retenir Toussaint. Mikey l'avait bien cherché.

DES COUPS DE PIED DANS LES FEUILLES MORTES

— Pourquoi les choses peuvent pas redevenir comme elles étaient avant ? marmonna Toussaint.

Il tripotait un éclat de bois qui se redressait sur la marche en bas du perron de Pasteur Phil. Il ne savait pas à quoi il voulait retourner. Était-ce Abemi ? Ça ne pouvait pas être Glenn Avenue. Peut-être était-ce le 248 avant la descente de police ? Pas vraiment. Il n'avait envie de rien de tout ça. Il se fichait pas mal de l'endroit où il vivait, tout ce qu'il voulait, c'était qu'on lui rende sa mère et que tout arrête de changer en permanence.

— C'est comme quand tu donnes un coup de pied dans un tas de feuilles mortes, lui dit Pasteur Phil. Les feuilles finissent par retomber, mais pas comme elles étaient disposées avant.

— Pourquoi ?

— Je ne sais pas.

Elle était toujours franche avec lui. Il lui dit à quel point les jours lui paraissaient à la fois familiers et étranges, comme une série à la télé qu'il avait déjà vue, mais tout d'un coup, les personnages étaient différents. Des types bizarres – des types qui le regardaient du coin de l'œil, des types qui restaient trop longtemps aux toilettes et qui en ressortaient endormis – étaient là constamment, alors qu'ils avaient depuis longtemps fini de renforcer les entrées et les sorties de la maison. Zeek était couvert de transpiration et irritable, ou bien rêveur et distant, et il passait trop de temps dans sa chambre. Le 248 était sinistre. Toussaint avait l'impression d'être en prison – il y avait des madriers en travers des portes et des barres de sécurité aux fenêtres du rez-de-chaussée.

Ava parlait sèchement à Toussaint si elle n'aimait pas la façon dont il avait fait son travail. Ce qui n'était pas juste, car le jardin était envahi par les mauvaises herbes, ce qui voulait dire qu'elle ne faisait pas bien le sien non plus. Une fois, elle avait laissé sa marmite de haricots si longtemps sur le feu que la cuisine avait été complètement enfumée. Ensuite, elle s'était mise à hurler après tout le monde parce qu'on ne lui avait pas rappelé de retirer la marmite de la cuisinière. Winnie s'était aussitôt mise à hurler aussi pour lui répondre. Cass était arrivé au beau milieu de tout ça et avait frappé du poing sur la table.

— Ça suffit ! avait-il crié.

Puis il était parti et on ne l'avait plus revu de la journée.

Toussaint avait raconté ça également à Pasteur Phil. Il lui racontait presque tout. Il n'avait pas soufflé mot des armes, bien sûr. Ce soir-là, sur le perron, ils parlaient de sa grand-mère.

— Tu as été déçu de ne pas aller la voir ? lui demanda Pasteur Phil.

Toussaint haussa les épaules.

— Je voulais lui donner ma bille œil-de-chat en cadeau.

— Est-ce que les femmes d'un certain âge aiment les billes ? (Toussaint cligna des paupières et baissa les yeux sur ses mains.) Oh ! Désolée. C'est l'intention qui compte. Ça ne veut pas dire qu'une bille n'est pas un bon cadeau. (Elle soupira.) Je suis sûre qu'elle aurait adoré ça, je veux dire.

— J'avais pensé apprendre à jouer de l'harmonica pour pouvoir lui jouer une de ses chansons. Mais je n'ai pas eu le temps.

— Ça c'est très bien. Elle aurait sûrement aimé ça.

— Maman dit qu'elle est méchante et qu'elle n'aime rien et qu'elle vit dans la cabane de ses souvenirs. Mais… je ne sais pas. Peut-être qu'elle était en colère contre maman. Maman fait des tas de choses qui mettent les gens en colère.

— Ça arrive à tout le monde, répondit Pasteur Phil. À moi aussi. (Elle le poussa du coude.) Toi aussi. Ta grand-mère vit dans une ferme, là-bas dans le Sud ?

— Une grande ferme ! dit Toussaint. Avec des vaches et des poules et tout ça. Et la rivière est pleine de poissons. Mon grand-père est enterré là-bas. Il était comme le maire de la ville, comme le roi, quoi. Tout le monde l'aimait. Il s'occupait de tout.

— Un peu comme ton père.

— Ouais. Ouais, j'imagine. Un peu comme ça.

— Et qu'est-ce qui lui est arrivé ?

— Il s'est fait tuer par des Blancs.

— Oh. Mon Dieu ! Eh bien, ça devrait inquiéter certains.

— Quoi ?

— Rien. Je parle trop, c'est tout. (Elle écrasa sa cigarette et en alluma une autre.) Tu devrais lui écrire, dit-elle.

— À ma grand-mère ?

— Ouais. Mets-la au courant. Parle-lui de toi, tu vois ce que je veux dire ? Je peux envoyer ta lettre si tu ne veux pas que ta mère… si tu n'as pas de timbre.

— Mais je ne la connais pas.

— Eh bien, peut-être que tu pourrais faire sa connaissance.

— Pourquoi ?

— Par sécurité.

Toussaint réfléchit. Il pensait que Pasteur Phil allait lui dire quelque chose du genre Dutchess faisait partie de sa famille et c'est important de connaître sa famille. Les gens vous racontaient toujours ce genre de truc. Ne pas avoir de famille, en dehors de l'Arche, était une des choses que Toussaint était censé regretter.

Le lendemain, il jeta un coup d'œil en douce à une lettre qu'il avait trouvée dans la boîte à chaussures où sa mère conservait leurs papiers importants. Dans cette lettre, Dutchess mentionnait un endroit qu'elle gardait pour Ava. Il supposa que c'était de cet endroit que sa mère lui parlait toujours depuis sa naissance. L'enveloppe était couverte de traces de doigts, mais il put lire l'adresse d'expédition, rédigée de l'écriture ronde et pleine de boucles de sa grand-mère. Il la recopia sur un morceau de papier. Cette nuit-là, Toussaint rêva que des tas de gens l'attendaient près d'une rivière. Cinq nuits, il rêva de cet endroit, et le sixième jour, il écrivit.

LAZARE

LES adultes de l'Arche étaient réunis dans la cuisine du 248.

— Il y a quelque chose en vous et il faut que ça sorte, dit Cass. Nous avons tous quelque chose. Une espèce de malignité. Des secrets. Un sens exacerbé de l'individualisme. Une recherche des vieilles sources de réconfort.

Sa tête pivota sur son cou jusqu'à ce que son regard se pose sur Zeek. Il y avait une certaine froideur en lui depuis quelque temps. Il clignait même moins des yeux.

La tête pivota de nouveau et s'arrêta quand elle eut Ava en point de mire.

— Une tendance à l'auto-sabotage.

"Ce que nous faisons ici, mes frères et mes sœurs… ce que l'Arche fait, c'est aider ces gens à voir que leurs vies ont été rendues misérables. Qu'il y a un système qui contrôle tout ce qu'ils font et disent, qui ils peuvent être, ce qu'ils peuvent avoir. C'est dur à accepter. Nous devons être un exemple. Renforcer notre propre fréquence. Nous mettre sur la bonne longueur d'onde pour éliminer les parasites."

C'était le milieu de la matinée. Bientôt, les visiteurs, les curieux et les patients du cabinet médical allaient arriver.

Ava était épuisée – elle avait dormi deux heures, peut-être trois. À présent, aucun d'eux ne disposait de beaucoup de temps pour dormir. Elle avait effectué son tour de garde sur le toit avec Cass de huit heures du soir à quatre heures du matin, puis elle était descendue pour le petit déjeuner à sept heures trente. Maintenant elle était si fatiguée qu'elle avait la gorge qui grattait, comme si un rhume s'annonçait. Ils n'avaient plus de café, depuis des semaines. Cass voulait qu'ils tirent leur dynamisme de la vitamine B12 – en intraveineuse comme du speedball. Cass leur faisait une injection par roulement. Il était clair que ce matin-là, c'était au tour de Winnie. Debout devant l'évier, elle faisait la vaisselle avec le punch de toute une compagnie de pom-pom girls.

De toute évidence, Zeek n'y avait pas eu droit. Il était vidé et ne tenait pas en place à l'autre bout de la table. Ava avait envie d'aller serrer sa vieille tête grisonnante. Mais il n'acceptait plus les embrassades. Quand il n'était pas avec Cass ou Patch, il se tenait à l'écart. Que l'Éternel le bénisse, Zeek avait quelque chose à avouer et tout le monde savait de quoi il s'agissait. Sauf Winnie, qui ne voulait jamais rien savoir.

— Ava, dit Cass. Qu'est-ce que tu veux nous dire ?

Elle sursauta, laissant tomber le stylo qu'elle tripotait. Tous les regards dans la pièce étaient braqués sur elle.

— Je… qu'est-ce que tu veux dire ?

— L'heure n'est plus à la méfiance, Ava, répondit Cass. Mets ton orgueil de côté.

Ava secoua la tête. Elle ne comprenait pas ce qu'il attendait d'elle, et à dire la vérité, elle était trop fatiguée pour le lui donner. Une chose était sûre, elle ne faisait pas preuve d'orgueil. Une certaine partie d'elle était curieuse de voir ce que cette dernière trouvaille de Cass allait signifier pour elle.

— Un engagement incomplet, dit Zeek, subitement revigoré.

Évidemment, les gens qui ont quelque chose à cacher sont rarement les derniers à pointer un doigt accusateur.

— Le doute, dit Cass.

Ava se sentit un peu tremblotante. Elle commençait à comprendre qu'elle devrait avoir peur. Comment Cass savait-il les choses qu'il savait ? Pas plus tard qu'hier, elle avait observé Toussaint depuis la fenêtre de la soupente, tandis qu'il marchait seul dans la ruelle. Il avait hésité quand il était arrivé devant la clôture de derrière, comme s'il s'armait de courage pour franchir la porte. Elle aurait voulu qu'il ait toute une troupe de garçons ordinaires autour de lui – des garçons qui mangent des hamburgers et qui jouent au basket dans le parc. Des garçons qui vont à l'école.

À cet instant Cass s'approcha d'elle. Elle se dit qu'il allait la frapper, mais au lieu de cela, il lui souleva le menton avec le bout des doigts. Il la serra contre lui si fort qu'elle bascula sur le côté. Par-dessus l'épaule de Cass, elle vit les larmes dans les yeux de Winnie. Comme si elle était en train de regarder Jésus guérir un lépreux. Ou plutôt, comme si elle le regardait ramener Lazare à la vie. De quoi a-t-il dû avoir l'air, ce pauvre homme, après avoir été mort, puis n'étant plus mort. Pas tout à fait vivant, c'est certain. Mais Ava l'était, elle – vivante. Oh oui, elle était si vivante que le sang brûlait dans ses veines.

— Toute cette résistance ne peut que te faire du mal, murmura-t-il. Toi qui as tant.

Il renvoya les autres et guida Ava dans le minuscule garde-manger de plain-pied, dans un coin de la cuisine. Ce n'était pas vraiment une pièce, même pas un placard

– plutôt un rangement de la hauteur d'une personne et d'environ quarante centimètres sur quarante. Il la laissa à l'intérieur, la porte entrebâillée.

— Ne bouge pas.

Quelques minutes plus tard, il revint l'observer par la fente dans la porte. Il ne quitta pas la pièce ; elle apercevait son ombre sur la table de la cuisine. Un peu plus tard, il revint jeter un coup d'œil.

— Sur tes pieds, dit-il en voyant qu'elle s'appuyait sur les étagères.

Ah. Sa punition était donc de rester debout. Plus l'odeur du garde-manger, une odeur de poudre de paprika, d'oignon et de boîte de conserve qui lui soulevait l'estomac. Cass s'éloigna de nouveau, et cette fois, il resta à l'écart beaucoup plus longtemps, mais elle pouvait l'entendre bouger dans la cuisine. Elle commença à avoir mal aux jambes.

Au bout d'un long moment, ce fut Zeek qui apparut. C'était pire, d'une certaine façon, exactement comme Cass l'avait prévu.

— Pourquoi ? demanda-t-elle.

Zeek crut qu'elle voulait savoir pourquoi elle était punie. Il dit :

— C'est pour ton bien.

Mais ce qu'elle voulait dire, c'était : Qu'est-ce qui t'est arrivé ? Cass était supposé être cruel. Il était supposé infliger douleur et plaisir sans compter, c'était tout ce qu'il avait toujours fait. Mais pas Zeek.

— Pas toi, Zeek, murmura-t-elle.

Il ne dit plus rien. Mais lorsqu'il revint quelque temps plus tard, il lui donna une petite tasse de citronnade salée.

— C'est bon pour les crampes, marmonna-t-il.

Ava sentit des élancements dans les jambes, puis un engourdissement. Son esprit commença à s'agiter, essayant de trouver à quoi s'accrocher. Elle se mit à penser à des choses qui avaient été perdues : deux dents de lait de Toussaint qu'elle avait gardées dans un petit sac à bijoux, le premier bulletin scolaire de Toussaint, une photo d'elle, dans Chestnut Street, près du lieu de son premier emploi à Philadelphie, alors qu'elle était encore une fille de la campagne, en jupe et veste bleu pastel, et le chapeau assorti. Une partition musicale de Dutchess – en si bémol. Une valise vert sapin avec une décoration argentée, la cuisine jaune vif dans le New Jersey, avec la fenêtre au-dessus de l'évier. Ces deux manteaux assortis en renard qu'avait Dutchess, et qui lui avaient été expédiés de Chicago par le grand magasin Marshall Field, au beau milieu de l'été, une année où ils étaient en fonds, quand P'pa était encore vivant. Il n'y a aucune trace de notre passé, pensa-t-elle. Aucun objet que l'on puisse sortir délicatement d'une boîte à souvenirs et déballer de son papier de soie – *Fais attention !* – avant de le tendre avec précaution à Toussaint. Aucune trace du passé montrant où ils avaient vécu, ce qu'ils avaient fait et à qui ils avaient appartenu. Que l'Éternel vienne à notre secours ! À notre secours.

Cass vint la chercher des heures plus tard. À ce moment-là, elle s'était déjà effondrée et ses jambes n'étaient plus qu'un enchevêtrement de plomb étendu sur le seuil. Elle ne s'était pas soulagée sur elle-même, mais la douleur dans sa vessie était atroce.

— Toussaint ? demanda-t-elle.

— En mission.

Elle fut incapable de monter l'escalier. Cass la porta comme un bébé. Il la déshabilla et la déposa dans la baignoire. Quand il fut sorti, elle urina douloureusement sur la porcelaine blanche de la baignoire. Elle puait. L'odeur de l'urine se mélangeait aux relents fermentés et âcres de ses aisselles et d'entre ses jambes. Cass insista pour la laver. Elle était humiliée et redevable tout à la fois. Quand ce fut terminé, il l'enveloppa dans une serviette de toilette et l'étendit sur le matelas de la soupente.

Elle se réveilla dans l'obscurité. Cass était allongé près d'elle, en train de lire quelque chose à la faible lueur de la lampe. La maison était silencieuse. Malgré elle, elle se demanda qui était de garde sur le toit. Elle fit jouer ses orteils, se redressa et se frictionna les mollets.

— Ça va ? demanda Cass.

Sur un ton optimiste, comme s'il lui avait donné un cachet d'aspirine et voulait savoir si ça avait fait de l'effet.

Ava se recoucha sur le matelas. La pièce avait une teinte grise et elle se demanda un instant si quelque chose d'irréversible ne s'était pas produit dans son cerveau au cours de ces heures passées dans le garde-manger. Elle cligna des paupières et la soupente devint de plus en plus grise, puis noire et…

— Ava, dit Cass doucement d'un endroit lointain.

Les pensées d'Ava dérivèrent, comme un moustique qui s'est posé sur une flaque, se tortillant de la même façon, et porté à la surface de l'eau.

Quand elle cligna des yeux de nouveau, Cass se tenait sur le seuil de la porte. Elle ressentait une vive douleur dans le bas-ventre après avoir retenu son urine si longtemps et conséquence des coups de pied reçus. Seulement, elle n'avait pas reçu de coups de pied, en tout cas, elle ne le pensait pas. Mais elle avait mal comme si quelque chose sortait de son corps. Elle ferma les yeux de nouveau. Cette douleur était une sorte de douleur d'accouchement, ou peut-être qu'elle rêvait de ce travail, dont les vagues lui fouettaient les reins quand Toussaint était venu au monde. Cass était apparu à l'extérieur de sa chambre à l'hôpital, alors qu'elle était encore dans le brouillard après la césarienne. Ouverte et recousue. Il avait le chic pour débarquer une fois la souffrance passée. Mais il n'avait pas été près d'elle, bien sûr.

— Ava, appela-t-il une nouvelle fois. Ava ?

Elle remonta le courant de l'obscurité. La chambre s'était remise d'aplomb avec la lueur du lampadaire de la rue, la fenêtre et les draps froissés. Cass était étendu près d'elle, le visage orangé dans la lumière de la lampe.

Il allait continuer comme ça, n'est-ce pas ? Et elle allait continuer à tout supporter, jusqu'au moment où elle ne pourrait plus. Jusqu'à cette nuit, elle avait ignoré qu'un tel moment pouvait exister. À l'étage en dessous, un des garçons appela dans son sommeil. La main d'Ava effleura celle de Cass dans leur chambre de la soupente. Des larmes glissèrent sur son visage et mouillèrent son oreiller.

— Tout va bien, dit Cass. Ça va prendre un peu de temps.

BONAPARTE

J'ai failli jeter la première lettre de Toussaint à la poubelle avant de l'ouvrir. C'est quoi, ça, que je me suis dit quand Carter Lee me l'a remise. Le nom de l'expéditeur était Toussaint Wright. Ces gens de Progress donnent dans la méchanceté la plus méprisable, voilà qu'ils se moquent de nous en nous envoyant des lettres portant le nom d'esclaves qui se sont rebellés. C'est vraiment une plaisanterie de mauvais goût.

Bien sûr, c'était pas une plaisanterie. Mais c'était le plus sale tour qu'on puisse jouer à quelqu'un. J'ai maudit Ava après l'avoir lue. J'ai décidé qu'elle et moi, c'était terminé, ce qui est un peu ridicule et triste à la fois, vu qu'y avait déjà pas grand-chose entre nous. Tout ce qu'on a à faire valoir pour ces vingt dernières années de rapports entre mère et fille, c'est une vingtaine d'appels téléphoniques et quelques cartes postales.

Je suis allée m'asseoir près de Caro.

— Je peux pas supporter ça, que je lui ai dit. C'est trop.

Au long de toutes ces années, j'ai cru qu'elle et moi, on était les dernières de notre lignée. Quand on serait plus là, ce serait comme si aucun de nous avait jamais existé, pas même Caro.

— Tu te souviens de tout ce temps pendant lequel on a essayé d'avoir un bébé ? je lui ai demandé.

J'avais tellement honte de pas pouvoir. Aujourd'hui encore, j'en suis désolée. Et c'était presque plus terrible encore, du fait que tu te mettais pas en colère à ce sujet, et que tu me faisais jamais sentir qu'il nous manquait quelque chose.

— Chérie, mon bébé, mon cœur, tu me disais comme ça. On a Ava. On a Ava, et cette terre, et tout Bonaparte.

Regarde ça maintenant. Des hectares de rien du tout. Quand tu es mort, tout le monde ici a pas pu s'empêcher de dire des conneries : De tous les hommes de cette ville, c'est lui qui aurait dû avoir des gosses. Il aurait dû avoir un enfant pour poursuivre la lignée. Ils le disaient pas quand t'étais en vie, mais ils pensaient tous que j'étais une vagabonde que t'avais trouvée dans un bar, une fille sans famille avec une enfant métisse que j'avais eue Dieu sait comment. Ils avaient pas tort. C'est pas très difficile d'imaginer quel genre de chose brutale pouvait arriver à une jeune femme voyageant de ville en ville, et qui pouvait expliquer qu'elle se retrouvait avec un bébé à la peau claire et aux cheveux ondulés. Mais c'est à moi de porter ce fardeau jusque dans ma tombe. Le fait est qu'y avait aucun avenir après qu'ils t'ont tué. On avait pas un "après". Et puis j'ai reçu la lettre de ce garçon. Dire que pendant tout ce temps j'ai eu un goût de cendres dans la bouche, alors que ces onze dernières années, il y avait un petit garçon nommé Toussaint. Elle doit me détester.

— Elle doit vraiment me détester, j'ai dit à Caro. Je sais que j'ai pas été parfaite, mais je méritais pas ça.

Fallait m'entendre hurler et pleurer. Alors Caro m'a dit, Calme-toi. Je l'ai entendu comme s'il était assis juste à côté de moi. Calme-toi. Serein et tout en douceur à mon oreille. On a un petit-fils ! Une nouvelle génération. Tu viens de le dire toi-même. Calme-toi, ma chérie.

Je suis rentrée à la maison avec Delilah et j'ai fait tremper la vaisselle empilée dans l'évier. J'ai ramassé les cendriers et tout le bric-à-brac dans la salle de séjour et j'ai essayé de me tranquilliser l'esprit suffisamment pour trouver quelque chose à dire à Toussaint qui lui fiche pas une frousse bleue. Plus j'essayais de concentrer mes pensées sur lui, plus elles partaient dans tous les sens. Peut-être qu'on a déjà mené Bonaparte aussi loin qu'il nous revenait de le faire. L'étape suivante du voyage est pour quelqu'un d'autre. Ava se comporte comme si elle avait aucun bon sens, mais en fait elle en a des tonnes, c'est son problème. Peut-être qu'elle m'a caché son garçon parce qu'elle voulait lui épargner le fardeau de son héritage. Eh bien, ma petite, il y a des choses qu'on peut pas empêcher. Il y a des choses, elles sont là, c'est tout.

Le garçon et moi, on s'envoie des cassettes. Je chante pour lui. Je lui parle, je lui raconte cet endroit. C'est chouette. Ça me donne le sentiment que je suis plus perdue dans cette ville avec seulement Delilah et trois vieux schnocks pour me tenir compagnie. J'enregistre tous mes souvenirs sur ces bandes. Y en a que j'enverrai jamais. Y en a d'autres que je garderai pour quand il sera plus vieux.

Le soir, je travaille petit à petit à ma paperasse. Les dispositions légales et tout ça. Je mets de l'ordre dans ma maison, pour ainsi dire. Si seulement j'avais été au courant de l'existence de ce garçon – mon petit-fils ! vous imaginez ça ! – avant que Barber mette les bouts d'ici. Y a un tas de documents qui vont devoir être transférés d'ici à là-bas. Il va falloir qu'Ava arrête de faire l'autruche et qu'elle signe tout ça. Mais y a un truc qui m'embête, j'arrive pas à mettre la main sur le titre de propriété. J'ai regardé dans mon coffret aussi. C'est là, quelque part. Je veux dire, faut bien que ce soit là, non ?

Elle a un nouveau gars, maintenant. Toussaint me dit que c'est son vrai père. J'imagine que si c'est ce qu'Ava lui a dit, il se pourrait bien que ce soit vrai. Parfois, il faut dire aux enfants ce qu'ils ont besoin d'entendre. L'Éternel sait à quel point je comprends ça. Tout ce que je veux, c'est que cet homme soit pas cause d'ennuis pour mon petit-fils. Toussaint dit qu'il est trop grand. C'est comme ça qu'il me l'a décrit : si grand qu'il peut y avoir rien d'autre que lui dans la même pièce. Possible que le garçon ait pas trop de souci à se faire. Les hommes d'Ava ont tendance à pas s'incruster. Elle a toujours été une plante grimpante cherchant un truc pour s'enrouler autour. Mais je sais que ce type, là, ce Cass, a intérêt à faire gaffe. Avec une plante grimpante, faut faire attention – on croit qu'elle vous aide à vous tenir debout, mais une fois sur deux, elle vous étouffe.

PHILADELPHIE

PITIÉ POUR ONÉSIME

— JE dirai qu'une chose, c'est qu'on devrait avoir l'œil sur les gens qui viennent à ce cabinet médical.

M. Peeples s'était levé pour parler et il s'éclaircit la gorge comme s'il y avait encore beaucoup à dire qu'il gardait en réserve.

— Très bien, tout le monde, intervint Pasteur Phil. Et si on revenait au verset 5 !

Toussaint était caché dans le placard à balais du sous-sol de l'église. Il était assis sur un seau retourné et, par l'entrebâillement de la porte, il observait la dizaine de personnes rassemblées pour la séance d'étude de la Bible du mercredi.

De cette dizaine de personnes, la moitié au moins était elle-même venue au cabinet auparavant. Pas ce grincheux de M. Peeples, mais Toussaint reconnut un homme qui souffrait d'hypertension artérielle assis tout près de la porte, dans un survêtement beige. Il y avait une chlamydiose dans la rangée du milieu, en train de boire un soda Mountain Dew, et une cheville foulée au premier rang.

— C'est pas seulement le cabinet, dit quelqu'un d'autre. Il me semble que toutes ces allées et venues, ça n'arrête pas, quelle que soit l'heure.

— Ils sont plus comme ils étaient avant. C'est pas que je les ai beaucoup aimés, ajouta un autre homme. Mais ils vous parlaient, voyez ? Je suis passé devant cette maison l'autre jour, et Cass et l'autre type avec son œil bizarre, ils m'ont pas dit un mot. Ils m'ont suivi des yeux tout le long de l'avenue. Ça m'a fichu la frousse.

Les choses n'étaient pas aussi terribles qu'ils le disaient. C'était juste que l'Arche devait faire preuve d'une plus grande prudence désormais. Toussaint pensait que tout le monde allait trop loin. Même Cass. Cass disait que la plupart des gens du quartier étaient des collaborateurs, et renseignaient la police, et peut-être même le maire, sur l'Arche. M. Peeples et les autres étaient peut-être des emmerdeurs, mais Toussaint ne croyait pas que c'étaient des espions. Depuis quelque temps, il était perplexe à propos de ce qui était réel ou non. Personne d'autre au 248 ne semblait penser que Cass exagérait sur quoi que ce soit, pas Zeck, ni Winnie. Et pas sa mère, bien sûr. C'était juste lui, Toussaint, bloqué par des tas de nœuds dans sa tête.

Il s'était discrètement installé pour cette séance d'étude de la Bible, parce qu'il s'était dit que ce serait comme quand il allait au catéchisme, dans le New Jersey. Il avait envie d'entendre parler de miracles, de Dieu rassemblant toutes les créatures du monde – ce qui l'inclurait, lui, ainsi que Nemo et Alvin, sa mère et même son père – et les alignant pour les sauver deux par deux. Il avait envie d'entendre dire que les anges veillaient sur eux, des anges guerriers, qui tiraient une épée de leurs ailes afin de remettre de l'ordre.

Parfois, Toussaint avait peur que son père soit l'un de ces anges.

Au lieu de cela, Pasteur Phil discutait d'un livre de la Bible appelé Philémon, dont Toussaint n'avait jamais entendu parler, et d'un homme dont le nom était Onésime, et envers qui Paul demandait à Philémon de se montrer gentil quand cet Onésime reviendrait en ville, à sa sortie de prison. Une dame remarqua que cela ne voulait pas dire qu'il fallait laisser n'importe qui s'amener et faire n'importe quoi. Les gens devaient se conduire de manière responsable, ils devaient faire preuve de respect pour leurs hôtes. Toussaint crut qu'elle parlait des policiers, qui étaient venus dans sa maison et avaient fait tout ce qu'ils avaient envie de faire, à lui, à sa mère et à son père. Sa gorge se serra et il sentit monter les larmes. C'était une sensation qu'il avait souvent quand il était près de Pasteur Phil. Elle était la seule personne qui lui avait dit, Je suis désolée qu'une telle chose te soit arrivée. Et : Ça a dû être très dur. Son estomac gronda. Il n'avait eu qu'un simple gruau de maïs pour son petit déjeuner, puis encore du gruau avec du maïs en conserve pour le repas de midi.

M. Peeples reprit :

— Trois vélos ont disparu dans les deux dernières semaines. Je pense que nous savons tous qui les a pris.

Une femme ajouta qu'elle avait trouvé des excréments humains – elle ne parlait pas de choses liquides – dans son jardin, devant sa maison. Pasteur Phil essaya de les rediriger vers la question de l'accueil des repentants, mais les participants à cette séance sur la Bible ne voulaient plus entendre parler de pitié pour Onésime.

Pourquoi les enfants de l'Arche n'allaient-ils pas à l'école, c'était ça qu'ils voulaient savoir. Devaient-ils faire un signalement aux services de protection de l'enfance ? Ou à la police ? Pourquoi étaient-ils sur leur toit jour et nuit, à espionner tout le monde ?

— Et cette odeur !

Hochement de tête général. L'odeur, c'était quelque chose !

— Peut-être qu'on est un peu trop… pas assez comme Paul, intervint une autre femme. Je sais que cette odeur est désagréable et qu'ils se conduisent de façon étrange. Mais je pense… je pense que l'odeur vient de la nourriture pourrie qu'ils utilisent pour faire une sorte d'engrais pour cet affreux jardin qu'ils ont.

Le jardin n'était pas affreux ! Enfin, il ne l'était pas, avant.

— Et pourquoi ils achètent pas un bidon de fertilisant MiracleGro comme tout le monde ?

— Je sais. Ce ne sont pas les meilleurs voisins dont on puisse rêver. Mais ce que je veux dire, c'est qu'ils ne font rien de mal. Ils vendent des conserves et des haricots en saumure. Et puis ils sont toujours soignés et propres.

— La vitre de ma voiture a été cassée hier soir. On m'a volé ma radio.

Un silence suivit.

— Mais ça n'avait probablement rien à voir avec l'Arche. La délinquance augmente dans toute la ville !

Quelques personnes acquiescèrent de la tête. Et puis, leur rappela Pasteur Phil, ils servaient le repas de midi chaque jour à tous les enfants du quartier qui en avaient besoin.

Oh-oh. Les étudiants de la Bible se raidirent. L'unique avocate de l'Arche se leva si brusquement que sa chaise vacilla.

— Les enfants du quartier n'ont pas besoin de nourriture gratuite. Tout le monde dans le coin possède sa propre maison. Et nourrit ses propres enfants. Vous êtes nouvelle ici, alors peut-être que vous ne comprenez pas ça.

Pasteur Phil revint à Philémon. Toussaint vit à son agitation qu'elle avait maintenant envie d'en terminer, de s'asseoir sur le perron du presbytère pour fumer ses cigarettes. M. Peeples dit que l'idée, c'était que Paul demandait à Philémon de libérer Onésime.

— Il est clair, dit-il, que c'est un passage sur l'esclavage. Le texte saint dit "non plus comme un esclave, mais comme bien mieux qu'un esclave".

Un chœur de vigoureux hmm-mmm s'éleva dans la pièce. Pasteur Phil ne fit pas traîner les choses trop longtemps après cela. Tandis que les gens s'occupaient à rassembler leurs affaires, Toussaint se glissa hors de sa cachette, grimpa en vitesse l'escalier menant à l'intérieur de l'église, puis sortit par la porte principale.

C'était l'heure du dîner. Peut-être qu'il y aurait comme par magie du pain de maïs ou de la salade de pommes de terre, et peut-être que Zeek serait suffisamment réveillé pour en manger. Et qu'Alvin ne pousserait pas ses hurlements ou ne taperait pas sur la table avec sa main un million de fois. Peut-être que sa mère dirait, Bon maintenant ça suffit. Allons chez ta grand-mère, dans le Sud, comme on était censés le faire il y a des mois.

— Hé ! Qu'est-ce que tu fais là ?

Toussaint faillit trébucher sur Lola, qui était assise sur la dernière marche, et qui avait l'air si… *normale.*

— Lola ? dit-il.

Sa raie dans les cheveux était parfaitement droite, avec de longues tresses de chaque côté. Sa robe d'été n'avait pas une seule tache et ses coudes, passés à la vaseline, luisaient d'un bel éclat.

— T'es allé à la séance d'étude de la Bible ? demanda-t-elle.

Quand elle pivota pour regarder vers la porte de l'église, les boules au bout de ses tresses valsèrent et lui frappèrent les tempes. Elle jura entre ses dents. Toussaint sourit – c'était bien cette bonne vieille Lola.

— Comment ça se fait que t'es là ? lui demanda-t-il.

— Maman m'a dit que j'étais pas obligée d'aller avec elle, si je l'attendais dans l'église. Mais il fait trop chaud là-dedans. (Elle baissa la voix.) Ils ont terminé ?

— Je crois bien. (Toussaint enfonça les mains dans ses poches.) Dis, tu veux venir chez moi ? Pour manger ?

— Ben, répondit Lola en regardant derrière elle, vers la porte de l'église. Nan. Je crois que je vais rentrer à la maison. Avec maman, je veux dire.

— Oh. Bon, d'accord.

— Ouais. J'ai... euh, j'ai entendu parler de... je veux dire, avec la police et tout ça.

Toussaint baissa les yeux sur ses tennis.

— Est-ce que tout le monde ? Je veux dire, Alvin et Nemo, est-ce qu'ils...

La porte de l'église s'ouvrit avec un grand bruit et les adultes sortirent sur les marches. Lola se leva d'un bond. Une des personnes dit en voyant Toussaint :

— C'est pas... ?

L'instant d'après, la maman de Lola – il s'avéra que c'était la femme avec le caca dans son jardin – dévala les marches comme un rapace.

— Jeune homme, dit-elle d'une voix sévère.

Elle attrapa la main de Lola d'un geste vif et l'emmena sur le trottoir.

— Salut ! Salut, Toussaint, lança Lola.

Sa mère la secoua aux épaules et se pencha pour lui chuchoter quelque chose. Mais on ne pouvait pas arrêter Lola comme ça. Elle se retourna et lui fit signe, malgré sa mère qui la tirait comme si elle voulait lui arracher le bras de l'épaule. Cette bonne vieille Lola, pensa Toussaint, en essuyant des larmes. On n'arrête pas Lola comme ça.

MAILLON FAIBLE

DEUX fois, Cass rentra au 248 avec les poings écorchés, comme s'il avait pris part à une bagarre dans la rue. Ses humeurs étaient tumultueuses. Elles parcouraient la maison comme des tornades, renversant des marmites, des meubles et même les gens.

— Où est Toussaint ? hurlait-il depuis le palier du premier étage.

Puis ils s'en allaient tous les deux, tôt le matin, ou bien sous le soleil de midi, ou alors tard le soir, tandis qu'Ava leur lançait depuis les marches du perron :

— Soyez prudents ! Faites bien attention !

Les heures pendant leur absence étaient interminables. Son fils était toujours fatigué quand il revenait, muet sur les endroits où ils étaient allés ou ce qu'ils avaient fait.

— Mon chéri, lui demandait-elle, aussi gentiment qu'elle pouvait, il y a quelque chose que tu as besoin de me dire ?

Tout ce qu'elle recevait en retour, c'était un de ces soupirs dont il était familier. Mais au moins il ne criait plus dans son sommeil. Il souriait parfois, bien plus qu'au cours des semaines qui avaient suivi la descente de police. C'était bon signe, non ?

— Les garçons vont bien, tu penses pas ? demanda-t-elle à Winnie, après une de ces sorties avec Cass.

— Oh oui. Très bien, répondit Winnie, tout en points d'exclamation.

Cela ne servait à rien d'insister. Winnie s'était simplement remise à se lever le matin et à enlever sa chemise de nuit pour s'habiller. Mais elle était différente. Elle avait même un nouveau sourire – un grand sourire de citrouille d'Halloween qui s'étirait et disparaissait aussitôt. Il y avait aussi ses cheveux qui repoussaient. Des mèches en tire-bouchon s'échappaient des épingles qu'elle utilisait pour les maintenir à plat. Cass ne disait pas un mot à ce sujet. Cass laissait Winnie faire ce qu'elle voulait en toute impunité. Peut-être qu'il sentait qu'il avait une dette envers elle, pour la maison, entre autres choses.

L'Arche traversait une mauvaise passe, cela ne faisait guère de doute. Mais Ava maintenait le navire à flot et gérait les choses, les placards vides et tout le reste. Tout l'argent partait dans ce que Cass appelait le Fonds d'Indépendance, et quelques miettes servaient à remplacer les fournitures du cabinet que les flics avaient emportées. Ava pouvait s'accommoder des humeurs de Cass, ainsi que de ses mystérieuses allées et venues. Elle ne s'inquiétait même pas outre mesure du fait qu'il lui arrivait de boire un verre en cachette. Il ne le faisait pas souvent, avait-elle pu remarquer. On pouvait bien lui autoriser une petite faiblesse, non ? Ce qu'Ava ne pouvait supporter, c'était la façon dont il était devenu distrait et renfermé. Il n'était pas complètement là, même quand il était assis en face d'elle. Il ne semblait pas s'apercevoir qu'ils étaient tous effrayés à l'idée que les flics pouvaient débarquer à tout instant. Effrayés à l'idée qu'ils pourraient emmener les enfants. Effrayés par l'imminence de sa comparution et celle de Zeek devant le tribunal. Cass refusait d'en parler. Après que Zeek et lui eurent transformé le 248 en Fort Knox, il ne voulut plus rien savoir de la descente et des flics et de toute personne qui abordait le sujet.

— Zeek a des antécédents, tu sais, dit Ava un soir, dans leur chambre.

— Je sais.

Elle garda une voix calme pour ajouter :

— Il faut qu'on ait un plan.

— Il y a un plan.

— OK. Alors, c'est quoi ?

— Je n'ai pas à te donner d'explication.

Sa voix était dure. Il regarda à travers Ava comme si elle était une vitre de la fenêtre. Cela fit trembler ses doigts et lui provoqua un genre de bourdonnement dans les tempes.

— J'imagine que tu n'as pas remarqué que nous sommes à court de provisions ? J'imagine que tu n'as pas à me fournir d'explication à ce sujet non plus ?

Elle avait eu l'intention de dire ça plus gentiment, vraiment. Elle avait préparé la façon de lui dire que le stock de nourriture était au plus bas et qu'à la fin des repas, tout le monde sortait de table avec la faim au ventre, en particulier les garçons. Mais vous savez quelle fut sa réaction ? Il prit un livre et se mit à tourner les pages comme si elle n'était pas dans la pièce. Ava lui donna une petite tape sur l'épaule, juste une tape. Une toute petite tape.

— C'est ton affaire, mince, dit-elle. Alors gère-la !

Cass poussa un long rugissement venant du fond de sa gorge. Ses mains étaient levées, comme s'il était sur le point de… Il ne le fit pas, bien sûr. Il ne ferait pas ça.

Winnie frappa à la porte.

— S'il vous plaît, dit-elle. Les enfants.

Cette nuit-là, Ava dormit avec les garçons. En sortant de la chambre, elle sentit dans son dos le regard de Cass, comme s'il était en train de l'évaluer pour voir si elle était le maillon faible de la bande. Genre, est-ce qu'il allait devoir l'abandonner dans la forêt ou quoi.

Il ne lui dit plus grand-chose après cette nuit-là. Il montait tard dans la chambre et il la réveillait pour avoir des rapports sexuels pendant lesquels il lui maintenait les mains dans le dos. Ava se débattait en gémissant et se demandait pourquoi c'était si bon quand il la pénétrait comme s'il voulait la faire disparaître à coups de reins.

LABEUR

Toussaint ne rendait plus visite à Pasteur Phil tous les soirs comme il l'avait fait auparavant, et quand il y allait, il ne restait plus aussi longtemps. Au 248, il était nerveux et agité : son père l'appelait et le coinçait sans arrêt. Les disputes entre Cass et sa mère éclataient presque tous les soirs à présent. Toussaint se sentait mieux chez Pasteur Phil, où tout était calme et il n'avait pas à être autant sur ses gardes, mais dès qu'une voiture de police venait à passer lentement devant le presbytère, il se ruait vers la porte et se précipitait dans l'obscurité pour prévenir tout le monde au 248, laissant derrière lui les pages de la dernière lettre de sa grand-mère éparpillées sur le sol.

Pasteur Phil disait qu'il était comme un ancien combattant. Ces gens-là gardaient le souvenir des choses terribles qui leur étaient arrivées longtemps auparavant, et à la moindre situation pénible, ils ressentaient de nouveau la même frayeur. Elle recommandait la prière et une respiration profonde. Mais cela ne lui faisait aucun bien. Rien ne lui faisait du bien, à l'exception des lettres de sa grand-mère.

Pasteur Phil les gardait dans un grand placard en bois, au presbytère, afin que Toussaint puisse les lire quand il en avait envie, même si elle n'était pas là. Sans compter qu'ainsi, personne ne viendrait fourrer son nez dedans, comme cela aurait pu arriver au 248. Certaines des lettres étaient accompagnées d'une cassette que Dutchess avait enregistrée. Une chose était sûre, sa grand-mère ne s'interdisait rien. Elle jurait et traitait tous ses voisins de tous les noms possibles et elle lui racontait que quand elle était chanteuse itinérante, elle avait voyagé partout dans le Sud.

"Et j'étais tellement chouette, disait-elle. Avec un cul bien mûr, comme deux melons fourrés sous ma robe !"

Ben dis donc ! Toussaint ne savait pas si elle oubliait qu'il n'était qu'un petit garçon ou bien si elle s'en fichait, tout simplement. Elle voulait qu'il descende en Alabama. Il perpétuerait l'héritage de son grand-père, c'était ce qu'elle avait écrit.

— Tout le monde veut un morceau de toi, lui dit Pasteur Phil en lui lançant un de ses regards qui voulaient dire faut-que-tu-sois-fort. Lourde est la tête…*

— Quoi ? demanda Toussaint.

— Rien. Rien d'important. Reprends des crackers au fromage.

Toussaint savait ce qu'elle avait voulu dire ; c'est juste qu'il n'avait pas envie d'en parler. Il s'imaginait qu'une fois qu'il serait à Bonaparte, sa grand-mère se calmerait et arrêterait de parler de ces choses sérieuses. Elle et lui pourraient aller simplement à la pêche, comme elle avait dit qu'ils le

* L'expression complète ("Lourde est la tête qui porte la couronne") est l'adaptation d'une citation de Shakespeare : *"Uneasy lies the head that wears a crown"* (le sommeil est difficile pour la tête couronnée).

feraient. Toussaint travaillait à un plan pour en parler à sa mère. Cass pourrait venir aussi. Peut-être. Si sa grand-mère était d'accord.

Certaines des cassettes de Dutchess étaient comme des sermons. D'autres fois, elle était juste furieuse à propos de tout. Parfois, elle lui racontait de longues histoires de sa voix grave, qu'elle pouvait changer comme si c'étaient différentes personnes qui parlaient. Elle aurait dû faire du cinéma. Une cassette était sur un endroit où elle avait vécu quand elle était petite et où sa maison avait été emportée par une inondation. Toussaint n'avait jamais entendu une histoire aussi triste que celle-là, mais il ne se lassait pas de l'écouter. Quand c'était arrivé, elle était une enfant comme lui. Mais les choses avaient fini par s'arranger. Dutchess disait à Toussaint qu'il était l'héritier d'une longue lignée de nobles bagarreurs.

"Parfois, disait-elle sur la cassette, ils essayaient juste de rester en vie. De garder leurs enfants en vie. Mais je te le dis, moi, c'est quelque chose qui demande de sacrés efforts. C'était tout ce qu'ils avaient. Et tout ça, c'était vers toi que c'était dirigé. Avant même que tu sois né. Tu te rends compte ?"

Dutchess appelait Dieu "l'Éternel". Est-ce que Pasteur Phil pensait que l'Éternel répondait aux prières ?

— Bien sûr ! Regarde, ta grand-mère t'a bien écrit, non ?

— C'est pas pour ça que j'ai prié.

— Ah. Ouais. Bon, tu sais ce que je veux dire.

Pasteur Phil disait que Dieu était insondable, mais Dieu l'entendait. Et Il entendait Toussaint aussi, et tous les milliards d'êtres vivants. Dieu pouvait répondre dans les heures ou les jours qui suivaient. Ou alors ça pouvait prendre des années, ou on pouvait avoir l'impression qu'il n'y avait pas de réponse du tout, mais ce n'était pas vrai. C'était juste que parfois, les gens ne pouvaient pas comprendre ce que leur disait Dieu. *Car ce que je pense n'a rien de commun avec ce que vous pensez, et vos façons d'agir n'ont rien de commun avec les miennes.* Pasteur Phil citait souvent cette phrase. Puis, les yeux embués, elle regardait par une fenêtre, surtout si c'était la nuit. Elle disait à Toussaint qu'attendre Dieu pouvait être angoissant. Mais Dieu reste auprès des gens dans leur labeur et leur douleur. Toussaint et elle priaient pour que Dieu reste auprès du 248, auprès d'Ava, de Winnie, d'Alvin et Nemo et Zeek. Pasteur Phil demandait à Dieu d'aider Cass à "contenir ses impulsions", ce qui signifiait quelque chose d'effrayant que Toussaint aurait préféré ne pas comprendre. Quoi qu'il en soit, cela le réconfortait de penser que, peut-être, Dieu était quelque part, là-haut, et qu'Il écoutait et enregistrait tout. Qu'Il décidait.

Toussaint répondait toujours aux lettres de sa grand-mère. Même si cela prenait quelques jours, étant donné qu'il devait s'interrompre pour rentrer au 248. Dans sa dernière lettre, il avait mis une photo de lui avec Cass et sa mère. Ils se tenaient tous les trois sur les marches du perron du 248, le jour de la fête de quartier. Il avait aussi joint un prospectus de l'église pour que sa grand-mère voie Pasteur Phil, même si elle paraissait un peu raide et solennelle avec son col de pasteur, qu'elle ne portait jamais, sauf le dimanche.

Deux ou trois semaines plus tard, Toussaint arriva chez Pasteur Phil pour une de ses visites de minuit. Elle descendit les marches en toute hâte pour l'accueillir.

— Mon petit ! Mon petit, mais où t'étais passé ? dit-elle en agitant sa cigarette.

Elle prit ses deux joues entre ses mains et faillit lui coller sa cigarette dans l'œil.

— Toussaint, dit-elle. Ta grand-mère a appelé.

UNE URGENCE

CASS annonça que l'une d'elles devrait se trouver un travail à mi-temps. Bon, ce n'était pas trop tôt. Ava se garda bien de le dire tout haut, évidemment. Cass prenait tout de travers. Il aurait pensé qu'elle cherchait le conflit. Ava se porta volontaire. Pas *toi*, répliqua-t-il. Il choisit Winnie, bien sûr, parce qu'elle était docile comme un mouton et aussi fiable. Quelques jours plus tard, elle travaillait une vingtaine d'heures par semaine dans une petite papeterie familiale de Sixty-Ninth Street. Juste à temps ! S'il y avait une chose dont ils avaient besoin, c'étaient bien des stylos-billes. Ha-ha. Ha. Le vendredi était jour de paie. Ava imagina que Winnie avait dû s'arrêter dans une agence d'encaissement de chèques en rentrant à la maison, car lorsqu'elle arriva au 248, tout ce qu'elle avait, c'était sa fiche de paie et une enveloppe d'argent liquide. Deux jours de paie plus tard, il n'y avait toujours pas plus de nourriture dans les placards.

Le troisième vendredi, Ava en eut assez.

— Tu lui as tout donné ? demanda-t-elle à Winnie.

Elles étaient dans le jardin, occupées à cueillir ce qu'elles pouvaient pour le dîner. Il y avait tant de mauvaises herbes qui avaient envahi ses rangées impeccables. Ava essaya de se souvenir du moment exact où le potager était devenu une telle jungle. Peut-être était-ce quand elle avait pris en charge la cuisine, tandis que Winnie gardait le lit. Ou quand les garçons avaient commencé à disparaître après les repas et qu'il n'y avait plus personne pour aider à l'entretien. Le problème, c'était que cette parcelle ne donnerait jamais assez pour nourrir tout le monde, surtout depuis que Cass s'était mis à ramener tous ces inconnus à la maison. Ce n'était qu'un petit jardin potager dont on attendait trop. Maintenant, il y avait des mauvaises herbes dans la serre de fortune, des mauvaises herbes qui étouffaient toutes les bonnes plantes. Les rats avaient compris qu'il y avait quelque chose à manger et ils grignotaient à travers les cloches. Pour les faire fuir, il fallait se mettre sur les marches de derrière, puis frapper dans les mains en tapant du pied par terre. Ava donna une claque sur un moustique dans son cou. Il faisait si humide que rien ne bougeait, pas même le temps.

— Winnie, répéta Ava. Est-ce que tu lui as donné tout l'argent ?

— Bien sûr, répondit-elle par-dessus son épaule. Pourquoi je lui aurais pas tout donné ? (Elle avait pris la mouche.) Il me viendrait pas à l'idée de l'escroquer d'un cent.

Et c'est comme ça qu'il t'a tranquillement chipé ta maison. Non pas que Winnie en aurait fait autre chose que vivre dedans, ce qui était exactement ce que faisait l'Arche – et il est évident qu'elle n'aurait pas pu la remettre en état comme ils l'avaient fait. Winnie s'avança dans la rangée de gombos.

— Ceux-là ne démissionnent pas ! dit-elle. On peut les préparer avec des pommes de terre. Ou bien je peux faire des gâteaux de gruau de maïs. Ils aiment tous ça !

C'était faux. Personne n'aimait ces gâteaux qui faisaient penser à des serviettes en papier détrempées.

— Il ne nous reste plus qu'un demi-sac de gruau de maïs, répondit Ava. Et on est pratiquement à court de pommes de terre.

Un soir, Ava trouva Toussaint et les garçons en train de manger des crackers et du fromage en spray dans leur chambre. Ça leur prit une minute pour cracher le morceau, après qu'elle les eut menacés de tout raconter à Cass. À présent, ils vivaient tous les trois des crackers au beurre de cacahuète et de la salade de fruits en conserve que leur donnait Philomena, et qu'ils rapportaient en douce à la maison pour tout manger discrètement pendant que Winnie travaillait. Même Alvin avait gardé le secret, ce qui n'était pas très difficile, étant donné qu'il ne parlait plus beaucoup. Depuis la descente de police, il n'y avait plus de hululements joyeux, ni de yo-yo.

Cass leur avait interdit d'aller à l'épicerie du coin après que Winnie eut commencé à travailler. Je vais m'en occuper, avait-il dit. Et il le faisait. Parfois. Il lui arrivait de rentrer à la maison avec un grand sac de riz brun ou de patates douces, ou avec de la farine. Une fois, il avait rapporté deux sacs à provisions remplis de ce qu'il appelait du riz aux petits pois. De bananes plantain et de choux également. C'était pas mauvais du tout. Il avait eu ça chez les Jamaïcains avec leurs dreadlocks. Les garçons s'étaient gavés. Après le repas, tout le monde était resté assis, dehors, derrière la maison, heureux et somnolent.

— On devrait faire ça toutes les semaines, dit Ava.

C'était juste une remarque comme ça, sans grande signification, mais toute la table était devenue silencieuse. Oh-oh, se dit Ava. Elle baissa les yeux sur ses mains. C'étaient les mains de son enfance, rugueuses et laides, avec des ongles cassés. Quelques mois plus tôt, elle avait été fière de ses mains de travailleuse, mais là, elle les cacha sous la table.

— Quelqu'un d'autre est mécontent de cette nourriture que nous venons de déguster ? demanda Cass.

Personne n'osa le regarder. Ils restèrent tous assis un long moment dans le silence qu'il avait jeté autour d'eux comme un nœud coulant. Il se leva sans rien dire d'autre et sortit par la porte de la clôture de derrière.

— Faut toujours que tu sèmes la zizanie. Hein, Ava ? dit Zeek.

Winnie secoua la tête et porta les assiettes à l'intérieur. Ils laissèrent Ava assise là, dehors, toute seule.

Ensuite Winnie se remit à parler de ses gâteaux au gruau de maïs. Une jacasserie incessante.

— Winnie ! lança Ava. Arrête avec ces foutus gombos ! Ces enfants…

Winnie pivota d'un coup, le visage tordu :

— Ne me parle pas comme ça ! s'écria-t-elle. Ne fais pas comme si tu t'inquiétais des enfants. Tu ne penses pas une seconde à ces enfants.

Elle est juste contrariée, comme nous tous, se dit Ava. Elle ne veut pas dire que je ne me soucie pas de mon fils. Elle est juste de mauvaise humeur.

Ava prit une profonde respiration pour garder son calme.

— Écoute, Winnie. Je voulais juste dire qu'il nous faut davantage de nourriture et maintenant que tu as cet emploi...

— Laisse-moi te dire une chose. Ce n'est pas facile de faire ce qu'on te demande de faire quand tu ne sais pas pourquoi. C'est beaucoup plus difficile que faire son petit numéro chaque fois que les choses ne sont pas comme tu voudrais qu'elles soient. Beaucoup plus difficile que de faire sa crise parce que tu lèves les yeux par hasard un jour et tu t'aperçois que les gens autour de toi ne vont pas très bien. Parce que d'un seul coup, tu décides que tu vas faire attention.

Elle fixa sur Ava un regard plein de mépris.

— Tout va bien ici ?

Cass apparut dans l'encadrement de la porte de derrière.

Winnie laissa retomber ses épaules.

— Oh, très bien. Très bien, Cass ! répondit-elle en souriant. On est juste là à se demander ce qu'on va faire de tous ces gombos. Un gros ragoût, je pense, mais il faut tellement de riz avec un ragoût. On n'en a plus beaucoup.

— Je vais courir au magasin et je vais t'en rapporter, Winnie, dit Cass.

— On va se faire un vrai festin ce soir !

— Oui, c'est ça, dit Cass en regardant droit vers Ava.

Il voit jusque dans mes tripes, pensa-t-elle. Il peut lire chaque pensée dans ma tête. Il se tenait sur le seuil, les mains nonchalamment appuyées sur l'encadrement.

— N'est-ce pas, Ava ? dit-il.

Ses yeux ne quittaient pas le visage d'Ava. Elle détourna le regard, gênée d'avoir encore tant envie de lui plaire.

— Oui, mon chéri. Oui, bien sûr, répondit-elle.

Tard ce soir-là, Cass secoua Ava pour la réveiller. Il s'agenouilla près d'elle, tout habillé.

— Allez, viens, Ava, dit-il tout bas.

Elle pensa que les flics étaient de nouveau là et elle se leva d'un bond. Mais tout était tranquille dans la maison, dans la rue aussi, et partout, sauf dans les yeux de Cass.

— Viens avec moi, dit-il.

Ils entrèrent dans la chambre de Winnie après avoir à peine frappé un coup. Elle sortit de son lit comme si elle les avait attendus et suivit Cass dans le couloir en chemise de nuit. Ils s'arrêtèrent pour prendre Zeek au passage. Cass le secoua et cria et, pour finir, il le frappa sur la poitrine avec le côté du poing. En suffocant, Zeek émergea des profondeurs, quelles qu'elles aient été, dans lesquelles il était plongé. Et pour finir, les garçons. Ils se réunirent sur l'étroit palier, puis descendirent l'escalier les uns derrière les autres. Les garçons avançaient les premiers, se frottant les yeux et se retournant pour chercher du regard le visage de leurs mères respectives dans l'obscurité.

Quand ils arrivèrent dans la salle à manger, Cass ne les laissa pas s'asseoir.

— J'ai besoin que vous soyez bien éveillés pour ça, dit-il. Vous savez qu'ils nous observent. Vous les avez vus nous suivre et prendre des notes.

Des voitures de patrouille, une fois, deux fois chaque nuit. Des voitures garées, avec, à l'intérieur, des hommes que personne n'avait vus auparavant. Ava les avait remarqués ; les autres aussi.

— Nous en sommes à un point critique, dit Cass. Nous sommes dans une situation d'urgence. Une faible lueur provenait de la cuisine, à l'autre bout du couloir.

— Nous devons être plus vigilants, poursuivit-il. Première chose : plus de nourriture toxique achetée en magasin. Je sais que vous en apportez en douce. (Il regarda Ava et les garçons.) C'est fini, maintenant.

Est-ce qu'ils avaient laissé un emballage quelque part ? Est-ce que les garçons avaient été imprudents dans le choix de leurs cachettes ? Ou…

— Deuxièmement : Personne ne sort à moins d'avoir reçu mon accord. Je vais diminuer les heures de consultation. Les seules personnes qui entrent ici sont celles que je filtre.

“Ce sont des changements importants, je sais, dit-il. N'ayez pas peur. (Il mit la main sur l'épaule de Zeek.) Soyez revigorés. Renforcez votre engagement !

“C'est bon de se sentir éclairés, non ? De savoir que nous nous sommes sauvés et que nous avons répandu notre message. Mais vous avez oublié que tout ça n'est pas gratuit. Il faut le mériter. Il n'y a pas de place pour la suffisance. Pas de place pour la lâcheté. Pas de place. (Il promena son regard autour de lui.) Pour ceux qui ne sont qu'à moitié impliqués.”

Cass alluma la lampe au plafond. Ava cligna des yeux dans la lumière brillante. Du papier de boucherie couvrait toutes les fenêtres. Du papier de boucherie sur les trois carrés de verre fumé au-dessus de la porte d'entrée. Des feuilles de plastique étaient collées avec du ruban adhésif toilé sur les radiateurs, ainsi que sur les anciennes grilles en fer du chauffage sur le plancher. Au milieu de la pièce, sur l'unique grand coussin sur le sol : deux revolvers, trois fusils. Winnie eut le souffle coupé.

— Oh ! dit-elle en montrant d'un geste les armes et les fenêtres. On ne peut pas avoir ces… Je ne… (Puis elle enchaîna.) Je suis désolée. S'il te plaît, c'est juste que…

Elle se couvrit la bouche de la main.

Les fusils n'étaient pas si terribles. Ava connaissait les fusils. Il n'y avait pas de quoi se mettre dans tous ses états. Ava les regarda fixement. Elle se sentait soudain très lasse, comme si elle avait marché très longtemps pour finalement se retrouver à son point de départ. Toussaint éclata en larmes.

— Reste où tu es, dit Cass quand elle voulut aller le consoler. Reste où tu es, Ava et écoute.

Ava continua à avancer vers son fils. Cass l'intercepta et la ramena à sa place, près de Winnie.

— Nous sommes en danger, dit-il. Nous ferons bouillir l'eau avant de la boire.

Il s'était débarrassé de toutes les radios sauf une, qu'il avait enfermée à clef dans le placard de l'entrée. Il avait fait une liste des stations de radio interdites. Les stations diffusaient des messages – ils appelaient ça de la publicité – qui s'enfonçaient dans les esprits. "Tronc cérébral, cervelet, cortex cérébral."

Son discours s'infiltrait dans leur bouche, leurs oreilles et leur nez et s'élevait au-dessus de leur tête. Des heures passèrent. Les garçons s'endormaient debout. Cass les secouait pour les réveiller. Chaque fois que quelqu'un changeait de position, Cass lui donnait une tape. Les tapes devinrent des poussées. Les poussées devinrent des gifles. Pas mon fils, se dit Ava. Pas Toussaint. Cass avait les yeux fixés sur Toussaint. Quand Toussaint ne pouvait plus soutenir son regard, il lui disait :

— Regarde-moi quand je te parle.

Mais il ne le toucha pas.

Une aube marron terne entra par les fenêtres obstruées par le papier de boucherie.

Alvin sanglotait.

— S'il te plaît, maman. Maman, s'il te plaît. Je suis fatigué. Je suis fatigué, maman.

LE GÂTEAU COLIBRI*

WINNIE dit à Cass qu'elle avait envie de faire quelque chose de spécial. Ils avaient besoin de se remonter le moral et il était clair que personne n'allait le faire à part elle. Winnie comprenait. Toute cette communauté représentait un fardeau trop lourd pour un seul homme. Cass s'efforçait de sauver leurs vies ! Il ne pouvait pas en plus se préoccuper de toutes leurs humeurs. Alors il ne s'y prenait pas toujours avec la plus grande douceur. Mais il était un vaisseau. Un vaisseau n'est pas parfait. Il avait besoin de savoir qu'ils étaient avec lui, même avec ses erreurs.

— J'ai envie de faire un gâteau, lui dit-elle. Mais je n'ai pas d'œufs. Ni de beurre. Et il me faudrait de l'ananas. En boîte ça ira.

— Eh bien, Winnie, répondit-il. Ça me semble être une bonne idée, vraiment. Peut-être que tu pourrais faire une autre sorte de gâteau. Ces trucs du magasin...

— Oh, je sais, Cass. Je sais.

* Le gâteau colibri (*hummingbird cake*) est un gâteau à étages traditionnel du sud des États-Unis et originaire de la Jamaïque.

Dieu le bénisse, pensa Winnie. Le pauvre homme n'a jamais eu une grand-mère ni personne pour lui faire quelque chose de bon à manger. Pour le nourrir de cette façon. Il n'avait pas l'esprit formé pour construire un foyer. Dans ce domaine, Ava était à peu près aussi utile qu'un seau percé. Elle avait tenu la maison pendant les quelques semaines où Winnie avait gardé le lit, et ça n'avait fait que rendre les choses encore pires. Alvin et Nemo ne s'en étaient toujours pas remis. Winnie ne pouvait pas se pardonner d'avoir fait subir ça à ses garçons. Ava s'en était occupée, à sa façon. Mais, bon sang, quand elle avait vu dans quel état Winnie se trouvait le lendemain de la descente de police, elle avait tout simplement fait demi-tour. Et elle n'était pas revenue une seule fois voir comment elle allait. Ava savait faire des tas de trucs, mais elle ne savait pas s'occuper de qui que ce soit. Sauf de Cass. Pour Cass, elle marcherait dans les flammes.

Winnie dut expliquer à Cass qu'il n'existait pas de bon gâteau sans beurre. Elle le fit en douceur, parce que vous ne savez jamais quel genre de chose pourrait rappeler aux gens ce qui leur fait défaut, ou ce qu'ils ont perdu en cours de route. Le matin suivant, quand elle descendit à la cuisine, elle trouva un carton posé sur le plan de travail : LIVRAISON SPÉCIALE POUR NOTRE CHEF WINNIE. À l'intérieur, il y avait trois livres de beurre, une douzaine d'œufs, du lait et de l'ananas en boîte. Winnie se mit au travail tard ce soir-là, après que tout le monde fut endormi. Faire des gâteaux la nuit lui apportait un peu de paix. Cela avait toujours été le cas – à l'époque où elle était jeune fille et travaillait dans la boulangerie-pâtisserie de ses grands-parents, dans Ogontz Avenue. C'était avant Carl. Un jour, Carl était entré dans la boutique Ginny's Cakes and Bakes, alors que Winnie avait vingt-trois ans. Il avait commandé une demi-douzaine de roulés à la cannelle nappés de caramel et quand il avait mis son argent au creux de la main de Winnie, elle avait ressenti une décharge électrique jusqu'au bout de ses orteils. Ils s'étaient mariés quatre mois plus tard.

Dieu merci, personne, à l'Arche, ne lui avait jamais posé de questions sur lui. Winnie n'avait rien à dire au sujet de Carl. Parfois – même encore maintenant qu'il était parti depuis longtemps –, elle sentait sa présence sur les marches, à l'arrière de la maison. Il ne faisait jamais de bruit en entrant, mais quand il jetait sa veste sur la chaise de la cuisine, la fermeture Éclair en métal cliquetait sur le bois. *Clic-clic.* Quand une de ces visions de Carl lui venait, quand elle le sentait monter l'escalier pour la rejoindre, elle se concentrait sur Alvin en train de murmurer dans son sommeil, plus loin dans le couloir, et elle se rappelait que c'était maintenant et que Carl, c'était avant.

Le nom de Carl ne figurait pas sur le titre de propriété de la maison, principalement parce qu'il ne voulait rien avoir à payer.

— Prends-la, avait-elle dit à Cass, au début. Prends tout ce que tu veux. Pourvu que je puisse toujours vivre ici avec mes garçons.

Winnie ne voulait rien avoir de ce que Carl pourrait vouloir. Mais elle priait. Elle priait pour que ses garçons et elle ne le revoient jamais. Elle priait pour qu'aucune autre femme ne se retrouve liée à lui. Elle priait pour qu'il ne meure pas seul à un coin de rue, le foie pourri et comme une éponge. Winnie n'avait plus ses beaux cheveux noirs et épais d'autrefois. Quand elle avait rencontré Cass, ils étaient devenus cassants, abîmés et striés de gris. Et c'est tout ce que Winnie avait à dire au sujet de Carl.

Les voisins ne comprenaient pas sa vie avec l'Arche. M. Clements l'avait arrêtée un jour pour lui dire :

— Winnie, pourquoi vous laissez ces gens se servir de vous ?

C'était la première fois qu'il lui demandait quelque chose. Quand Carl était là, il arrivait régulièrement à Winnie de sortir de la maison en boitant, avec une écharpe autour du cou en plein été, ou de grandes lunettes de soleil le soir. À deux reprises, elle avait eu la mâchoire immobilisée avec un appareil. M. Clements ne lui avait jamais rien dit à propos de tout cela. Mais Winnie ne voulait se mettre en colère contre personne. La colère, pour elle, c'était fini. Cela ne fait que vous briser, et ça vous fatigue. Et la personne contre laquelle vous êtes en colère continue son petit train-train comme si de rien n'était.

— Monsieur Clements, répondit-elle, Cass ne m'a rien pris qui ne m'a pas été remboursé deux fois.

Il m'a rendu ma vie, pensa-t-elle. Mais elle ne le dit pas tout haut.

De toute façon il ne l'aurait pas crue. Le quartier pensait qu'elle était manipulée. Mais eux, ils ne l'étaient pas tous ? Victor Clements était célibataire – il travaillait soixante ou soixante-dix heures par semaine pour la société PECO, et il pomponnait et câlinait sa Buick comme si c'était une femme.

Winnie servit son gâteau colibri un mardi soir. La surprise fut totale pour tout le monde. Les enfants poussèrent des hourrahs en applaudissant. Zeek déclara :

— Eh bien, c'est vraiment beau. On est presque désolé de manger une aussi belle chose.

C'était effectivement un bien joli gâteau : trois couches parfaites, avec un glaçage de crème au beurre lavande et des pétales de lilas sur tout le pourtour. Nemo lui dit qu'elle s'était surpassée. Il lui arrivait parfois de dire des choses drôles comme ça. Et son bébé, son Alvin, avait un sourire fendu jusqu'aux oreilles et tout son corps se balançait, comme il le faisait quand il était heureux.

Ils ne s'asseyaient presque plus jamais tous ensemble à l'extérieur de la maison depuis la descente de police. La police les avait privés du bien-être qu'ils éprouvaient en compagnie les uns des autres, elle leur avait volé la confiance qu'ils avaient les uns dans les autres. Cass s'était constitué une véritable armée. Des hommes étranges partout dans la maison, qui observaient Winnie et Ava en chemise de nuit. Au début, cela avait paru réconforter Cass. Il était plus calme avec cette nouvelle équipe, mais au bout de quelques jours, il avait commencé à regarder ces types en plissant les yeux. Il avait accusé l'un d'eux d'avoir volé des papiers dans sa chambre. Il avait dit que le gars leur volait leur avenir. Patch et Zeek avaient emmené cet homme dans la ruelle, un soir, tard. Winnie les avait entendus le battre. *Paf, paf, han.* Tous les coups de poing font les mêmes bruits. Chair contre chair, chair contre os, plus étouffés, plus sonores, puis le silence. Winnie avait vomi dans la poubelle près de son lit. C'était une semaine après la descente de police. Quelques jours plus tard, Cass avait formé toute une nouvelle bande. Puis ces types aussi étaient partis, et ainsi de suite.

Pas d'inconnus pour son gâteau colibri ! Pas même Patch, qui était un homme courageux et sérieux, mais il fichait vraiment la frousse à Winnie. De la musique leur parvenait d'au-delà de la clôture.

— The Ohio Players, dit Toussaint. *Rollercoaster*, chantonna-t-il en poussant du coude sa mère.

Ava dit :

— Winnie, c'est le meilleur gâteau que j'aie jamais mangé.

Winnie pensa que cela avait dû lui être difficile de dire une telle chose, et elle fut fière d'Ava d'y être parvenue.

— Une danse avec la dame du jour ?

Cass s'inclina et tendit la main à Winnie. Elle ignorait qu'il savait danser ; elle ignorait qu'il avait ça en lui. Tous furent soulagés de le voir souriant. Après leur danse, il rentra dans la maison et revint avec la radio.

Zeek parvint à convaincre Ava de faire une sorte de fox-trot, probablement parce qu'il n'avait plus dansé avec personne depuis 1945. Winnie dansa avec Toussaint et Ava fit tournoyer Alvin et Nemo et elle leur montra comment danser le *hustle*. Ava et Cass essayèrent longtemps de s'éviter, mais ils ne purent tenir le coup jusqu'au bout. Winnie était contente de les voir bien s'entendre. Mais, Seigneur, l'ambiance de chambre à coucher que l'on sentait entre ces deux-là ! Ils ne se touchaient même pas, mais Winnie eut l'impression qu'elle devrait dire aux enfants de détourner le regard des affaires des grands.

Les gens s'imaginent qu'une petite chose comme un gâteau n'a pas grande importance, mais un gâteau colibri rend tout le monde content. Il se peut que le contentement ne dure pas longtemps. Il se peut qu'il ne dure même pas une journée, mais il faut profiter de ce qui vous remonte le moral quand ça se présente à vous. Même Carl se laissait adoucir par un peu de beauté, un jour ou deux. Winnie éprouva une de ces sensations qui lui donnaient l'impression qu'il était là, dehors, derrière la palissade. Cette fois-ci, elle ne fut pas effrayée, juste triste. Mais elle se déplaça et scruta la ruelle par la porte de la clôture. Aussi vide qu'un ciel sans nuages, bien sûr. Il était vraiment bon, son gâteau. Peut-être le meilleur qu'elle ait jamais fait.

CIGALE, CHANT DE GRENOUILLE, VENT

— C'EST quoi, cet endroit où j'appelle ? demanda Dutchess. C'est chez qui ? Je sais que c'est pas chez toi.

Dutchess ne perdait vraiment pas de temps. Ava se prépara à l'affrontement. Peut-être qu'elle l'avait bien cherché. Peut-être qu'elle l'avait bien cherché toutes ces années pendant lesquelles elle avait gardé secrète l'existence de Toussaint. Tout de même, Dutchess n'avait pas à lui rentrer dedans de cette façon.

— C'est un presbytère. Pas loin de là où on habite. Tou… (Ava bégaya.) Toussaint vient rendre visite à cette femme pasteur ici.

— Mon petit-fils.

— Ouais.

— Le petit-fils dont tu m'as jamais parlé pendant onze ans.

— Je suis… Ça ne…

— Tu as raison là-dessus. Ça sert à rien du tout maintenant.

Dans la pièce voisine, Philomena avait posé une assiette de nourriture dans le petit rectangle qu'elle avait dégagé pour Toussaint au milieu des piles de papiers sur sa table de salle à manger. Il était assis et enfournait ses spaghettis, mais tout son corps était tourné vers le seuil de la porte et sa mère, de l'autre côté.

Dutchess respira profondément et longuement. Ava sentit que sa mère était en train de se concentrer à l'autre bout du fil. De rassembler ses forces pour la bataille, quelle qu'elle fût, qui l'avait poussée à appeler et qu'elle entendait mener.

— Tu vas dans un presbytère au milieu de la nuit ?

Et c'est parti, pensa Ava.

— Oui.

Dutchess dut s'asseoir. La voix d'Ava qui lui parvenait sur la ligne était métallique et atténuée, mais c'était bien elle. Elle avait toujours eu une voix profonde pour une petite maigrichonne comme ça. La nuit l'oppressait. Cette vieille peau ne peut pas y résister, pensa-t-elle, en s'asseyant sur la chaise de bureau de Carter Lee. À l'extérieur de sa cabane de receveur des postes, la nuit battait son plein : chant de cigale, battements d'ailes de chauve-souris, craquements de branches dans les arbres, marée basse, clair de lune glaçant la surface de la rivière. Elle sentait sa vessie se comprimer, sa poitrine se contracter, le sang faire *toc-toc* dans ses oreilles, sa respiration s'accélérer. Oh, la nuit battait son plein.

— Alors. Tu as appelé, dit Ava.

Elle avait eu l'intention de dire ça comme une simple constatation, sur un ton détaché et calme, mais sa voix s'éleva à la fin. Elles se parlaient depuis deux minutes et elle venait déjà de faire sa première erreur. Dutchess était à moitié chien de chasse. Dutchess était capable de renifler les ennuis. Non pas qu'Ava ait eu des ennuis. Non pas qu'elle ait eu la moindre obligation d'expliquer tout le pourquoi et le comment. Garde ton calme, se dit-elle.

— C'est comment, là-bas, là où vous vivez, toi et le garçon ?

— Qu'est-ce que tu veux dire ?

— Je veux dire, c'est une maison ou un appartement ? Juste vous trois ou...

— C'est une communauté de gens qui vivent ensemble, on prend soin les uns des autres, en quelque sorte. Mais tu sais déjà tout ça. Toussaint a dû te le dire.

— Ouais, il m'a raconté.

— Alors, pourquoi... OK. Bon, dis-moi. Qu'est-ce qu'il y a ? C'est quoi, toutes ces cachotteries ?

— C'est pas mes cachotteries. C'est pas moi qui vis avec quelqu'un de qui je dois me cacher pour m'esquiver en douce à une heure du matin.

S'esquiver en douce, c'était bien ce qu'elle avait fait. Mais comment diable Dutchess pouvait-elle le savoir ? Je n'ai aucune envie de supporter cette discussion, pensa Ava. Je pourrais simplement raccrocher et en finir avec tout ça. Mais il y avait Toussaint, qui regardait depuis le seuil de la porte. Qui attendait quelque chose. Avec cette lueur revenue dans ses yeux pour la première fois depuis des mois.

— Qu'est-ce que tu veux ? chuchota Ava.

— Je veux te dire que l'homme avec qui tu vis est un escroc, un arnaqueur et un foutu voleur. Voilà ce que je veux. J'ai appelé pour te dire une chose que tu dois savoir. Ce *nigger* est venu ici. Il se faisait appeler Barber.

— Barber ? Je ne connais pas de Barber.

— Je te dis que ce *nigger*, ton homme, était ici, à Bonaparte.

Menteuse.

— Avant que tu poses la question, je sais que c'est lui parce que Toussaint m'a envoyé une photo de vous trois sur le perron d'une maison. Numéro 248, ajouta-t-elle.

Mieux valait donner tous les détails. Pour qu'Ava ne puisse pas trouver un faux-fuyant et s'en sortir ; pour qu'elle ne puisse pas arranger la vérité et en faire quelque chose qui lui plaisait davantage.

Ava tourna le dos à son fils et mit la main sur sa bouche. Un hoquet s'échappa par les espaces entre ses doigts.

— Tout va bien ? lança Toussaint. M'man ?

— Oui. Oui, mon chéri, tout va bien. On discute seulement. Tout est OK.

— C'est mon petit-fils ? demanda Dutchess.

À juste quelques pas. Mon petit-fils. Ho-ho, cette nuit bat son plein.

— C'est Toussaint ?

— Tu peux pas la fermer, bordel. Arrête de parler, un peu, chuchota Ava sur un ton pressant dans le téléphone.

Dutchess se tut. Elles se turent toutes les deux.

— Eh ben, bon sang, reprit Dutchess.

Philomena conduisit Toussaint sur le perron.

— Mais je ne veux pas rater ma grand-mère ! dit-il.

— Tu ne vas pas la rater. Ta maman ne te laissera pas la rater. Elle tapera à la fenêtre quand elles auront fini et tu pourras rentrer et lui parler. D'accord ?

Ava, le dos toujours tourné, leva la main en signe d'acquiescement.

— Mais je…

La voix de Toussaint s'évanouit. La porte d'entrée se referma dans un claquement.

— Tu ne vas pas me laisser lui parler ? (Une voix de vieille femme. Triste. Suppliante.) Ava ?

— Bien sûr. Bien sûr que tu peux lui parler. Il est seulement sorti sur le perron.

Dutchess poussa un soupir au bout du fil.

— OK, dit-elle.

Pourquoi sa voix semblait-elle vieille tout d'un coup ? On pouvait compter sur elle pour se transformer en vieille dame subitement. C'était bien elle, ça, faire un coup fourré de ce genre.

— Quand ? demanda Ava.

— Hein ?

— Quand est-ce qu'il était là-bas, ce type ? Mon... le père de Toussaint s'appelle Cass, c'est pas le nom que tu as dit.

— Cass. C'est comme ça que tu l'appelles ? Ça lui va pas, répondit Dutchess, puis elle soupira. Il est parti il y a un an, à peu près, le jour de Jesse. Je pense pas qu'il serait resté aussi longtemps qu'il l'a fait si je lui avais pas tiré dessus. Il est resté quelques...

— Tu quoi ? Tu lui as tiré dessus ? demanda Ava en secouant la tête. Où ? Où est-ce que tu lui as tiré dessus ?

— C'était pas mon intention. Il est arrivé du côté des Chênes. J'ai cru que c'était un type de Progress et j'ai...

— Je veux dire où, sur son corps !

— Tu devrais arrêter de hurler. Je l'ai touché au ventre, sous les côtes. Mais je te l'ai dit, c'était un accident. En tout cas, il est clair que ce *nigger* se porte très bien. Merde.

Ava s'assit sur le bord du canapé, la main moite autour du combiné. Elle avait une sensation de vertige, comme celle qu'elle avait eue quand son p'pa était mort. Comme quand elle avait quitté Bonaparte pour de bon, comme quand cette femme étrange l'avait attaquée dans le tunnel, près du champ de gloire crasseux de Cass.

— Il a été très bien avec nous. Jusqu'au moment où il l'a plus été, poursuivit Dutchess. Il nous a aidés. Y a plus que des mauvaises herbes et des gravats ici, maintenant. Il a réparé les clôtures. Il a fait venir des gens pour évacuer les… Tu sais que des types de Progress ont mis le feu au magasin ?

Silence.

— Allô ? dit Dutchess.

— Ouais. (La voix d'Ava était basse et étouffée.) Ouais, je suis là.

— Ah. Bon, je… euh. Je suis désolée. J'imagine que c'est… euh… un choc.

Si Ava n'avait pas été aussi près de tomber à travers le plancher, elle aurait éclaté de rire. Dutchess n'avait jamais été capable de réconforter qui que ce soit qui compte un tant soit peu. Un choc. Ha-ha. Ouais, ça tu peux le dire.

Dutchess continuait à parler.

— Ça a déjà été assez terrible quand Memma et Nip sont partis. Et puis après j'ai compris comment ce *nigger* nous avait roulés et je…

— Memma est partie ?

— Hein ? Ouais. Delaware. Tu te rends compte ? Cette vieille idiote. Y a plus que nous quatre, maintenant.

— Qu'est-ce que tu veux dire ?

— Tu sais bien qu'y a plus que nous ici, Ava.

Elle le savait. Mais dans les images qu'elle avait à l'esprit, Bonaparte était une ville remplie de gens. Et il y avait toujours Memma avec son gros cul, en train de se dandiner dans Sundown Road. Memma, qui les avait sauvées avec sa marmite de boulettes de pâte au cours du pire hiver de leur vie. Memma, partie. Tout à coup, Ava voyait Bonaparte telle qu'elle était : quatre vieilles personnes usées, avec tout le poids de cet endroit reposant sur leurs têtes grises. Et tous ces champs vides et ces maisons inhabitées, l'oubli se refermant sur elles. Sur moi ! pensa Ava, prise de panique. Sur moi !

— ... On savait bien qu'il était pas qui il disait être. Mais c'était un miracle qu'un être vivant s'amène par chez nous. Ça a presque valu le coup, si je mets ce qu'il nous a apporté en face de ce qu'il a pris. Je l'aurais peut-être laissé tout rafler impunément, mais...

Ava se rendit compte qu'elle avait raté quelque chose dans le récit de Dutchess. Elle avait raté la partie concernant ce que Cass avait pris.

— Rafler quoi ? demanda-t-elle.

— Merde alors, ma fille. T'écoutes ou quoi ? La terre ! Je te l'ai dit. Il a pris les papiers ! Le titre de propriété.

— Le titre de propriété ! Allons. T'en sais rien. Tu sais pas s'il a pris quelque chose. Et même s'il l'avait fait, qu'est-ce qu'il ferait de quelques bouts de papier ? Il ne peut rien en faire...

Ava poursuivit, se sentant de plus en plus mal à chaque seconde. Elle savait. Au fond d'elle-même, elle savait que Dutchess avait raison.

— Ça sert à rien de discutailler, dit Dutchess. J'ai reçu une lettre, il y a quelques semaines – confirmation d'une demande de transfert de propriété en faveur d'un certain Cassius Wright, avec copie de la demande de transfert. Il a imité ma signature sur ce formulaire, Ava. J'ai la lettre juste ici. Tu comprends ?

— Eh ben, ça alors, dit Ava. (Elle sentit son estomac se retourner.) Eh ben, ça alors.

— Ouais.

Mais c'est notre terre, pensa Ava. Même si je n'y remets plus jamais les pieds. Même si je dois ne jamais la revoir. Elle est à nous.

— Peu importe, je suis désolée de dire ça, mais peu importe si cet homme est le père du garçon. C'est un menteur et un voleur. C'est la terre de Caro.

P'pa. Il lisait le journal presque tous les jours. Il descendait la route depuis le bureau de poste de Carter Lee avec le journal vieux d'une semaine – tous les journaux à Bonaparte étaient vieux d'une semaine – coincé sous le bras. Cela faisait combien de temps qu'Ava ne s'était plus souvenue de lui vivant ? Quand elle pensait à lui, c'était toujours au moment où il venait d'être tué, ou il était sur le point de l'être. Toujours en train de s'écrouler dans le champ de M. George. Mais à présent, sa démarche à grandes enjambées lui revenait, et la façon qu'il avait de presque toujours sourire.

— Faut se tenir au courant de ces conneries, disait-il, et il donnait une petite tape sur la tête d'Ava avec le journal plié.

— Tu m'entends ? dit Dutchess. Il est temps d'arrêter de vivre comme si l'avenir était un rêve. C'était pas de cette façon que Caro voyait les choses. Et ton fils. C'est la dure réalité qu'il a devant lui. Des mois et des années, pas des rêves.

Dutchess sentait la présence de Caro, là, quelque part, dans la nuit. L'incitant à continuer. Doucement, ma chérie. Tu t'en sors bien. Super. Et elle pouvait voir Ava – entêtée et puérile, jouant à faire semblant avec son homme qui n'avait rien d'un Caro. Son Cass/Barber. Elle le voyait, lui aussi. Le miroitement sur lui comme les écailles sur un serpent-roi. Je comprends, pensa Dutchess. Je comprends qu'il doive faire ce qu'il doit faire, mais pas à moi. Pas à nous. Et de toute façon, il allait mourir, d'une sorte de sale mort, comme celle de son Caro.

— Les hommes comme ton Cass ne vivent pas vieux, dit Dutchess.

— Non. Non, c'est vrai, répondit doucement Ava. Tu es chez Carter Lee ? Tu peux mettre le téléphone à la fenêtre ?

Les parasites sur la ligne avaient disparu. La fenêtre à guillotine grinça quand Dutchess l'ouvrit à fond. Les bruits de l'extérieur s'amplifièrent dans l'oreille d'Ava et bourdonnèrent dans sa gorge avant de se déployer dans sa poitrine. Ça va me broyer les côtes, pensa-t-elle. Bonaparte va me faire éclater. Cigale, chant de grenouille, vent, comme toujours. Et Dutchess, derrière tout ça, disant :

— La nuit bat son plein. Tu sens ça, Ava ? Tu le sens ?

Au bout d'un moment, Dutchess reprit :

— Hé, ma fille. Ma fille, tu écoutes ? J'ai besoin d'expliquer certaines choses. Je m'occupe de régler toute cette fichue histoire de transfert de propriété, mais il y a des tas de papiers qu'il faut que j'envoie. Je suis en train de mettre la plus grande partie au nom du garçon. Bon, alors, d'abord…

Quand Ava tapa à la fenêtre, le ciel avait pris une teinte verdâtre et Toussaint s'était endormi sur le perron. Elle tapa un peu plus fort et en un instant il se leva et bondit dans la salle de séjour, le téléphone collé contre sa joue.

— Grand-mère ? C'est toi ? dit-il, puis : Oh, ne pleure pas. Faut pas pleurer.

"Tu as reçu ma bille ? demanda-t-il. Ça met si longtemps pour arriver jusque là où tu es… Eh ben, je pense qu'on pourrait. J'ai envie de venir… Les oiseaux sont toujours là ? Ouais. Les oiseaux, la nuit. Maman m'a raconté. J'ai envie de les voir…"

RALENTI

Un moteur tournait au ralenti quelque part dans Ephraim Avenue. Le bourdonnement montait jusqu'à la soupente du 248 où Ava était au lit depuis quatre jours. Cass avait dit qu'elle avait besoin de repos. Il avait dit que quelque chose s'était introduit en elle. Apparemment, il pensait que cette chose ressortirait si Ava restait enfermée dans sa chambre. Ça n'était pas tout à fait exact. Ava n'était pas enfermée. Elle pouvait quitter cette chambre à tout moment. Mais, bien sûr, Cass serait en bas. "Tu te sens mieux ?" lui demanderait-il calmement. "Et *toi*, tu te sens comment ?" pourrait-elle lui répondre – peut-être que tu ne te sens pas super bien du fait que Dutchess t'a jeté un sort depuis le coin le plus ensorcelé du monde. Mais, évidemment, elle ne dirait pas cela. Cass la regarderait au fond des yeux. Et Winnie se tiendrait derrière lui, occupée à hacher ou trancher quelque chose. En tout cas avec un couteau à la main et son doux sourire aux lèvres. L'évaluation de Cass, son diagnostic, retournerait Ava. Il pouvait toujours trouver une maladie. Il était docteur, après tout. Alors Ava devrait faire demi-tour et remonter se coucher dans sa chambre.

Elle plissa les paupières en regardant vers la lumière du jour qui filtrait à travers les draps qu'elle avait accrochés aux fenêtres de la soupente. Cette lumière rendait son mal de tête plus pénible. La douleur lui donnait le vertige, l'embrouillait, comme quand elle était excitée. Le moteur, dehors, dans Ephraim Avenue, accéléra, *vroum, vroum*, comme un bruit dans un livre pour enfants. Elle avait essayé de ne pas fermer les yeux. Quand ils finirent par se fermer, elle fut plongée dans un rêve où elle se trouvait dans sa chambre de Glenn Avenue, couchée dans son lit étroit qui grinçait. Les élancements de la migraine déferlaient. Ses paupières battirent puis se fermèrent. Dans son rêve, un moteur tournait au ralenti, juste au-delà du terrain de jeux de Glenn Avenue, derrière les cages à écureuil et les bennes à ordures. Dieu merci, il ne réveillait pas Toussaint. Le bruit du moteur se fit plus fort et Ava se souleva sur les coudes pour voir ce que cela pouvait être. Elle fit la même chose dans la vie réelle également, là, dans leur chambre, à elle et Cass. Dieu sait qu'elle préférait être au 248 qu'au centre de Glenn Avenue. Elle préférait être au 248 que n'importe où ailleurs. Ce qui la rendait probablement un peu dingue, les choses étant ce qu'elles étaient.

Quatre jours auparavant, après sa conversation avec Dutchess, elle avait tout retourné dans leur chambre, cherchant le titre de propriété de sa terre. Elle n'avait rien trouvé. Mais cela ne voulait pas dire qu'il n'était pas là. Elle découvrit tout de même deux mille dollars en liquide, et elle en déduisit que cela signifiait que Cass devait avoir d'autres choses qu'il n'aurait pas dû avoir, prises dans d'autres endroits où il n'aurait pas dû les prendre. Elle était trop épuisée pour tout ranger après sa fouille, et elle resta simplement assise au milieu du désordre.

Cass entra dans la chambre.

— Vas-y, cherche, dit-il.

Qui sait ce qu'il pensa qu'elle savait. Peut-être essayait-il de le découvrir. Peut-être voulait-il se faire prendre. C'est un soulagement, se faire prendre, se faire interpeller, s'entendre dire qu'on doit *arrêter ces conneries immédiatement.* Ava aurait pu lui donner cet ordre. Elle en avait envie, elle en avait vraiment envie. Au lieu de cela, c'est son corps qu'elle lui donna. Quand ils eurent terminé, elle resta sur lui un long moment. Elle l'embrassa profondément, tendrement. Elle fut sincère chaque seconde. Cela ficha la frousse à Cass, qui se leva rapidement et s'ébroua comme un chien. C'est à ce moment-là qu'il lui dit qu'elle devrait garder la chambre et se reposer jusqu'à ce qu'elle se sente mieux.

— Tout va vraiment bien se passer, lui dit-il en s'agenouillant près du matelas. Tu as le droit d'avoir tes doutes. Tu vas les surmonter et tu les laisseras définitivement derrière toi.

Ça serait bien, assurément.

En sortant de la chambre, il dit :

— Tu le sais, n'est-ce pas, ce qui appartient à l'un de nous appartient à nous tous.

Discrètement, Toussaint se glissait dans la chambre de la soupente avec un peu de nourriture, un peu de nouvelles, et beaucoup de questions auxquelles elle n'avait pas la réponse. Ce matin-là, il lui avait dit qu'une grande enveloppe épaisse était arrivée pour lui chez Philomena ; pleine de papiers avec son nom partout. Ils échafaudèrent un plan pour qu'Ava puisse y aller secrètement et signer ce qu'il fallait signer. Mais elle ne savait pas si elle pourrait y parvenir à cause de ce bruit de moteur au ralenti. De plus, ce confinement ne la dérangeait pas véritablement, il lui apportait un peu de paix, d'une certaine façon. Et elle avait tellement mal à la tête.

Brusquement, elle bascula dans le plus terrible de ses souvenirs : les heures passées dans la cave à légumes, quand les Blancs de Bodine avaient lancé leur raid sur Bonaparte. Elle avait mis les bras autour de Dutchess et elle avait senti le corps de sa mère lutter pour s'écarter du sien. Si elle n'avait pas tenu bon, Dutchess se serait libérée de son étreinte, elle serait allée se joindre à la bataille et elle aurait fait d'Ava une orpheline. Peut-être, pensa-t-elle à cet instant, que ce n'était pas ainsi qu'il fallait voir les choses. Il est possible que Dutchess ait eu le sentiment que tout ce qui lui restait, c'étaient les balles dans son fusil. Peut-être qu'elle a pensé qu'il lui fallait choisir entre la mort et la vengeance. Mais elle n'avait choisi ni l'une ni l'autre. Elle était restée en bas, dans la cave, à transpirer et lutter contre les bras d'Ava. Alors que ce qu'elle voulait faire, c'était tout sauf ça. Mon fils a besoin d'avoir un avenir, se dit Ava. Cass ne doit pas le lui prendre.

Elle retomba sur son oreiller. Glenn Avenue revint dès qu'elle eut fermé les yeux. Le bruit du moteur invisible se fit plus fort. Le ralenti était plus proche à présent et vibrait dans les jambes et la poitrine d'Ava et il ébranlait son cerveau. Toussaint continuait à dormir, plus profondément qu'auparavant. Le bruit du ralenti l'avait engourdi, il était affalé sur le côté comme si on l'avait touché avec une fléchette anesthésiante. Dans le couloir, Miss Simmons,

Melvin, Renee et Tess semblaient ne pas entendre ce vrombissement. Tess dit :

— C'est sûr que Tess, elle, elle resterait pas couchée comme ça. Y a qu'une connasse pour rester couchée comme ça.

Elle avait raison. Y a qu'une connasse pour faire ça. C'est même étonnant qu'il y ait eu des choses accomplies. Tess poursuivit :

— Tess, elle s'étonne pas. Tu veux acheter une perruque ? Tu veux des bons alimentaires ? Dix dollars les vingt.

Ils étaient tous dans le couloir, occupés à faire leurs petites affaires. En fait, se dit Ava, de moi, ils en ont rien à battre. Comme ils disaient au pays. Et eux, ils ne se laissent pas abattre. Elle se mit la main sur la bouche pour garder le vomi à l'intérieur. Tout d'un coup elle se rendit compte que c'était elle. C'était elle, le moteur. Qui tournait au ralenti. Dans le monde éveillé, dans leur chambre de la soupente, à elle et à Cass, Ava fit pivoter ses jambes toutes tremblantes pour les sortir du lit et elle se leva. Le bruit cessa dans la pièce. Elle se sentit ferme.

En bas, la Réunion était bien entamée. Ava s'arrêta pour observer depuis le couloir. Étaient présents tous ceux qui étaient censés y assister, sauf elle, bien sûr. Il y en avait deux ou trois autres, également : un professeur de Temple University, qui avait d'abord fait preuve d'un certain scepticisme, mais qui avait commencé, quelques semaines auparavant, à dormir dans la salle de séjour à la demande de Cass. Même Mikey était venu, après avoir été banni plusieurs semaines. Cass était très beau. Particulièrement beau. Les joues creuses lui allaient bien. Il était en train de dire :

— Nous sommes dans le temps qu'il reste.

Reste à voir, pensa Ava. Mais ce n'était pas ce qu'il voulait dire. Ce qu'il voulait dire, c'était que l'Arche était dans un temps d'attente, entre l'endroit où ils avaient été et le paradis qu'il projetait pour eux.

— Ce temps est bref, dit-il.

Mais ce paradis à venir n'était autre que la terre d'Ava, l'héritage de Caro, volé, et le voyage jusque là-bas serait financé avec la propriété de Winnie – également volée, même si elle ne voyait pas cela de cette façon. Et Cass continuerait ainsi ; il ne s'arrêterait jamais de tout tirer à lui. C'était sa nature. On ne peut pas en vouloir à une chose de suivre sa nature. On pourrait même l'aimer davantage, d'être si puissamment elle-même.

Ava sortit furtivement par la porte de derrière et traversa le jardin. *Tap, tap, tap.* Une fois dans la ruelle, elle fut soudain prise d'un sentiment de panique et elle tâta ses poches. Puis elle se rappela qu'elle n'avait pas besoin de pièces de monnaie pour appeler le 911.

ILS NE FERONT PAS DE MAL AUX ENFANTS

— Inspecteur Briggs ? C'est bien vous qui êtes venu au 248 Ephraim Avenue il y a deux ou trois mois ? Dans West Philly ? Bien, je... Vous avez laissé votre carte... Non. Non, je n'habite pas dans cette maison. J'ai juste... j'ai eu votre carte et je ne savais pas qui d'autre appeler parce que vous savez, on a appelé la police plusieurs fois et rien... Eh bien, ce type. Le... euh, le chef, là, Cassius Wright ? Il a un flingue. Lui et puis l'autre aussi, celui avec un œil bizarre ? Ils m'ont menacée. Ils ont pointé leurs armes droit sur moi... Il y a juste quelques minutes. Je passais devant cette maison et... Peeples, je m'appelle Peeples. Venez vite, hein ?... Ouais, ouais. OK. Faut que je raccroche maintenant.

Ava reposa le combiné sur son support et s'appuya contre la cloison de la cabine téléphonique. Voilà, c'est fait, pensa-t-elle. Peut-être qu'on aura des hamburgers au dîner. Ha ! Ha-ha ! Elle ouvrit la porte de la cabine et ses genoux cédèrent. Juste là, au coin de Sixty-Second Street et de Hazel Avenue. Elle n'arrivait pas à retrouver la bonne combinaison des pieds et des mains pour se soulever et se remettre debout. La panique lui transperça la poitrine. Elle voulait le prévenir, ouvrir brusquement la porte du 248 et s'y engouffrer en hurlant, Cass, sauve-toi vite d'ici, ils viennent te chercher. Et toi, Zeek, et toi aussi, Winnie, et – que l'Éternel lui vienne en aide – les enfants. Elle ressentait sa trahison comme une déchirure dans son corps, juste entre ses omoplates. Mais ce n'était pas le moment de s'appesantir sur les blessures. Ils n'allaient pas tarder, et il ne fallait pas que Toussaint et elle soient là à ce moment-là. Elle prit une profonde inspiration, se souleva et partit en courant vers le 248.

Ava se glissa à l'intérieur de la maison de la même façon qu'elle en était partie : empruntant la ruelle, elle longea de près les maisons pour que les gardes sur le toit ne l'aperçoivent pas, puis traversa furtivement le jardin et entra par la porte-écran de derrière. Le 248 était étrangement silencieux. La Réunion s'était terminée tôt. Des voix étouffées provenaient des étages supérieurs. Ava estima qu'elle avait dix minutes, peut-être moins. Elle voulait aller chercher Toussaint, prendre quelques-uns de leurs papiers qu'elle gardait sous le matelas dans la chambre des garçons. Elle n'avait pas le temps d'avertir Winnie et Zeek, et de toute façon ils iraient la dénoncer, non ? Ils la prendraient par le bras et l'amèneraient directement à Cass. Mais les garçons. Les garçons, elle pouvait les faire sortir sous un prétexte quelconque – des sandwichs qui les attendaient chez Philomena. Ou alors elle pourrait dire… Ses pensées s'éparpillaient. Du calme, Ava. Du calme.

Le brouhaha du haut se fit plus fort, puis cessa. Des pas s'approchèrent dans l'escalier et elle se cacha dans le placard du couloir. Le temps s'écoulait. Huit minutes. Puis sept. Tant pis pour les papiers. Va chercher ton garçon et file. Les bruits de pieds passèrent devant le placard. Quelques secondes après, la porte du cabinet de toilette se referma dans un claquement. Elle entendit qu'on tirait le cordon pour allumer la lampe au plafond, puis le ronronnement du ventilateur.

Les mains d'Ava tremblaient sur la poignée quand elle entrouvrit la porte pour jeter un coup d'œil dans le couloir. Maintenantmaintenantmaintenant ! Elle monta les marches vers le palier du premier étage. Alvin et Nemo étaient assis sur le lit dans la chambre des garçons. Ava mit un doigt sur ses lèvres. Mais Nemo se leva, secouant la tête et agitant les bras. Chuuut, articula-t-elle silencieusement, mais il s'avança vers elle. À l'instant même où elle comprit qu'il la prévenait et qu'elle devait se retourner, Cass apparut en bas des marches menant à la soupente.

— Ava, dit-il, gentiment, parfaitement calme. T'étais où ?

Regarde-le dans les yeux, se dit Ava, sinon il va deviner.

— J'avais besoin de prendre l'air, répondit-elle. Il fait si lourd ici, en haut.

— Pourquoi tu n'as rien dit ? Zeek aurait pu t'accompagner dehors. Ou Winnie.

— J'ai eu peur que tu… que tu ne me laisses pas sortir, alors j'ai juste…

— Tu as filé en douce, comme une gosse qui ne respecte pas l'interdiction de ses parents.

La police devait être en route, à présent. Cinq minutes, peut-être moins.

— Tu ne vas pas bien, Ava. Tu ne devrais pas aller dehors, tu le sais, ça. Qu'est-ce que tu as fait ?

— Je voulais juste prendre l'air. J'ai marché dans la…

— M'man ?

Toussaint apparut en haut des marches de la soupente.

— M'man ? répéta-t-il d'une voix tremblante.

— Mon chéri ?

Ava voulut contourner Cass pour rejoindre son fils. Cass lui bloqua le passage. Elle fit un mouvement vif dans l'autre direction. Cass l'intercepta.

— M'man !

Toussaint descendit quelques marches. Tandis qu'il se rapprochait d'Ava, elle vit qu'il avait les yeux rouges et que son visage portait des traces de larmes.

— Laisse-moi passer, Cass, dit-elle.

— Retourne dans la chambre comme je te l'ai dit, Toussaint, lança Cass. (Ce n'était plus le gentil Cass au ton doucereux. Sa voix était dure comme le métal.) Il faut que je parle avec ta mère un petit moment.

— Laisse-moi passer !

Ava le poussa des deux mains sur sa poitrine. Il ne perdit même pas l'équilibre.

— Qu'est-ce que tu faisais dehors, Ava ?

Elle se plia au niveau de la taille ; elle voulait lui foncer dedans tête baissée et le renverser. Juste à ce moment-là, deux bras lui entourèrent les épaules par-derrière et la soulevèrent du sol. Elle donna des coups de pied, mais l'étreinte resta ferme.

— Arrête ! Arrête. Je vais remonter. Ne fais pas de mal à maman ! Zeek, pourquoi tu veux faire du mal à maman ?

Pourquoi tu veux me faire du mal, Zeek ? pensa Ava. Qu'est-ce qui nous est arrivé ?

— Ils ne vont pas tarder, dit-elle.

— Quoi ? Qui ne va pas tarder ?

— La police, Cass. C'est ça que je faisais. J'ai appelé la police.

— Non, elle a pas appelé la police, dit Zeek. J'y crois pas.

Ava soutint le regard de Cass.

— Moi je le crois. Je crois qu'elle l'a fait, dit Cass.

Toussaint esquiva Cass et se précipita aux côtés de sa mère.

— Arrête, Zeek, dit-il en posant la main sur l'avant-bras de l'homme qui tenait sa mère. S'il te plaît, arrête.

Le regard de Zeek s'adoucit. Il relâcha son étreinte, juste assez pour qu'Ava puisse se libérer.

— Cours ! s'écria-t-elle. Cours vite !

Ava tendit la main et attrapa celle de Toussaint. Tous deux se ruèrent vers l'escalier.

— Les garçons ! appela-t-elle au moment où elle passait en courant devant la porte ouverte de la chambre d'Alvin et Nemo.

Ava et Toussaint étaient sur le palier, puis ils commencèrent à dévaler les marches.

C'est l'intensité du bruit qui les prit au dépourvu. L'incroyable volume sonore, comme si les sirènes étaient dans la maison, avec eux. Tout s'arrêta : Ava et Toussaint, Zeek et Cass, les garçons et même Patch, qui était apparu au bas des marches, suivi de Winnie. Alvin mit les mains sur ses oreilles pour se protéger du hurlement des sirènes.

— Qu'est-ce que tu as fait ? dit Cass.

Il était triste. Il avait le cœur brisé.

Elle tira son fils derrière elle, tout près.

— Laisse-nous passer, Patch.

Mais Patch ne laissait jamais rien passer. Il donna un coup violent dans le sternum d'Ava avec la paume de la main. Elle essaya de se relever. Elle essaya de dire, "Au moins, laisse les garçons partir", mais elle avait le souffle coupé.

Une voix tonna dans un mégaphone :

— Sortez de la maison. Sortez les mains en l'air.

Ava se releva péniblement.

— Faites sortir les enfants, dit-elle. Ils ne feront pas de mal aux enfants.

Une autre sirène s'approcha, des portières claquèrent. Cela devait faire peut-être quatre voitures de police, estima-t-elle. Ou peut-être qu'ils faisaient tellement de bruit qu'on avait l'impression qu'ils étaient plus nombreux qu'ils ne l'étaient réellement. C'était possible.

— Ils ne feront pas de mal aux enfants, répéta-t-elle, plus calmement cette fois.

— Qu'est-ce qui ne va pas chez toi, Ava ? dit Cass en la bousculant pour arracher les lames de parquet du couloir. Ils t'ont fait perdre tout bon sens avec leur dernière descente ? Ils vont abattre ces enfants à bout portant. Tu le sais bien.

Il sortit le sac marin plein d'armes du trou sous le parquet. Zeek et Patch se précipitèrent. Chacun prit un fusil, calmement, en hommes expérimentés. Ils s'étaient entraînés, comprit Ava. Ils avaient répété ce moment. Le moment de régler leurs comptes, enfin.

Zeek et Patch s'élancèrent dans l'escalier.

Des sirènes retentissaient dans la ruelle à l'arrière et dans la rue devant la maison. Des taches de lumière rouges et bleues tournoyaient dans la salle de séjour, à travers le papier de boucherie sur les fenêtres. Les sirènes se turent un instant et la voix dans le mégaphone tonna de nouveau.

— Sortez de la maison les mains en l'air.

Ava entendit d'autres voix dans la rue. Les voisins s'étaient rassemblés pour voir la police extirper l'Arche du 248.

— Descends au sous-sol, dit Cass à Toussaint. (Il le secoua par les épaules.) Tu m'entends ? Vas-y. Et restes-y jusqu'à ce que l'un de nous vienne te chercher.

Toussaint agrippa la main de sa mère ; les yeux fixés sur les lueurs qui tournoyaient. Voilà, son garçon était là, âgé de seulement onze ans, à peu près l'âge qu'elle avait dans la cave à légumes avec Dutchess, toutes ces années auparavant. Et ça continue.

— Tu viens ? demanda Cass à Ava.

Le fusil semblait bien léger dans sa main. Il le lui tendit.

Elle devait y aller. Il n'y avait pas d'autre option. Elle n'avait plus le choix. Elle allait monter sur le toit avec Cass et elle tiendrait cette vengeance si longtemps attendue, pour son p'pa, pour Bonaparte, pour tout ce qu'elle avait perdu. Winnie et les autres garçons étaient déjà descendus au sous-sol. Winnie pourrait s'occuper d'eux. Bien sûr, Winnie s'en occuperait. Ava fit un pas vers Cass. Son fils lui tira la main. Juste une fois. Doucement. Elle sentit le tremblement au bout des doigts de son garçon. Cass la regarda fixement. Presque patiemment, presque amoureusement, au milieu du chaos des sirènes.

Elle le regarda à son tour et secoua la tête. Dutchess lui avait au moins donné ça. Maman, n'y va pas, lui avait dit Ava. Et Dutchess n'y était pas allée. Cass hocha la tête. Ses mains, ces longs doigts carrés, effleurèrent la joue d'Ava. Puis il partit, escaladant les marches deux par deux.

Je ne le reverrai plus jamais, pensa Ava. Toussaint et elle se précipitèrent au sous-sol.

FEU

La première balle passa au-dessus des voitures de patrouille et alla se loger dans le bardage en bois du 248 d'Ephraim Avenue. Plus tard, les policiers diraient que l'Arche avait tiré en premier. Ils diraient qu'un homme, Cassius Wright, qu'ils savaient être le chef, avait tiré depuis une fenêtre du premier étage. Un peu plus tard encore, ils réviseraient leur version, déclarant qu'il n'avait pas tiré le premier, mais qu'ils avaient vu le canon appuyé contre l'encadrement de la fenêtre et qu'ils avaient fait feu pour neutraliser le tireur. Les gens d'Ephraim Avenue, eux, diraient que l'homme à la fenêtre du premier étage avait tiré ses premières balles au-dessus des voitures de police. Pas *sur* les voitures. Juste en forme d'avertissement, diraient les gens. Ils diraient aussi que les policiers, sept voitures au moins, avaient tous ouvert le feu immédiatement. Ils diraient qu'ils se souvenaient du moment où l'homme était tombé à la renverse dans la maison et le fusil avait disparu à la vue. Mais il avait tenu bon, dirent-ils. Il avait tenu bon très longtemps. Des heures.

Les douilles pleuvaient dans l'avenue – deux heures, trois heures. Les flics dans leurs voitures de patrouille en eurent assez. Ils firent venir les forces spéciales. Les agents du SWAT* lancèrent des grenades lacrymogènes. Après les lacrymogènes, des grenades assourdissantes. En réponse, un cocktail Molotov s'envola depuis une fenêtre démolie du 248 et explosa au milieu de la rue évacuée. La fusillade reprit avec les *poppoppop* d'un fusil automatique de l'unité du SWAT dans la ruelle à l'arrière de la maison. Les balles déchiquetèrent l'encadrement de la porte et les bocaux de légumes conservés dans du vinaigre, ainsi que la table de la cuisine. Elles transpercèrent les bouteilles de gaz de la cuisinière.

L'explosion déclencha les hurlements de tous les chiens du quartier. Une boule de feu fit voler en éclats les fenêtres de la cuisine et embrasa la clôture du jardin. Les flammes jaillirent à l'arrière de la maison, montant jusqu'au toit. Les policiers observèrent la scène de derrière les barrières qu'ils avaient installées pour boucler la zone. Ils entendirent les hurlements à l'intérieur du 248.

— Faites quelque chose ! leur crièrent les résidents d'Ephraim Avenue. Vous pouvez pas laisser tout brûler comme ça !

Mais les pompiers n'ouvrirent pas leurs lances à incendie et ils ne se précipitèrent pas avec leurs haches et leurs masques à oxygène, pas tout de suite.

Deux personnes sortirent en courant du 248. Sous la fusillade, Ava portait Toussaint accroché à ses épaules. La chemise du garçon se consumait dans son dos. Ava ne relâcha pas sa prise. Elle avait la bouche ouverte. Quelqu'un cria :

* SWAT : Special Weapons And Tactics (Armes et tactiques spéciales).

— Seigneur, arrêtez de tirer !

La tête de Toussaint pendait d'un côté. Ava se courba en deux pour que son dos soit à l'horizontale et que Toussaint puisse s'y appuyer. La voix bourrue d'un Blanc lança un ordre et les tirs cessèrent. Quand Ava fut suffisamment éloignée de la maison en feu, elle se mit à genoux, puis s'étendit sur le ventre à même l'asphalte. Elle écarta les bras et les jambes, prenant soin de ne pas faire basculer son fils.

Elle saignait du flanc et de l'épaule. Des agents de police s'élancèrent, fusil à la main, et ils entourèrent la femme et le garçon. Deux d'entre eux pointèrent leur arme sur la tête d'Ava. Un flic jeta une couverture sur Toussaint qui gémissait sous la douleur des brûlures dans son dos. Ils le soulevèrent et le transportèrent en courant jusqu'à un chariot d'hôpital qui était en attente. Ava voulut lancer un dernier regard à son fils, dont elle sentait toujours le poids sur son dos, bien plus même que les brûlures de ses mains ou la balle dans son épaule. Quand elle bougea, ils appuyèrent le canon d'un fusil sur sa tempe. Des infirmiers se précipitèrent dans la zone bouclée par la police. Ils posèrent un masque à oxygène sur son visage et ils la soulevèrent sur une civière.

Ava aperçut Toussaint qui levait la tête.

— S'il vous plaît, dit-elle aux infirmiers. S'il vous plaît.

Sa bouche était noircie. La douleur lui brûlait le bras et lui transperçait le dos. Elle sentait son sang jaillir de son corps.

— Mon fils, murmura-t-elle. S'il vous plaît.

Les hommes qui la transportaient s'immobilisèrent. Leur regard alla du garçon à la femme. Les policiers leur firent signe de se diriger vers une ambulance garée à quelque distance de Toussaint, mais les infirmiers portèrent Ava auprès de son fils. Il avait le bras qui pendait mollement d'un côté du chariot. Il y avait des taches blanches sur un côté de son visage, là où la peau brûlée était partie. Ses cils avaient été grillés. Mais il respirait. Ses doigts se contractaient convulsivement. Ava prit sa main et les doigts de Toussaint se recourbèrent au creux de sa paume. Il ouvrit les yeux, les posa sur elle avant de les refermer.

— Il est endormi, dit l'infirmier. On lui a donné quelque chose pour la douleur.

— Il dort ? demanda Ava.

L'infirmier hocha la tête. Ava garda la main de son fils dans la sienne tant qu'ils le lui permirent. Elle savait qu'elle ne l'aurait plus auprès d'elle pendant longtemps. La douleur déferla en elle avec une telle intensité qu'elle fut incapable de la contenir, aussi la suivit-elle jusqu'au bout, là où la lumière était aveuglante, et elle s'y abandonna.

1988

PHILADELPHIE

TOUSSAINT se réveilla juste après l'aube dans le froid mordant du 248. Ses yeux s'adaptèrent à la faible lumière qui entrait pas les trous dans le toit. Des morceaux de plâtre noirs de fumée étaient entassés sur le sol, à côté d'une couverture moisie et une quantité phénoménale de mégots de cigarettes. Un graffiti sur le mur de ce qui avait été le couloir menant à la cuisine disait LIBÉREZ LES TROIS. Les trois, c'était la mère de Toussaint, Winnie et Zeek, tous à la prison de Holmesburg.

Les pages de la dernière lettre d'Ava étaient éparpillées sur le sol, tombées de ses mains quand il avait sombré dans le sommeil, la veille au soir. Il était venu au 248 parce qu'elle le lui avait demandé. Toussaint est le cerf-volant, Ava est la ficelle. Même maintenant. La lettre disait :

Mon cher Tousy,

Ta grand-mère a téléphoné. Une fois de plus ! Elle a essayé de te joindre chez Philomena, mais elle dit que tu ne l'as pas rappelée. Je sais bien que tu n'es pas là tout le temps, mais j'imagine qu'elle te donne les messages quand tu passes ? Est-ce qu'elle t'a dit que j'avais appelé aussi ? Cela aurait été tellement plus facile pour toi si tu étais allé vivre avec elle. Tu en as assez d'entendre ça. Je te vois déjà en train de froncer les sourcils. Je t'entends dire, Aah, m'man. Recommence pas.

Est-ce que tu es déjà allé à ce nouvel endroit, à Olney, où les services sociaux ont placé Alvin et Nemo ? J'ai été contente d'apprendre qu'ils ne les avaient pas séparés. Ils ont besoin l'un de l'autre. Winnie m'a dit qu'une cousine à elle va venir les chercher. Après tout ce temps ! Elle va les emmener vivre avec elle dans l'Ohio. Peut-être que tu as envie de leur dire au revoir. Ou peut-être qu'ils t'ont déjà contacté. J'ai donné à Winnie le numéro où tu étais, mais je ne sais pas si elle l'a fait suivre. Comme tu le sais, je ne suis pas sa préférée. Ha-ha. Désolée. Ce n'est pas drôle. Parfois, je me demande si ce n'est pas à cause de mes plaisanteries vaseuses que tu ne réponds pas à mes lettres. Je plaisante. Encore une fois. Tu me manques chaque jour qui passe.

Il faut que je te dise. Mon avocat m'a appris que la ville va finalement démolir le 248. Ils vont le raser comme ils auraient dû le faire il y a deux ans. Cette maison me donne des cauchemars. Non pas telle qu'elle était quand nous y étions, mais telle que je l'imagine aujourd'hui, calcinée et terrifiante. Je sais que les gens du quartier seront contents quand elle ne sera plus là.

Je ne t'en voudrai pas si tu ne veux pas la revoir. Mais je me suis dit que tu as peut-être besoin de faire tes adieux. Zeek, Winnie et moi, on doit poursuivre notre chemin du mieux qu'on peut ici. Mais Alvin et Nemo vont partir. Toi aussi, tu devrais partir. Tu as quelqu'un, quelque part, qui a envie de te voir. Quelque part, il y a des gens qui t'attendent.

Tu n'es pas tenu de me pardonner. Ni de pardonner à ton père. Mais tu peux aller à Ephraim Avenue une dernière fois, pour dire à Cass tout ce que tu as besoin de lui faire savoir. Ensuite, prends le bus et va à Bonaparte. Ne passe pas ta vie à poursuivre des fantômes. Il faut que tu te libères de nous, Toussaint. Il faut que tu vives.

Avec tout mon amour,

Maman

Dehors, dans Ephraim Avenue, le soleil était levé, rond et froid. Toussaint accrocha son sac à dos sur ses épaules. Un vol de moineaux gazouillait au-dessus de sa tête. Il les regarda décrire des cercles avant de se poser dans les branches hautes du vieil arbre brûlé. Il partit en direction de l'arrêt de bus, dans la rue suivante. Le 42 allait jusqu'au centre-ville. Presque jusqu'à la gare des Greyhound. Il n'aurait même pas de changement à effectuer.

BONAPARTE

CINQ ou six étourneaux, c'est tout ce qui nous reste, ces jours-ci. Ils n'aiment pas beaucoup tous ces coups de fusil, depuis que j'ai loué les droits de chasse sur mes terres les plus éloignées. Mais c'est quand même suffisant pour que ça veuille dire quelque chose. Toussaint comprendra quand il sera là. Ava aussi, quand le moment viendra. Si je suis encore de ce monde pour la voir. Mais le garçon. Le garçon a tout ce qu'il lui faut – carte, argent, billets pour le bus. Vous savez, cette foutue brume, c'est quelque chose. Delilah et moi, on sort tous les jours et on vient ici vers le crépuscule, et puis on attend, là, après les Chênes. Juste au cas où il aurait du mal à trouver son chemin pour arriver jusque chez moi.

REMERCIEMENTS

POUR ses indispensables conseils éditoriaux, j'adresse ma plus profonde gratitude à Jordan Pavlin, qui n'est jamais revenue sur ses exigences, bien que le chemin ait été long. À mon agent, la patiente et fidèle Ellen Levine, pour toute l'attention, bienveillante et experte, dont elle a fait preuve. Je suis redevable au Cullman Center for Scholars and Writers de la New York Public Library – une oasis pour l'esprit –, pour tout le temps et le soutien dont j'ai bénéficié. Mes remerciements à la Fondation Bogliasco pour le doux clapotis de ses vagues et sa beauté tranquille. À la Fondation Civitella Ranieri, pour ce superbe endroit où penser et écrire, pour sa chaleureuse hospitalité et sa non moins chaleureuse communauté. À l'American Academy de Berlin, pour sa bourse, pour son esprit de camaraderie et son incroyable générosité. À Aspen Words Writers' in Residence, pour m'avoir offert un peu de solitude quand j'en avais le plus besoin. Au Blue Mountain Center. À l'Iowa Writers Workshop, pour son intimité et son soutien. Et aux brillants jeunes esprits qui m'ont appris plus que je ne leur ai appris.

Pour leur soutien et leur amitié, ma reconnaissance éternelle va à cette liste incomplète de personnes : Marilynne Robinson, Emily Raboteau et Jericho Brown. Jenna

Johnson, Angie Cruz, William Johnson, Farah Jasmine Griffin, Brigid Hughes, Lan Samantha Chang. À Miriam Feuerle, Hannah Scott, Andrew Wetzel et toute l'équipe de Lyceum Agency, qui ont tenu toutes ces années. À Papa G., qui a attendu, attendu, avec de l'humour et du vin. À Lucy Mingo et la ville de Gee's Bend pour l'inspiration et l'aspiration. À Philadelphie, où vit mon imagination. Enfin et surtout, à Christina Cooke pour tout ce qu'elle est, a été et sera.

DERNIÈRES PARUTIONS

Vera Buck, *Les Enfants loups*
Maren Uthaug, *11 %*
Mark Haskell Smith, *Mémoires*
Andrew J. Graff, *Plein Nord*
Ferran Gualllar, *La Part sauvage*
Peter Swanson, *Ceux qu'on tue*
Lars Elling, *Les Princes de l'étang aux Finnois*
Lily Brooks-Dalton, *Pirate de lumière*
Elliot Ackerman et James Stavridis, *2054*
Benjamin Whitmer, *Dead Stars*
Piergiorgio Pulixi, *La Septième Lune*
Melinda Moustakis, *La Clairière*
Tiffany McDaniel, *Du côté sauvage*
Keith McCafferty, *Buffalo Blues*
Trevanian, *Nuit torride en ville*
Helene Bukowski, *La Guerrière*
Michael Farris Smith, *Sauver cette terre*
Chris Offutt, *Les Fils de Shifty*
Giulia Caminito, *La Grande A*
Peter Swanson, *Neuf Vies*
John Gierach, *Le Paradis d'un fou*
Craig Johnson, *Le Pays des loups*
James Crumley, *Folie douce*
Blake Crouch, *Upgrade*
Pekka Juntti, *Chien sauvage*
David Vann, *La Contrée obscure*
Sarai Walker, *Les Voleurs d'innocence*
Piergiorgio Pulixi, *Le Chant des innocents*
Edward Hoagland, *Journal d'un siècle disparu*
Julia Glass, *En ces temps de tempêtes*
Ted Flanagan, *Tout ce qui est secret*
Corrado Fortuna, *Le Dernier Loup*
Erin Swan, *Parcourir la Terre disparue*

Retrouvez l'ensemble de notre catalogue sur
www.gallmeister.fr

Cet ouvrage a été imprimé sur du papier
dont les fibres de bois proviennent
de forêts durablement gérées

IMPRIM'VERT®

CET OUVRAGE A ÉTÉ COMPOSÉ PAR ATLANT'COMMUNICATION (VENDÉE)

ACHEVÉ D'IMPRIMER SUR ROTO-PAGE
PAR L'IMPRIMERIE FLOCH À MAYENNE
EN JUIN 2024
POUR LE COMPTE DES ÉDITIONS GALLMEISTER
13, RUE DE NESLE
75006 PARIS

DÉPÔT LÉGAL : AOÛT 2024
1re ÉDITION
N° D'IMPRESSION : 105095
IMPRIMÉ EN FRANCE